Qianxun-Culture
—图书·影视—

我的倒追男友

沈轻舟 著

Wo De Dao Zhui Nan You

广东旅游出版社
中国·广州

图书在版编目（CIP）数据

我的倒追男友 / 沈轻舟著. — 广州：广东旅游出版社，2019.12
ISBN 978-7-5570-2055-2

Ⅰ.①我… Ⅱ.①沈… Ⅲ.①长篇小说—中国—当代 Ⅳ.① I247.5

中国版本图书馆 CIP 数据核字 (2019) 第 256936 号

出　　品：千寻文化
总　策　划：调　调
出版监制：唐　昕　杨芝波
责任编辑：周思思　黄银娉
特约编辑：小　左　潇　潇
封面设计：阿　和
封面绘制：imiko

我的倒追男友
WoDe DaoZhui NanYou

广东旅游出版社出版发行
（广州市环市东路 338 号银政大厦西楼 12 楼　邮编：510180）
邮购地址：广州市环市东路 338 号银政大厦西楼 12 楼
联系电话：020-87347732　邮编：510180
长沙鸿发印务实业有限公司
（地址：湖南省长沙市长沙县黄花工业园 3 号）
880 毫米 ×1230 毫米　　32 开　　10 印张　　317 千字
2019 年 12 月第 1 版第 1 次印刷
定价：39.80 元

本书如有错页、倒装等质量问题，请直接与印刷厂联系换书。

所有人的明天都是免费且无限量供应的吗?
并不是。
所以,亲爱的朋友,
你知道你的明天有多珍贵吗?

——题记

目 / 录
Contents

001	**楔子**
004	**第一章** "明天"要靠买哦
029	**第二章** 自由明天
077	**第三章** 幸运明天
099	**第四章** 事业有成明天
110	**第五章** 恋爱明天
135	**第六章** 享乐明天

目/录 Contents

178	**第七章** "死亡"明天
227	**第八章** 特级明天
262	**第九章** 他的世界
272	**第十章** 创建者的秘密
294	**第十一章** 过去与新生（1）
300	**第十二章** 过去与新生（2）
309	**番外**

楔子

"一个'明天'居然要卖二十万!怎么不去抢钱啊?"在人迹稀少的后街里,夏小圆双手插在外套的兜里,一张苹果脸被气得更圆了。

"说涨价就涨价!我昨天看的时候明明还只要十五万的!房价也没有涨这么快啊!"夏小圆越想越气,忍不住一脚踢了身边的垃圾桶。

"咚——"闷响声久久地在街道回荡。

"我好不容易攒够钱想买个'明天'过过,却又……专家说得对,涨工资的速度永远比不上'明天'涨价的速度,再这样下去,我什么时候才能改变命运啊……"她越想越失落,后脑勺上的马尾也耷拉了下去。

突然,四下里响起一阵激烈的警报声响,接着又是"轰"的一声爆响,差点把夏小圆的耳膜震破了!

她瞪着眼睛,后知后觉,警报声是从后街前头,也就是"明天"贩卖局那一块传来的。出什么事了?有人抢劫?不可能吧,"明天"贩卖局向来守备森严,有谁会傻到跑去那附近撒野啊?

夏小圆留心着四周的响动,便没注意看脚下,结果一脚踩到了香蕉皮。

"砰——"她的脸朝下,摔了个狗吃屎。

"哪个没公德心的乱扔垃……"抱怨声戛然而止,只因抬头间,她看见自己眼前有一张红彤彤的……

"钱啊!"夏小圆的脸立时多云转晴,笑眯了眼。

她抬手就去捡钱,却不想后街里突然刮起一阵风,"唰"地一下就把钱给吹远了。

"哎，别跑啊！"

钱在前头飞，夏小圆在后头追，不知不觉就追出了半条街。为了一百块钱，她也是蛮拼的。不知是否连老天也被她执着的精神感动了，最终一百块钱"唰"地一下飞进一条小巷子里，撞在一根凸起的墙柱上，再也飞不动了。

夏小圆喜滋滋地蹲下去捡钱，却忽然感觉哪里不对。地上有一张"红彤彤"，而"红彤彤"的边上有两只手，一只手是她的，那另一只是……小圆下意识朝柱子后探身，就见柱子后的墙边躺着一个……男人！

那是个极为英俊的男人，穿一身紧身的黑衣黑裤，留着利落的短发，皮肤白皙，脸孔瘦削；男人的嘴唇厚厚的，带着点肉嘟嘟的性感。此刻，男人双目紧闭，看上去就像一个睡熟的王子。但是，"王子"的额角正缓缓渗出一抹殷红的血……

小圆吓得要跳起来，但因为蹲得太久脚麻了，她整个人竟克制不住直直地往前栽倒！

眼看她就要与这个来历不明的陌生男亲密接触了……幸好她眼明手快，抬手往墙上一撑！

这个时候她方看清，男人怀里还宝贝似的抱着一个黑色的化妆包。一看就是女士包包，是他的女朋友的包吗？这男人又怎么会倒在这里？后街的这条巷子本就清冷，他又"躲"在柱子后，要不是她对一百块钱如此执着，还真发现不了。

说到一百块钱，经刚刚那么一扑腾，一百块钱又飞进了男人的黑衣领口里。夏小圆想也不想就去抽钱，可原本不省人事的男人忽然睁开了眼睛。

那一瞬间，夏小圆几乎屏住了呼吸。

因为她惊讶地发现眼前这个男人的眼睛竟是墨蓝色的，像宽广的天空，又好似一望无际的深海。被这双眼睛凝视的时候，她只觉脑子一蒙，好似整个人都被吸到了一片温暖的星空里。

是手腕上的一阵热痛感唤回了小圆的思绪，原来是男人紧紧地扣着小圆的手腕。他的手劲极大，小圆发现自己几乎动不了，她还来不及反应，男人的手又是一个用力。

小圆终究没能摆脱既定的命运，整个人不受控制地栽倒在男人身上，与对方来了个彻彻底底的亲密接触。

小圆的脸一下子涨得通红，她像小鸭子一样扑腾着："哎，你放开我！"

她半躺在他身上,他宽大的手掌仍锲而不舍地抓着她的手腕。自下而上的视线里,他目光深深,看进她的眼睛里去,就仿佛那一刻,他的眼里只看得见她。

"救……我……"他苍白的两片唇瓣一张,吃力地吐出了两个字。

小圆一惊:"你……"

男人扣着小圆手腕的大手重重地垂了下去,在地上发出"啪"的一声响。整条巷子都寂静下来。

"救我"这是他对她说的第一句,也是最后一句话。

第一章
"明天"要靠买哦

在不甚宽敞的办公室里,职员们聊天的聊天,嗑瓜子的嗑瓜子,唯有夏小圆拿着一个记事本,对着电脑,一本正经地在工作。她有着圆圆的苹果脸,马尾随着她抬头低头的动作一晃一晃的。

然而,走得近了便能看见,她的记事本里夹着一张彩票,她是在紧张地就着电脑……兑彩票。

"哎,你们听说了吗?经理明天就不来上班了。"前桌的同事小强突然转过胖脸来,神秘兮兮地说。

"为什么呀?"喜欢偷懒的小a很乐意配合他。

小强掩着嘴,道:"我刚刚路过经理的办公室,听见她和人打电话,说已经拿全部积蓄买了一支'阔太明天'药水。从明天起,经理就可以做阔太了,那还上什么班啊?"

"明天开始当阔太……真好啊!"小a不无羡慕地道,"哎,说起来,'阔太明天'药水要多少钱啊?"

"这你就别想了。"小强毫不留情地打击她,"最新行情是,最便宜的次级'明天'药水也要十五万一支。'阔太明天',呵呵,有那钱我还不如攒个首付钱买房呢。"

"可是,没有'明天'药水,咱们是没有'明天'的,就算你买了房子,你每天早上也是在之前的旧房子里醒来,不等于白买吗?你说是不是啊,夏小圆?"

夏小圆正因为彩票连五块钱都没中而懊恼地拿脑门磕桌子呢，冷不丁被点到名字，她先是一愣，继而苹果脸一绷，大力点头："是！"

明天醒来就是新的一天，这对这个城市里的人来说，是不存在的。自夏小圆记事起，所有人的明天就只能靠买才能有了。有钱买"明天"的人可以每天过不一样的日子，他们想过什么样的明天就买什么样的"明天"，活得恣意潇洒；没钱的人呢，便只能日复一日地活在今天，永远到不了明天。这个贩卖"明天"的地方，就叫"明天"贩卖局。

所谓的到不了明天，则是生活在这个城市里的人都被自己的醒来地和生活基调捆绑了。

醒来地是指你总是会在同一个地方醒来。哪怕你去了再远的地方，第二天早上你还是会在相同的地方醒来，位移为零。醒来地里的衣服、家具等各种物品（不包括食物）与醒来地是一体的，也包括在这个醒来地里。

这里的生活基调指的则是一个人生命里遭遇到的人、事与物的主旋律。比如说，你每天的生活基调是"倒霉"，那么每天发生在你生命里的事基本就是倒霉的，你要日复一日地过倒霉的日子，无法脱困；若你的生活基调为"幸运"，那么恭喜你了，你可以天天活在幸运里；若你的生活基调是"痛苦"，道理也是一样的。你可以去偷，甚至去抢那些与你自身生活基调不符的东西，但是你留不住它们，你第二天醒来，那些不符合你生活基调的东西都会消失不见，你只会遭遇符合你生活基调的人生事件。

日子在重复，人的记忆和身体的变化却会累积叠加，要想终结这日复一日重复的命运，只有向"明天"贩卖局购买"明天"药水。可药水那么贵，不是谁都买得起的，要想不买药水就改变命运，那就唯有……

"啪——"小强不小心碰倒了小a的水杯，玻璃碎了一地。

"对不起，对不起！"他赶紧弯腰收拾。

小a由着他收拾，嘴里则道："唉，算起来我已经有三年没买'明天'了。我每天早上醒来都是在那间破公寓里，跟坐牢似的。每天做的事也大同小异，一点新鲜感也没有。我那么努力地想要升职，可没有'明天'药水，我的努力也是打水漂的。我真是要绝望死了！对了，夏小圆，你有多久没买上'明天'了啊？"

夏小圆脑袋一低，闷声道："五年了。"

在夏小圆的记忆中，一开始"明天"卖得并不贵，普通人十天半个月就能买上一个"明天"来过过，却不想后来"明天"卖得越来越贵，涨价也越来越离谱。等她开始工作的时候，"明天"的价已然变成了天价，她再也买不起了。她就一直重复刚刚开始工作时的生活基调，日子既麻木又无聊，从来没有惊喜。

"小强啊，我真佩服你！"小a突然道。

"我有什么好佩服的？"收拾了点玻璃碴，小强累得气喘吁吁。

"说起来，你已经有十年没买'明天'了吧？我记得你那时候说想多攒点钱，一次性买个高级一点的'明天'，好彻底改变人生。没想到'明天'贩卖局越来越黑心，高级'明天'一下子涨到了天价！"

"是啊，我就再也买不起了。"小强笑笑道。

"明天"贩卖局里卖的"明天"有无数种类："单身明天"药水，"结婚明天"药水，"买房明天"药水，等等，不胜枚举。而同一种类的"明天"药水又可以分化出好几个等级，就拿"恋爱明天"来说吧，就有次等"恋爱明天"，三等"恋爱明天"，二等"恋爱明天"，一等"恋爱明天"……根据价格依次递增，凡购买一个新"明天"，你的日子就会重复这个新购买的"明天"往复下去，直至你攒到钱购买到下一个"明天"为止。

三等"明天"已是天价。

"每天都差不多的日子重复地过了十年，你是怎么忍下来的啊？我就是佩服你这一点！"小a叽叽喳喳。

"还能怎么过？就是调整好心态，开开心心地过好每一天呗。"小强还是笑着道。

但不知是不是夏小圆的错觉，她总觉得自她这个角度看过去，小强胖胖的大圆脸落在阳光照不到的阴影里，连带着他的笑容都显得勉强。不过，她并没有想太多，毕竟小强是大家伙儿的开心果不是？

可这个口口声声说要笑对生活的开心果小强，却在第二天早上从公司顶楼跳下来自杀了。

在这个城市里，要想终结这重复的命运，若买不起"明天"药水，唯有死亡。

"听说他把钱都投去了股市，前段时间又遇上股灾……"

"他一直想要有个更好的明天的……"

"唉……"

夏小圆将双手插进外套兜里，低着头，默默地从议论纷纷的人群中走开，她回到了自己的工位上。

城里的公司多是大型垄断企业，结构庞杂，职工数量多。夏小圆不过是某金融垄断企业的小小分公司里的一名小小会计员，渺小如蝼蚁般的存在。她努力工作，用心生活，可她还是日复一日见着差不多的人，算着雷同的账。没有"明天"药水，哪怕前一天经理说可以给她升职了，可到了第二天，那个升职机会也会因为各种理由莫名其妙地消失不见，她留不住与自己无趣的生活基调不符的东西。

夏小圆也想过换工作，可城里企业垄断，总共也就那么几家公司，换汤不换药罢了。而且她的生活基调不变，就算去了新公司，她的生活也不会有什么改变的。这样的日子她忍受了五年，她还能再忍第六年，第七年，第八年……甚至到自己忍受了几年都记不清的地步吗？

她的视线不由得又落到了前排的工位上，那是小强的工位。桌上空空荡荡的，只放了一个保温杯，里头前一天小强泡的菊花茶都没来得及倒掉。

夏小圆深吸一口气，走进了经理的办公室。

她请了半天假，一出公司就直奔银行。

改变明天可能会涉及各种财产转移问题，而银行可以代为保管各式财产，但要收取高额保管金。因此，在城市里，银行是个举足轻重的存在。

城里最大的城中银行是赵氏集团开设的，位于市中心，是整个居民区最最繁华的地带。是的，夏小圆他们这些正常人生活的区域叫居民区，虽然居民区里的生活不能说一帆风顺，但也还能维持基本的生活。

除了居民区，城市东北角还有一个贫民窟。

那是整个城市里的禁区、隔离地带，那里充斥着暴力、杀戮、贫穷以及肮脏的一切。贫民窟里住着的是一些因犯了罪而被城市里的执法局放逐的人。据说，城市刚刚建立的时候是没有贫民窟的，可随着"明天"药水的价格越来越高，人们的生活越来越没希望，犯罪率便逐年上升。最后，执法局无奈之下就开辟出了贫民窟，整个城市才又恢复了平静。

执法局，顾名思义就是城市里负责执法的部门。听说为了就近保护，执法局就位于"明天"贩卖局与银行的中间，三个部门相互间隔了两条街的距离。

隶属于执法局的执法者们会维持城市的基本秩序，然后把那些大凶大恶、严重影响到城市运行的罪犯隔离到贫民窟去。届时，执法者会给罪犯强行注射一种"每天醒来都在贫民窟"的特殊"明天"药水，再加上贫民窟外围有执法者守卫，罪犯便永远无法离开贫民窟了。

罪犯是否犯了罪将由执法局判定，只有犯罪与邪恶指数达到一定标准，执法局才会受理。一般不涉及杀人的话，执法局不会有大的惩罚措施。

"嘀"的一声，电车提示到站了。

夏小圆下车后，没走几分钟就到了银行。银行是一栋高耸的五角大楼，有近十层楼那么高。

"小姐，您要取出多少现金？"柜台后的柜员一板一眼地问。

夏小圆的十个手指头抠在冰冷的柜面上，她咬牙道："全部！"

"这是您到今天为止在我行的全部存款，扣除百分之二十的保管金，最后剩下的总数是十五万六千八百七十六元。"

夏小圆每天都会关注"明天"贩卖局最新"明天"价目表，但今天因为发生了小强的事，她还没来得及看。不过和昨天的十五万相比，今天的价格总差不了太多就是了，而且今天是周五，买"明天"的时候会有微小的折扣，所以，这些钱应该是足够的。

想到这里，夏小圆揣紧了装满现金的背包，忐忑又期待地往"明天"贩卖局去了。

贩卖局就在离银行不远处的中央广场上，那是一栋几乎高耸入云的建筑。贩卖局的底座设计成了一个欧式城堡的模样，约有七八层楼那么高。城堡往上则连通着一座塔楼，塔身上布满了照明装置。夜晚，只要塔上的灯一亮，整个城市都会在"明天"贩卖局的灯火笼罩中。

小圆深吸一口气，走进了"明天"贩卖局。

"你说什么？涨了五万？就一个次级'明天'？！"在"明天"贩卖局的大厅内，夏小圆激动地喊起来。大厅是一个一百多平方米的四方形空间，光可鉴人，既宽敞又气派。奈何来买"明天"的人太多了，大厅里早就被他们挤得跟菜市场似的。夏小圆那一嗓子喊出来，人群静了两秒钟，而后，所有人齐齐朝她行注目礼。

但夏小圆已经顾不上周围人异样的眼光了，她在意的是："你们这价格也涨得太离谱了吧？昨天还只要十五万的！"她口中的次级"明天"是最最便宜的"明天"，因为太便宜了，所以连使用后会经历的"明天"种类也不会注明。

"抱歉，我们就这个价。"营业员冷冰冰地说，"今天是周五，所有的'明天'一律限量供应。小姐，如果你不买的话……"

"她不买我买！"

"我也要买！"

"我我我……我也要!"

就跟"明天"不要钱似的,所有人蜂拥而上,原本排得好好的队瞬间就乱了。

夏小圆一下子就被挤到了人群的外围,连个申辩的机会都没有。不过,她也没机会申辩,钱不够啊。

所幸钱没给挤掉。

夏小圆最后望了一眼人山人海的贩卖窗口,耷拉下肩膀,失望而归。

她不想回公司,看见工作就想吐。她仰天长叹一口气,走进了贩卖局后头的那条小街,打算抄近路回家。却没想她走着走着……

突然,四下里响起一阵激烈的警报声响,接着又是"轰"的一声爆响,差点把夏小圆的耳膜震破了!

她瞪着眼睛,后知后觉,警报声是从后街前头,也就是"明天"贩卖局那一块传来的。出什么事了?有人抢劫?不可能吧,"明天"贩卖局向来守备森严,有谁会傻到跑去那附近撒野啊?

夏小圆留心着四周的响动,便没注意看脚下,结果一脚踩到了香蕉皮。

"砰——"她的脸朝下,摔了个狗吃屎。

"哪个没公德心的乱扔垃圾……"抱怨声戛然而止,只因抬头间,她看见自己眼前有一张红彤彤的……

"钱啊!"夏小圆的脸立时多云转晴,笑眯了眼。

她抬手就去捡钱,却不想后街里突然刮起一阵风,"唰"地一下就把钱给吹远了。

"哎,别跑啊!"

钱在前头飞,夏小圆在后头追,不知不觉就追出了半条街。为了一百块钱,她也是蛮拼的。不知是否连老天也被她执着的精神感动了,最终一百块钱"唰"地一下飞进一条小巷子里,撞在一根凸起的墙柱上,再也飞不动了。

夏小圆喜滋滋地蹲下去捡钱,却忽然感觉哪里不对。地上有一张"红彤彤",而"红彤彤"的边上有两只手,一只手是她的,那另一只是……小圆下意识朝柱子后探身,就见柱子后的墙边躺着一个……男人!

那是个极为英俊的男人,穿一身紧身的黑衣黑裤,留着利落的短发,皮肤白皙,脸孔瘦削;男人的嘴唇厚厚的,带着点肉嘟嘟的性感。此刻,男人双目紧闭,看上去就像一个睡熟的王子。但是,"王子"的额角正缓缓渗出一抹殷红的血……

小圆吓得要跳起来，但因为蹲得太久脚麻了，她整个人竟克制不住直直地往前栽倒！

眼看她就要与这个来历不明的陌生男亲密接触了……幸好她眼明手快，抬手往墙上一撑！

这个时候她方看清，男人怀里还宝贝似的抱着一个黑色的化妆包。一看就是女士包包，是他的女朋友的包吗？这男人又怎么会倒在这里？后街的这条巷子本就清冷，他又"躲"在柱子后，要不是她对一百块钱如此执着，还真发现不了。

说到一百块钱，经刚刚那么一扑腾，一百块钱又飞进了男人的黑衣领口里。夏小圆想也不想就去抽钱，可原本不省人事的男人忽然睁开了眼睛。

那一瞬间，夏小圆几乎屏住了呼吸。

因为她惊讶地发现眼前这个男人的眼睛竟是墨蓝色的，像宽广的天空，又好似一望无际的深海。被这双眼睛凝视的时候，她只觉脑子一蒙，好似整个人都被吸到了一片温暖的星空里。

是手腕上的一阵热痛感唤回了小圆的思绪，原来是男人紧紧地扣着小圆的手腕。他的手劲极大，小圆发现自己几乎动不了，她还来不及反应，男人的手又是一个用力。

小圆终究没能摆脱既定的命运，整个人不受控制地栽倒在男人身上，与对方来了个彻彻底底的亲密接触。

"哎，你放开我！"她像小鸭子一样扑腾着，整个人都趴在了男人的胸口上。男人的胸膛十分宽阔，体温更是高得不像话。男人墨蓝色的眼睛定定地看着她，他一开口，呼出的气息就全喷在了她的脸上。

"救……我……"

"轰"的一声，夏小圆的脸立时红得像熟透的苹果一样。

然后男人就昏过去了，跟死了一样。

夏小圆赶紧掰开他的胳膊站起来。

也正是这个时候，只听"嘀嗒"一声，一滴血从男人的手臂上滴了下来，将将落在了夏小圆的手背上。在她还没反应过来时，那些血就像是有了自主生命一般极快地渗进了她的皮肤里。

"啪"的一声，男人的大手重重地垂落在地面上。

整条巷子都寂静下来。

"醒醒，喂——"

要救他吗？

不了吧……自己都生活在水深火热之中呢，哪还有那么多爱心去帮助别人，最多给打个救护电话……小圆一边这么想着，一边把一百块钱叠好塞在兜里，然后站起来就要走，却没想，她一抬头就对上了一双满含谴责的眼睛。

小圆：……

那是一个穿橙黄色制服的扫地大妈，此刻正大马金刀地坐在一个垃圾桶旁，气势汹汹地吼道："小姐，你打人了啊！"

小圆："不是……"

大妈探着脖子往小圆的背后瞧："哟，他伤得不轻，得立刻送医院！"

"我没有！哎……不是的……"

可大妈已经不由分说地打了"120"。

大妈打完电话还不让小圆走，硬要她这个伤人凶手负责到底。

小圆真是有口说不清："真不是我伤他的！您看他这么高大威猛，我这么柔弱娇小，怎么可能把他打得头破血流？"

大妈一脸狐疑地看她一眼："这年头，吃软饭的男人多了去了，家暴中多的是女人打男人的。"

小圆：……

"120"的救护车很快就"呜啦呜啦"地来了，两个护士合力将半死不活的蓝眼睛男人抬上了救护车。

小圆最后望了一眼男人那张赏心悦目的脸，叹了一口气，这下子总算没她什么事儿了。她正想转身走掉，冷不丁被旁边的扫地大妈一把揪住了领子。

大妈跟拎小鸡似的把她拎到车前，张口就来："护士小姐，很有可能是她打的人，你们别让她跑了，得让她负责医药费！"

小圆：……

小圆愤怒了："不是我！"

可那条巷子里没有监控，这大妈又强势，讲得绘声绘色，说得小圆都差点相信是自己动手"家暴"了那个蓝眼睛男人……

几人正在车前大声争辩着，车内的男人忽然闷哼一声，脸上露出痛苦的神色来。

"不好！病人的呼吸和心跳都越来越弱了！得赶快送去医院抢救！"车上的护士喊了起来。

车前的护士赶紧对小圆道："小姐，要不请你和我们跑一趟医院吧？我们会通知执法局,到时候要是查清楚不是你伤的人,他们肯定会还你清白的。"说完,护士把什么东西往小圆的手里一塞,利落地跳上了车。

那是一个黑色的化妆包,原本是被男人牢牢地抱在怀里的,但刚刚护士抬动男人的时候,包包就从他身上掉了下来。

"你不去就是心虚!"身后的大妈大喊了一声。

"我……"小圆还想和大妈理论,背后却突然袭上来一股大力,她一个踉跄往前,一步就跨上了救护车。

车门在小圆身后"砰"的一声合上,并伴随着大妈嚣张的喊声:"今天又做了一件好事,哈哈哈!"

小圆:……

这时,只听"轰"的一声,车子真的启动了。

这个时候再吵着嚷着要下车,是不是真的会显得她很心虚?算了,去医院就去医院吧,反正不是她干的,谁怕谁啊!不过,为了一百块钱还要陪着跑一趟医院,早知道就不捡那钱了。

小圆越想越觉得不甘心,连带着看担架上那张帅脸也不顺眼起来。于是趁着护士不注意,她伸出一根手指,重重地戳了一下男人的脸。她心想:要不是看你长得好看,我才不搭理你!哼!

触手之处温热,男人的皮肤嫩嫩的,像上好的丝绸。小圆的心冷不丁漏跳了一拍。

戳完她发现男人脸上多了一抹黑。

小圆:……

原来是她手指上不知何时沾了一层黑泥,被她一碰,男人好看的脸就一下子成了花猫。

"哈哈哈!"小圆不厚道地笑了起来。

蓝眼睛男人被送进了急诊室里,小圆则被护士留在了急诊室旁边的病房里。

"我们已经通知了执法局,他们说会派人来了解情况的,请夏小姐再等一会儿。"

"哦。"

病房里一个人也没有,间或有几个小护士自病房门口走过,并伴随着叽叽喳喳的说话声:

"算上正在急诊的那一个,这已经是今天的第五个了。"

"搞不好这人也是自杀的。"

"大家都买不起'明天',能有什么办法?"

"算了,送太平间吧。"

她们在说谁?蓝眼睛?长得这么好看,就这么没了,有点可惜啊……说起来,他的化妆包还在她手里呢!

小圆很想抓着护士问个清楚,无奈她的眼皮越来越重,迷迷糊糊地,隔着一道帘子,她靠在病床边的躺椅上睡着了。

小圆做梦了,她梦见自己一下子拥有了许多"明天"药水,她高兴得差点从梦里笑醒。可眼前的场景陡然翻转,待意识再次聚焦时,她看见梦里的自己面前依然有很多药水,但是梦里的那个她面露悲伤,还突然搬起一块大石头把面前的一整盒"明天"药水砸了个粉碎!

"不要——"

小圆猛地睁开了眼睛,她发现自己仍旧在病房里,病房里也仍然只有她一个人。

"嗒——嗒——嗒——"墙上的挂钟有规律地走着,居然已经晚上八点多了!

小圆双腿一动,整个人就从躺椅上站了起来,却听得"啪"的一声,她怀里的什么东西掉在了地上。

那是一个黑色的化妆包,包的背面绣着一个白色的"李"字,拉链不知何时开了,里头装着的东西露出了一个头。

"糟糕!"小圆一拍脑门,"忘记还给蓝眼睛了!"

小圆下意识蹲下身去捡掉在地上的东西。

掉出来的那个东西细细尖尖的、透明的,像是一支玻璃管。思忖间,小圆已经抓起了化妆包,但因为包包的拉链口朝下,包里的东西还是"咕噜噜"掉出来滚到了小圆的脚边。

那是一支有小拇指长短的、细细的、透明的玻璃管。翻滚间,里头的液体一荡一荡的,好像正迫不及待地要从玻璃管里挣脱出来。

那一刻,小圆的心跳没来由地骤然加速了,仿佛潜意识里的某个部分已然快过大脑,预先知道了管子里装的是什么东西。

小圆小心翼翼地蹲下来,视线几乎与玻璃管齐平,然后她看清了玻璃管上印着的字:"明天"药水。

小圆看看玻璃管，又看看手里的包包，她一咬牙，颤着手一把打开了化妆包。

满满一包"明天"药水！

"啊！"

"哗啦。"

与小圆的叫声一同响起的，是身侧的帘子被人陡然拉开的声音。

小圆下意识抬眼，就看见了帘子后那个高大、清俊的男人。

男人穿着一件略宽松的黑背心，光着的两条膀子肌肉起伏、有力。他的额头上缠着一圈又一圈的绷带，丑的绷带却丝毫减不了他的美貌。那一瞬间，两人的视线相触，自那双墨蓝色的眼睛里，小圆仿佛看见了万千星辰。

小圆不可抑制地瞪大眼："你……"

男人紧绷的面庞以肉眼可见的速度松了下来，蓝眼睛一眨也不眨地锁住小圆，他张口便道："是你。我终于找到你了。"

小圆：？

两人隔着一张床，男人一把抓住小圆的手，眼里浮现出一点点激动的神色来："我记得你！是你把我带出来……"

小圆恼了，觉得这人简直莫名其妙！

"呀，你放开我！"挣扎间，她忘记自己手里还抓着化妆包，手一挥，包包"嗖"地飞了出去。

小圆：……

她赶紧倾身去捞包，结果上半身倾得太厉害了，身体严重不协调。她顿觉一阵头重脚轻，眼看整个人就要脸朝下地磕到床边的扶手上了。

"当心！"男人长臂一伸，捞住了她的腰。

"包！"眼瞅着包包贴着男人的身体往外掉去，小圆要疯了！她两腿一蹬，借着腰间的健臂，整个人往男人身上猛扑。

男人忍痛闷哼一声，小圆却还在一跳一跳地要去捞包。

在双重刺激之下，男人终于站不稳了，整个人跟跄着往后摔。

"啊！"在求生本能的作用下，小圆像八爪鱼一样攀住男人，男人下意识伸出手去……

在一系列复杂的肢体缠绕下，最终两人人叠人地摔在了病床上。

小圆：……

男人：……

好死不死地,门口忽然响起了一阵脚步声:"急诊病房还亮着灯,里头还有人吗?"

"不知道哎,看看去吧。"

眼瞧着病房的门就要直直被人推开,这时蓝眼睛做了一个小圆无论如何也想不到的动作。他眼明手快地拉过床上的被子,往两人身上一罩。

小圆:!

她张口就要叫,嘴巴上却突然一热,是一只粗糙的大手捂住了她的嘴巴。

小圆:!

"嘘,别出声。"

小圆惊恐地瞪圆了眼睛,借着从被缝里透进来的光,她隐约看见男人脸上满是警惕。单手支撑下,他极力压低身体,仍与她的身体隔着一点点距离。他的身体灼热,裸露在外的肌肉充满了蓬勃的张力,就像是……一头矫健的猎豹。

小圆惊呆了,都忘记了要反抗。她只觉得耳边嗡嗡作响,脑子里一团糨糊,除了男人健壮的身躯,她什么也看不见了。

时间明明只过去了一瞬,却又仿佛被拉得无限长。

小圆突觉嘴巴上一松,眼前一亮,男人已经快速掀开被子,离开了她的身体。而越过他的肩头,她看见病房的门已经合上了。

小圆看着男人,男人看着小圆。

"轰"的一声,小圆脸上骤然一阵火热:"你干什么啊?"理智回来,她狂擦嘴唇,十分生气。

男人歪着头,似在认真思索:"抱歉。"他吐出两个字,"我好像是……条件反射。"

小圆:……

突然她又想到了什么,一个鲤鱼打挺爬起来:"包!"完了完了,药水一定摔碎了。

"你指的是这个?"他背在身后的手伸出来,手里变戏法似的抓着一个包,正是那个黑色的化妆包。

此刻,男人坐着,小圆跪着。她膝行到他身边,抬手就想去拿包。

手指即将触上布料的那一刻,她又迟疑了,因为这显然是男人的东西。

男人的视线也落在包上,喃喃道:"这是我的……我记得。"

小圆的面孔一阵扭曲,你有钱了不起啊!

她觉得自己今天简直倒霉大发了，先是药水疯狂涨价，接着为了一百块钱被人撵来医院，如今又要被这个不知道从哪里跑出来的莫名其妙的男人欺负，她真是受够了！

男人只觉面前一阵风过，床上已没了小圆的身影。

"你去哪里？"他下意识问。

"回家！"

"等等……"

时间已近九点，这个时候的医院已经没什么人了。因此，两人一前一后快步离开医院的时候，谁也没有发现。

他们不知道的是，几乎和他们前后脚的工夫，两名身穿黑色紧身西装的执法者打着呵欠来到了医院。

"我们接到报案，说有人疑似伤人，目前两个人都在医院？"一名执法者问值班护士。

"伤者抢救过来了，严重脑震荡，不过没什么生命危险。"护士道，"不过我刚刚去查房，发现伤者和伤人者都不在了，两人大概是……和解了吧。"

一般只要不闹出人命，执法者都是睁一只眼闭一只眼的。如今得知两个当事人已和解，他们当然乐得清静。

"走吧，今儿在贫民窟那边忙活一天了，吃个夜宵去。"

"好咧。"

晚上十点半。

街边小道上，小圆匆匆行走。路上已经没什么人了，只有路灯的光陪着她。突然她顿步，猛地回身："都说了让你别跟着我！"

与她相隔十步的地方，男人停住了脚步。星夜下，他的蓝眸越发璀璨。然而，此刻那双漂亮的眸子里露出了一点点困惑，他说："我只认识你。"

小圆：……

"你身上有一种很特别的味道，无论多远，我都能找到你。"男人认真地道。

"什么味道？"小圆狐疑。

男人眼睛一眨也不眨地看着小圆，一字一句地道："一种自我灵魂深处感觉到的吸引，仿佛你与我血脉相连……"

"打住！"小圆被他惊到了，"我不想听你鬼扯。我要回家了，再见！"

她昂着头，气势汹汹地转身就走，便没留意到她前方的路面上有一个坑。

"小心！"男人出声提醒，却已经来不及，小圆的一只脚已经跨进去了。

"啊——"小圆脚下一轻，整个身子不受控制地往下掉。完了完了，要摔断腿了！

男人的速度快得不可思议，他几乎像风一样刮过来，在小圆的整个身子掉下去前，一把箍住她的上半身，仅凭一臂之力就将她提了出来。

小圆惊魂未定，大口喘着气儿。她自他的臂弯间低下头，这才注意到地面上的一块井盖没了，她刚刚差点就掉进了下水道里！

冷汗这个时候才不停地往外冒。

"有没有事？"男人担忧地望着她。

骤然拔高的视线里，小圆一抬头就对上了男人的嘴唇。他的嘴唇肉嘟嘟的，带着健康的殷红。两人离得那样近，似乎稍动一下，彼此的唇就要触上。

小圆的大脑宕机了一秒钟，第二秒钟的时候，她的脑海里某根名为"羞耻"的弦"啪"地抽打了她一下。她陡然回过神，然后发现情况很不妙。

此刻，她的两条胳膊居然紧紧地搂着男人的脖子，两条腿死死地圈住他的腰，整个人都挂在他身上。

啊啊啊！小圆羞死了，赶紧从他身上下来，她还得跟他说"谢谢"。

"举手之劳。"男人的长手垂在身侧，整个人规规矩矩地站在那里，显得纯良又无害。

人家都救了她，她就不好意思像刚刚一样赶他走了。于是，两人就肩并肩一起往前走。

夜更深了。

"你到底是什么情况啊？"走了一段路，小圆忍不住偏头看他。

男人顿了一下，道："我不记得了。"

小圆：？

她好奇地停下来看他："不要告诉我，你这是……失忆了？"说完，小圆又觉得不是没有这个可能，毕竟她发现他的时候，他就一副头破血流的样子。

男人："不，我记得我叫李岩。"

"再有咧？"

男人张了张口，却没发出一点声音，他茫然地目视前方，两道剑眉皱得越来越紧："我是李岩，我是来……"他突然单手扶额，面上现出痛苦之色来，

"我怎么……想不起来了？我到底是谁？"

小圆被他弄得一阵紧张，张开小手在他面前挥了挥："喂，你不要紧吧？"

这个自称李岩的男人缓缓抬起头来，他好似认真地看着小圆，又仿佛是透过她看见了别的什么东西。突然，他痛苦地闷哼一声，双手抱头，整个人竟毫无征兆地倒了下去。

"喂！李岩！你……你别昏啊！喂——"

"你要去找到这个女人。"
"她就在这座城市里。"
"你必须找到她！"
"她的名字是……"

李岩猛地睁开眼睛，入目即是头顶刺目的灯光，他抬起手，有些不适地眯了眯眼。

"李岩？李岩？你是叫这个名字吧？"声音由远及近，有人在一遍一遍地唤着他的名字。

李岩的眼睛动了动，待双目渐渐适应了光亮，他便看到自己身体上方伏了一个女人。她有着圆圆的苹果脸，一翘一翘的马尾辫，在灯光的映照下，女人的眼睛亮晶晶的，像玻璃珠子一样。他的脑子还昏昏沉沉的，但不知怎的，他看着看着，就觉得梦里女人的脸与眼前的这个女人的脸奇异地重合了。

"啪"的一声脆响打断了李岩的思绪，他低下头，发现女人一巴掌拍在了自己的胸口上，痛倒是不痛，就是被惊了一下。

"给我起来！"女人双手叉腰，直立而起，居高临下地对他怒目而视，"你知道我驮你过来有多累吗？"

李岩"嗯"了一声坐起身来，感觉身下绵软，他发现自己正坐在一片草坪上。草坪四周是一栋栋居民楼。此时夜深人静，偌大的天地间只有他们两个人。视线一转，他又看见了女人脚边倒着的一辆半旧的自行车。

女人踢了踢自行车："还好你倒下的地方有共享单车。"她嘀嘀咕咕。

李岩动了动唇："你是……"他陡然消了音，只因他发现面前的女人忽然就不动了。她正直勾勾地盯着他腰际往下的……裤袋处，他裤袋的边缘，黑色化妆包的一角露了出来。

瞧他的样子，显然是直接把包包团好塞进了裤子口袋里。想到此处，小圆的表情都有些扭曲了："你简直是……暴殄天物啊！"

男人低头，把包包从裤兜里掏了出来，皱眉看了一会儿手里的包，他突然抬头看小圆："你喜欢？"

"谁会不喜欢啊？"小圆没好气地说。

男人忽然笑了，蓝眸里倒映着灯光与星辰，流光溢彩。他很自然地把包包往小圆跟前一递："送给你。"

小圆：！

小圆惊得"嘞"地一下蹲下来，极力压低声音："你知不知道自己在说什么？你知不知道里头的'明天'药水值多少钱？！"

李岩歪了歪头："'明天'药水是什么？"

小圆：……

好吧，看来这人的脑子已经完全傻掉了。

不过，小圆不是圣人，这么多"明天"药水在眼前，她发现自己的心还是可耻地动了一下。她像狗一样蹲着，整个人几乎都要趴到李岩的胸口上了。她咽了咽口水，问道："你……你哪儿来这么多药水啊？"

李岩皱着眉，认真思索了半晌，好看的眉目才舒展开了："忘了。"

小圆：……

李岩掂了掂手里的化妆包："反正这东西我留着也没用，给你？"他一边说一边拉过小圆的手，就要把包包往她手心里拍。

小圆却夸张地往后退开了，退完了她又隐隐有些后悔。这是一个小市民面对天降"巨款"时的正常反应。而此刻她面前的这个男人，显然不是小市民。

"你到底是什么人？"

李岩眼神一闪，"啪"的一声，手里的包包落到了地上。他眉头紧锁，一只手按住太阳穴，脸上渐渐现出痛苦的神色来："我……什么都……想不起来……我……"

眼见他捂着脑袋又要犯病，小圆赶紧制止他："算了算了，想不起来就别想了。不过，你真的……要把药水给我？"

回应小圆的是中气十足的一声大喊："你们在干什么？！"

小圆猛地抬起头，就见两人身侧的小道上，不知何时站了一个拄着拐杖的瘪嘴老太太。老太太三瓣嘴一张："夏小圆，你怎么这么晚还在外面？"

不好，是动不动就爱上居委会告状的邻居老太太！

小圆愣怔的当儿，老太太又走近了一些，正猫着腰、探下头来看人："这是谁？"

李岩："我……"

老太太瞬间警惕起来："我以前没见过他！夏小圆，你是不是把什么乱七八糟的人带到小区里来了？"

"没有没有！这是我朋友，他来看我的，呵呵呵。"说完，也不待老太太反应，小圆抓起身边李岩的手，飞也似地冲进了草坪左前方的一栋屋子里。

"别以为我看不出你们在搞鬼，我明天要来检查的！要是让我抓到你的把柄……"

"砰"的一声，小圆摔上大门，终于隔绝了老太太喋喋不休的声音。

"你……"李岩正要开口，却忽然感觉有一大团黑影从客厅的方向扑来，他下意识抬手。

"喵！"惨绝人寰的猫叫声。

小圆："我的猫！"

值得一提的是，虽然小圆是独居，却养了一只中华田园猫。此猫名大饼，是一只蛮横的公猫，虽然缺了半只耳朵，有些残疾，但仗着自己膘肥体壮，在小圆家附近的几条街里横行霸道。今儿见家里居然来了个不速之客，大饼当然不能放过对方。

于是，在所有人都尚未察觉的时候，大饼的背部猛然弓起，后肢发力，肥壮的身躯瞬间如一支利箭般冲了出去！却不想出师不利，半道被截！

"喵！"

后脖子上的皮毛被人提在手里，大饼的四只爪子在半空中无力地蹬着，整只猫抖得就像那秋风中的落叶。

"喵呜……"

小圆："快……快松手！"

李岩似乎很听小圆的，立时就松手了。于是乎……"砰"的一声，大饼摔在了地板上。

小圆：……

她家的大饼向来傲娇惹人嫌，今天难得看它吃一回瘪，她心里其实还挺爽的。因此，她并不打算哄它，只是拍了拍它的背，示意它别装了。她抬头，却看见李岩已朝客厅走去。

客厅逼仄矮小，身高腿长的男人往那儿一立，似乎就要触到天花板了。更糟糕的是，整片天花板都灰不溜秋的，还有一只小蜘蛛在上头爬来爬去。突然，小蜘蛛吐出一根长长的丝，"唰"地一下让自己"蹦极"到了地上。

陌生的环境仿佛叫小蜘蛛受了惊,它立刻抖动自己的八只脚,飞快地自一地的衣服、饮料瓶、零食袋间穿梭而过。

"这里是你家?"李岩的声音叫人听不出情绪。

小圆"嗯"了一声,这里就是她的一室一厅小居室,她的工资也只够她租这样的房子了。买房什么的,她从来没想过,就像同事小 a 说的"没有'明天'药水,就算你买了房子,早上醒来也还是在原来的房子里"。

没有"明天"真的是一件非常非常可怕的事。

小圆目之所及是李岩宽阔的背,所以她没有看见李岩一步入客厅便警惕地环顾四周。过了一会儿,他又迈步走到窗边,视线依次扫过门框、门锁……当看见窗外那堪比豆腐渣工程的防盗窗时,他下意识皱了皱眉。

"你……"身后忽然响起小圆迟疑的声音,李岩便暂时抛下豆腐渣工程回过头去。

客厅与玄关的交界处最是昏暗,此刻的小圆便站在那片灯光照不透的阴影里。她绞着手指,咬着唇,浑身上下都透着一股子不安。终于,她深吸一口气,仿佛鼓起了所有的勇气:"你……你真的要把药水给我吗?如果……如果是那样的话,我……我会报答你的!"

她哆嗦着嘴唇,声音不稳,涨红的小脸上堆满了忐忑、小心翼翼,还有……深深的脆弱。

那份脆弱莫名就叫李岩心中一动,一种名为怜惜的陌生情绪不知怎么自他心头起,顷刻间就在他身体里弥漫开来。他不由得上前一步:"你是在……"

"铛——铛——铛——"

屋子里骤然响起的钟声盖过了李岩的声音。

小圆刹那间瞪大了眼,她惊慌失色地看向墙上的挂钟。

午夜十二点了!

"铛——铛——铛——"伴随着屋子里的挂钟声,外头的钟响更是连绵不绝。一时间,仿佛全城的钟都被敲响了。

李岩眼里现出意外之色,小圆的心里、眼中满满都是绝望。是今天经历的事情太多了吗?是今夜受的刺激太大了吗?她怎么可以把这件事情忘记了?!

下一刻,小圆奋不顾身地扑向李岩。

李岩:?

还不待他反应过来,女孩儿的馨香便盈满他的口鼻……小圆整个人都撞进了他的怀里。

李岩：！

这里李岩就误会小圆了。其实，她要扑的不是他，而是他手里的"明天"药水啊！不怪她莽撞，实在是因为……

这个城市好似被施了某种魔法，午夜十二点的钟声一响，无论你处在城市的哪个角落，都会瞬间陷入沉睡，就像手机自动关机一样。而第二天早上醒来，你又会回到你的原点（醒来地和生活基调）。你将从你的"原点"开始一天的生活，昨晚睡前在你面前的人与事，也会一并消失。当然，这只是暂时的。

据小圆观察，李岩十有八九是个富二代，鬼知道他的"原点"在哪里，她又该去哪里找到他啊！

因此，她拼尽全力想在最后一刻抓住一支药水。但是，撞进李岩怀里的那一刻，小圆就感觉身子一软，脑子一蒙，呵欠铺天盖地而来……

在最后的视野里，她好似看见李岩抬手抱住了她。

第二天早上六点，夏小圆如往常一般准时在床上睁开眼睛。

这又是这个城市被施的另一道"魔法"了，每个人都会在早上六点醒来。

小圆歪头，窗外的太阳照旧停在前面那栋楼往左四十五度的位置，每天都一样。

她在心里默数到三，窗前树上的那一窝小鸟醒过来，"叽叽喳喳"张口就叫。

她数到五，倏地捂住了耳朵，果然，下一刻——

"你这个死老头！半夜又把我踢下床！我跟你拼了！"隔壁老太太开始晨起例行骂老公。

这场单方面的骂战会持续三十五分四十六秒，小圆是无论如何也别想再睡着了。于是，她像以往的每一天一样，在六点五分掀开被子下了床。

走到房门边的时候，她猛地往前跨出一大步。

"咚"的一声，大饼沉重的身躯扑了个空，将将砸在女主人的脚与房门之间。

"喵……"大饼朝小圆幽怨地叫着。

小圆"呵呵"冷笑一声，血与泪的经验告诉她，每天早上出房门的时候，要是走得不够快，她的脚背一准要成为大饼的肉垫。

这就是小圆一天生活的开始：她每天在同一个地方醒来，早起的那一刻，迎接她的世界也和前一天一模一样。

其实，世界还是可以有一些不一样的。哪怕是同样的生活环境，早上下床时是往左边还是往右，走路时是先迈左脚还是右脚，上班时是往左走还是右走……这都是一种变化，也是一种选择。但是很少有人去做这种选择。

因为早上起来时，人的心情很容易受到生活基调的影响。

生活基调可以说是一个人生命的主旋律，当你日日分分秒秒沉浸在那样的氛围中，心情怎么会不受影响？

就拿小圆来说，早上睁眼的那一刻，她明明什么都还没有做，沮丧、无趣、无聊的心情就席卷了她，这让她觉得生活真是没有意思啊。

原因无他，当每天的生活都没了期待，当你无论如何努力都无法改变自己的生活时，人是会懈怠、会无力、会放弃、会懒得去做哪怕一点点新鲜的尝试，只是麻木地按着惯性去生活。

就像隔壁老太太发现自己在冰冷的床下醒来，第一反应就是骂老公。

就像她每天早上醒来，望着灰乎乎的天花板，第一个感觉就是叹气。

就像她天天搭同一班公车，总是在同一个时间进公司。

因为觉得无论如何也挣脱不出如牢笼一般的生活，人就像是那被装进了加了盖的瓶子里的蟑螂。蟑螂一次跳不出去，两次跳不出去……循环多次都跳不出瓶子的时候，蟑螂就会以为自己只能跳那么高。惯性于焉成形，无法被打破。哪怕有一天你将盖子打开了，蟑螂跳的高度也不会高过瓶子了。

不过小圆发现，也有能打破这种生活惯性的方法，那就是——痛苦。

大饼压在脚上让人感觉到痛苦，而当这种痛苦深刻到叫人无法忍受的时候，小圆就有意识地选择了一种新的姿势从房间出去。

无望的环境会腐化一个人，叫人避之唯恐不及的痛苦却可以打破这种腐化。

然而，对小圆来说，这个大道理她也只会在大饼身上用用。大多时候，她和其他人一样活在惯性里，像行尸走肉一样。

行尸走肉般的夏小圆睨了大饼一眼，打着呵欠，颓废地抬脚继续走。

她当然没有忘了昨天的李岩事件，眼睁睁看着一大包"明天"药水从自己眼前消失，她都要后悔死了，她恨死了自己的磨蹭！因此今天，她的心情越发沮丧。

正所谓没有最倒霉，只有更倒霉，小圆没走几步就一脚踩到了什么东西。

那东西还是滑的，滚动的，带着她的一只脚"吱溜吱溜"地往前迈了大大的一字步。

惊慌间，小圆隐约看见自己踩中的好似是个黑乎乎的东西。下一刻，她就没时间多想了，只因……"嗷——"她的大腿骤然抽筋，整个人站立不稳，骤然往前扑倒。

"啊啊啊——"

所幸她的房子小，整个人得以"咚"的一声安全地扑倒在沙发上。

"呼——"小圆刚喘出一口气就意识到了不对劲。今天沙发的触感怎么有点不对？暖暖的，软软的，捏起来还很有弹性。

"怎么摸起来像肉啊？"自言自语间，小圆疑惑地抬头，下一刻，她的眼珠子差点蹦出来了，"李岩？！"

长手长脚的男人坐在沙发上，高大的身体将那张单人小沙发挤得像可笑的玩具。他一只手扶在小圆的肩上，卸了她的冲力，另一只手下意识抓住了他胸前她乱捏的手。他垂眸看着小圆，清澈的蓝眸里荡漾着淡淡的笑意："早上好。"

小圆："啊啊啊，你怎么还在我家？！"

城市里的居民每天十二点睡，六点醒，就像被设定了某种固定的电脑程式。如果没有"明天"药水的作用，不论你睡前身在何处，第二天早上还是会在同一个地方醒来，也即回到你的原点。在夏小圆的认知里，所有人都是这样的。

但是今天，她的认知被打破了。

"为什么你没有回到你的原点？"

"为什么你还会在我家？"

"为什么你会和别人不一样？"

小圆瞪着沙发上一派淡然的男人，嘴里的话像机关枪一样"突突突"。

"等等！"她悚然一惊，"难道你昨天注射了'明天'药水？"可随即她又推翻了自己的猜测，"也不对啊，什么样的'明天'药水会让你早上出现在我家？我家又不是什么金窝银窝……"她突然想到了什么，又狐疑地朝男人看过去，"你昨天晚上睡觉了吗？"

"嗯。"男人点头，犹豫了一下，还是把小圆的手从自己胸前拉下来了。

小圆这才意识到两人尴尬的姿势，她都快坐人家怀里去了！

她赶紧立正站好，吸气吸气再吸气，然后严肃地看着他："你昨晚几点睡的？"

男人："和你一起。"

小圆陷入了沉思中，但还没思考两秒钟，她的余光就扫见脚下有个黑乎乎的东西。哦，她刚刚踩到的就是这个东西吧……等等！这个东西是……

"'明天'药水！"

啊啊啊，小圆要疯了！她刚刚连踩带踹的，可别给它弄碎了啊！这可是价值连城的"明天"药水啊！

所幸，装"明天"药水的玻璃管都是特殊材质制造的，防水、防震、防摔打，一包"明天"药水全都完好无损。

小圆这才松了一口气，同时她也注意到了一些昨天没看清的细节。每支"明天"药水上都标注有另一些小字：自由"明天"、恋爱"明天"、生病"明天"、死亡"明天"……各种各样的"明天"，而且都是级别很高的"明天"！

小圆整个人都震惊了，这已经不是"价值连城"这几个字能形容的了。有了这些"明天"药水，她岂不是要风得风，要雨得雨，想要过什么样的明天都可以？！

夏小圆再次陷入了沉思中。

两人四目相对，谁也没有说话。一时间，屋子里只有大饼"喵呜喵呜"的讨食声。

终于，小圆放松了紧绷的肩膀，她面色复杂地看着面前这个一出现就打乱了自己生活的男人，道："对于你自己，你是怎么想的？"但她心里其实已经暗暗把他认定成了某个顶级富豪。因为如果药水不是他的，是他偷的或者抢来的，他的生活基调就不可能留住这包"明天"药水。既然过了一晚上，药水还在，那么药水肯定就是他的东西。而除了顶级富豪，谁又能这么大手笔地买下这么多药水？至于他不受醒来地限制这一点，她猜测，大概是……他们有钱人会玩，注射了某种特殊级别的"明天"药水？

李岩认真地看着小圆："我忘记了所有的事，只记得你，所以我想，你对我来说，应该是特别的。"

小圆：……

小圆下意识揪紧领口，胆战心惊地看着他："所以？"

李岩却完全没注意到小圆的"防狼"动作，他拧着眉心，一副有些茫然的样子："我要恢复记忆，应该需要你的帮助。"

小圆没什么表情：“哦……”

李岩忽然抬头看她："作为回报，这些……是叫'明天'药水吧，随便你用。"

小圆：……

小圆："成交！"

她可不是白要人家的"明天"药水哦，她这是等价交换。

不过，小圆纵然贪心，这些"明天"药水她也不敢全要，万一这家伙以后恢复记忆，然后觉得被坑了，来找她赔钱怎么办？卖了她，她也赔不起啊！

枯燥又乏味的日子总是过得飞快。

当天晚上。

"你考虑好了？真的愿意……给我？"

在小圆家的客厅里，李岩单手插在一边的裤子口袋里，一身名牌休闲衣裤完美地勾勒出了他的猿背蜂腰。

这身衣服是小圆给他买的。

李岩暂时没有去处，她得给他准备些衣服吧。她当然可以给他买地摊货，但是像他这种顶级富豪，买了地摊货也留不住吧，这和他的生活基调肯定不符啊！于是，她只好咬咬牙，按着他身上原本穿的衣服的牌子给他买了一套最便宜的，果然是大出血了，一身衣服花了她大半个月工资！算了，就当投资了。

思忖间，小圆的视线转到了李岩的另一只手上。他的另一只手掌心朝上，随意地托着化妆包。包包被打开，里头的一支支药水清晰可见。

小圆吞了吞口水，视线自那一排标着"恋爱""幸运""事业有成"的药水间一一扫过，最后落在了写有"自由明天"的那一支药水上。是的，"自由明天"便是小圆最最想要拥有的"明天"药水。

她哆哆嗦嗦地将细白的手指伸出去，眼看就要触到药水了，却又生生顿住了："可是……"她皱着小眉头，似是有些忐忑，"我今天……没有打听到你的消息。"

既然答应了帮李岩找回记忆，小圆今天就特地四处打听了一下李岩这个人。

这人拥有这么多"明天"药水，按理说该是个大人物才对。可小圆在网上搜了半天，也没找到和李岩相像的人。午休的时候，她还特意跑了一趟执法局，想问问最近有没有一个叫"李岩"的失踪人口。答案当然也是否定的。

不过，这也不难理解，像他这种级别的富豪，身份保密工作必然做得极好，要是谁都能打听出来，多不安全啊。

李岩眼里有笑意："无妨。"他的声音沉稳有力，像是回荡在小圆心里，让她一下子就有一种吃了定心丸的感觉。

小圆的嘴角忍不住上扬，五指一张，紧紧抓住了"自由明天"药水。这一刻，她心里是止不住的甜蜜，觉得李岩简直是她的再生父母！

"谢……"却不想，道谢的话还来不及出口，小圆突觉头部上方罩下来了一团阴影，李岩整个人骤然朝她欺近过来了。

小圆：？

罩下来的是他的大手，他抬手就要来摸她的脸！

"啊啊啊……你干什么？！我可是良家妇女啊我告诉你！"

听到动静的大饼探头朝两个人类的方向望了一眼，恰好对上了男人的视线。肥猫立时把屁股一撅，"吱溜"一下躲进了猫窝里。

李岩捻着自小圆头顶抓来的小黑虫，眨了眨眼："你的头顶……有蜘蛛。"

小圆：……

八只脚的小蜘蛛在李岩的指间张牙舞爪。

"轰"的一声，小圆的脸涨得通红："哦……这……这样啊，这蜘蛛太讨厌了吧，赶紧把它扔掉！"

李岩："嗯。"

扔完了蜘蛛，李岩又回到了小圆身边。他很高，被灯光打出来的影子落在小圆身上，感觉就像……他把她完全笼住了一样。小圆就像被烫到了，急忙往后退开一步。不知怎的，她的心跳开始加速。

李岩却没眼色地朝她跨了一步："你怎么了？脸这么红？不舒服？"两人的距离变得更近了。

"没事！"小圆深吸一口气想保持镇定，反而吸进了大口浓郁的男性气息，"咯咯……"

李岩："你真的没事？"

小圆赶忙离这个男人远一点，恨不得堵住自己的鼻孔："没……没……没！我……我……我只是突然想到，我们晚上怎么睡觉？"她本来是随便找个借口，说完却发现这确实是个很严重的问题！昨晚是突发状况，一下子就到十二点，大家都睡着了，也就啥都不知道了。但是今晚，还只到九点多呢！

"我们……晚上怎么……睡觉？"李岩低声重复着小圆的话，在小圆看来明明很正常的话,被他略带磁性的嗓音一字一句地、缓缓地说出来,她莫名就觉得产生了歧义,整个人都不好了。

"我我我……我不是这个意思!我是说我们睡觉……不,是我们晚上要怎么睡……我们睡……"小圆越紧张舌头越打结,她恨不得咬掉自己的舌头了!

"我睡沙发。"

"啊?"

此言一出,整个客厅终于安静了。

小圆狐疑地看着李岩:难道想歪的只有我?难道不纯洁的只是我?

"还有事?"长沙发边,李岩回过头,挑起一边的眉,看着小圆。

"没有没有!"危机解除,小圆赶紧同手同脚地回到了自己房间里。

她没有看见的是,在她身后,李岩的嘴角一勾,朝她离开的方向露出了淡淡的笑意。

"砰"的一声房门关上,小圆的后背抵着门,她长长地舒了一口气。

刚刚她表现得嘻嘻哈哈的,但只有她自己知道,指尖触碰到"自由明天"药水的那一瞬,她心里有多翻江倒海。

小圆摊开手心,那里静静躺着一支"自由明天"药水。细长的玻璃管、半透明的液体,看起来像是一管最最普通的针剂。

小圆这会儿才渐渐有了一些真实的感觉,激动、喜悦、忐忑的表情一点一点爬上她的脸。她禁不住拿冰冷的药水来贴自己滚烫的脸。这是她朝思暮想的"自由明天"啊,这是她做梦都想要得到的"自由明天"药水啊!她以为自己要拼尽了生命才能得到,却没想它来得这么容易,就像做梦似的。

小圆低头,重重地亲了手里的"自由明天"药水。与此同时,一滴晶莹的泪水顺着她的眼角滑落,"啪"地一下打在了玻璃管上。

恍恍惚惚了好一会儿,直到外头没动静了,小圆才回过神来。

她把药水紧紧地捧在胸前,走向了自己的单人床,她并没有立时注射那支"自由明天"药水,而是拉开床头柜的抽屉,小心翼翼地把药水放了进去。然后,她舒舒服服地躺在床上,闭上了眼睛。

她是想等一个合适的时机,再给自己注射"自由明天"药水吗?

答案是……否定的。

第二章
自由明天

第二天早上,时钟指向六点的时候,小圆准时睁开了眼睛。

她没像以往那样磨蹭,而是"吱溜"一下就从床上爬了起来,三两下穿上衣服,抓过抽屉里的"自由明天"药水就往外冲。

走出房门时,她并没有像前两天一样,在沙发上看见李岩。

"哐当——"一阵锅碗碰撞声自厨房里传出来,小圆诧异地偏过头,将将看见李岩捧着一碗热气腾腾的蒸蛋从厨房里走出来。

见到小圆,他墨蓝色的眼里荡出了笑意:"你起来了?来吃早餐。"

小圆狐疑地看了一眼墙上的挂钟,问道:"你早上几点醒的?"现在才六点过一分,他早起蒸个蛋只要一分钟?

李岩把碗往餐桌上一放,语出惊人:"五点半。"

小圆:!

"所有人都是六点醒的,你怎么会五点半就醒?"小圆失态地冲到他面前,"怎么可能?你骗鬼吧?"小圆太意外了,抬手就去捏他的胳膊,想确定他是不是人。

她触手之处十分结实,他的肌肉好硬啊!

小圆猛地抬头,刚想说些什么,却忽然发现他也正在垂着眼看她。他的睫毛好长,像两把浓密的小扇子。此刻,那小扇子里头正藏着点点调笑的意味。

小圆赶紧把手从他的胳膊上收回来,又欲盖弥彰地往后退了一大步:"我说你到底怎么……"却不想大饼猫正徘徊在她的脚边讨食,她这么一退,将将踩到了大饼的尾巴尖。

"喵!"大猫旋即怪叫起来,又抽尾巴又蹬小圆的脚,害得她脚下一个踉跄,眼看着整个人就要朝后跌倒……

"小心!"李岩大步朝前,一把捞住了小圆的腰。

"喵喵!"这时,猫咪又大声惨叫起来,原来是李岩不小心踩了它的爪子。

"抱歉。"李岩长臂一紧小圆的腰,抱住她的同时带着她一个旋身,总算到了没猫的地方。

一系列动作发生在顷刻间,小圆半口大气都没来得及喘过来。

"谢……谢谢。"小圆动了动腿,没触到地面。咦?她一惊,这才意识到自己都被他抱得双脚离开了地面,怪不得她的视线与他齐平了。从这个角度看,他的睫毛更像小扇子了。

"喀喀……"小圆赶紧从他的身上蹦下来,这会儿她已经完全没心思去计较他为什么早上五点半就醒了,"我……我今天有事,我先走了!你记得喂大饼!"胡乱扔下这样一句话,她逃也似的出了家门。

客厅里骤然变得安静下来,只有风吹动窗帘"呼啦啦"地响。

默默地躺在地上舔爪子的大饼忽然抬头,莹绿色的猫眼与男人的蓝眼睛来了一个对视。下一秒,大饼夹紧胖尾巴,屁股一撅,挪到沙发后去了。

李岩显然不会跟一只猫计较。此刻,他正望着起伏晃动的窗帘,有些微的失神:"我醒来的时间……与别人不同?"

再回到小圆身上。

小圆并没有像平常那样搭上开往公司的公交车,相反,她还编辑了一条短信向领导请了一天假。

她深吸一口气,收好手机,挤上了一趟城际班车。这班车通往她的家。

两个小时后。

"本趟班车已到达终点站,请乘客们有序下车。"

班车的车门开了又关,车子重新启动,很快便消失在街角。

这是一处老旧的城区,两边是旧楼房,中间是一条阴暗的长街。街道坑坑洼洼的,两边的店面只有几家还有人在经营着,都是些不起眼的小卖铺。有几个小卖铺的店员认识小圆,不咸不淡地朝她打着招呼:"回来啦!"

"今天怎么有空回来?"他们眼里同情的目光掩也掩不住。

小圆攥紧了衣袋里的"明天"药水,低着头,快步走进了沿街的一条小巷子里。

她埋头走了大概十分钟,巷子里出现了一户人家。

老旧的大门,灰褐色的破败围墙,这是老城区里随处可见的房子。

直到这时,小圆漠然了一路的脸上才出现了别的神情,她激动地敲响了门:"妈妈——"

是的,院里头住着小圆的妈妈,这里正是小圆长大的家。

很快,院子里便响起了急促的脚步声。下一刻院门就被打开,一个衣着朴素的中年女人走了出来。看见门外站着的是小圆,女人瘦削的脸上立刻爬满了惊喜:"小圆,你怎么回来了?快进来!"

视线触及女人眼角的那一刻,小圆原本欣喜的脸色瞬间晴转多云:"他又打你了?!"

女人眼角红肿,泛着青紫,一看就是新伤加旧伤。小圆的火气"腾"地一下就上来了:"你怎么不躲?你怎么不反抗?你怎么任由他……"

小圆妈妈再也忍不住,一把将女儿拉进来:"你小声些,让街坊邻居看见了笑话……"

"笑话?"小圆的声音不自觉变得尖厉起来,"妈,你都被他欺负成这样了,还有心思在乎人家会不会看你笑话?"

"我……"夏母欲言又止。片刻后,她转过头去,什么也不说,就默默流眼泪。

小圆最见不得她妈这样,不得不主动软了声音:"算了算了,我今天来不是跟你吵架的,我……"视线触及母亲红肿的眼角,她忍不住话锋一转,"走,我先替你上个药。"

与这栋房子的外观一样,夏家也很老旧,客厅窄小,屋子里的摆设都是些用了至少十年以上的旧物件。

"你也别怨你爸,他……他就是早上起来控制不住脾气……哒——轻一点。"小圆下手重了,夏母忍不住抚上自己的眼角,疼得直抽气。

"'忍忍就好',接下来那句,你是不是想跟我说这个?"收好药酒瓶,小圆面无表情地说。

夏母拿帕子擦擦眼角,幽怨地叹了一口气:"不然……妈还能怎么办呢?"

从小圆记事起,夏父就是个脾气暴躁的男人,小圆虽然不喜,但也没到怨恨他的程度,直到他买了一管"明天"药水。

那是一管最便宜的、不标注种类的次级"明天"药水。夏父辛苦了大半辈子，日复一日机械地劳作，他对"明天"自然是渴望的。

明天是一个希望，有了明天，夏父的工作或许会更上一层楼，他们一家三口的生活就有可能变得更好！

可谁也料不到，这个夏父所渴望拥有的"明天"，对小圆和夏母来说，却是一场实实在在的灾难。

"啪"的一声，那是手掌掴在脸上的重响声。

曾经无数个早晨，小圆都是伴着这样的声音醒来的。她知道，那是父亲的大掌抽在母亲脸上的声音。

才上高中的小圆害怕极了，她每天活得战战兢兢，天天还没睡下就在恐惧早晨的来临。她恨父亲！恨不得替母亲承受那份痛苦！可她偏偏没有一点办法阻止这一切。因为自从注射那支"明天"药水后，夏父的生活就被暴力占据了。他时不时就会和人产生口角，打架更是三天两头会发生的事。不久后，他就被原来的工地开除了……他的情绪越来越不稳定，越来越不受自己控制。每天早上睁眼的那一刻，他双目赤红，体内就好似有一头凶恶的火龙在作乱，他急于发泄，暴力行为几乎就成了他的一种本能。这时，和他同睡在一张床上的夏母哪怕翻个身，或者打个呵欠，都会引发他的怒火……于是，他条件反射般一巴掌就抽了过去。

这个城市被施了魔咒，没有"明天"药水，哪怕你逃得再远，第二天早上你还是会在那张相同的床上醒来。于是，对夏母来说，挨打成了每天醒来都逃不开的噩梦……有时候夏母躲得快，或许能逃过那第一巴掌，可她的躲闪会激发夏父更大的怒火，他会赤脚踩在地上，追着夏母打……

夏母的生活基调是"受害"，受害者与暴力分子很残忍地契合了。"受害者"向来是逆来顺受、不会反抗，经验告诉夏母，乖乖地受了那第一个巴掌反而是好事……久而久之，晨起挨打就成了夏母的习惯。

小圆想帮妈妈，可夏母怕她会波及女儿，每当这个时候，她总是死死地抵着房门，说什么也不愿开门。小圆只好向外人求助，她巴巴地跑去执法局报警。可执法局的人告诉她，除非闹出人命，否则他们不会管这档子事。执法局的人觉得，小圆爸妈的这档子事完全是小打小闹，根本够不上执法局的定罪标准。

"你爸也很后悔，他就是……就是一时控制不住自己的脾气！"小圆记得母亲总是这样宽慰她，也这样宽慰自己。

"妈不疼，忍忍就过去了，真的。除了早上，其他时间你爸对我还是挺好的。"

　　一开始，父亲打了母亲后，确实会自责。可不知是不是母亲的逆来顺受助长了他的暴力因子，他的脾气变得越来越坏，动不动就摔东西骂人，直到他白天也会拿母亲出气。

　　夏母要想逃离这样的悲惨生活，最好的办法就是买一支"明天"药水。

　　可那时候"明天"药水的价格在极短的时间里翻了好几倍，小圆家的存款根本不足以支付一个成年人的"明天"。而且那会儿，又恰逢小圆要升大学。

　　"明天"贩卖局有专门为学生特质的"明天"药水，有"小学明天"药水、"初中明天"药水、"高中明天"药水，等等。其中小学、初中、高中的"明天"药水都是免费的，可以保证孩子们受到基本教育，但"大学明天"药水则需要花钱购买。虽然相较于成年人的"明天"药水，"大学明天"的价格要低许多，但那也不是一笔小数目了。当时，家里的钱所剩无几，事关小圆的前途，当然是紧着小圆用。

　　"妈没事，妈忍忍就好。"母亲总是这样对小圆说。

　　父亲则默认了母亲的选择。

　　小圆想反抗，想救母亲，但在这个家里，她是没有话语权的。而且，在某一部分的私心里，她也渴望着可以升学，可以拥有"明天"。于是，家里拿仅剩的存款给她买了"大学明天"药水，她的父母则继续过着原来的生活。

　　小圆在心里发誓，毕业赚钱了一定要买"明天"给母亲！

　　但是等真正进入了社会，她才知道，她赚钱的速度远远比不上"明天"药水涨价的速度。她的存款连带着他们家所有的收入，也无法给母亲买一个好一点的"明天"。

　　是的，小圆想给母亲买一个高级一些的"明天"，因为次级"明天"的风险太大了，万一买回来的"明天"也和父亲的那个一样……并不是每一个"明天"都能让人脱离苦海的。

　　小圆一直在攒钱，直到小强出了事。

　　同事小强的死确确实实刺激到了小圆。小强平时看起来是多么乐观的一个人啊，居然也会……她等不了了！她怕她还没攒够买高级一些的"明天"的钱，母亲就已经……

　　因此，小强出事那天，小圆连班也不上了。她请了假就匆匆忙忙赶到银行，把她的积蓄通通取出来，她想赶在"明天"贩卖局关门前，买一个"明天"出来再说。她哪里想到，"明天"药水的价格在一夜之间竟会涨到如此丧心病狂的地步。

　　小圆就是在这样灰心丧气的情况下遇到李岩的。

　　她其实有一点自私、冷漠，只想到了自己。她都已经那么悲惨，有一堆麻烦事了，实在没有多余的心力去"爱"一个不相干的陌生人。可鬼使神差又阴差阳错地，她救了李岩，跟着他去了医院。之后，李岩又像牛皮糖一样黏着她不放。

　　说实话，如果不是因为李岩有"明天"药水，小圆是不会对他心软的，她会让他爱上哪儿上哪儿待着去。

　　但是，他说要把"明天"药水给她用！

　　那一刻，小圆无比心动。

　　有了"明天"药水，她就可以救妈妈了！妈妈就可以不用再过苦日子了！

　　因此，小圆愿意帮助李岩，愿意给他买昂贵的衣服，愿意让他住在她家里。

　　"小圆？小圆？"见女儿坐在那里久久出神，夏母忍不住出声唤她。

　　小圆猛地回过神来，咳了一声："刚刚走神了。"望着母亲忧心而苍老的脸，她突然一把抓住了母亲的手腕，"妈，你可以不用忍了！我们有'明天'药水了！"

　　母亲的反应却并不是小圆预想中的欢欣雀跃，相反，夏母倏地站起来，脸上的表现越发忧心忡忡了："你从哪儿弄来的'明天'药水？你又乱花钱了？"

　　"我自然有我的办法。"小圆含糊道，"妈，我现在就给你注射'明天'药水，你明天就能自由了！"小圆一边说一边把药水从右边口袋里掏出来。

　　看清小圆手中东西的那一刻，夏母的瞳孔刹那间放大了。

　　阳光下，细细的玻璃管反射着晶莹的光，那里头十毫升不到的液体却足以改变一个人一生的命运。

　　小圆作势要去撕玻璃管底部的一块小凸起，那里头藏着一个简易的注射装置，可以直接把整根针管变成一个注射器。

　　"慢着！"夏母忽然大喊一声阻止了小圆，"妈不要！你拿回去！"

　　小圆都被母亲吼傻了，愣愣地问："为什么不要？这可是很高级的'明天'药水呀！"

　　夏母在屋子里转来转去，十根手指都快被绞成了麻花："妈……妈都已经这个年纪了，还能有几天好活？这么高级的药水妈妈用不起。你拿回去自己用吧……"

"妈！"小圆难以置信地大叫，声音里不禁带上了埋怨，"你在说什么呢？你还这么年轻！而且你知道的，我毕业以后那么努力地工作，就是为了给你买药水！你知道的呀！"

"小圆，妈妈知道你孝顺，可……可……唉，总之，妈不能要你的药水！你……你快拿回去！"

"为什么啊？"小圆的双手用力地抓住母亲的两边胳膊，使劲地摇，"是不是发生什么事了？是不是我爸说什么了？他逼你了？！"

"不……不……没有的事。"

"那你为什么不愿意离开我爸？！"

回应小圆的是"砰"的一声的踹门声。

跟有了什么预感似的，夏母整个人惊得差点跳起来，她如惊弓之鸟一般回头，就看见自己的丈夫正阴沉着脸站在门边，他手里紧紧抓着一把生了锈的扳手。

"爸……"小圆下意识感到畏惧，但很快她又一步上前，护在了夏母身前。

阳光自外头照进来，洒在人身上暖暖的，却如何也散不去夏父身上的阴寒。这个男人还是小圆记忆中的模样：普通中年男人的身高，普通中年男人的长相。因为长期从事体力劳作，他的身材颇结实。这会儿，他应该是刚从某个工地上下来，头发乱糟糟的，挽着裤脚和袖子，下巴上还有几天未修的胡楂。

"你们在做什么？"夏父声音阴沉，带着压抑的怒气。他一步跨进门来，屋子里的阳光一下子就被挡去了大半，他重重地把扳手往桌上一搁，"你要带你妈去哪儿？"

小圆用力握紧了拳头。不得不承认，在父亲面前，她和母亲一样，是弱势的。虽然她嘴上不承认，但其实她也怕父亲！怕他的拳脚也会像落在母亲身上一样……落在自己身上，她怕得要死！

但今天，也不知是否有了"明天"药水的加持……

"我要带我妈走！"这句压抑在心里多年的话居然就这样被她吼出来了。她感到一阵轻松，死死地盯着父亲，心里更有一种报复的快感！

"我要带着妈妈离开你！"

"啪——"夏父一个巴掌重重地抽在小圆脸上。

小圆捂着脸，被打得偏过脸去。

"小圆！"夏母忙将小圆扯到身后，冲夏父喊，"你打她做什么？她小孩子不懂事,你有话不能好好说,打她做什么?"

"都是你教出来的好女儿!"夏父呼哧呼哧地喘着粗气,"我养她这么大有什么用!"

"那你别养我啊!"小圆被骂又被打,被气得失了理智,"你生我出来做什么?给你打的吗?"

"你……"夏父粗大的手指指着小圆,"好好好,你大了,翅膀硬了,无法无天了是吗?好,我今天就让你知道谁是你父亲!"说罢,他操起墙边的扫帚就要打小圆。

"她爸……孩子她爸,你冷静一点!"夏母也不知哪儿来的力气,居然一把就抓住了扫帚尖,"小圆她不懂事,你别……别跟她一般见识!小圆,快给你爸认个错……"夏母的两只手死死抓着扫帚,一时间夏父居然抽不回去。

"我没有错!错的是他!"小圆不甘示弱。

"好好好,你们都是对的,就我一个人是错的!"夏父也不要扫帚了,猛地放开手。夏母一个没防备,整个人狠狠向后,摔倒在了地上。

"妈——"小圆忙冲过去扶母亲,又抬头冲父亲喊,"你太过分了!"

小圆仇恨的眼神刺痛了夏父。他红着眼,那一刻,翻江倒海的暴力情绪席卷了他,他就如恶鬼上身一般,想也不想就抡起手边的凳子砸了过去……却没能如愿。

举到半空中的凳子突然被一股无可撼动的力给拽住了。夏父火大,一回头就看见自己身后不知何时站了一个……

"砰"的一声,夏父整个人和凳子一道摔了出去,轰然倒地。

夏父都给摔蒙了,下一瞬,背部火辣辣的疼痛提醒着他,他被人给打了。"腾"的一声,夏父就跟被点着了似的,整张脸都变得狰狞起来!他嘶吼一声,就要爬起来再战。下一刻,他却难以置信地瞪大了眼,因为,一只白皙的大手瞬间掐住了他的咽喉。

在逆光的角度里,夏父只觉得眼前一花,他看见了一双墨蓝色的眼睛,一双冰冷的、闪动着危险因子的墨蓝色眼睛。

"咔嚓——"喉间一紧,夏父觉得自己听见了骨骼扭曲的声音。对方的手臂力量强悍得惊人,仅凭一臂的力量就将他制服不说,还把他整个人都给提离了地面!

"呃……呃……"夏父双目暴突,双手胡乱地拍打对方手臂,却撼动不了对方分毫。那一瞬，夏父感觉到了彻骨的恐惧。他毫不怀疑，只要对方愿意，轻易就可以扭断自己的脖子。越过对方精悍的肩头，他求助似的望向自己的妻女。

小圆还蹲在地上，整个人都看傻了。事实上，从"蓝眼睛"出现的那一刻，她张大的嘴巴就忘记合上了。他……他怎么来了？他是什么时候来的？

是的，这个仿佛从天上掉下来一样的男人，正是李岩。

李岩转头看向小圆，周身散发着阴寒之气，手上的力道在加重。

"快……快放开他！你快放开他呀！"还是夏母最先反应过来，扑到李岩身边就是一阵拍打。

李岩不为所动，只是看着小圆。

两人视线相触，小圆一怔，不知怎的，竟读懂了他眼中的问询之意。她这才意识到发生了什么事，赶紧站起来："快……快松手！"

五分钟后。

"喀喀喀……"夏父靠着墙瘫坐在地上，咳得几乎去掉了半条命，是前所未有的狼狈姿态。夏母则蹲在夏父身边，一个劲儿地给他拍背顺气。

两人对面的墙边，小圆瞪李岩："你怎么知道我在这里？"

李岩还穿着小圆给他买的那身死贵的衣服，明明他刚刚揍了人，却连衣角也不带皱一下。此刻，他正一脸认真地看着小圆："我说过，我总能找到你的。"

小圆：……

小圆无语的样子仿佛取悦到了他，他笑了，抬手摸摸小圆的头："我出来找记忆，结果迷路了，就顺着味道找到了你。"

小圆"啪"地一下打掉了他的手。你是属狗的吗？她忍不住腹诽。

说实话，小圆此刻的心情有点乱，因为，自己家里那么不堪的一面都被他看到了。毕竟她和他还不熟，远没有到可以向他坦露她家事的时候。

因此，小圆不自觉就开始赶他："你……你先回去，我还有事……"但声音戛然而止，因为她面前的李岩忽然上前一步，抬手就摸上了她的半边脸。

小圆：！

"哟——"他摸到她的痛处了，她忍不住叫了出来。

"他……打……的？"李岩沉着脸，一字一句地问。

"你小子……你……你想做什么？你敢！你……你别过来！"

夏母也帮着喊："小圆，这是做什么？快让他住手！快让他住手啊！"

小圆忙上前，一把自后头抱住了李岩的胳膊："算……算了，他毕竟……是我父亲。"小圆垂着脑袋，闷闷地说。

李岩侧头，自他这个角度，只能看见小圆圆圆的头顶和半根耷拉下来的马尾巴。他看不见她脸上的表情，但两人身体相触，肌肤与肌肤相贴之下，他可以很明显地感觉到她周身透露出来的委屈和悲伤。墨蓝色的瞳孔里不禁现出怜惜之色，他抬手摸摸小圆的头发，叹了一口气。

"这是最后一次。"李岩看着夏父，冷冷地说。

墙角的夏父先是一愣，继而更深地往角落里缩去。

李岩声音冰冷，语气强悍到不容人有丝毫置喙。小圆听得一愣，继而心里便泛上了一点点暖意。这是在她面对不堪的原生家庭时，第一次有人站出来为她出头。

对于家里的这摊烂事，小圆找过亲朋好友，甚至找上了执法局，可从来没有人愿意帮她。大家都是睁一只眼闭一只眼，觉得那是别人的家事，他们管不着，也不好管。只要不闹出人命，大家都关起门来过自己的日子，只求表面上相安无事。

可是，关起门来，真的就能相安无事了吗？

想到过往种种，小圆鼻头一酸。她怕眼泪打湿李岩的手臂，赶紧抬起头，却不想直直对上了李岩的视线。

原来，在她难过的时候，他一直在看着她。

墨蓝色的眼睛干净、清澈，小圆轻易就自里头看见了愤怒、冷意，还有……动容和怜惜。

动容和怜惜？他这是在……心疼她吗？

此念一出，小圆的小心脏就有些不受控制地怦怦怦乱跳起来。她被他看得有点受不了，赶紧移开视线。

这一移，她就对上了母亲含泪的双眼。

小圆心中一疼，瞬间就忘了所有的心思，抬步就朝母亲走去："妈，我们走！"

小圆拉着夏母的手步出堂屋，穿过庭院，一路走向大门的方向。

"你们这是要造反了！给我回来！王怡芳，你给我回来！"身后的屋子里，夏父正在不甘地叫嚣。但因为有李岩在，他不敢追出来。

清风拂面而来，小圆脚步轻快，心情是从未有过的舒畅。

很快，大门就在眼前了！

"吱呀"一声，李岩打开了大门。

小圆迫不及待地一步跨出门去，突然就感觉背后一股力道在拉扯。她回头，就见夏母正往后扯着她的手。

小圆：？

夏母低着头，哆哆嗦嗦地道："小圆，妈……妈不能跟你走……"

小圆："……为什么？"

夏母不自觉地回头往堂屋的方向看："咱们就……就这么把你爸丢下了？不……不行的，你爸身上还有伤呢！"夏母越说越激动，"咱们都走了，剩下你爸一个人，万一……万一家里进贼了怎么办？不行，我不能走！"

"妈，你给我回来！"小圆用力把母亲拉回来，满脸难以置信，"你到现在还向着他？你忘记这些年他是怎么对你的了？"

夏母哆嗦着手脚，整个人快要哭了："这……女人嫁鸡随鸡，他毕竟是你爸，我和他毕竟做了那么多年夫妻……"

小圆知道一时间跟母亲说不通，要说得通她早些年就说通了。当下，她也就不再废话，扯起母亲的胳膊就往外走："先离开这里再说！"

夏母却跟被烫到了似的挣扎起来："不……不……不行！妈不走！"

"妈！你要什么时候才会清醒啊？那个男人他根本不值得你这样！"

"他……不值得我这样？"夏母喃喃自语，有点被小圆吼蒙住了。

这时，有两个邻居自夏家大门口经过，不禁露出惊讶的表情："哟，小圆妈妈，你和小圆这是怎么了？吵架了？"

"哟，怎么你脸上还有伤啊？你家老头子又……"

夏母如梦初醒，她脸上现出了羞耻的表情，几乎是条件反射地甩开了小圆的手。

小圆一时间难以收力，她瞪着眼睛，整个人跟跄着往大门外的青石地上倒去……

夏母慌了，徒劳地去拉人："小圆——"

有人长臂一伸，先夏母一步稳稳地接住了小圆下坠的身子。

小圆只觉得腰际一紧，眼前掠过男人弧度优美的下颚。下一刻，她就重重地撞进了对方怀里。

男人的胸膛宽阔极了，雄浑的男性气息瞬间盈满了她的口鼻。男人的一一只大手护在了她的后脑勺上，摩挲着她脑后的头发，他轻声问她："没事吧？"

小圆张了张口，还来不及发声，就透过李岩的肩膀，看见门内的母亲含泪关上了大门。

"妈——"小圆从李岩怀里跳起来就往回冲，大门却在她赶到的那一刻，轰然紧闭。

"妈，你开门！妈，你快开门啊！"小圆"砰砰砰"地砸门，"我带你回家！我是来带你回家的啊！"

门内，夏母声音哽咽："小圆，妈这辈子已经这样了，为了妈跟你爸翻脸……不值得。纵然他有千般错，他也还是你爸。你这样……别人会说你闲话的……"

"什么闲话？别人爱说不说！关我什么事？！"小圆仍在用力砸门，"妈，你快把门开开！"

门内，夏母说："人活一辈子，就为争一口气，咱家……不能再让别人看笑话了。小圆，答应妈，你好好过，别活得像妈一样……"

"妈！妈！"

门内响起脚步声，脚步声离小圆越来越远。

"妈妈——"

"砰砰砰砰——"

小圆跟个小疯子似的砸门，她的手仿佛根本感觉不到疼。最后，还是李岩一步上前，自她身后将她一揽，紧紧箍在了怀里。

"放开！你放开我！我要见我妈！"

"妈！妈！妈妈——"

"小圆……"李岩脸上现出不知所措来，只能抱紧了她。

不知过了多久，小圆终于安静了下来。她的腿一软，整个人瘫在了李岩身上。望着前方的虚空，她喃喃着说："李岩，你说，妈妈她……为什么不跟我走呢？"

李岩神色复杂地看着小圆，他动了动唇，却终究什么话也没说出来，只是叹了一口气，将怀里的女孩儿抱得更紧了。

小圆的情绪一直很不稳定，李岩不敢强行把她带回家，只能慢慢陪着。她走，他就走，她停，他便停。她走着走着，突然蹲下去哭的时候，他还得提防有车撞到她。

两人一路拖拖拉拉，待回到小圆的出租屋时，已近晚上九点了。

"今天……谢谢你。"小圆的额头抵在冰冷的大门上，并未急着开门。

她身后的李岩"嗯"了一声。

小圆扯了扯嘴角："没想到吧，我的家庭居然是这样的，让你……看笑话了。"

黑夜里，李岩的眼睛亮得像天上的星星。他垂眸看着小圆白皙的后颈，想了想，忽然一步上前。

小圆的呼吸漏跳了一拍，因为他这一步上来，几乎就与她前胸贴后背了。左手背上突然一热，她忙低头，就看见他的大手握住了自己的左手。他的大手包着她的小手，带着她"咔"的一声把钥匙插进了锁眼里。

"什么都别想了，进去吧。"李岩的语气平常得就像在讨论"明天早饭吃什么"一样。

小圆"嗯"了一声，提了一路的气莫名就松了下来。

"喵！"公寓的门一开，肥胖的中华田园猫就愤怒地直扑小圆而来，试图以怒爪来控诉主人让它饿了一天的罪行。

但田园猫的下一声叫唤却变了调，只因小圆身侧的李岩眼明手快，凌空一抓就精准地揪住了大饼后颈上的皮毛，毫无人性地就把它提溜起来，提着离小圆五米远。

大饼与这个家里的不速之客静静对视。

中华田园猫秒怂，尾巴也耷拉下来，无比柔弱地"喵"了一声。

由着一人一猫堵在玄关那里作妖，小圆径直越过他们，把自己往沙发上一扔。挺着肚子发了好一会儿呆，她掏出手机拨出了一串电话。

"嘟——嘟——嘟——"

电话只响了三声就被人接起来了，那头却没人说话。

一时间，电话里只余彼此越来越急促的呼吸声响。

末了，到底是电话那头的人率先沉不住气，犹豫着开口了："小圆，你……别怨妈。"

是的，小圆这通电话正是打给她妈妈的。

小圆终究是硬不起心肠，叹了一口气，她开口了："他没打……他没对你怎么样吧，我们回去以后？"

"没有没有！"夏母忙道，"你爸他闪了腰，你们走后，我就扶他上床休息了。"

"那就好。"小圆说。

之后，母女间一时无话，很有些冷场。

"已经……到家了？"夏母又小心翼翼地问。

小圆"嗯"了一声。

"对了，小圆啊。"夏母斟酌着开口，"白天的时候忘记问你了，和你在一起的那个男孩子，他是谁啊？"

"没谁。"小圆有些心虚，"好了，妈你早点睡吧，我挂了，明天见。"

盯着已然黑屏的手机，小圆面上现出惆怅，而后又不知想到了什么，她的嘴角一弯，突然就勾出了一抹笑。

"在笑什么？"乍然响起的男声让小圆一惊。她一抬头，发现李岩不知何时来到了她面前，高大的身体替她挡去了不少头顶的刺目的白炽光。

"没什么。"她嘀咕。

李岩沉默地看了小圆一会儿，忽然道："你似乎并没有你表现的那样，为你母亲担心。"

小圆：……

她别过脸去，看大饼："听不懂你说什么。"

李岩在她身侧的沙发上坐下来，看着她道："这一路你很伤心，那是基于你母亲拒绝了你。但是伤心之余，对于她接下来的处境，你似乎没有多少担心。"

小圆又倏地把脸转回来。

"你的情绪，有些反常。"

这下，小圆精神了："这都能看出来？你是怎么办到的？"

"我……"李岩有片刻的愣怔，"对啊，我是怎么知道的？"

不过小圆已经不需要他回答了，因为她已经自顾自兴奋地说起来了……

时间倒退到夏家的大门口，她与母亲推搡时。

小圆知道一时跟母亲说不通，要说得通她早些年就说通了。当下她也就不再废话，扯起母亲的胳膊就往外走："先离开这里再说！"

夏母却跟被烫到了似的挣扎起来："不……不……不行！妈不走！"

"妈！你要什么时候才会清醒啊？那个男人他根本不值得你这样！"

"他……不值得我这样？"夏母喃喃自语，有点被小圆吼蒙住了。

这时，有两个邻居自夏家大门口经过，不禁露出惊讶的表情："哟，小圆妈妈，你和小圆这是怎么了？吵架了？"

"哟，怎么你脸上还有伤啊？你家老头子又……"

夏母如梦初醒，她脸上现出了羞耻的表情，几乎是条件反射地甩开了小圆的手……

也就是在这个瞬间，眼见夏母越来越不配合，小圆当机立断快速把"明天"药水注射进了夏母体内。注射"明天"药水时会有一点点疼，感觉就像是被蚂蚁蜇了一口。

那会儿，夏母正和小圆拉扯，手臂上传来的那一点点痛感，她还以为是女儿的指甲不当心刮到了她的皮肤。

"我妈的命运明天就可以改变啦！"小公寓的沙发上，小圆喜得合不拢嘴。她太开心了，忍不住就和李岩分享了自己的心情。

李岩静静地看着她，在灯光的映照下，他白皙的面庞显得越发英俊了。忽然，他殷红的嘴唇一张："在没有经过你母亲同意的情况下，你就给她注射'明天'药水，这可能欠妥。"

小圆下意识皱眉："这有什么欠妥的？我是在救我妈！"

李岩耐着性子道："我只是觉得，或许你该更多地尊重你母亲的意见。"

"你知道什么！"小圆倏地站起来，火气"腾"地一下就上来了，"尊重我妈的意见？尊重我妈的意见就是看着她挨打！我是她女儿啊，你让我怎么忍？！"她越想越生气，"她不是你妈，你当然可以在这里说风凉话！"

李岩拧了拧眉心，脑袋不知怎的有些闷痛："你先别激动。我的意思是，也许你应该先和你母亲沟通……"闷痛的感觉越来越强烈，他不由得皱了皱眉。

他的表情与动作在小圆眼中却有了另一番解读。曾经多少个日夜里，小圆为了母亲的事四处奔走。那时，大多数人露出的就是这样的神态：不耐烦，对她冷嘲热讽，觉得她多管闲事，不自量力。

思及此，小圆的整颗心都冷了下来："我知道自己在做什么，不用你多管闲事！"

李岩：……

他还想再说些什么，小圆却已快步回了房。

"管好你自己吧！"小圆丢下这样一句话，"砰"的一声甩上了房门。

发完脾气后，小圆却并不觉得好过，孤单、害怕、寂寞、不被理解……

种种难言的感觉席卷了她。

"明天醒来就好了！明天醒来所有的问题就都解决了！"她只能这样一遍遍地催眠自己。然后，午夜十二点一到，她同这个城市里的每个人一样准时进入了睡眠。

第二天早上六点。

小圆猛地从床上坐起来，她瞪大眼睛扫视了一圈房间，又忙不迭地下床来，跑到客厅里一通翻找。

"你在找什么？"李岩的声音从厨房里传出来，今天他没蒸蛋，早饭变成了两个圆滚滚的煮鸡蛋。

小圆："我妈！"

李岩：？

小圆懊恼地直抓头发："'明天'药水会改变一个人每天醒来的固定地点，我在想，会不会我的运气好，以后我妈每天的醒来地正好就是我家。"看来是她想得太美了。

"使用药水后，新的醒来地是如何决定的？"李岩突然问。

"这个……我也不知道哎。"

李岩就没再说什么，他走到小圆身边，把手里的蛋给她："吃。"

小圆可没忘记昨晚的不愉快，有些恼怒地横了他一眼："我现在哪儿还有心情吃啊？"

换衣服，穿鞋子，一分钟后，小圆就飞奔出了家门。

五分钟后，路边。

"你跟着我干什么？"小圆瞪着这个尾随自己的男人。

李岩歪头想了想，道："保护你。"

小圆：……

这时，城际班车来了，小圆没工夫再和他理论，匆匆忙忙就去挤车。

也不知道怎么回事，这天搭城际班车的人特别多，小圆眼睁睁看着一个个人高马大的人挤到她前头，她愣是半天都没能摸到车门。等好不容易挤到前面一些了，一个娇小的女孩子却突然如一尾鱼般自她腋下穿了过去，还在她脚上重重踩了一脚。

小圆：……

她痛得立时单脚起跳,身后的人再一挤,她再也无法维持平衡,眼看就要摔进人堆里。说时迟,那时快,后腰上倏地搭上来一双宽大手掌,一下子就把她整个人给抱提了起来。她仓促回头,只看见李岩尖尖的下巴。

这人身高腿长的,单手提溜着她,几下就拨开人群,成功上了车。

车门"咔"的一声关上,整辆车就像一只撑得肚子溜圆的大熊猫,摇摇摆摆地往前开。

"谢……谢谢你。"小圆小声道。同时,她要求李岩把她放下地。

李岩的手自她腰间收回,笑着道:"不用谢。"墨蓝色的眼睛倒映着车外的晨光,格外迷人。

小圆咳了一声,有些不自在地移开了视线。

这时,车子突然一个急刹车,车上站着的百分之九十的乘客都遭了殃,包括先前那个踩了小圆的女孩子。只见她一下子磕在了前排的椅背上,小圆看着都替她疼。而小圆自己呢,早在车子出现不稳的时候就被李岩一臂揽住。

他带着她瞬间移位。

小圆的身后是车壁,身前是李岩宽阔的胸膛。他单臂拉在吊环上,高大的身体形成一个保护圈,替小圆挡掉了所有的碰撞。小圆的心情莫名好了起来,她决定大人不记小人过,原谅这人昨夜的冒失了。

"那是什么?"李岩突然指向车窗外。

那是一片灰白色的地平线,随着车子前行,地平线一路往前延伸,仿佛没有尽头。忽然,视野里出现了一座高山,那地平线就看不见了。

小圆调整了一下站姿:"是城市边缘吧,我也不知道。"

从出生到现在,小圆就一直生活在这个城市里,从来没有离开过。她也不曾听说有谁走出去过,当然,也会有人试图出走。但是,他们要么失败了,要么就是被执法局的人发现,然后扔进了贫民窟里再也出不来了。

李岩"哦"了一声,不再说话了。

小圆照旧在终点站下车。

老城区还是那个老城区,街道还是那条坑坑洼洼的街道,店铺里的老店员们也依旧会朝她投来好奇的目光。可不知道为什么,她突然觉得没那么在乎了。此刻,与李岩并肩走在一起,她莫名感觉照在身上的阳光也明媚了不少。

嗯,一定是有了"明天"药水的缘故!怪不得那么多人趋之若鹜呢,"明天"药水真是个神奇的东西。

不过，眼看着离家越来越近，小圆还是不免紧张起来，因为她不确定"自由明天"药水会把妈妈带到什么地方去。万一以后妈妈每天早上的醒来地都在很远很远的地方呢？不过，这也总比跟父亲在同一张床上醒来的好。她这样安慰自己。

忽然，她面前出现了一个蛋。

小圆：？

李岩："吃？"

白滚滚的水煮蛋，这人一直带在身上的吗？

小圆想嘴硬，奈何肚子不争气地咕噜噜叫起来。想着待会儿可能还有得忙，她就不客气地接过来，然后低头，默默剥蛋壳。

李岩嘴角一弯，眼里现出星星点点的笑意："知道你忙，我今天特意用水煮的。"

"那我真是谢谢你了啊。"

"不用。"

小圆抬头看他，此刻的他温良质朴，就像一个大男孩。长这么大，她还从没见过像他这样的男人。她忍不住问他："你自己的事，你有想起来一些吗？"

李岩收敛了笑意，摇了摇头。

"唉——"小圆叹出一口气，谁的生活都不是一帆风顺的。这年头，大家都不容易。

"对了，还有一个蛋呢？"她记得他早上煮了两个蛋的。

李岩："我吃了。"

小圆：……你还真是不会亏待自己啊。

说话间，两人已走到了夏家门前。

望着紧闭的门扉，小圆吞了吞口水。

李岩看着她："需要我替你把门打开吗？"

"不用！"

小圆深吸一口气，"咚咚咚——咚咚咚——"敲响了夏家的大门。

可过了半天都没人来开门，小圆一阵心焦："难道我妈的'醒来地'真的在很远的地方？"

李岩却忽然抬手朝她"嘘"了一声，拉着她往门柱后一藏："你看。"

看什么？

柱子后的空间很小，小圆的后背就不得不挨着李岩的前胸。闻言，她下意识顺着李岩的视线看过去……那是两人前方的巷子，可什么都没有啊？等等！巷子口突然走来了两个人，那是……

等离得近了，便能看清是一对男女，两人看上去都已经不再年轻了。他们边走边说话，彼此的距离不近又不远。忽然，男人停步，对女人说了些什么，女人的头就深深低了下去。男人抬手就去抓女人的手，女人不愿意，两人就开始拉拉扯扯起来。

看到这里，小圆再也忍不住，从李岩怀里冲出去大喊："你放开我妈！"

是的，那走进巷子里的女人，正是小圆的妈妈。

"你是谁？跟着我妈做什么？"小圆快步上前，跟护小鸡似的将母亲护在身后，一脸警惕地瞪着眼前的中年男人。

这个男人相貌普通，戴着一副厚底的圆眼镜，看起来斯斯文文的，脾气似乎很温和。

"我……我是……"面对小圆的质问，男人竟然直接羞红了脸，半天挤不出一个字。

小圆不耐烦了，拉着母亲就要走："妈，我们回去，别跟莫名其妙的人搅和在一块儿。"

夏母："哎，等一等！"

小圆：？

夏母又开始绞手指了，她对着斯文男说话，却又不敢看人家："要不……要不你还是走吧。"

斯文男却跟忽然受了刺激似的大喊起来："我……我不走！阿芳，我要带你走的！"

小圆：？

夏家。

"别担心，你母亲对他也有感情。"李岩双手抱臂靠在墙边，低头朝小圆道。

小圆倏地抬头："你知道什么？！"

李岩示意她自己看。

只见夏母先是殷勤地请斯文男坐下，过了会儿似乎是怕他坐得不舒服，又找来两个靠垫给他垫上，然后，又忙来忙去地给他倒水喝。

"阿南,你喜欢喝橙汁吗?还是苹果汁?啊呀,我给忘了,你不喜欢吃甜的。那就喝茶吧?"

被称作"阿南"的斯文男只知道笑:"都好,都好。"

小圆看不下去了:"这男人来路不明的,我从没见过!万一他骗我妈……不行!"说着就要往夏母那边去了。

胳膊上一紧,她是被李岩拉住了。

李岩说:"再等等看。"

"等什么?"

李岩把她半边身子掰过来,她整个人就变成被他半罩在怀里的姿势了。他耐心地对小圆道:"你是关心则乱,我看他们相处得不错……"

小圆有点不高兴:"你又知道了?"

李岩失笑:"我只是觉得,你该给你母亲一点空间……"

他的话还没说完,那边的斯文男阿南却突然大喊一声:"阿芳你什么都不用管,我来和她说!"

小圆:???

她瞪了李岩一眼,这就是你说的相处不错?

这时,阿南已经几步冲到了小圆身边,李岩下意识将小圆往自己身后一护。

阿南看着地面,结结巴巴地自顾自说开了:"小……小圆是吗?我……我是你南叔叔,我……我和你妈妈……"

他一口气说了一大堆,概括起来就是:阿南和夏母曾经是恋人,但是当年,在各种阴差阳错之下,两人分了手,阿南还失去了夏母的行踪。二十多年来,两人未曾见过一面。直到今天早上,他们突然在菜市场里相遇了。得知夏母这些年过得并不好,阿南就想带夏母走。

"你别说了!在孩子面前胡说些什么呢你!"夏母急了,打了阿南一下,一张脸却忍不住地红了。

小圆:……

她直接忽略阿南,只小心翼翼地问夏母:"妈,你今天早上醒来有什么……不一样的地方吗?"这才是她现在最关心的事。

小圆这话显然问到了点子上,因为夏母脸上突然就绽放出了光彩,只听她激动道:"今早……今早我没和你爸……我是在咱们家里你以前睡过的那间房里醒来的!我起来的时候你爸还躺在床上,然后我……我就赶紧出门买菜去了，没想到会遇上……"

小圆激动地直抓沙发扶手，妈妈在另一个房间里醒来了！妈妈没被爸爸……"明天"药水起作用了！

"嗯？"低沉的一道男音在小圆耳边响起。她疑惑，一低头就见……妈呀，她随手抓住的哪里是什么沙发扶手，分明是李岩的胳膊！他的胳膊有力极了，捏起来跟铁棍似的，一看就是个练家子……呃，她在想什么呢？随后她赶紧松开了人家的胳膊。

夏母想问女儿是不是趁自己没注意的时候，对自己做了手脚。可阿南在这儿，有些话也不好直接当着外人的面讲。夏母只好换了个话题，对小圆说起了阿南："我……我和阿南好多年没见了，今天见到他我很高兴，他问我过得好不好，我……我没忍住就流了眼泪……"

那会儿正好有几个夏家的邻居也在菜市场里，见夏母哭，他们立刻不嫌事大地来表达关心了：

"你老公又对你动手了？"

"唉，小圆妈妈你真是不容易哟。"

"嫁了这么个男人，受罪哟！"

阿南急急问那些邻居到底怎么回事，夏母拦都拦不住。邻居们本来就爱看热闹，当即添油加醋地把夏父怎么对夏母的事给说了，阿南就什么都知道了。

"小圆，你……你别怨妈。"夏母不安极了。

"当然不会了，妈妈。"小圆拍拍妈妈的手背，"你有什么错呢？你有向任何人倾诉的自由呀。"

阿南则显得很激动："阿芳，你为什么要忍？你为什么还要待在这种人身边？你跟我走吧！你被困在这间屋子里也没事，大不了我每天早上都来带你走一次！"

夏母下意识去看小圆，又低下头去，嘴里讷讷道："不……不行的。"

小圆被母亲看得心情一阵复杂，虽然她一心想让妈妈离开爸爸，得到自由，但她无论如何也想不到竟是以这样的方式。她说不出哪里不好，但总觉得……有点别扭。

"小圆侄女，求……求你了！"阿南殷殷道。

小圆被阿南看得一个头两个大："你……你们让我想一想！"

夏家的院子里有棵大枣树，是小圆很小的时候种下的。如今，它已长成参天大树，可以为小圆遮风避雨了。

小圆蹲在枣树底下发呆，李岩双手插在裤袋里，往树上一靠，陪着她发呆。他就像她的跟屁虫，她走了，他当然不会在屋子里多待。

院子里安静极了，一时间，只有风吹动枣树的响声。

"你说我是不是太自私了？"半晌后，小圆闷闷道。

李岩垂眸看她："怎么这么说？"

小圆伸出一根手指，在地上戳蚂蚁，戳一下，又戳一下："既想让妈妈脱离苦海，得到自由，又不想要妈妈找别的……男人。这感觉就好像我怂恿着妈妈背叛爸爸一样。虽然我知道爸爸并不是好男人，但是……唉，我也说不清楚！"

李岩抬头看天，天色不知何时变了，滚滚浓云自天边欺压而来，给整个城市都罩上了一层阴影。他皱了皱眉，说："顺其自然。"

小圆下意识抬头看他，入眼即是他弧度优美的下颚与凝重的脸色。

"怎么了？"她不由得站了起来。

"没什么。"李岩垂眸看她，"我的意思是说，先保证你母亲的人身安全，其他的，顺其自然吧。"

四目相对，小圆自他眼里看见了密布的乌云。他眨眨眼，乌云便散去了，他的眼睛里映出的是两个小小的她，那么的惊慌失措，那么的无助。原来此刻的她是这个样子的吗？

"再难的事都会过去的。"李岩又说。

或许是看久了吧，这会儿，小圆就发现他的眼睛里除了她，还有沉静，似乎无论发生什么事，这双蓝眼睛总是沉静的，就好像天塌下来他也能面不改色，从容应对。她张了张口，刚想说些什么，屋内却突然传出了一声惨叫。

"啊——"

"你们这是当我死了吗？！"

小圆和李岩一道冲回屋去的时候，将将听见夏父的一声怒吼，只见他抡起手边的椅子就朝地上的阿南砸去！

"不——"夏母哭叫一声，扑过去就要替阿南挡椅子。

"你也想离开我！你们都想离开我！你们通通给我去——"

李岩飞起一脚踹向夏父手中的椅子，椅子"噼里啪啦"应声而碎，夏父整个人也被余力震得连连后退。

"阿南！阿南，你没事吧？"夏母扑向阿南，手忙脚乱去扶他。

阿南头破血流，眼镜耷拉着挂在他的左边耳朵上，整个人已经意识不清醒了。

小圆忍不住喊："妈，我爸怎么会在这儿？他不是……"上班去了？

就连夏母也是这样以为的，因为以往这个点夏父肯定是上班去了。可事实是，今早醒来没在床上见到夏母的人，夏父就感到非常奇怪，再加上昨天闪了腰，他便一直躺在房里没起来。夏家的房子老旧又不隔音，因此，方才几人的对话，被房间里的夏父听了个完全。

"贱人！你们这是当我死了吗？！"夏父怒吼一声就扑了过来。

面对狂怒的夏父，小圆其实是……恐惧的。下一刻，她突觉眼前一闪，就见李岩一步上前，一只手抓住夏父右臂，顺势往后一个反拧。

夏父嗷叫一声就跪倒在地。下一瞬，他听见这个年轻男人在他耳边道："我说过，最后一次。"语气明明如常，夏父却莫名地打从心底抖了一下。

"你……你要做什……啊！放开我！放……啊！"李岩一腿勾过椅子，将夏父往椅子上重重一按，又扯过桌上的毛巾往他嘴里一塞，同时，头也不抬朝小圆道，"找根绳子来。"

"啊？哦……哦！"

五分钟后，夏父已被五花大绑在椅子上，动弹不能了。

"唔……唔……"口含毛巾的夏父竭力挣扎，已经没人理会他了。

"得……得赶快送他去医院！"望着满脸是血的阿南，小圆急急地朝夏母道。

夏母却仿佛根本没听见她的话似的，怀抱着阿南，整个人都六神无主了："呜呜呜……阿南……阿南，是我害了你！"

小圆蹲下身想扶阿南起来，可她的手还没碰到对方，就被人一把扣住了。她下意识侧头，对上的是李岩凝重的脸。

"我来。"淡淡道了一声，他一臂伸向前头，下一刻，阿南整个人已经被他架起来了，"走。"只说了一个字，他便利落地架着阿南往屋外走。

阿南少说也有一百二三十斤，李岩架着他却跟拎小鸡似的。望着李岩高大而宽厚的背影，小圆心里止不住就涌上来一股暖流，暖暖的、温温的，熨帖得她鼻头都有些发酸。不过，眼下显然不是情绪外放的时候，她赶紧一拉夏母，两人一齐跟了上去。

三人以及一个伤患火速出了小巷。

好不容易拦到一辆出租车，夏母突然两手一揪裤缝："糟了！忘记带上咱家的医保卡了！"

"是啊，用医保卡能省好多钱呢。"小圆下意识道。

夏母狠狠点头："我回去拿一下，很快的……不行！还是先送阿南去医院吧。你们先走，我一会儿搭公交车来！"

"哎——"小圆还来不及阻止，夏母转身就跑远了。

李岩："他的脉搏越来越弱了。"

"好吧……"

二十分钟后。

"我妈怎么还不来？"在通往医院的公交站台上，小圆独自一人焦急地等待着。夏母离开时，小圆想着家里还有一个父亲在，到底不放心妈妈一个人，就让李岩先带阿南去医院，她自己则在公交站台等妈妈。

那会儿，李岩欲言又止地看着小圆，目光中很有几分不舍。

小圆被他看得有些好笑，抬手往外赶他："快去快去啦！我又不是不来了！"

"就是啊，你女朋友又不是不来了。"出租车司机也来凑热闹，"小伙子哎，也别太黏着女朋友了，会把她惯坏的。"

李岩：……

小圆：……

末了，李岩掩唇咳了一声，朝小圆道："那好吧，我……等你。"

"嘀嘀嘀——"一阵公交车到站的声音打断了小圆的思绪，又十分钟过去了。

拿个医保卡要这么久？

小圆终是忍不住，抬脚就往家的方向去了。

白天的小巷子静悄悄的，一个路人也没有。

小圆来到夏家门口时，发现大门虚掩着。

她推门进去："妈？"

无人回应。

"砰"的一声，屋子里却突然传来响声。

她赶紧快步往里跑："妈？"

堂屋里比他们离开时还乱，仿佛狂风过境一般。那张绑过夏父的椅子倒在地上，椅子边胡乱散着两截断掉的绳子和一把剪刀。

小圆心中一紧。

"啊——"里屋忽然传出一声惨叫,是夏母的声音!

"妈——"

小圆冲到父母的卧室时,将将看见父亲抓着母亲的头,直往墙上撞:"跑啊!我让你跑啊!跑啊——"

"妈——"小圆崩溃地大喊,"你放开我妈!"

夏父抬起眼来,他目眦尽裂,双眼赤红,显然已经失去了理智。

小圆却已经顾不得这些了,此刻,她眼里只有满头满脸血的妈妈,她只想救妈妈!

"砰"的一声,小圆被夏父狠狠地推倒在地上。中年男人恶意地往地上啐了一口,抓起手边的粗木棍就朝小圆走去:"真是我生的好女儿啊,我今天就让你知道,到底谁是你父亲!"他挥起木棍就要打小圆!

木棍的尖端有刺,直直朝着小圆的眼睛挥过来!

小圆手脚疼痛,一时间爬不起来,她害怕地蜷缩成一团,下意识死死地闭上了眼睛。

剧烈的疼痛却并没有如预期般到来。

小圆小心翼翼地睁开眼睛,就看见母亲跪在父亲脚边,两只手死死抓住了木棍的尖端:"孩子他爸,小圆她不懂事,你就饶了她这一回吧!"她又竭力朝小圆喊,"走!快走啊!"

鲜红的血水自母亲双掌间流出来,刺痛了小圆的眼,也不知她哪儿来的力气,突然就狂叫一声,整个人疯了似的冲过去,一头顶在夏父胸口。

夏父没留神,竟被撞得一个趔趄。

小圆头晕目眩,却仍趁机拉起母亲:"走!"

母女俩死命狂奔,眼看就要跑到大门口了,夏母却突然甩开了女儿的手。

小圆一时间刹不住车,一步就跨出了大门去。

"医……医保卡掉了。"夏母说着就回身去捡。

白色的医保卡落在青石的地面上,地面上却投下来了老大一团阴影,夏母下意识抬头……

小圆的瞳孔刹那间一缩:"妈!快回来!"

夏母条件反射般抬手去挡,粗大的木棍便结结实实砸上了她的手臂,发出"咚"的一声闷响。

"妈!"小圆要疯了,拔腿就要冲回去。

这时，也不知夏母从哪儿来的力气，痛得滚到门边的她忽然就从地上跳起来，"砰"的一声，用自己的身体撞上了门。

"走！小圆快走！"

"妈——"

小圆狂拍门："妈！妈！你开门！你开门！你快把门打开啊——"

门内却响起了父亲阴恻恻的声音："好，很好，你要做好人，就只有我是坏人……"

"咚——"的一声。

"啊——"夏母惨叫出声。

"咚——"又是一声。

"别打我妈！你别打我妈！"小圆"砰砰砰"地撞门。

里头骤然响起夏母凄厉的惨叫声，接着便是重物在地上拖拽的声音，辱骂声、求饶声、挣扎声，还有……渐行渐远的脚步声。

"放开我妈！你放开我妈妈！妈！妈！妈妈！啊——"眼前的门板结实得不像话，任凭小圆如何拍撞，它依然冷漠地挺立在那里。小圆拿头去撞门，喊得声嘶力竭："放开我妈！放开我妈妈！谁来救救我妈妈啊！"

这一刻，无数个黑夜里侵袭过她的噩梦卷土重来。梦里，妈妈满身残破地倒在血堆里，一只体大如山的恶魔在朝妈妈欺近。她疯了一样去求周围的人，祈求他们的怜悯，渴求他们的善意，可是，没人愿意帮助她。

而当她回头的时候，那只恶魔已一口将妈妈吞进了嘴里，发出"呼噜呼噜"的声响。

"不要！不要！不要啊！"小圆哭喊着跑过去，反而离那恶魔越来越远。她只能眼睁睁在远处看着，在远处看着……她永远都只是个需要妈妈保护的弱者、懦夫，她什么也做不了，什么也做不了啊！

"啊——"眼前的天地都变得昏暗，小圆就跟被魇住了似的发出崩溃的哭喊声。她哭喊得那样用力，那样无助，那样绝望，以至于都没有注意到周遭杂乱的脚步声，还有说话的人声。

有人快步来到她身边，抬手就搭上她的肩膀："小……"

小圆却因为适才遭遇到的恐怖暴力，条件反射就一巴掌甩了过去："不要碰我！啊啊啊，走开！"

"啪"的一声脆响，也不知巴掌落在了对方身上哪里。

下一刻，小圆感觉自己猛地就被拥入了一个温暖的怀抱里。

"唔……"她恐惧地瞪大了眼,想挣扎反抗,身子却被抱得更紧,耳边则听到抱着她的那个人冷声道:"里面的人有生命危险,快去救人。"

小圆愣住了,下意识抬头:"你……"眼前的黑暗与恶魔退去,她的视线渐渐聚焦——尖尖的下巴、俊美的侧脸、墨蓝色的眼睛,是李岩!

李岩的脸色是前所未有的严肃与阴寒:"我在巷子口看见有穿黑衣的男人巡逻,你说过,他们是执法者。我告诉他们这里要出人命……"他脸侧的咬肌紧绷,声音隐忍而暗沉,整个人身上都透着一股暴虐之气。

小圆却没注意到他的反常,因为只听"砰"的一声,两个黑衣执法者撞开了紧闭的夏家大门。

小圆的脑子又痛又蒙,她晕晕乎乎的,以至于接下来发生的一切就像走马灯般在她眼前闪过……

一脸阴骘的父亲被反铐着双手,由两个执法者押出来。经过小圆身边的时候,父亲朝她投来了……眼前倏然一黑,是李岩的大手蒙住了她的眼。她急得不行,忙扒拉开他的手,然后她看见满身是血的母亲被两名女性执法者搀扶着带出来了。

为首的一名执法者在拿手机通电话:"喂喂喂,老城区这边出现危及人身安全的犯罪行为,我们正要将犯罪者带回局里做犯罪程度鉴定……"

"妈……"小圆想到妈妈身边去,可还没从李岩怀里出来,就倏然两眼一黑,昏了过去。

"小圆!"

"嘀嘀嘀——"不知名的仪器在房内响个不停。

"她的情绪太过激动,休息一段时间就好……年纪轻轻的,压力也别太大了……还有啊……"

小圆感觉自己做了一个漫长的梦,她感觉自己身边一下子来了很多人。下一刻,又觉得整个空间只剩下了她一个,只剩下了她一个啊,谁也没法来帮她……来帮她做什么呢?对了,救妈妈!

小圆猛地睁开了眼睛。

入眼即是头顶白惨惨的天花板,视线下移,墙上挂着一个时钟。此刻,钟上显示的时间是十一点四十。窗外黑蒙蒙的,这显然是晚上了!小圆"噌"地一下子从床上坐起来了,这里是……医院?

身侧传来一声闷哼,小圆这才后知后觉自己手下压着了什么东西。热乎乎、软软的，是人的手！小圆倏地侧头，这才看见床边的躺椅上睡了一个人。感觉到响动，那人睁开了眼。四目相对间，小圆看见那双墨蓝色的眼睛里刹那间绽放出了喜悦。

"醒了。"男人直起上半身，声音里带着初醒后的沙哑，有点性感。

小圆一时间有些脸热，赶紧放开人家被自己压住的手。

那只搁在床沿的手却并未收回去，而是一路往上爬到了她的额前，贴了上去。

小圆：……

宽大的掌心带着薄茧，贴在她额上的时候有一点粗糙，但是很温暖，意外的舒服呢。

可惜，额上的手掌一触即开。下一刻，就听男人温声道："热度退了，你有没有感觉哪里不舒服？"

李岩整个人沐浴在床头灯光下，又高大又温柔。

小圆愣愣地看着他，木木地说："感觉身上没有力气，脑子钝钝地痛……"这会儿，她想起来她是昏倒了，但昏倒前发生了什么呢？

下一瞬，她的脑子一蒙，浮现出夏母满身是血的画面……她的脸色一下子就变了，掀了被子就要下床："我妈呢？！"

下一刻，她感觉肩头上一重，整个人又倒回了床上。

是李岩按着她一边肩膀，俯身看着她，道："你母亲在隔壁病房，她很好。"

他这么一说，小圆更急了："我要见我妈！"

"医生说你需要休息。"

"我说了我要见我妈！"小圆倔强道。

两人对视。

半晌后，男人叹了一口气，拉过床上的被子，重新把小圆裹得严严实实的。

小圆：？

接着，她感觉身子一轻，李岩居然将她连人带被子抱了起来！

小圆整个人都不好了，面红耳赤："你干什么呀？放……放……放我下来！"

李岩垂眸看她："不是要去见你母亲？"

小圆张口结舌："你你你……我我我……可是……"但最终她还是屈服了，两只小手不情不愿地圈上李岩的脖子。他要带她去看妈妈呢。

"吱呀"一声，隔壁病房的门被人推开，李岩走了进去，怀里抱着小圆。

病房里黑乎乎的,只有零星的月光自窗外透射进来,但这已经足够小圆看清,房间中央的病床上,母亲正被吊着一条手臂,无声地躺在那里。

"妈妈……"小圆的眼泪一下子就出来了,但她又怕吵醒妈妈,只能死死捂着嘴巴。

"医生说断了一条手臂,没有内伤,休息几个月就好。"李岩轻声道。

"抱……抱我过去看看,我要到我妈身边去。"

李岩便走到病床边的一张躺椅边,轻轻地将小圆放在躺椅上,而后看了她一眼,起身退后一步,在她身后站定,就像一个沉默的骑士。

小圆却全没注意到这些,此刻,她满心满眼都只有妈妈。

夏母鼻青脸肿的,整张脸上都是伤,脖子上有老大一圈瘀痕,裸露在外的手背上、手腕上也都是伤,有些看起来更像是陈年旧伤……她猛地别过头,不敢再看下去。这时,她又注意到病房靠窗的位置有一道隔离帘,帘后还有一张病床,那是……

"阿南叔叔?"

"嗯。"李岩低声。

"他怎么样了?"

"还好。"

是李岩把阿南送来医院的,更确切地说,是李岩托人把他送来医院的。白天小圆为了等妈妈,让李岩带着阿南先行。李岩久等小圆不来,心下担心,便嘱咐司机把昏迷的阿南送去医院,自己则下了出租车。

李岩来得很快,他在夏家那条小巷子口就听见了小圆撕心裂肺的哭声。这时,正好有几个执法者巡逻经过,李岩一朝他们说可能出人命,他们就跟着进来了……接下来发生的事,小圆就都知道了。

之后,小圆和母亲被送到医院。正好阿南醒来,见到小圆妈妈的样子,痛不欲生,死要和小圆妈妈一个病房。医生拗不过他,只好同意了。

"我没有保护好你。"安静的病房里,李岩突然道。

小圆诧异回头,对上他认真的眼,她心头一软:"这不怪你的,你……"她还想再说些什么,但突然听得身后传来一声呻吟,母亲醒了!

"妈妈!"

她想也不想就要扑向夏母,然而下一刻——

"咚——咚——咚——"午夜十二点的钟声敲响了。

小圆脸色大变,她几乎是惊慌失色地伸出手,眼看就要抓到妈妈的手了,她的眼前却骤然一黑。她感觉脑子一蒙，所有的意识在刹那间悉数消失。

第二天早上六点。
小圆猛然从床上惊坐起来。
熟悉的床单、熟悉的天花板、熟悉的房间，这是她的家里！
该死的每天早上醒来回到原点！小圆狠狠咒骂了一句，掀开被子就下了床。
五分钟后。
小圆一把拉开大门，将将看见李岩站在门外，一只手还按在门铃上。
她有片刻的愣怔："你这是……"
李岩的嘴角一勾，墨蓝色的眼里现出一抹如释重负，他说："我又找到你了，夏小圆。"
小圆想起来了，这家伙有点不受时间法则的束缚，虽然也会午夜十二点睡着，但每天早上会早醒半小时，且他在哪里睡着就会在哪个地方醒来。这么说，他这是刚从医院赶回来的？虽然小圆有很多疑问，但这会儿她可顾不上李岩了，她只想见到她妈妈！

每天早上，所有人都会回到自己的原点，哪怕前一天你是在重症病房也不例外。不过，医院也有和"明天"贩卖局合作，由贩卖局提供特质的"明天"药水，可使患者每天的醒来地都在医院。但是这种"明天"药水价格昂贵，且极度供不应求，不是病重到离开医院就会死的病人，贩卖局不会卖给你这种药水。普通的病人再有钱，要想买到这种"明天"药水，需要医院领导层层批复不说，起码也要排上半年的队才能买到。所以啊，这年头，没钱的人都不敢轻易生病。
昨天，妈妈是肯定没机会买到医院那种特质的"明天"药水的，因此小圆猜测，妈妈今天一定是回到了家里。于是，她一口气就冲到了夏家。
"妈！妈！你在里面吗？"她把门拍得"砰砰"响，"妈，你开开门啊！"
小圆的手掌都拍红了，院子里才终于响起了脚步声。那步子沉重而迟缓，像夹带着不小的怒气。
下一刻，门"哗"的一声被人从里头打开，夏父那张阴沉可怕的脸现了出来。
小圆"噔噔噔"倒退了三步，难以置信地瞪大了眼："爸，你怎么……"

你怎么会在家?"

前面说了,执法局是这个城市里特殊的存在,他们与"明天"贩卖局有所合作,会给罪犯注射特殊的"明天"药水,这些"明天"药水的种类会有很多。小圆父亲的罪行,虽然不至于被扔到贫民窟去,但至少也该被注射某种特殊的"明天"药水,让他在看守所里待一段时间才对。

可夏父今天怎么又会在家里?这根本不合常理!还是说,执法局的人把他放了?不可能啊……

"怎么,还知道我是你爸?"夏父阴郁地瞪着小圆。

小圆很害怕,但她又不能退,她探头望进院子里,强自镇定:"我……我妈呢?"

夏父:"买菜去了。"

"什么?!"

夏父忽然嘴角一勾,脸上现出了一抹意味不明的笑来:"喏,她回来了。"

顺着夏父的视线,小圆看见巷子口缓缓走来一个女人。她一只手拎着一个大袋子,另一手打着石膏,深一脚浅一脚地走着路,看起来吃力极了,她正是小圆妈妈!

"妈——"

"妈,你怎么……怎么到处乱走?"小圆冲到母亲身边,赶紧接过她手里的袋子,"怎么还跑去买菜了?手痛不痛啊?!"

"没……没事,妈没事。"说话间,小圆妈妈偏过脸去,看上去竟有几分……心虚。

"妈,你到底怎么了?还有我爸,他怎么会在家?!"

"我……我让执法者放……放了他。"小圆妈妈低下头去,讷讷道。

"你说什么?!"

"你小声些!"夏母急道,"仔细别让邻居听见了!"

"听见了又怎样?"小圆叫起来,"妈,你到底为什么要这样?你到底跟执法者说什么了啊?!"

夏母没受伤的那只手揪着衣角,五根手指都快被自己绞成了麻花:"妈……妈就跟执法者说……说我是自己摔伤的,不怪你爸……"

"你怎么能这样?!"小圆简直不敢相信自己的耳朵,"他那么对你,你还护着他?你为什么要这么做啊?!"小圆气疯了,险些就要脱口说出"你这么纵容他，难怪他不知悔改"这样的话了，但她克制住了自己。面前这个畏畏缩缩的女人，到底是她妈妈啊。

她心里一阵失望，说道："妈，道理我也不跟你讲了，我就想问问你，你这么做之前，有没有为我想过？我为你做了这么多，你……你就这么放了他，我算什么？阿南叔叔算什么？李岩做的又算什么？！"

夏母的眼泪扑簌簌地往下掉："小圆，妈知道你是为了妈好，但是……但是总不能真的让你爸去贫民窟，他怎么说也是你爸呀！而且……而且离开了你爸之后，妈又能去哪里呢？"

"当然是跟我回家啊！"小圆想也不想道。

"你一个女孩子家家的，赚钱养活自己已经不容易了，妈又没本事赚钱，跟你回去，这不是拖累你吗？"

小圆没想到母亲居然是这样想的，忙道："行的行的，妈，我可以养活你的！再不济，你还可以和阿南叔叔……我保证不会反对你们！"

"那就更不行了。"夏母苦笑着摇了摇头，"妈跟阿南都这么多年没见面了，再好的感情，十几二十年下来，也淡了。人心都是会变的，妈跟你说句掏心窝子的话吧，妈已经活到这个岁数了，也看清了，男人啊，都一个样，妈跟了你爸是这样，跟了阿南，保不齐……日子更不好过。"

"可是，可是我觉得阿南叔叔他……他看起来挺好的呀。"小圆没想到母亲内心居然这样悲观，她结结巴巴地反驳道。

夏母也跟着结巴道："万一……万一阿南真的对妈好，妈……妈就更不能拖累人家了。妈妈胆子小，这个岁数也经不起折腾了。你爸昨天已经跟我道过歉了，他说以后一定好好待我。"

"他的话你都信？他都说过多少回了？！"

夏母别过脸去："妈相信你爸这回是真的。"夏母像是突然想到了什么，又高兴起来，"再说了，妈的生活不是已经改变了？今天早上，我还是在你的房间里醒来的，你爸他没对我……"

"虽然早上醒来的时候避过了，但一天里的其他时间呢？你能保证再不遇上我爸了？"

"小圆，你听妈说，你爸他……其实也没你想的那么坏。而且……"她忽然幽幽叹了一口气，"谁家的日子是顺风顺水的？隔壁的王大妈，再隔壁的李大姐……大家都是这么过来的。真的，你听妈的话，忍忍就过去了。待会儿妈好好做几个菜，你就去跟你爸认个错，这事儿咱们就算翻篇了，啊？"

"我不……"小圆的声音戛然而止，只因身后，突然有人一手搭上了她的肩头。

"是我。"男人的声音低而沉静，是李岩。早上那会儿，他原本是和小圆一起来的，没想他就到路边买个早饭，公交车就到了，小圆"吱溜"一下就上了车，任他紧赶慢赶都没赶上，只能等下一班，这才晚到了。

小圆也不知怎的，听见他声音的那一刻，心头莫名一松，就好像有他在的地方，她就会感觉到安全。

看见李岩，夏母也很高兴："小圆啊，难得看你带男孩子回来，正好今天咱们一家人好好聚一聚，和和乐乐的。哎呀，我忘记买酱油了，瞧我这记性。我这就去买，小圆，你好好招待客人。"夏母说完就拐出巷子，往街口的便利店去了。

"哎，妈——"小圆要去追，却冷不丁听身后的李岩说了一句："你唤不醒一个不想改变、只想沉睡不醒的人。"

小圆诧异回头："你说啥？"

李岩锁着眉，却耐心道："不是所有人都想过和你一样的生活，也不是所有人都和你的想法一致。一个人如果自己不想改变，你再想拉她起来都是徒劳。既然你妈妈自己不愿意改变，就尊重她吧。"

小圆的脸色变得凝重起来，她下意识反问："尊重？怎么尊重？"

"不是所有被家暴的女人都会选择离婚，很多人会选择隐忍，因为觉得家丑不可外扬，觉得离婚会没面子。她们害怕不能给孩子一个完整的家庭，觉得离婚会失去经济支持，除非打破她们的固有思维，否则，你救不了她们……"李岩的声音突然顿住，他有些困惑地低声自语道，"奇怪，我怎么会知道这些？"

小圆却忽略了他的自语，只是咬牙道："你说得不错，我妈是很传统的那种女人，她就是……你说的那种心态。"

"那就给彼此一点时间，等她自己想通吧。"李岩道。

"等她自己想通，黄花菜都凉了！"一想到母亲的惨状，小圆的心就抽痛起来，"不行，我不能再眼睁睁看着我妈受苦！我得救她！"

"但是……"李岩看了她一眼，"她不见得想让你救。"

小圆的嘴巴张了又合，突然哑口无言。不得不承认，李岩的这句话确实戳痛了她。是啊，事实证明，她的妈妈并不想让她来救，她的妈妈只想要隐忍。这个认知叫她感到一阵无力，无力之后便是惶恐，但是她并不愿意承认自己的软弱。于是，整个人的情绪就转为了恼羞成怒地……朝李岩发泄，谁叫他无情地揭穿了这一切？

"那又关你什么事了？"小圆的眼眶红起来，"你对我的生活了解多少？你根本什么都不知道！"

李岩看着她，声音温和下来："我只是想让你别那么辛苦。你父母是你父母，你是你，当你所有努力都做尽了，还是无法改变他们的时候，你就接受现状吧。必要的时候，你要学会对你父母放手。每个人都该为自己的生活负责，你无法替别人做决定，哪怕那个人是你母亲……"

李岩的话好似有某种魔力，听得小圆的眉头越拧越紧："你不要说了！"她两手死死捂住耳朵，"我不要听！我不要听！我也不要你管！我只要我妈妈！"她拔腿就冲向夏母的方向。

接受现状？放手？眼睁睁看着我妈往火坑里跳？怎么可以？！

"小……"李岩一步跨出就要去追她，却突然感觉脑子里一阵眩晕，一些从未见过的片段闯入了他的脑海：一个男人在黑暗里行走……忽然，"哗啦"一声，他推开面前的大铁门，满屋子都是人，面目模糊的人！他们是什么人？

"妈——"那一边，小圆已然冲过马路，一把抓住了将将要进便利店的母亲。然后，在夏母的一脸错愕中，小圆急切地自口袋里摸出了一支"明天"药水！这是她今早出门前，特意从李岩那里拿的。

"妈，你不用怕，我一定会救你的！"

"你哪儿来那么多钱买药水？"夏母大惊失色，"你又把钱都花在妈身上了？妈不是告诉过你……不行不行！快把药水退回去！妈不要！"夏母连连摆手，居然转身就要跑。

小圆一步就跨到母亲身前，已然撕开了"明天"药水底部的小凸起："妈，你听我的，把药水注射进去就好了，你就什么烦恼也没有了，你的生活就……"

"不！"小圆妈妈难得硬气起来，"小圆，妈和你不一样！妈懦弱，妈胆小，妈真的不能再拖累你……"

"别说什么拖累不拖累了！"小圆的眼泪越流越凶，"你是我妈妈啊，为你做什么我都是心甘情愿的！妈，你明白吗？只要你还在受苦，我就不可能过得幸福！妈，你知道吗？从高中开始，从我知道你每天都在受苦开始，我就没有一天真正开心快乐过！你是生我养我的妈妈啊！我爱你，我想帮你，我这辈子最大的愿望就是希望你过得好！"

夏母也哭了，她呆呆地看着小圆，眼里流露出愧疚之色："小圆，对不起，是妈妈软弱，是妈妈没用，妈妈没能力给你提供更好的生活……"

"不！"小圆走近一步，拉起母亲的手，"我不怪你，妈妈，我从来都没有怪过你，真的，你已经尽你所能为我提供好的生活了。现在，你该享福了，该由我来为你做些什么了。"说话间，小圆拿起"明天"药水，靠近了夏母的手臂。

夏母仿佛被小圆说动了，她呆呆地看着小圆，什么反应也没有。

小圆的嘴角翘起来："只要注射了这支药水，妈你就能……"

谁也没有注意到的是，这时一辆大卡车穿过拐角，朝小圆这边疾驰而来。这本也没什么，小圆背对着卡车，和夏母好好地站在路边呢，然而那车的车轮一个打滑！

夏母的瞳孔刹那间睁大了："小心！"她想也不想就将女儿往边上一推。

"哎！"小圆踉跄摔倒在地。她尚不明白发生了什么事，只是听到了一阵刺耳的刹车声。她下意识抬头，将将看见夏母迎面撞上了大卡车。

"妈——"

卡车疾驰而过，夏母滚倒在路边。

小圆几乎是手脚并用地爬过去："妈！妈！你怎么样啊，妈？妈，你不要吓我啊！"

夏母的眼睛睁得大大的，如破布娃娃般倒在地上，殷红的血不住地自她嘴角流出来。她的眼里已经没有了焦距，只是喃喃着说："小圆，这下子，妈是不是……彻底……自由了？"

小圆大恸。

医院。

"谁是病人家属？"

"我我我……我是！"小圆惶急地迎上去。

医生眉头紧锁："伤者的情况很不乐观，可能有生命危险，必须立刻手术！"

小圆的眼泪"哗"地一下就出来了："医生，求您救救我妈！求您一定要救救我妈啊！"

"我们当然会尽力的，不过……你们家属也要做好准备。"说完，医生在几个护士的簇拥下，匆匆进了手术室。

小圆疾走几步，还想冲医生的背影说些什么，她张了张口，却发现除了拜托医生救妈妈，她什么也做不了，她感到前所未有的无力。

手术室的大门在眼前轰然合上，小圆像是忽然被抽干了力气，整个人直直往后倒去……

"小圆……"一道略带几分焦急的男声在她耳边响起，下一刻，她感觉自己栽进了一方厚实的天地里。抬头，她看见了李岩。他眉头紧皱，嘴唇紧抿，那双一贯淡然的蓝眼睛里，此刻居然现出了几分无措。

他是在……担心她吗？

小圆心中蓦地生出一股歉意，她的嘴巴张了又合，末了，终于说出一句："谢谢你，送我妈来医院……"她再也说不下去了，头一偏，眼泪没进了李岩的胸膛里。

李岩无声地将她抱紧。

六个小时过去了，手术仍在继续。

"都是我不好！都是我害了我妈……"在手术室外的长椅上，小圆把脸深深地埋进自己的掌心里，"我妈都说了她不想注射药水，不想改变了，我还一直逼她，强迫她……如果不是我一意孤行、自以为是，我妈也不会……都是我害了我妈……"

李岩摸摸她的头，拍拍她的肩膀，轻轻地把她带进了自己的怀里。

他明明什么也没有说，小圆却感觉到了一种无声的安慰，仿佛在他面前，她怎么做都是可以的，怎么表现都是可以被包容、被原谅的。于是，她闭上眼睛，任泪水肆意流淌。

"妈妈——"

"夏小圆？"一道惊喜的女声骤然打破了小圆和李岩之间的静谧。

小圆愣愣地抬头，看见面前不知何时站了一个打扮时尚的女郎。对方正努力朝她挤眉弄眼着："我是朱透敏啊，你不记得我了？"

"朱透敏？"小圆机械地重复，"你是高中那个……"

"答对啦！就是我！"朱透敏似乎是太激动了，抬手就朝小圆脸上来，想要给她一个爱的拍拍。手却在半道被人截住了，而且手的主人正用阴沉的眼神盯着她。

朱透敏：……

"啊，哈哈哈。"朱透敏赶紧把手抽回来，同时在心里暗骂：这年头，长得好看的男人都是神经病！

"你好啊，朱透敏。"小圆强打起精神。

"你好你好！"朱透敏一秒钟喜笑颜开，还亲热地坐在了小圆的身边，"咱们好多年没见面了呀。对了，你怎么会在这里？"

"我妈……在抢救。"小圆涩声道。

"什么？伯母在抢救？"朱透敏"噌"地一下站直了，"怎么回事？该不会是被你爸打的吧？你妈还没买到'明天'离开你爸吗？"

此言一出，连空气都沉默了。

"我……我是不是说错什么了？"朱透敏后知后觉。

李岩抬头，无声地看着她。

这一回，他没再抓她的手，可她却觉得这个男人的眼神更可怕了："我……我……我……突然想起来我还有事，我先走了！拜拜啊，夏小圆！"

"手术中"这几个字的灯持续亮着，手术室外忽然变得很安静，呼吸可闻。

"李岩，我是一个坏女儿。"小圆幽幽开口道。

李岩两颊的肌肉动了又动，他看着小圆，眉头锁得越发紧了："别这么说自己，我知道你很难过，这不是你的错……"

"不是的。"小圆打断他，"你知道我为什么一定要改变我妈的明天吗？你知道我为什么非要我妈离开我爸不可吗？除了不想看见妈妈受苦，我其实……还有我的私心。"说到这里，小圆把脸埋进自己曲起的膝间，仿佛不愿去面对什么。

李岩只是静静地听着，也不催促。

过了好一会儿，小圆闷闷的声音才重新响起来："小时候，我曾经一度以为世界上所有的爸爸妈妈……都是和我爸我妈一样的。后来我才发现，原来……并不是。那时候，我真的特别特别羡慕班上别的同学，因为他们的爸爸总是笑着的，他们的爸爸总是那么慈祥，那么开怀，他们的爸爸总是那么疼爱他们，他们的爸爸总是……对妈妈那么好。我真的……非常非常渴望拥有一个那样的爸爸。"

"再后来，我妈被我爸……的事不知道怎么传到了学校里……"小圆的声音低下去，低下去，低得都快要听不见了，"同学们都很好，老师也都很好，他们关心我，他们担心我也会被……打，他们想向我提供帮助。我……我很感谢他们,真的,他们都是好人,但是……我实在受不了他们每个人每天朝我投来的……同情的眼神。"

"他们的眼光仿佛在说,'夏小圆,你好可怜,你怎么会摊上那样的父母?你太可怜了'……"

"每天被别人用那样的眼神从早看到晚,我真的受不了……我感觉快要疯了。我……我觉得好丢脸,好羞耻。我恨我爸!我……我甚至也开始恨我妈,我恨她为什么那么软弱,为什么不勇敢起来,为什么不知道保护自己,为什么不能……为我想一想。"

"我居然恨她为什么不能为我想一想……她正是为我想太多,才不敢离开我爸啊……"泪水濡湿了小圆的膝盖,"我不知道,我真的不知道她原来是这么想的……我真不知道她会想要牺牲自己,我……"她泣不成声,几乎说不出话来,"我……我是一个心思特别卑鄙、特别丑陋的女孩儿……"

"不。"李岩沉声打断她,他的大手按上她的后颈,迫得她不得不抬起头来,对上她的婆娑泪眼,他的声音又不自觉低柔下来,"人性复杂,你有这样的想法是人之常情,但有这样的想法并不代表你就是这种人。人每天都会有千千万万种想法,而决定你成为哪种人的,是你自那千千万万的想法里选择了哪一种来过你的生活。相信我,对你母亲,你已做得足够。不是每个女儿都会如此尽心尽力地为母亲付出。"

"可是……可是……"小圆舔着干涩的嘴唇,"我就是个自私又丑陋的人啊,我的自私害了我妈,我的丑陋……我的丑陋……没人会喜欢这么丑陋的我……"

李岩不自觉收紧了捏着小圆后颈的大手,眼神颤动,嘴唇抖动,迟疑了半晌后,他方郑重地朝小圆道:"你很好,我……喜欢。"

小圆一下子愣住了,都忘记了要嫌弃自己。她直勾勾看着李岩:"你……"嘴巴张了又合,仿佛都不会说话了。

有红晕顺着李岩的耳后悄悄蔓延上来,他倏地自小圆颈后收手,一下子端正坐直了,嘴里却不忘重复:"你很好。"

"……哦。"

虽然知道他是在安慰自己,但是小圆还是感觉心头一暖,就好像整个人都被一个巨大的暖炉包拢着,那么温柔,那么妥帖。

"这些话,我从没跟别人说过。"小圆低低道。

"嗯。"李岩没什么表情,但仔细看的话,还是能发现他右边嘴角一扯,勾起了一抹浅浅的弧度。

两个人就像幼儿园小朋友一样，两只手搁在膝盖上，在长椅上排排坐好。

"谢谢你。"说完，小圆深吸一口气，她握握拳，"把心里话说出来，我感觉舒服多了。我知道，现在妈妈正是需要我的时候，所以我不能垮掉。"

李岩侧头看她，眼里是一抹赞许的弧度。他的脸孔清俊，眼神真挚而坚毅，无端端就会让人产生信任的感觉。他肉嘟嘟的嘴唇张了张，是想对小圆说些什么，这时，前方却传来"啪"的一声响，"手术中"几个字的大灯灭了。

小圆猛地站起来："妈……"

医生走出来，疲惫地摘下口罩："对不起，我们已经尽力了，伤者她……"

小圆只觉得一阵天旋地转，好不容易积攒起来的勇气瞬间消散了个干净。她眼前一黑，身子轻飘飘地直往下坠："妈妈……"

她身后的李岩一步上前："小圆——"

时钟指向清晨六点的时候，床上的小圆准时睁开了眼睛。

掀被子、下床、穿衣……一系列动作一气呵成。半分钟后，小圆打开了卧室的门。

餐桌边的李岩闻声抬头："你醒了，来吃早饭。"他穿着米色的贴身毛衣、同色系的修身长裤，哪怕罩着一身猪猪围裙也难掩他的盛世美颜。

小圆走过去，自然而然地从他手里接过一个煮鸡蛋："来不及在家吃了，走吧。"

距离那件事已经三个月了，小圆的生活依旧过得一板一眼，没有什么改变。不，还是有些东西不一样了，就比如，她的心态。

"本趟班车已到达终点站，请乘客们有序下车。"机械的播报音中，小圆与李岩一前一后下了车。

班车的车门开了又关，车子重新启动，很快便消失在了街角。

老城区的一景一物也与小圆记忆中一样，没有丝毫改变。小圆木木地往前走着，不知不觉就出了神。

"小心！"身后突然袭来一股大力，她一下子就被带进了一方熟悉的胸膛里。与此同时，她的身侧，一辆大卡车疾驰而过，卷起了一阵风。

又是大卡车！瞪着车身离去的方向，小圆愤怒地红了眼睛。要不是李岩拦着，她保不齐是要冲上去的！但是，冲上去又能怎么样呢？车子早开远了。

想到这里,她的心情越发沮丧。

"到了。"耳边响起李岩低沉的声音。

小圆僵硬地转过头来,她这才发现,居然不知不觉走到了巷子口。眼前的这条幽深小巷,一下子就勾起了她最深切的回忆。

是啊,到了,到妈妈家了呢。

深吸一口气,小圆敲响了面前这扇老旧的大门。

"咚咚咚——"

"咚咚咚——"

院子里很快响起轻快的脚步声,接着便听年轻女人脆生生地应了一句:"来啦!"

大门打开,女人淳朴的笑容便现了出来:"哟,是小圆哪,快进来!"

"我妈今天怎么样?"小圆张口问。

"挺好的,挺稳定的。"女人一边把人往里请,一边笑吟吟道,"药已经注射了,营养液也灌了。吸收挺好的,没什么不良反应。"

听对方说得这么仔细,小圆心头的大石总算放下来了一些。这已经是她给妈妈请的第三个看护了,前两个看护要么偷懒,要么做事马虎,妈妈现在的情况特殊,实在是经不起一点意外了。

"那就好,辛苦你了。"想了想,小圆又加了一句,"只要你好好照顾我妈,工资方面不是问题。"

"哎。"女人脸上笑出了一朵花。

其实,在这个城市里,看护的工资相当高,尤其执法局培养出来的看护。幸好当初那肇事司机很快被执法局抓住,还赔了小圆家一大笔钱,再加上小圆的积蓄和每个月的工资,一个看护还是请得起的。

"这是做什么的?"一道低沉的男声打断了小圆和看护的对话。

小圆诧异地回头,将将对上了李岩看过来的视线。青天白日里,他在郁郁葱葱的枣树下抱臂而立,整个人自成一道风景,如果忽略他面前那个晃来荡去的包的话。

小圆:?

看护忙道:"哦,这是自家做的沙包,是我建议夏先生挂上去的。我看夏先生成日里脾气不好,下班回来脸上老有气,就让他挂了一个。他心情不好了,就出来打打沙包,对释放情绪、缓解情绪都很好的。"

小圆的脸色顿时有点难看，随口道："他上班去了吧？"

看护依旧笑吟吟："还没呢，先生在照顾太太。"

"你说什么？！"

小圆冲进自己曾经居住的那间卧室时，将将看见夏父抓着夏母的一边胳膊，作势要将她整个人从床上推起来。

"你干什么？！快放开我妈！"

夏父一愣，托着夏母后背上的手就生生僵在了半空中。

"别紧张别紧张，"看护忙走上前，从夏父手里接过夏母，"先生这是在给太太做按摩呢，我专门教过先生动作要领，先生学得很好。"

这是学不学得好的事情吗？！

小圆一张脸涨得通红，愤怒地朝夏父道："你又要对我妈做什么？！我不许你碰她！"

夏父沉着脸瞪着小圆："她到底是我老婆，我照顾她……"

"你有什么资格说这句话？你又有什么资格站在这里？你要想照顾我妈，你早干吗去了？！"

夏父也被点着了火气："你这个……"他牙关紧咬，额上青筋暴起，但最终他眼中的怒火被心虚掩盖。他别过头去，说："我……会改。"

小圆冷笑一声，还是那句话："改？你早干吗去了？"

夏父终于恼羞成怒，暴跳如雷，道："夏小圆，别忘了谁才是你父亲！"他抡起胳膊就要扇向小圆。

门边的李岩倏地抬头，却有人比他的动作更快。

夏父的胳膊才抡至半空中，就被人从后头架住了。下一刻，女人不赞同的声音响起来："夏先生，请注意你的言行，我是有权利随时向执法局汇报你的情况的。"正是小圆花重金请来的看护！

看护贵也有贵的道理，执法局培养出来的看护，除了照顾夏母，还有监督夏父的任务。一旦发现夏父有任何不轨举动，看护是可以随时行使包括武力制止在内的各项权利的。

夏父往地上啐了一口，不情不愿地收了手。

屋子里的父女都吵成这样了，夏母却依然静静地躺在床上，自始至终，没有一点反应。因为，植物人是不会有反应的。

是的，夏母成了植物人，在那场车祸后，医生说她有可能再也醒不过来了。

一想到这里，小圆的心就跟针扎一样疼，她无法承载这种痛，恨意就一股脑儿全发泄到了夏父身上："用不着你在这里装好心！你走！你不配来看妈妈！"

小圆多么想把妈妈接到身边，自己照顾啊。可是不行，因为"明天"药水会让妈妈每天早上的醒来地都是小圆在老家的卧室里。小圆倒是想给妈妈买一支医院专用的"明天"药水，好让妈妈待在医院里接受治疗。可不说那药水小圆根本买不到，更重要的是，根据医生的诊断，妈妈现在的身体状况是无法承载一支新"明天"药水药量的刺激了。妈妈只能维持原状，日复一日地在小圆过去的房间里醒来。

夏父终究是不情不愿地出了房间。

"夏小姐，你放心吧，凭我的身手，照顾好太太肯定没问题！"看护拍着胸脯保证道，"哦，对了，昨天有个叫阿南的先生想来看太太。这人也不知道犯了什么病，哭着喊太太的名字，一把鼻涕一把泪的，我就没敢放他进来。"

"我知道了。"小圆木木地说，"他是我妈的朋友，下次可以请他进来坐坐。"

"哎！"

小圆与看护又闲话了几句，就找了个由头把她打发了出去。

一时间，除了床上不会出声的夏母，房间里便剩了小圆和李岩两个人。

小圆终于可以走到床边，拉过母亲的手，静静地坐下来。

李岩靠在门边，自他这个角度，将将能看见夏母枯瘦的手指和皮肤松弛了的脖颈。

对夏母来说，这未尝不是一种解脱。

因为使用者的性格、出生环境、处世态度等不同，哪怕注射了同样的"明天"药水，根据各人不同的行为模式也可能产生不一样的人生来。或许，对夏母来说，眼下的状态才是一种真正的自由。想到这里，李岩一惊，猛地抬头去看小圆。

小圆正把妈妈毫无知觉的手往自己脸上贴，嘴里轻轻地说："妈，我无法原谅我爸，也无法原谅我自己，我该怎么办啊……"

"什么？要把我的工资减半？为什么？！"在公司总经理的办公室内，小圆难以置信地大声道。

新上任的中年男经理从容道:"夏小圆,这几个月来,你的出勤率很不理想啊,十天里有五天在请假。剩下的五天,你不是迟到就是早退。我们这里是公司,不是慈善机构,而且你也知道,这年头经济不景气,公司也不容易。你是老员工了,就该给其他员工做表率。"

小圆急道:"那是因为我妈……"

"别跟我扯私人理由!"经理不客气地打断她,"那是你的私事,和公司无关。如果人人都像你一样,我们这公司还要不要开下去了?"

小圆又生气又委屈,眼眶都红了:"我知道出勤率的事是我不对,我……我以后会尽量克服。可是,一下子就把我的工资减半也太……"

"夏小圆啊,我也不好辞退你,但我也得给其他员工一个交代不是?"经理肥壮的身躯往椅背上一靠,"当然,你也可以选择不干。"

小圆:……

她还真……不能不干,她现在要照顾妈妈。

虽然夏母成了植物人,但小圆并没有放弃对她的治疗。别的不说,光是定期把妈妈送去医院做各种检查和治疗,就是一大笔开销。哪怕得了肇事者的补偿金,金钱方面也还是捉襟见肘。如今,她花钱都精打细算,每一分钱都必须用在刀刃上。

她已经在公司里吃了一个多月的水煮青菜当午餐了。

这个时候要把她的工资减半,不是要她的命吗?!

可经理的态度强硬,这事似乎已经没了转圜的余地。

怎么办?钱!钱!她必须想办法搞到钱!可多年来,她每天的生活都一个样,要能有钱她早就有钱了。

抱着无比沮丧的心情,当天下班后,小圆回到了租住的家里。

"回来了。"餐桌边的李岩抬头,朝小圆看过来。

明明是再普通不过的一句招呼,小圆却听得心头一暖。这种感觉很奇妙,就好像是饥饿的旅人蹒跚在寒夜里时,突然有人亲手为他递上了一碗热乎乎的肉汤。现在,她也是个有人在家里等她的女人了呢。

然而下一刻,她就温暖不起来了,因为,她闻到了扑鼻的饭菜香。

小圆"噔噔噔"跑到饭桌边,瞪着一桌子的鸡鸭鱼肉,抖声问:"这么多菜!你……你花了多少钱?"

李岩淡定地朝她比了个数字。

小圆登时觉得两眼一抹黑,脑海里自动自发跳出六个血淋淋的大字:下个月要吃土!

其实李岩的伤还没好利索,时不时就有个头疼脑热,再加上这段时间,他们也一直没找到有关他身份的什么线索。因此,他便一直留在小圆家里休养。

小圆也不曾差使李岩做过什么,可不知不觉地,这家伙居然就干起了家务活。自此,小圆的家从猪窝变成人屋,焕然一新,他还买菜做饭!小圆本以为像他们这种富豪,从小衣来伸手,饭来张口的,做出来的饭必定难吃,却不想他的手艺出乎意料的不错。

简直上得厅堂,入得厨房,新世纪好男人啊!

谁不想每天下班回来有口热乎乎的饭吃啊?

一来二去地,李岩就包揽了小圆家里包括做饭、洗碗在内的所有家务。一开始,小圆还有点不好意思,有一次吃完晚饭后,她就提出"我来洗碗"吧。谁知,李岩淡淡地看她一眼,说了一句:"怎么能让女人洗碗?"

救命!那一刻,小圆只觉得当胸中了一箭,整个人都不好了!幸而,那会儿李岩没看见她的窘态,他说完就自顾自地端起碗筷,往厨房里去了。

可谁能想到他花钱这么大手大脚,一下子就把他们半个月的生活费全花光了啊!不,她应该想到的,人家可是疑似顶级富豪的男人啊!

她在这边天崩地裂,李岩已在那一头摆好了碗筷。

"怎么不吃?菜凉了影响口感。"

还口感呢,我都要被你气死了!

李岩又说:"这段时间你辛苦了,好好补一补。"

补你个头啊!

"这是长期抗战,你不能自己先垮了。"他一脸认真地看着她,墨蓝色的眼睛里显露出真挚和关切。

唉!小圆叹了一口气,对于别人实打实的关心,她向来没有免疫力。再说了,人家也没做错什么,是她太穷了。这么一想,她更难过了。

"怎么了?"见她神色不对,李岩狐疑道。

"没……没事!"

天大的事,都等填饱肚子再说吧!

可等填饱了肚子,小圆也没能做出什么建设性的事来。这天晚上,她很早就睡了。

小小的出租屋里黑乎乎的,只有猫咪时不时打呼噜的声音。

一派寂静里，小圆卧室的房门悄悄地开了。

有零星的路灯灯光自窗外透射进来，也有"嘀嘀嗒，嘀嘀嗒"的烦人声音在客厅里响。那是墙上的挂钟。

此刻，挂钟上显示的时间是十一点半。

沙发上的人依然睁着一双墨蓝色的眼睛。

小圆当即吓了一大跳："你怎么还不睡觉？！"是的，这个打开卧房门的人正是小圆自己。

"睡不着。"李岩两脚略分开，坐在沙发上，静静地看着小圆。

小圆拿手绞着身上的睡裙，犹豫犹豫再犹豫，还是磨磨蹭蹭地朝李岩走去了。

"为什么睡不着？想什么呢？"小圆在他身边坐下来。

李岩："在想你。"

小圆：……

她的脸"唰"地一下热了，随手抓起一个抱枕，胡乱地捏。

"我……我有什么好想的？"

李岩侧头看她，他的眉头拢着，眼里现出一丝丝迷茫："想你对我，究竟有什么重要意义？"

小圆：？

李岩却又摇了摇头："没什么……有些事，我想不起来。"

小圆便明白他这是在担心自己失忆的事。她整个人挨过去，伸手到他肩上，给了他一个安慰的拍拍："别勉强自己，慢慢来，反正我这里随便你住的。就是，我可能要养不起你了……"

李岩：？

既然都开了头，小圆也就不藏着掖着了。她深吸一口气，于夜色掩映下，凑近到李岩耳边，轻轻地问："你的'明天'药水……还在吗？"

这是一句废话，"明天"药水当然是在的。小圆这么说，不过是为了掩饰自己的心虚，毕竟她又打起了"明天"药水的主意。

"吱呀"一声，是李岩拉开了茶几下的第二个抽屉。

抽屉里静静躺着一个黑色的化妆包。

一抹月光自窗外斜照进来，将将照亮了李岩的脸。

小圆看见他一挑眉，她读懂了他的意思，他是在说：自己拿。

小圆却没有任何动作。不是不想，而是……不敢。

"李岩，你知道吗？我觉得，是'明天'药水害了我妈妈。"小圆双手抱膝窝在沙发里，尖尖的下巴在膝盖上一磕一磕的。

李岩："嗯。"

"我也觉得，是使用了'明天'药水的我……害了我妈妈。"

"嗯。"

"我妈妈现在还人事不省，我怎么还能想着再用'明天'药水呢？"

"嗯。"

不论小圆说什么，李岩都只是静静地听着，没有开解，没有安慰。高大的男人沉默地坐在沙发上，给了小圆此刻最需要的——陪伴。

"可是，可是如果没有'明天'药水……"小圆的声音止不住地哽咽起来，"没有'明天'药水，我的生活就会一成不变，我哪儿来的钱救妈妈？"

这一回，李岩没再"嗯"了。犹豫了一瞬，他长臂一展将小圆抱过来，让她靠在了自己的肩头。

这段时间，小圆的压力实在太大了，她要照顾妈妈，要跑医院，要工作，还要顾及她自己和李岩的生活……种种的种种，她一直憋着、忍着，没有人可以诉说，整个人都要被压垮了！终于，在这个寂静的黑夜里，在男人温暖舒适的怀抱中，所有的负面情绪像是终于找到了一个可以宣泄的闸口，一股脑儿全倒了出来：

"我……需要钱，以后会需要更多更多的钱。可是，今天老板告诉我要把我的工资减半了；医院又打来电话，在催妈妈下个月的治疗费了，听说最近治疗费又要涨；看护也跟我说要涨工资……哪里都要钱！我……我该怎么办啊？我好害怕我弄不到钱，会又一次害了妈妈啊……"

"我真的好后悔、好自责，为什么我要自作主张？为什么我不尊重妈妈的意愿？为什么我非要给妈妈用'明天'药水？如果……如果不是我一意孤行，妈妈虽然会受苦，但她至少能活生生地站在我面前啊！"

"你怎么就知道，现在的生活，不是你妈妈想要的？"李岩突然出声道。

小圆的哭声一顿，自李岩肩处抬头，愣愣看着他："你说什么？"

李岩侧转过身来，看着小圆："活着有时候比死更艰难，对有些人来说，死亡反而是一种解脱。"说到这里，李岩眉头一皱，熟悉的头部闷痛的感觉又出现了，他的脑海里倏忽间就闪过某些陌生的片段：有人死了，有人倒在血泊里，有人……

"你安慰人的方式……很特别。"小圆闷声道，一下子就打断了李岩的思绪。

李岩拧了拧眉心，暂时撇开脑海里那些光怪陆离的片段。他说："况且，你妈妈还活着。"

"是啊，妈妈还活着。"小圆喃喃着说，"我还可以照顾她，我还有机会和时间弥补她。"

看着抽屉里的那包"明天"药水，李岩道："药水只是工具，端看使用者如何使用它。"

小圆抬起婆娑泪眼，看他。

李岩的声音低沉而富有磁性，仿佛是一杯热乎乎的巧克力，暖和了小圆的同时也叩开了她的心扉，令她千疮百孔的心被焐暖。

"你可以以一己之私使用药水，也可以因为救人而使用药水。药水是中性的，端看使用者如何赋予它意义。你强迫你母亲使用药水，固然不妥，然而，你是出于一片善意，想帮助你母亲摆脱无望的生活，你的初心并没有不对，你不该全盘否定自己。"

小圆耷拉着脑袋："所以，你是想说，我是好心办坏事吗？"

李岩伸手，似乎是想摸摸小圆的头，但手伸到一半，他还是收了回去："人生本来就是一个成长学习，从错误里汲取经验的过程，没有人生来就会做对所有事。"

"是啊，我做错了，每个人对'自由'的定义都不一样，我不该把我的'自由'强加给我妈。可惜，我明白得太晚了。"小圆又哭起来，"我犯的这个错误，代价太大了。"

李岩动了动手指，大手终是握上了小圆的肩头。小圆的肩膀又瘦又小，仿佛他稍一用力就可以折断："不要自责，你的母亲爱你。她是为了保护你，她在为你而战，她是为你而受伤，你是她最在乎的人，对她来说，现在也未尝不是一种幸福。内疚可以让你反省，但一味沉浸在内疚、自责的情绪里，就是逃避了。"

黑暗中，小圆呆呆地仰视他，觉得他的侧脸英俊极了："逃避？"

"没错。"李岩的眼睛倒映着外头的月光，像两颗漂亮的琉璃珠，"谁都会做错事，关键是做错了以后，除了内疚自责忏悔，你要想办法为这件错事做一点事，想办法去补救，这样的行为才有意义。"

"……很对。"

"你自己活好了，才有余力照顾你母亲；自己强大起来，才能为你母亲提供更好的生活。你母亲必然不喜欢看见你一直消沉、自责下去，一味沉溺在自己的错误里，那是弱者才会有的行为。"

"况且……"李岩的声音顿了一下，"你的一蹶不振是建立在认定了你的母亲不会再醒来的基础上。但是，这是真的吗？"

"我……"小圆的嘴巴张了又合，一下子愣住了。

李岩拍拍小圆的手背，墨蓝色的眼睛里浮现出了点点笑意："凡事都该留存一点希望，相信你母亲会醒，以更好的姿态迎接她，坦然面对才是真的勇敢。届时，你可以亲自去请求她的原谅。"

这会儿，小圆已经收住了眼泪，她的眼睛亮晶晶的，像黑夜里的星星："对啊，我要以更好的姿态迎接妈妈！这样才是勇敢面对自己的错误！"她一时间心花怒放，觉得生活充满了希望，连墙上"嘀嘀嗒，嘀嘀嗒"响个不停的挂钟，她都不嫌烦人了。

"李岩，谢谢你！"她太开心了，激动地整个人往前一扑，张手就抱住了李岩。

李岩：！

小圆只穿了一身睡衣，柔软的身躯蹭着男人坚硬的胸膛，那效果……

小圆也瞬间意识到了不妥，赶紧从他怀里起身："对不起，我……"然而，话还没说完，她就感觉到一阵熟悉的眩晕。

小圆仓皇抬头，"铛——铛——铛——"午夜十二点的钟声敲响了。

第三章
幸运明天

早上六点。

床上的小圆猛地睁开了眼睛。

熟悉的被单、熟悉的天花板、熟悉的房间,这是她家里!

她倏地坐起来,揉眼揉眼再揉眼,床单还是那套半新不旧的床单,房间也还是那个朴朴实实房间,怎么没有变?

她不信邪,掀被子下床,"噔噔噔"跑到外头。

"喵——"中华田园猫瞅准了时机,身手矫健地扑过来,终于扑到了主人的大腿!

"喵——"

小圆没工夫理这傻猫,拖着它往外走,没走几步就看见了端着两个小碗从厨房里走出来的李岩。

"早。"李岩朝她打招呼,"今天喝小米粥。"

还小米粥,小圆都要崩溃啦!

那次夜谈的第二天,小圆权衡再三,最终还是选择了再次使用"明天"药水。她觉得李岩说得对,药水只是一样物品,它是中性的,决定它发挥什么样功用的其实是使用者,得看使用的人究竟抱着什么样的心态来用它。她想通过"明天"药水,让自己和妈妈过上更好的生活,这个逻辑并没有错。

做好了心理建设,小圆就向李岩要了一支"明天"药水。其实她有点害羞,毕竟前一天晚上,两人陷入睡眠前的姿势那样尴尬。幸好,她和李岩仿佛无形中达成了某种默契，两人都绝口不提前一天晚上发生的事，也算是缓解了尴尬。

和上回一样，李岩把整个化妆包推到她面前，由着她选。她咬咬牙，选了一支"幸运明天"药水。

这个"幸运明天"，会给她带来什么？

小圆憧憬又忐忑了整整一天！

可哪里知道，今天早上醒来，她还是在自己床上，根本没有什么变化！

小圆又急又懊恼，直跺脚："你的'幸运明天'药水怎么没有用？！"

大饼还挂在主人腿上呢，小圆跺一下脚，它就"喵"一下，跺一下，"喵"一下……跟坐跳楼机似的。

面对跳脚的小圆，李岩只是淡淡地"嗯"了一声。

"难道是药水过期了？"小圆喋喋不休，开始找理由。

李岩把碗往饭桌上一搁："先吃饭。"

小圆：……

反正他除了她，别的什么也不在乎！小圆生气地想，但想完她又突然感觉这句话有哪里不对……

"小圆？"久久得不到回应，李岩抬头来看她。

墨蓝色的瞳孔里倒映着晨光，像两颗漂亮的琉璃珠，流光溢彩。看着看着，小圆也不知想到了什么，脸"腾"地一下就热起来了。

"我……我不吃了！"对上当事人"纯洁无辜"的眼神，小圆都有点语无伦次了，"我……我来不及了，今天不能迟到，我……我上班去了！"说完，小圆也不等李岩说话，把脚上的猫抖掉，同手同脚地出了门。

徒留屋内的李岩和大饼大眼瞪小眼。

"喵。"大饼猫弱弱地叫一声，夹着尾巴啃猫粮去了。

再回到小圆身上。

她并没有对李岩说谎，自从前几天被经理敲打后，她就决定要发奋工作了。至于看妈妈，就留到下班后，或者另外抽时间吧。有钱才能保障好她自己和妈妈的生活啊。

初秋的早晨已经有些凉意了，经冷风一吹，小圆的热脸马上冷了下来。她在包子铺买了个最便宜的青菜包，急急忙忙挤上公交车。

车子一路"哐当——"往公司去了，不多久便到了公司。

小圆如往常一样打卡，进公司，然而，今天公司的气氛怪怪的。大家纷纷交头接耳，窃窃私语，好像在聊着什么劲爆的八卦。看见她走过来，大家目光炯炯有神，齐齐朝她行注目礼。

小圆：？

该不会有人知道她在和男人同居了吧？她脑海里刚闪过这么个念头，一道焦急的男声就插了进来。

"夏小圆，你过来一下！"是经理助理，对方正站在经理办公室门口使劲朝她招手。

小圆心说，完了，肯定又要说工资减半的事。

小圆一脸懊丧地走进办公室，却发现办公室里并没有经理，倒是有两个身穿笔挺黑制服的执法者。

哎？

"夏小圆小姐是吗？你们经理被人举报涉嫌谋杀，已于今晨被执法局逮捕。"

小圆：……

"我们是执法局的,想向你了解一下情况。"黑衣的执法者面无表情地说，"对于你们的前经理，你有没有什么话想说的？"

小圆："哦……"

半小时后。

小圆恭恭敬敬地送走了两名执法者后，连忙抓住经理助理："那个，关于我工资减半的事……"

助理一脸茫然："什么工资减半？咱们的工资要减半？我没听说啊。"

小圆："耶！"

小圆一脸劫后余生地回到座位上，如往常一般地启动电脑，点击到熟悉的网站，又顺手打开随身携带的笔记本。

三分钟后。

"我的天哪！"

所有人齐齐转头看向小圆。

小圆不仅大喊了一声，她还跳起来了："什么情况？！"

情况就是，她的笔记本里夹带着的那张彩票上的七个数字，和电脑兑奖网页上的头奖数字一模一样!

开头就说了,小圆向来就有每天买一张彩票的习惯,今天自然也不例外。早上买包子的时候,她顺手就在隔壁报刊亭买了一张彩票,居然就中奖了!她买了这么多年的彩票,最多也就中个五块十块的安慰奖,这次居然中了头奖!苍天啊,大地啊,她真是太幸运了!

等等,幸运?

小圆这才后知后觉发现哪里不对,难道这就是……"幸运明天"药水的功效?

"我天!"办公室里忽然又响起震天一声吼。

小圆正魂游天外呢,冷不丁被这么一吼,吓得"砰"的一声坐回了椅子上。这么一来,她的视线正对电脑屏幕,就清清楚楚地看见了此刻正打开着的工作群里,大家正在疯狂刷屏:

"'大厚'上前段时间转发抽奖的'全城幸运锦鲤'出现了,是夏小圆!"

"或许是同名同姓?"

"不!就是她!我在她的'大厚'账号里翻出了她晒的照片,就是咱们公司的这个夏小圆!"

"啊啊啊,土拨鼠尖叫!"

"大厚"是全城覆盖面最广的一款社交软件,是专为用户提供分享、交友、记录生活的一种网络空间。前段时间,全城最大的互联网公司"挖宝"在大厚上举办了一个转发抽奖活动,名为"全城幸运锦鲤"。届时,被抽到的锦鲤可在与挖宝有商业合作的店铺、公司免费消费一次。要知道,挖宝可是全城最大的互联网公司,在这个网络资讯发达的年代,城里大到顶级商业集团,小到巷子里的杂货铺,几乎每一家公司、店铺都和挖宝有商业合作。

城里总共有多少家店铺和公司?

不计其数!

假设"锦鲤"每天选择一家店消费,下半辈子都消费不过来!

幸不幸运?

豪不豪气?

"啊啊啊,夏小圆,你太幸运了!下半辈子都不用工作了!"

"你怎么能这么幸运啊?啊啊啊,我要疯了!我居然和全城锦鲤是同事!"

"快把你的幸运分我一点,啊啊啊!"

一时间,同事们都疯了,齐齐扑向小圆。

"哎哎哎,你们冷静一点!"

"别捏我脸!"

"别抓我头发!"

"求求你们放过我吧——"

突然,小圆的前座小a插进来一句:"可是,你是怎么变得那么幸运的呢?难不成你买了什么'明天'药水?"

小a的声音不大,其实说出来的瞬间就淹没在了同事们的叫嚣声里,却被小圆听了个正着。

她浑身一个激灵,彻底清醒了。她本能觉得,她家李岩拥有那么多"明天"药水的事,还是越少人知道越好吧。

"我……突然想起来我还有事!我先走了……"反正经理都不在了,小圆便随便扯了个理由,奋力挤开已经形若疯癫的同事们,逃也似的出了公司。

"夏小圆,你真是太幸运了!"

"夏小圆,你是城里最幸运的人!"

大家都这么说,但小圆心里门儿清,这都是"明天"药水的功效。

小圆摸了摸兜里揣着的彩票,有种乍然狂喜过后的空虚感,一颗心也跟着七上八下起来。此刻,她感觉自己的身体里分裂出了两个自己:一个正在振臂欢呼着自己的幸运,另一个则在发动全身细胞展开怀疑,质疑眼前发生的一切是不是真的。

她的头皮紧了紧,抬手就拦下一辆出租车。

"师傅,麻烦到垃圾路233号!"

"好咧。"

还是先回家再说吧。

垃圾路233号,正是她租住的小公寓。

"李岩,我跟你说……"小圆拿钥匙开门,门还没彻底打开,她就迫不及待地喊起来。

下一刻,她却像是突然被人掐住脖子的鹌鹑,一下子失去了所有的声音。只因在此刻的客厅内,铺满阳光的窗台边,李岩正在脱衣服。

他显然刚刚运动过,整个人大汗淋漓,只在下半身松松地穿了一条长裤。

她推门进来的时候,他脱衣的动作也跟着停止了,白色汗衫背心就那样半挂在了身上。虽然没有全脱,但这已足够让人看清他赤裸身躯上的健硕肌肉、性感人鱼线……

小圆在外,李岩在内,四目相对,气氛诡异地沉默了。

"喵!"令小圆回神的是一声凄厉的猫叫声。

小圆这才注意到玄关处的地毯上、她的脚边,大饼正肚皮朝天地瘫在那里。方才与李岩对视间,她的脚无意识挪动,一脚踩在了它的半只耳朵上。

"对不起,对不起!"小圆赶紧蹲下身去撸它。

像是魔法突然解除,李岩也动了,随意地把身上的汗衫往下一拉,快步走过来:"没事吧?"这句显然也是问候大饼来的。

大饼委屈地窝在小圆怀里,耷拉着耳朵,"咪呜咪呜"叫着。见李岩也在它面前蹲下来,它立时扭身,把大脸埋在小圆怀里,拿屁股对着李岩。

"呵呵。"李岩拍拍大饼的后腿,声音低沉地笑了。

小圆却心头一紧。

此时,两人只隔着大饼,离得其实很近。小圆几乎是瞬间就闻到了他身上的汗味,混杂着浓郁的男性气息。不难闻,但是很具有侵略性,就像是某种强大的雄性动物,轻易就能拿身上的气息宣告他领地的所有权。

小圆的脸又不争气地红了。

"怎么了?"李岩看向小圆,"脸怎么这么红?"

"没……没有!"小圆忙站起来,"是……是大饼把我拱热了!"

无辜躺枪饼:……

李岩没再多说什么,而是换了个话题:"你怎么回来了?"

他一提这个,小圆就心花怒放。也不要撸大饼了,她慌忙放下猫,张口就兴奋道:"李岩,我中奖了!我的彩票中了头奖!我还抽奖抽到了'全城幸运锦鲤'!同事们都说我下半辈子都不用工作了!我知道这是'明天'药水起作用了!'幸运明天'药水真的有用!"

李岩垂眸看她,眼里也染上了笑意:"恭喜。"

小圆还在兴奋地叫个不停:"这样一来,我妈的医药费也有着落了!我不用再看老板的脸色了!我再也不用为钱担心了!"

"嗯。"李岩依旧没太大的情绪起伏。

小圆也不介意,反正他除了她,别的什么也不在乎。小圆的脑海里莫名又蹦出了这句好像有哪里不对的话,可到底是哪里不对呢?

"反正他除了她,别的什么也不在乎"的意思就是……他只在乎她?

想到这里,小圆心尖上蓦地蹿过一把火,整个人都要烧起来了。她这才后知后觉,自己居然顺手就抱住了李岩的胳膊,那她刚刚岂不是边说边来来回回地抱着他胳膊晃?

这可太像撒娇了!

她赶紧放开了男人的手。

小圆感觉自己热得更厉害了,忍不住抬头,去偷看人家。

李岩脸上带着淡淡的笑容,墨蓝色的瞳孔里干净一片,一点儿旖旎都没有。

果然是我想歪了。小圆在心里嘀咕着。不过,她的这点小情绪很快就被中奖的喜悦给冲散了。她晃了晃脑袋,甩掉那些奇奇怪怪的想法,兴冲冲地朝李岩道:"走走走!陪我去兑奖!"

"我跟你说,现在回想起来,其实我的幸运从今天一早起就是有迹可循的!"从出家门开始,小圆就叽叽喳喳说个不停。

"早上有三个人和我一起去买包子的,但是包子铺里的包子只剩下了一个。我们三个人都说赶时间,可老板还是把最后一个包子给了我!"

"我去买彩票的时候要排队,一个小哥哥主动把他的位置让给我了!"

"还有,我早上赶车去公司的时候也特别顺利。我一上车,刚好我旁边的那个人要下车,我就坐了他的座位!"

"因为都是些小事,而我当时一心想着要幸运的大事,'幸运'来了我也没留意到!"

"至于早上醒来我的醒来地没改变的事,在回来的路上,我拿手机上网查了一些资料,资料上说,也并不是每一种'明天'药水都会改变使用者的醒来地。当'明天'药水的功用与醒来地没什么相关的话,使用药水后,醒来地也有百分之五十的概率不会变。想来,我的幸运与否,确实和我的醒来地没多大关系呢。"

小圆说话的时候,李岩就分出一半的注意力一边走路一边听她说话。他没怎么回应她,至多就"嗯"几声,但小圆知道他都有在听,他眼里没有一点不耐烦。

小圆从没被人如此温柔又耐心地对待过,她这辈子对男人的最初印象便是源自自己的父亲。

而在她的记忆中，父亲向来是蛮横、粗鲁又不讲理的，他对母亲的态度更是让她对男性产生恐惧。长大后，她又没有太多与男性交往的经历，这便造成了她对男性的一个扭曲僵化的印象。她总觉得，男人都是蛮横、粗鲁又不讲理，都是不尊重女性，都是自大、傲慢、自以为是、难以沟通的。而她越是对男人的印象不好，就越是不敢与男性交往；她越不跟男性交往，她对男性的印象就更不好。长此以往，恶性循环。

现在李岩完全打破了她对男性的刻板认知。

小圆头一回知道，原来男人也可以这么有包容心、耐心，充满了温柔。蛮横、粗鲁又不讲理并不是男人专有的特质，只是她遇上的那个男人恰好蛮横、粗鲁又不讲理罢了。

单从这一点上来讲，小圆便知道自己是喜欢李岩的，不然，她也不会容许李岩在她家一住再住。似乎只要有他在，她一成不变的灰暗生活里就多了很多种不同的颜色。嗯，这里的"喜欢"指的是单纯的欣赏，并不包含男女之情。

"其实仔细想想，或许我原来的生活中也是有一些小幸运的，只是我一直聚焦在沮丧的心情里，都没发现呢！"小圆再次发出阳光、灿烂的感慨，"还有还有，我早上离开公司时，也是一下楼就刚好有辆出租车停下来，幸运得不得了！"

小圆话音一落，她和李岩将要搭乘的公交车就"砰"的一声关上门，径自启动，"哐当——哐当——"往前开，完全把他俩当空气。

小圆：……

她才刚说完自己幸运，就惨遭打脸。

小圆不服气："怎么回事啊？司机刚才明明都看见我们了，他为什么不等等我们？赶着去投胎啊！太可恶了！"

她越想越气，忍不住朝李岩抱怨："这'幸运明天'怎么感觉时灵时不灵啊？"

李岩笑着安抚她："没事，走路过去也可以。"

小圆："走什么走！打车！"咱现在有的是钱！

可这会儿正是出租车交接班的时期，打得到车的话，她和李岩早就打到了，哪还用得着来坐公交车？最后，她只能郁闷地拉着李岩上了下一班公交车。这班车倒是挺空的，整辆车上加她和李岩，拢共就六个人。

坐在前排靠窗的位置上，小圆鼓着苹果脸，一脸纠结。

"你说这'幸运明天'运作的机理到底是什么?难道有些事可以幸运,有些事又不可以?还是说,一天里发生的事,幸运和不幸运有一定的概率?这概率又是多少呢?"

李岩的一只手搭在前排椅背上,手指在上头轻点:"车到山前必有路,该到了你知道的时候,你总能知道。"

话是这么说没错,可小圆显然没他这么好的心态。她的小眉头一皱,嘴里嘀嘀咕咕,开始思考起自己的"幸运"概率来。

李岩本是随意坐着,一脸好笑地看小圆嘀咕。可下一刻,他搁在椅背上的手倏地收紧了。

"早上买到包子,坐车有位置,工资没减,又中彩票……算起来,幸运的事总共是这个数。"小圆边说边掰着手指头数,"早上到现在,不幸运的事……好像也就是刚刚没赶上公交车这一件了。所以幸运的概率还是很……"她还在自言自语着呢,身边的李岩却突然将她拉进怀里,抱着她猛地往座位底下一蹲,大手还不由分说将她的脑袋往自己胸前一按。

小圆:……

她刚要抗议,就听得外头砰然一声巨响,紧接着便是一连串剧烈的撞击声与刹车声。

"砰砰砰——"

"吱——"

"轰——"

"砰——"

"别怕。"一片混乱声里,小圆听见李岩在她耳边低沉道。

小圆心说:我都不知道发生了啥,我怕什么呀。

"不好!前头发生连环车祸了!"下一刻,前头的司机就大喊一声,猛然打转方向盘。

"吱——"剧烈的刹车声音。

"啊——"

"妈呀——"

"天哪,救命啊——"

公交车里的其他乘客没能事先防范,纷纷东倒西歪,乱叫成一片。

在天旋地转的眩晕里,小圆始终被李岩死死按在怀里,她只能无助地掐紧李岩的手臂。

"砰"的一声，公交车撞上了路边的绿化带，终于停了。

"还好俺闪得快！"司机大叔猛拍胸口，心有余悸地说。

其他乘客也都一脸菜色，互相搀扶着下了车。

小圆刚想动，却突然感觉身子一轻，整个人直接被李岩打横抱了起来。

小圆：……

李岩完全不给小圆反应的时间，直接抱着她，大步下了车。

光天化日之下，小圆知道害羞了，拿小拳头捶李岩的胸："哎，你快放我下来呀！搂搂抱抱像什么样……"

"你们几个运气真好，没赶上前头那班公交车！"小圆的"撒娇"声突兀地被司机大叔给打断了，"我刚刚接到通知，是我们前头那班公交车忽然发生爆炸，引发了连环车祸！"

"天哪！"

"太可怕了！"乘客们议论纷纷。

小圆的反应却比任何一个人都大："你说什么？！"她惊得叫起来，都忘记要从李岩怀里下来了。

司机大叔还在后怕中："说是车上的某个人携带了易燃易爆物品，那东西不知怎么烧了起来，导致整辆公交车爆炸……"

接下来司机大叔说了什么，小圆已经听不见了。她浑身的汗毛都竖了起来，吓得脸都绿了，只知道哆哆嗦嗦地揪紧李岩的衣襟："刚刚……刚刚我们原本是要上那辆车的，如果……如果我们坐了那辆公交车……天哪！"

李岩没再多说什么，抱着她，离开了人群。

这是一起相当严重的连环车祸，这条路短时间内肯定是无法通行了。小圆让李岩放她下来，她拉着他避过出事的大街，从另一条与之平行的后街上走。

她觉得李岩这人还挺魔性的，居然真给他说中了，他们得走着去。

一路往前，从楼与楼的间距里，小圆才真正直观地感受到，这起车祸有多惨烈。

小轿车翻倒，撞破了路边的消防栓，漫天的水柱挥洒下来；面包车直接冲进了街边的店铺里，店员尖叫着躲避倒下来的货架；大卡车上的货物洒了一地，整辆卡车完全将道路堵死，连救护车和消防车都开不进来。

到处都是男人女人的哭喊声与车辆的警报声，还不知道已经有多少人员伤亡了呢。

小圆的小脸煞白煞白的,她告诉自己只管埋头走路就好,可眼睛总忍不住往出事的地方看。她喃喃着说:"原来没赶上公交车,也是一种幸运啊!"

在城市里生活的人,没赶上公交车,没赶上地铁,这都是再寻常不过的事了。过去的小圆常常为此咬牙切齿,埋怨城市公交系统废物,抱怨司机无情。可如果说,这个"没赶上车"恰恰是一种幸运,恰恰帮我们避过了某些灾祸呢?

我们都觉得要顺随我们心意的事才叫幸运,要心想事成才是幸运。殊不知,有些幸运里可能就包含了不幸,有些不幸里却又有着幸运。就拿刚刚的赶公交车事件来说吧,如果那会儿小圆和李岩赶上了前一班公交车,那一刻对他们来说,当然是幸运的,可后续他们就要遭遇公交车爆炸,那就是大大的不幸了。

所以某些事的幸或不幸,可能真的很难用当时的视野来界定,将眼光放长远,同样的事拿到十年、二十年以后来解读,可能就会得出完全不同的结论。这或许就是那句古话讲的,祸兮福所倚,福兮祸所伏吧。

小圆咬唇,感觉心里五味杂陈。她一方面在后怕这场发生了的车祸,另一方面又……怎么说呢,这是她头一次真正感受到,人生竟是这般无常与玄妙,一个微小的错失,命运就会发生天翻地覆的变化。

这是她从未体验过的人生滋味。

小圆迫不及待地想将自己的体会讲给李岩听:"李岩李岩,我跟你说……哎?"

她身侧的位置空空如也,李岩人呢?

他刚刚明明就在她身边走着,护着她的,怎么突然就不见了?!

"李岩?"

"李岩!"

"李……"

小圆的呼喊戛然而止,因为她走了几步,侧身就看见了李岩。

小圆左前方的另一条街上,李岩正背对着她站在那里。

李岩微垂着头,两手随意地插在裤兜里,好似在发呆,又似乎在专注地看着什么。阳光将他落在地上的影子映成了小小的一团,此时的他看上去就像一个落寞的男孩儿。

小圆的脚步下意识放轻了。

终于,她来到了李岩身边。

她小心翼翼自他身侧探出头去,发现他正专注地看着的是……

"啪"的一声，小圆一巴掌拍上了李岩的背："还以为你在看什么呢？吓我一跳！"

李岩的正前方，不过是立着一个双手拄着拐杖、遥望远方的、黑黑瘦瘦的老头儿。这老头还不会说话，只是一个城市里随处可见的雕像。

李岩迟疑着转头，拧着眉头，眼里带着几分很明显的困惑："我应该……见过他。"

小圆"哈"了一声："是啊，他是城市设计的总工程师嘛，大家都见过他的雕像。"说话间，她上前一步，双手合十朝总工程师拜了拜。听说这位总工程师也是城市的创建者，是一个传奇人物，可厉害了！她拜拜沾沾喜气嘛。不过，是她的错觉吗？她怎么感觉，自她这个角度看过去，创建者的侧脸和李岩有几分相似呢？

她在这边想些有的没的，耳边却听李岩道："不，我觉得……我见过他本人。"

思绪完全被打断的小圆：……

半分钟后。

"什么？你说他已经……去世五十年了？"李岩的瞳孔剧烈一缩，嘴唇颤动，难得露出如此慌乱的一面。

小圆便有些心疼他，不由得拉住了他的手："你伤到了脑子，有些事记不住了，也是正常的。"

李岩张了张口："我……"他像是遭受了什么重大打击，面上虽无表情，但他的眼神是疑惑的，仿佛不明白自己为什么会受到打击。自己和自己纠结，自己打败了自己。唉，可怜的孩子。小圆忍不住踮起脚，摸了摸他的头。

"想不起来就别想了，顺其自然吧。"反正现在姐姐我都中彩票了，养得起你！

李岩先是一愣，继而他看着小圆的目光就变得深邃起来。

"顺其自然……"他喃喃着说。忽然，他眼神一亮，又笑起来："是啊，车到山前必有路，这还是我不久前对你说过的话，怎么轮到我自己我就忘了？"他的语气倏而又转作郑重，"多谢你的提醒。"

小圆被他直勾勾的视线看得不好意思，赶紧拉了他就走："走！去拿钱啦！"至于雕像和李岩长得像什么的，肯定是她的错觉啦！

这个时候的小圆，满心满眼里都只有钱。她当然不会知道，正是因为她对李岩的放任，给他灌输什么顺其自然的想法，才会令他懒散、放松，觉得对于自己的过去暂时想不起来,似乎……也没什么。

"嗒"的一声,墙上的挂钟指向了早上五点三十分。

满室寂静里,沙发上的李岩睁开了眼睛。他目光清明,丝毫没有一般人睡了一夜后乍然清醒的迷蒙。掀被子,下地,穿鞋……他姿势娴熟而严谨,像经过专门训练。

"呼——呼——"这是猫儿发出的声音,它把自己扭成了一团麻花,还在窝里幸福地酣睡。外头一点动静也没有,整个世界都安安静静的,还在沉睡。

李岩默默地在窗边站了一会儿,如以往的每一次一般放弃了外出的打算。当所有人都在沉睡的时候,你却醒着,这并不是一件值得骄傲的事。他必须非常小心。在想起来某些事前,他并不打算贸然行动。而且,模模糊糊的直觉告诉他,外面的世界并不如表面上看起来那么平静。于是,他抬步离开窗边,朝前方的卧室走去。

"吱呀"一声,他旋开了卧室的门,便有一片光亮从里头照射出来,那是源自房内落地窗外的光。

风轻轻吹动窗帘,引得窗外的阳光点点滴滴洒在小圆脸上。小圆整个人埋在被子里,脸蛋粉扑扑的,睡得无知无觉。

男人嘴角一勾,墨蓝色的瞳孔里现出了一抹如释重负。

他关门,转身,让一切恢复原样。

接着,男人开始在屋子里踱步,他从这头走到那头,从窗边走到门口,就像是一头巡视领地的雄狮,不放过任何一寸空间。

确认领地无恙,他方停步,往厨房的方向走去。

时间一分一秒地过去,很快就到了早上六点。

整个世界开始复苏,外头也渐渐响起了说话的人声、走路声、扫地声、车辆碾过地面的声音……

厨房里,李岩不紧不慢地拨弄着手下的食材。

突然,他眉头一动,只因客厅里响起了极其轻微的一声"咔啪"。

李岩手里的刀停了下来。

"快快快!好了没有?再磨蹭下去,左邻右舍的人都要出门了!"极低的一道男声响起,有人在刻意压低声音说话。

"你别催我呀!你越催我越剪不断!"这是第二道男声,"这防盗网怎么这么难剪？"他话音刚落，只听"咯嘣"一声，细细密密的防盗网就给硬生生剪开了一个小口子，"好了！"这人赶忙把老虎钳往身后的同伴怀里一塞，徒手就去掰那小口子。口子越张越大……

见此情状，他身后的秃头同伴满脸贪婪道："兄弟我查过了，这丫头几年前搬过来时就是一个人住。咱们把她拿下了，她中的那些彩票钱就……嘿嘿嘿。"

"成了！"前头那人突然道，竟是把那窗外的防盗网给掰开了一个可容一人通过的大口子。

"快快快！快进去！"

"好咧。"前头的大汉一脚蹬上窗台，一只手撩开窗后的帘子。

屋内比外头要暗上许多，大汉一时间无法适应眼前的黑暗，下意识闭了闭眼。再睁开眼睛时，他的心头猛地一跳，只因他面前不知何时站了一个面无表情的男人。

大汉的瞳孔猛地一缩："你……"

男人抬起过于白皙的面孔，他瞬间扣住了大汉撩帘子的手。他的动作快如闪电，离得那么近，大汉居然完全没看清他是怎么动的手。大汉也不需要看清了……

"嗷——"

"怎么了怎么了？什么声音？"小圆急急忙忙从卧室里冲出来，睡衣的半边衣领滑下肩头了都不自知，"刚刚是谁在叫？"叫得也太惨了吧，跟杀猪似的。

窗边的帘子被风吹动，李岩的脸在帘子后若隐若现的，阳光打在他半边脸上，他整个人好似会发光。墨蓝色的眼睛一眨，他说："没什么，外面捡破烂的摔了一跤。"

"哦。"

"今天还是去看你母亲？"李岩眉头一挑，向小圆走来，可走了几步，他又忽然顿住。只看了她一眼，他就飞快移开了眼。

小圆：？

李岩咳了一声，抬手指了指她的肩头。

小圆疑惑低头，随即"呀"了一声，赶紧把睡衣拉好。无可避免地，她的脸慢慢红了。

李岩也好不到哪里去，于晨光里，只见他白皙的耳后有点点红晕浮上来。

"你……"

"我……"

两人同时开口，视线不偏不倚地就对上了。

他的眼神深邃，她的眼睛水灵灵的，也不知他们自对方眼里看见了什么，下一刻，两人又一齐移开了眼。

李岩看天看地，小圆弯腰撸猫。周遭有叫人脸红心跳的粉红色空气分子静静地流淌着。

最后，是男人打破了沉默："去看你母亲？"却也不过是很没营养地重复了一遍刚才的问题。

这个话题很安全。于是，小圆忙点头："嗯，要去的。"

自从小圆彩票中奖得了一大笔钱，她就辞去了原来的工作。一来，她已经不需要那点微薄的工资了；二来，那实在是一份没什么意义的工作，不过是消耗生命罢了；三来，她的"幸运"在公司那么多双眼睛底下，肯定是瞒不住的。她一点都不想让别人知道李岩有那么多"明天"药水。

结合种种因素，小圆便决定不去上班了，她想把时间花在更有意义的事情上。而对目前的小圆来说，更有意义的事便是陪伴妈妈了。

如以往一样，小圆出门就幸运地叫到了车，一路畅行无阻地来到妈妈家，路上连红灯也没遇上一个，还没敲门，看护就自里头打开了大门。

"哟，小圆小姐回来啦，我正好要去倒垃圾，快里头请！"小圆又从看护口中得知，她爸一大早已经出门了，父女俩应该一整天都很难碰上面。太好了，今天又是幸运的一天！

小圆心里有些高兴，走路下意识一蹦一蹦的，像跳舞。可她没留神进门时有门槛，脚下一绊，整个人不受控制地就往前扑。

"啊——"声音将将叫出喉咙口，她便感觉腰上一紧！下一刻，她已经猛地向后被人搂进怀里了。

"看路。"低低的男音响在耳边。

"……哦。"小圆发出了细弱蚊声。

因了早上那一出"走光"事件，这会儿面对李岩时，小圆还有些害羞。她赶紧后退一步，与他保持安全距离，捋了捋头发，嘴里没话找话道："你一会儿……要出去吗？"

李岩："今天和你在一起。"

"这样哦。"

李岩的伤已经差不多好了,他不再每天待在家里,有时候会出门,一去就是一整天。小圆知道他这是找记忆去了。他说自己没有既定目标,不过是在城市里漫无目的地闲逛,看能否触景生情,令自己想起些什么来。

可惜,他的运气不怎么好。

不过大多数时候,李岩会跟小圆一起,陪她来夏家。小圆和妈妈待在一块儿,李岩则会选择站在院子里,背靠那棵老枣树,静静地望着天边。谁也不知道他在想些什么。

这天也不例外。

小圆并无意窥探他的想法,反正只要知道他在她触手可及的地方,她就会很高兴。不知从什么时候开始,她已经很习惯身边有这么一个人的存在了。

最后看了一眼院子里望天沉思的李岩,小圆心情很好地进了屋。

卧室里,孔武有力的女看护正端了一盆水,要给夏母擦身。

"我来吧。"小圆迎了上去。

"哎。"

"滴滴答答——"小圆绞干了一条毛巾,一只手托起妈妈细瘦的胳膊,另一只手就把热乎乎的毛巾往妈妈的小臂上盖。

"嘀嘀嘀嘀——"床边的仪器却突然激烈地叫起来,吓了小圆一跳!

在墙角叠衣服的看护大惊失色:"哎呀,小圆小姐,这块毛巾的温度太高,不能直接给太太擦的!要晾一晾!晾一晾!还是我来吧。"说罢,看护就接过了小圆手里的毛巾,麻利地给夏母擦起身来。

小圆站在床边,绞着手指,既紧张又无措。

看护只负责自己的工作,当然不会来照顾她的情绪。

给夏母擦完身子,接下来就是全身按摩了,这么高难度的工作,看护自然也不会放心交给小圆。

小圆在房间里干瞪了一会儿眼,就提出想帮着做做饭。

"不用啦,小圆小姐,午饭我已经做了,太太的营养餐也准备好了。"

"哦……那我帮着扫扫地吧。"

"不用不用。"看护忙道,"小圆小姐,你坐着陪太太说说话就好。"

"好……吧。"

"妈妈,我今天和李岩一起来的……"

"今早吃了豆浆和油条……"

"我昨晚十点半就睡了……"

说到这里，小圆就没什么话能说了。彩票中了奖以后，小圆辞去了工作，一天当中的大部分时间，她都会用来陪伴妈妈，和妈妈说话。可她唱的毕竟是独角戏，再多的话也要说完的。如今对上妈妈，她能说的也就是每天的柴米油盐酱醋茶，没一会儿就无可说的了。

夏母的身体不能经受任何辐射，这就意味着，房间里的小圆既不能玩手机也无法看电视。说完了想说的话，她就只能呆呆地坐在那里。

隔了一会儿，小圆觉得有点闷，便决定出去走走，走前给妈妈掖了掖被角。

院子里，李岩交叠着双腿，背靠大树而立。他低垂着头，仿佛在打盹，可小圆刚一靠近，他就倏地抬起头来，墨蓝色的眼睛里清明一片。

他无声地询问着小圆。

他的眼里倒映着蓝天白云，就像一汪最澄澈的湖水。被这样一双眼睛看着，小圆顿时感觉自己的心好似被一泓湖水温柔地洗过，沉闷的心情好了不少。

小圆努力朝他挤出一个自以为轻松的笑容，然后说了一句："我出去转转，你别跟过来了。"

小圆抬手打开大门的时候，身后方的男人低低地"嗯"了一声。

小贩在路边死命吆喝，街边的店铺里不时传出"跳楼大甩卖""走过路过千万不要错过"的喇叭音。与以往的每一天一样，老城区慢吞吞地进行着它热闹又单调的生活。

"卖花哟！卖花哟！玫瑰花，五块钱一枝哟！"半大的男孩子在街边叫卖。

小圆显然没有买花的打算，便目不斜视地走过，还没走几步，却被人从后头叫住了。

"小姐姐，我要上学去了，最后这些花送给你！"男孩子说完就把玫瑰花往小圆怀里一塞，提着篮子，嘻嘻哈哈地跑开了。

低头闻了闻花香，小圆接着往前走。

"开业大酬宾！进店即可抽奖！一等奖送全新大彩电一台！"一家新开的卖场外，工作人员举着话筒，喊得卖力，"人人有份！人人有奖！"

对于这种能占便宜的好事，大家自然都不会错过，因此，卖场门口人山人海。

"我要抽奖！"

"我也要抽！"

"让我抽一个！"

"哎——"小圆正神思恍惚地走着呢，冷不丁被旁边的人一把拉住了胳膊。她一回头，见拉着自己的是一个没了牙齿的老婆婆。

老婆婆的嘴巴一撇："小姑娘，你不来抽奖啊？"

"……不用了。"

因为小圆知道，但凡她去抽奖，就没有不中的。她家的储藏室里已经堆了五台从商场抽奖抽来的彩电了。彩电这种东西一台就够了，多了就是累赘。

自从她使用了"幸运明天"药水，她的生活就像是开了挂，走到哪儿，哪里就有幸运的事发生在她身上：三天两头中奖的这种事自是不必说，像"大厚"上的转发抽奖，但凡她转了，头奖肯定就是她的。还有上个月，房东突然说自己心情好，不由分说就给她免去了一个月的房租。她好好地走在路上，突然就有一千块钱从天而降。她抬头一看，二楼一对夫妻正在吵架，妻子朝楼下喊："小姑娘快把钱拿走！我的钱就是扔了也不会留给你这个赌鬼！"

小圆：……

诸如此类的事情，简直不胜枚举。

一开始，小圆当然是开心疯了。谁不想过上出门就捡钱，租房不要钱，不用干活就有钱的好日子啊？可这样的好日子过上一个月，两个月，三个月……小圆突然发现，自己好像也没那么高兴了。

她现在每天最常感受到的情绪就是，无聊。

就拿中奖这件事来说吧，它玩的就是心跳，就是刺激，就是出其不意。开奖前，你永远不清楚自己会不会中奖，不知道自己会不会是那个幸运儿，以及……不知道下一刻会发生什么。未知，纵然令人恐惧，但它有时也是刺激人肾上腺素大量分泌的有效工具。哪怕只是中了五块钱，你也会因为"我是幸运儿"回味半天。

这事儿落到小圆身上，则变成了她怎么抽都能中奖。这当然是一件好事了，但是也缺少了等待开奖过程的紧张与刺激。偶尔中个奖，那叫幸运，可若中奖成了你生活的常态，就跟吃饭睡觉一样稀松平常，她发现自己居然没什么感觉了。

她现在不用工作，每天的生活就是自己家和妈妈家"两点一线"，唯一要做的事情就是照顾妈妈……不，妈妈有看护照顾，她要做的就只是陪妈妈说话。可她并不是个巧舌如簧的人，面对仿佛永远不会回应她的妈妈，她觉得自己快要词穷了。那么，她是不是真的要无事可做了？

小圆发现自己越来越看不懂自己了，她现在常常会觉得做什么都很无聊，做什么都提不起劲，感觉自己都快是个废人了，可她明明很有钱啊！

她一直觉得以前生活得不快乐，是因为穷，是因为没钱买"明天"药水。可如今她有钱了，有很多很多钱了，怎么并没有预期中的幸福感和满足感呢？不，幸福和满足还是有的，在她刚刚中彩票，刚刚中大奖的时候。但不久之后，小圆就发现这样的幸福和满足无法持久。当她习惯了中奖、习惯了幸运，这些事对她的刺激就越来越小、越来越无法满足她了。

哪怕她拥有再多的钱和物质，每当一个人时，每每夜深人静的时候，她的心还是会莫名空虚，无端端害怕。

她明明那么有钱了啊，她还在不满足什么？

更糟糕的是，她的这份心情，她谁也不敢告诉，就连说出来，她也不敢。因为实在太不识好歹，太身在福中不知福了啊！这个世界上还有多少人在为钱受苦，吃了上顿没下顿啊？她却因为自己太幸运，走到哪儿都没刺激感了而觉得生活无聊，她要说出去肯定要被人打死！连她都想打死自己！

怎么会这样呢？不是有钱就可以解决一切问题吗？

"吱——"

小圆正自我厌弃着呢，冷不丁有一辆小轿车急刹车来了她脚边，差点碾到她的脚！更可恶的是，驾驶座上的人丝毫没意识到自己做错了，只顾扭头和副驾驶座上的人吵架了。

"我说不许就不许！你是我的老婆，出来抛头露面像什么样子？！"

"我是你老婆，不是你的奴隶！你管我那么多？！"

"好，我不管你！你有本事别坐我的车！现在就给我下车！"

"下就下！"

车门被大力打开，又"砰"的一声重重撞上。

驾驶座上的男人居然真的一踩油门，绝尘而去，留下了一街的尾气和灰尘。

看热闹的小圆给喷了个正着，一迭声地咳起来，咳着咳着，她忽然瞪圆了眼睛。只因，眼前的尾气与灰尘散去，便现出了下车女人的脸来，那是……

"经理！"

女人穿一身镶金边的旗袍,手拎 XV 包包,妆容精致,发型高贵,正是小圆的公司里那个买了"阔太明天"药水而辞去职务的女经理。

"经……经理,你怎么会在这里?"

对于在这里见到小圆,女经理也很意外。不过,她显然比小圆要沉得住气,抬手碰了碰脑后的发髻,绽放出一个得体的微笑:"这么巧啊,一起喝杯咖啡吧。"

老城区最大的咖啡馆。

咖啡馆虽然大,店员却个个土土的,都是些没见过世面的人。

"那个女人的衣服好好看啊,跟贵妇似的。"

"人家本来就是贵妇好不好!"

"不是吧,贵妇能来咱们这条街?哎,你们知道她头上那个发卡要多少钱吗?"

隔了老远都能听见他们的叽叽喳喳声。

小圆有点尴尬,登时觉得自己提议来这家咖啡馆,简直辱没了眼前这位贵妇。可是,现在提出再换地方,好像也太折腾了。于是,她只好主动提起话茬:"经理,好久不见你了,我很想你呢,你最近过得怎么样啊?"这是大实话,因为在原来的公司里,这个女经理待小圆还算不错。

经理优雅地抿了一口咖啡:"你其实是想问,我怎么会被我老公丢这儿吧。"

小圆:……

她是好奇没错,但总不好去问人家隐私的。

女经理却是个爽快人,开口就道:"我要出来工作,我老公不同意,就引发家庭战争了。就这样。"

小圆"啊"了一声,问道:"经理你都当阔太了,干吗还要出来工作啊?"

女经理瞪了小圆一眼:"当阔太就不能出来工作了?这是什么狗屁逻辑?再说了,你以为老娘当上这个阔太容易吗?"

"呃……"

似是很久没找到人倾诉了,女经理张口就跟竹筒倒豆子似的说了一大堆,听得小圆一愣一愣的。

据女经理说,她使用了"阔太明天"药水的第二天,人就在一栋豪宅里醒来了。豪宅里住着一个富豪,也就是她现在的老公。正好他那段时间也想要一段奇妙浪漫的爱情经历，因此那天清晨，年轻的富豪走下楼时，一眼就看见一个楚楚动人、美丽的姑娘正不安地站在自家的客厅里，他一下子就对她一见钟情了。然而……

"激情退去，两个完全陌生的人要想安安稳稳地相处在一起，不是那么容易的。王子和公主虽然顺利结婚了，但是他们真正的生活，关起门来又有谁知道？爱情不是生活的全部，不过是磨合罢了。而且，受了他家人的……唆使，他也曾经一度怀疑我出现在他身边的用心……"

"那你真的喜欢他吗？"小圆脱口道。

随即她就意识到自己说了蠢话。因为，隔着热气腾腾的咖啡，她明显感觉到女经理妆容精致的脸上出现了一瞬间的僵硬。

"对不……"小圆忙要改口，道歉的话却被女经理打断了。

"不过，凭我的手段，那男人还不是手到擒来？"女经理美丽的脸庞再次变得无懈可击起来。

"嗯嗯，经理最有魅力了！"小圆忙夸她，"在公司的时候，追你的人都要排队的！"

大概这个马屁是拍到了点子上，女经理立时浑身舒畅。她品了一口咖啡，睨着小圆道："正好我今天想找个人说说话，你以前在我手下又算听话。好吧，小姑娘，今天我就给你上一课。"

小圆：？

"我本来以为，成了那个人的妻子，当上了阔太，我就可以一辈子衣食无忧，从此过上幸福快乐的日子，再也没有烦恼。"打扮雍容的女人一只手托腮，一只手拿勺子搅着面前的咖啡，"但时间久了，我发现新鲜劲一过去，我的生活变成了一潭死水。"

小圆面露茫然。

女经理恨铁不成钢地瞪了她一眼："意思就是，我虽然当了阔太，但我的生活依然一成不变。和过去一样，我每天的生活依旧在重复，只是重复的主题是'阔太'而已！'阔太'当然比我之前的劳碌命要好了，但是……"她脸上现出了一抹怅然，"再美味的食物，天天吃，月月吃，年年吃，终有吃腻的一天。物质总有享受完的一天，我现在就觉得生活没有了激情，无聊了。"

小圆猛点头，感觉自己终于找到知音了！这种感觉我也有！她张口就想朝女经理倾诉一番自己的心情。可惜，女经理压根儿不想和她交流，只想说自己的。

"阔太当久了也无聊,女人还是要有自己的事业。"

"女人不该没有自己的事业,不该只依附男人!"

"我现在算是想明白了,人是需要自我实现的生物,金钱和物质能带给人的满足终究是一时的,人还是要靠自己实现自己的价值。我想,这就是所谓的……饱暖思淫欲吧。"

小圆:……

"唉,说实话,我有一点点后悔拿所有的钱买了'阔太明天'药水。男人都是大猪蹄子,靠不住的!"

小圆:……

第四章
事业有成明天

"本台近日得到消息,城里三大房地产巨头已与'明天'贩卖局达成了进一步的战略合作。'明天'贩卖局首席沈先生今晨表示将会加大'明天'药水的研发速度,力求研制出更趋完美的与房屋相匹配的'明天'药水。届时,升级后的'新房明天'药水将会与新房子一道捆绑销售。专家预测,届时,'明天'药水的价格将会迎来另一波涨幅……"

客厅里,电视主持人激动的声音响个不停,却没有人在听。

沙发上,小圆独自一人坐着,两只小手紧紧揪着裤缝。

吸气吸气再吸气,到底是管不住心中那名为"冲动"的魔鬼,她悄悄打开了茶几下的第二个抽屉。

黑色的化妆包静静躺着,里头的"明天"药水正朝她发出无声的邀约。

小圆咬着指尖,在她还没意识到自己做了什么的时候,小手已然伸向了包包。"刺啦——"明明是极轻微的拉拉链的声音,她却像是突然被惊醒一般,猛地朝后摔坐在沙发上。

与此同时,"哗啦"一声,浴室的门被人从里头拉开,伴随着一屋子的水汽,浑身湿漉漉的李岩走了出来。

浴室门正对着沙发,无可避免地,两人四目相对了。

小圆瞬间涨红了脸,两只手下意识背到身后,她就像个行窃被抓了正着的小偷:"你你你你……怎么洗得这么快?!"

李岩赤着上半身,动作间,八块腹肌与小腹上的人鱼线清晰可见。他一边走,一边擦着头发,发梢上的水珠被他甩落到背上,立时顺着精壮的背部肌理徐徐往下,滑过瘦劲的腰,直没入被布料遮掩住的挺翘臀部。他墨蓝色的眼睛里氤氲着水汽,他朝小圆说:"停水了。"

小圆:……

李岩径直走到窗边,查看了一番窗户有没有关好,又踢了踢沙发后的猫窝,把毛巾往肩膀上一搭,这才走到小圆身旁,在沙发上坐下。

自他那个角度,真是抬眼就能看见抽屉里的"明天"药水啊。

时间一分一秒过去了,李岩一句话也没有说,只是专注地盯着电视机。

小圆像个正等待判刑的抢劫犯,局促得手脚都不知道该往哪里放。

"那个……我……我只是……看一眼。"她终是忍不住坦白从宽。

李岩:"嗯。"

说完,他长臂一伸。

小圆的心都要跳出来了!

他却只是从茶几上够了个苹果,拿起手边的水果刀开始削皮。"唰唰唰"三两下削完皮,把水灵灵的果子往小圆的手里一塞,他又拿了另一个开始削。

小圆:……

小圆捧着苹果,呆呆地看着他:"你就一点也不生气?"

垂眸,敛眉,李岩削苹果的模样很专注。闻言,他头也不抬:"你指什么?"

"我……"小圆张了张口,却突然发现没什么好说的了。两人"同居"数月以来,对于"明天"药水,她想对李岩说的话,该说的都已经说完了。而李岩是真的没拿这一包"明天"药水当回事。

想到这里,小圆也不知怎的,心头有点松又有些喜。望着李岩专注着削苹果的侧脸,她只觉得心中暖暖的,莫名就有一种信任的感觉缓缓泛上来,就仿佛她的心在告诉他,这个男人她是可以信任的。

"嘎嘣"一声,小圆大大地咬了口苹果,同时在心里做了一个决定。

她深吸一口气,就着一鼓一鼓的腮帮子把这段日子里她纠结的心情,包括昨天中午和经理相遇的事,通通和李岩说了。

"昨天经理其实也没和我聊多久,也就十五分钟不到吧。之后她就走了,也没给我留个联系方式什么的……但是,我觉得她说的话还是有一定道理的,但是又感觉……"她咬唇,不知道是没想好接下来的说辞呢,还是觉得难以启齿。

李岩安静地看着她。

在他的蓝眼睛里，小圆看见了两个小小的自己，那两个自己就像是被蓝色大海包裹着，那么安全，那样自由。她莫名就感觉，他肯定不会批评她。

"我都已经拥有别人想也想不来的幸运生活了，我却还是不满足，还想要这要那的，你会不会觉得我有点……矫情了？"

李岩好一会儿没说话。

小圆一脸紧张，她也不知道自己从什么时候开始，变得这么在乎李岩说的话了。

"生活本来就是一个不断创造与变化的过程。"李岩终于开口了，他眉头紧拧，目光深远，整个人好似陷进某种回忆里，变得有哪里不一样了，"人心都有伟大的胃口，什么样的生活都想体验和尝试。这和贫穷或富有无关，人只是不会满足于一成不变的生活。毕竟，永远不变的生活只会令人麻木、丧失斗志。"

小圆心里"咯噔"一声，脑子里自动自发冒出一句话：李岩又冒金句了。

"再珍贵的泉水，没有流动与新水源的注入，都必将腐朽。流动与变化才是生活的本质。"

"人总是在不断创造与变化的过程中认识自己，人需要自己去创造自己想要的生活。"

小圆：……

李岩：……

客厅里安静了三分钟。

末了，小圆绷不住了，抽起身边抱枕打他一下："你哪儿来那么多一套一套的啊？"听起来还挺像那么一回事的。

李岩的眉头皱得更深了，思考了半晌，他说："忘了。"

小圆：……

时间很快来到了第二天。

早上五点半，沙发上的李岩准时睁开了眼睛。

如往常一般走到窗边巡视，李岩的步子却突然一顿。他抬手抚上自己的左胸，不得不承认，今日他的心率有些失常。

就像是对危险有某种预先感知一般，李岩猛地抬头，望向的是……小圆的卧室方向。下一刻，他已大步朝卧室走去。

"吱"的一声,他直接推开了卧室的门。

天才蒙蒙亮,但已有一些天光不甘寂寞地溜进室内,照亮了地板、家具和室内唯一的那张床。

李岩的瞳孔刹那间一缩,房间中央的那张床上被褥凌乱,却没有夏小圆!

五点三十三分。

早春的清晨,迎面而来的风还泛着凛冽的寒意,空气里有雾,走在路上,可见度极低。

这是李岩第一次在早上六点前离开小圆的家。

昨夜小圆在睡前注射了一支"明天"药水,按照她口中的药水使用规则,昨夜的那支药水应该是改变了她的醒来地,所以她今天将会在别的地方醒来。最初的震惊过后,李岩在一瞬间得出了这个结论。但这也只是他的猜测,不排除会有其他意外发生……因此,他没有选择在家中干等,而是迅速动身出门找小圆。

那么,现在的问题是,这个城市这么大,人海茫茫,他如何才能找到小圆新的醒来地?

思忖间,李岩的眉头忽地一动。

从前方浓雾深处传来极轻微又有规律的"啪啪"声,那是?

李岩一个闪身,躲进了身侧的林荫小道中。

"啪——啪——啪——"声音越来越近,越来越分明,已足够让李岩分辨出那是脚步声。

李岩眼中现出了一丝愕然,不是说这个城市里的所有人都是早上六点醒来吗?他一直以为只有他是意外,如今看来,并不是这样。

李岩的心跳忽然加速了,这是否意味着,此时正朝他走来的那些人,是他的同类?或者,与他存在着某种联系?他们是否与他丢失的那部分记忆有关?

利落的线条破开浓雾,隐藏在白色"帷幕"后的人影终于出现在了李岩的视线中。

那是三个成年男人,身量一样,身高相等,个个穿着笔挺的黑衣制服,那是三名……执法者。

墨蓝色的瞳孔瞬间收缩,怎么会是执法者?这三名执法者与李岩平常所见也有一些不同。他们肢体僵硬,眼白外翻,看上去更像是……

"刺啦——"

李岩一惊,手没掌控好力道,抠破了手下的一块树皮。

离他最近的那名执法者僵硬而迅速地转过头来。

更像是行尸走肉。李岩在心中补完了自己的想法。

当先那名执法者打了个手势,另两名执法者立时朝两头包抄。三名执法者齐齐扑向林荫小道,动作迅猛得就像是某种装了发条的机器!

可待他们如一阵风般冲过去时,小道上已空空如也,哪里还有半个人影?

早上六点,小圆睁开了眼睛。

入眼即是头顶的天花板……等等,好像有哪里不对!天花板是纯净的天空蓝,其间点缀着一颗颗金光闪闪的星星,好看极了。小圆僵硬地转头,一眼就看见了落地窗外那片一望无际的大海。

小圆倏地坐直了,她瞪圆了眼睛,只因在房内目之所及的一切,包括她身下的床和身上盖的被子,都是陌生的!昨晚她在睡前换上的小可爱睡衣也不见了。如今,包裹在她身上的是一件性感的天空蓝真丝睡裙!

她脑子里"嗡"的一声响,瞬间生出了一个可怕的猜测,但她强行忽略了那个猜测,下床,赤着脚就往外跑。

小圆一路"噔噔噔",没跑几步就意识到自己正在二楼的走廊上,而她所处的这个地方,看起来是一栋多层的别墅。

"李岩!"

"大饼!"

她张口就喊。

"李岩——"

"大饼——"

只有回声呼应她,显然偌大而空寂的别墅里,只有她一个人。

小圆心尖颤了一下,一股惶恐的感觉骤然袭上了她的心头。她想,她之所以会在这个全新的地方醒来,怕是昨晚在睡前注射的那支"事业有成明天"药水起作用了。昨夜,想到自己即将事业有成,她太兴奋了。再加上,前面两支"自由明天"和"幸运明天"药水都没怎么大改醒来地,小圆的潜意识里就忽略了醒来地这个因素。

现在,她一睁眼就在这么个陌生的地方,而且以后的每一天,她可能都会在这个地方醒来,她都没来得及和李岩打一声招呼。

想到李岩，小圆的一颗心又揪了起来。她想也不想就往楼梯下冲，她要去找李岩！

小圆跑得太急了，又赤着脚，还剩下几级台阶的时候，她贪心地想要一步跨到底，却不慎一脚踩到睡裙下摆，整个人踉跄着跌了下去。

小圆是被一阵急促的门铃声惊醒的。

她记得自己失去意识前，脑袋重重地磕上了地面……

"叮咚——叮咚——叮咚叮咚——"

她忍着脑袋上的钝痛，浑浑噩噩地爬起来，跌跌撞撞地扑向门边，用尽了全身力气，终于打开了大门。

刺目的阳光一下子涌进来，小圆还来不及抬手遮眼，便有一团暗影扑面而来，直蹿她的脑门。

她还没来得及惊叫出声，脑门上就传来了一声"喵"，委屈得都变了调。

"大饼！"

没错，朝小圆扑过来的正是她家那只傲娇猫大饼。大饼的前爪抱住小圆的脖子，两只后爪死命地往上蹬，就跟身后有什么吃猫怪在追它似的。小圆下意识伸手想把它拎下来，却没想一拎拎到了……咦？她一低头，这才注意到，大饼脖子上不知何时戴了个黑丑黑丑的皮项圈。

大饼低下头来咬项圈，却怎么也咬不到，急得怪叫了起来。

黑项圈上连着一根黑绳子，顺着绳子往外看去，小圆看见了一张表情温和的俊脸。

晨光里，李岩朝她微笑，墨蓝色的眼睛里像落了星星，他说："我总能找到你的，夏小圆。"

小圆鼓了鼓脸，也想学他的样子挤出一个微笑来。无奈脑袋里阵阵眩晕感袭来，她两眼一翻，整个人直往下坠去。

李岩的脸刹那间变色："小圆！"

好在小圆摔得不算严重，没过多久就幽幽转醒了。

身下软绵绵的，她很舒服地躺着。昏倒前的记忆瞬间袭来，她迫不及待地睁开了眼睛，然后就看见自己正躺在一张宽大的沙发上，李岩正坐在沙发的另一头，抬手摆弄着她的两只脚。

小圆：……

她一脚踢出去，整个人都不好了："啊啊啊，你干吗？你有恋脚癖吗？！"

李岩：……

他无奈地笑笑，把被她踢到地上的衬衣捡起来，往她雪白的足尖上一盖："女孩子的脚不能受凉。"

小圆：？

方才的场景却不受控制地在她脑海里回放：她躺在一张宽大的沙发上，李岩正坐在沙发另一头，抬手摆弄着她的两只脚……她的脚下垫着一件深褐色的衬衣，李岩一只手按在她的一双脚的脚踝处，另一只手捻着衬衣一角，试图越过她的脚背去打结，他似乎是想拿衬衣把她的一双脚给包起来。

想通了这一点，小圆脸上的表情……不可谓不精彩了，她膝盖一曲，把脚收回来："这个……那个……"她看一眼李岩，在他看过来前，又飞快移开眼。她的一张小脸绯红，被她抓在手里的衬衣一角更像是烫手山芋，放也不是，不放也不是。

小圆羞愧欲死，她便没有注意到，此时那双注视着她的墨蓝色的眼里……满是笑意。

"我……原来你……"天哪，快挖个地洞把她埋了吧！

幸而李岩放过了她，只听他咳了一声，而后自然而然地提起话茬，道："今早醒来不见你，我很担心，便出来找你。"他顿了一下，刻意略去了路遇执法者那段没提，"幸好，我的身体记得你的气息。"

"什么叫你的身体记得我的气息？"小圆歪头看他，好奇道。

李岩想了想才说："心跳突然加快，全身血液骤然涌向大脑，就仿佛你是我身体的一部分。我不可能找不到自己的身体。"

小圆：……

他眼睛一眨也不眨地盯着小圆。这回轮到小圆心跳突然加快，全身血液骤然涌向大脑了。她忍不住拿微凉的手心去冰自己滚烫的脸，试图找话题来转移自己的注意力："我……我从来没在这么高级的地方醒来过，你说，这栋别墅会不会有主人啊？"

李岩的眉头一动。

"贩卖局与房地产公司有深度合作。而'事业有成明天'药水又极其昂贵，所以使用这个药水后会有相应的配套设施，给您配上房子、车子之类的硬件设施，都是有可能的。""明天"贩卖局内，窗口后的女营业员一板一眼地道。

这天是周六，贩卖局里没什么人，所以小圆才得到了这个一对一的咨询机会。

小圆心道：原来如此。对于使用"明天"药水后的醒来地，她和李岩都存着疑惑，她便想到了来"明天"贩卖局问一问。

"那……哪些'明天'药水使用以后会换醒来地，哪些又不会呢？"照目前小圆和身边亲友使用药水的经验来看，这个醒来地的转换似乎是……随机的？这就有点麻烦了，万一以后她再使用药水，却换了个李岩怎么也找不到的醒来地怎么办？虽然李岩说总能找到她，但是……狗鼻子还有不灵的时候呢！想到这里，她忽然一愣，她什么时候把李岩看得这么重要了？他找不找得到她，对她来说，有那么重要吗？

"抱歉女士，你没有这个权限知道。"营业员冷冰冰的声音打断了小圆的思绪。

小圆回神，赶紧晃晃脑袋，甩去脑海里乱七八糟的想法。

"那……使用了'事业有成明天'药水，给配套的房子要办什么手续吗？那房子是算租的吗？"小圆大学毕业的时候，家里给她买了一支毕业生特惠"明天"药水。她注射后，第二天直接就在一间陌生的出租房里醒来了，也就是小圆现在住的那间小公寓。在那之后，小圆就租下了那间公寓。

"不用。"许是觉得小圆肯定买不起高级别药水，营业员的声音越来越不耐烦了，"都说了那是配套设施，房子的钱已经算在'事业有成明天'药水里了。"

"这样啊。那……"小圆还想再问些什么，兜里的手机却忽然激烈地响起来。

"喂？"她背过身去接电话。

电话里传来李岩不疾不徐的声音："猫不听话，要不要阉了？"

小圆：！

"喵！喵——喵——"隔着电话都能听见大饼凄厉的叫声。

小圆："别动我的猫！放着我来！我……我马上过去！"

为了大饼日后的幸福着想，小圆只得匆匆离开"明天"贩卖局，赶去宠物医院。反正在她的认知里，"明天"贩卖局就在那里，她想知道什么，随时都可以来问。

待小圆的背影看不见了，窗口后的营业员却立时变了脸。只见她急急地离开窗口，一路快走，寻了一个僻静无人的楼梯口，她才颤抖着手拨出了一串电话。

"嘟——嘟——嘟——"

电话响了好一会儿才被人接起来。

还不待对方说话,营业员就急急道:"刚刚有一个您描述的那样的人出现了……"

小圆赶到宠物医院的时候,李岩正刚好排到队了。护士取了小圆的一滴血,很快就给大饼完成了身份注册。

城市里的动物和人不一样,它们是没有"明天"药水可以使用的。主人换了醒来地,它们却只能留在原本的醒来地。主人使用了"明天"药水若没有换醒来地还好,若换了,则有很多人会选择……直接遗弃他们的宠物。

这其实也能理解,有些人疯狂地想摆脱现状,他们憎恨自己一成不变的生活,痛恨与过往有关的一切。一旦拥有了"明天",他们就会丢弃一切属于昨天的东西,以避免自己回想起过去如死水一样的人生。

这也是为什么城市里的流浪猫和流浪狗会越来越多。

大饼应该就是被它上一个主人遗弃的。

流浪动物是城市里的一大安全隐患,执法局除了定期"清理"这些动物,还会鼓励市民积极领养。领养政策很简单,只需要把你想领养的动物带到就近的宠物医院,根据主人的DNA信息给宠物的身体里植入一个类似芯片的身份牌照,就完成了宠物和主人的绑定。只要主人不注射新的"明天"药水,宠物就可以一直陪在主人身边了。

早上小圆和李岩兵分两路,她去"明天"贩卖局询问有关药水的讯息,李岩则带大饼来宠物医院办新的身份牌照。没想到这么简单的事,这一猫一人也会给她整出幺蛾子来。

李岩:"公猫好斗,阉了省事,还长寿。"

大饼:"喵!"

小圆……

小圆当然没有同意:"你怎么可以剥夺大饼身为男孩子的权利?这是不道德的!"

彼时,李岩抱臂靠在墙边,墙壁雪白,他一身黑衣黑裤,俊逸的面庞被衬得越发分明。他定定地看着小圆,突然他嘴角一勾,那双墨蓝色的眼里释放出点点的笑意:"嗯,你说什么就是什么吧。"

"好帅啊!"

"那个小哥哥好迷人啊!"

小圆还来不及开口,周遭就传来了顾客小姐姐们此起彼伏吞口水的声音。小圆的好心情一下子折了个干净,她狠狠地瞪了李岩一眼:笑什么笑,你这个勾搭精!

抱着大饼走出宠物医院的时候,小圆整个人已经神清气爽了。猫找回来了,新房子有了,男人(?)也有了……啊呸!她在想什么呢?李岩他……他最多算个合伙人!对,给她提供"明天"药水的合伙人!

想通了李岩的定位,小圆心不慌了,气不喘了,走路也有力了,她的小脑袋瓜里就开始思索起更有意义的事了:"李岩,你说,我怎么样才能事业有成呢?"

轻轻摸了摸大饼的头,李岩张口……然而下一刻,他的声音就被街边陡然响起的喇叭声给吞没了。

"家家房地产公司开业,中介费直降百分之一,有房的没房的各位,大家走过路过,千万不要错过啊!来来来,进来看一看,进来瞧一瞧……"

小圆只觉脑海里小灯泡"叮"地一亮,她激动地一把抓住李岩的手:"有了!"

"我可以去搞房地产啊!"

"明天"的改变可能会改变一个人的醒来地,也可能不变。那些变了醒来地的人,他们的房子就空出来了。虽然可以请银行代为保管,但是高额的保险金并不是谁都能支付起的。因此,很多人在有了"明天"之后,会选择低价转卖掉他们原来的房子。

小圆就专挑那种房子买。

她本来是小试牛刀,买一栋来做投资,却没想她刚买了那栋房子不久,那个地方就拆迁了,她就得到了一笔高昂的补偿费。小圆尝到了甜头,立刻去买了更多这样的房子,每一套房子转手的时候,她几乎都赚钱了。

此外,小圆还投资了服装、医药、食品等各领域的公司,一投一个准!

这全是"事业有成明天"药水的功劳!

不过,李岩有提醒她"财不要外露"。小圆觉得有道理,因此,她所有的投资都是匿名进行的。这丝毫没有打击到她的积极性,相反,她像怀揣着一个鲜为人知的大秘密,搞起事业来更有干劲了!

小圆觉得经理说得太对了，女人确实应该有自己的事业。现在的小圆感觉心中满满都是万丈豪情，她觉得自己好有力量，好有价值，觉得生活充满了激情！而这种满足感是彩票和"锦鲤"中奖比都没法比的！

　　有事业，可以让女人更自信，而自信的女人更美丽。这话诚不我欺！

　　然而，好景不长……

第五章
恋爱明天

"好无聊啊……"海边豪宅内,小圆脸朝下趴在沙发上,生无可恋,"能投资的地方我都投了,我好像又没事儿可以干了……"

自从使用了"事业有成明天"药水,小圆每天早上的醒来地就变成了这栋海边豪宅。猫与李岩和她住在一起,她的生活稳定了下来。她有了花不完的钱,就拿这些钱去投资。她的投资眼光极准,投一个赚一个,从没有例外。

然而,就像中奖中多了就会麻木一样,她天天搞一样的事业,每次投资还没开始她就知道了结果,她就又觉得……无聊了。

有钱、有事业,要什么有什么的生活固然叫人称羡,可她发现了,物质上的满足真的只是一时的,那并不能让她感到真正和持久的快乐,她的心还是会觉得空虚。怎么会这样呢?她以前一直以为,人只要有钱有事业,就什么烦恼都没有了。

可经历过了才知道,事实好像并不是那么一回事。

"怎么办啊?难道我该开辟新的事业领域了?"她倒是有想过要不要自己开一家公司,但是城里的公司多是垄断企业,且全都与"明天"贩卖局有着牢不可破的合作关系。她一个平民老百姓,"明天"贩卖局应该不会搭理她吧?

"啪"的一声,李岩合上了手里的书。他坐在小圆身旁的单人沙发上,闻言,这人轻飘飘地说了一句:"或者换个思路,试试谈个恋爱?"

小圆"噌"地一下坐直了:"你你你……你说什么?"

李岩修长的手指划过封面，最后在《城市漫游指南》的书名上停住："我记得包里有一支'恋爱明天'药水。生活在于体验，既然如此，为何不多点新的尝试？"

说这话的时候，李岩的注意力依旧在那本旅游书上。而望着他俊逸的侧脸，小圆发现自己突然有点心跳加速，她下意识舔了舔干涩的下嘴，心说：他这是不是在……意有所指？

早上六点，小圆迫不及待地睁开眼睛。

天花板是纯净的天空蓝，其间点缀着一颗颗金光闪闪的星星……小圆猛地偏过头，窗外那片一望无际的大海也还在。她的一颗心这才落回了肚子里，心想：还好还好，"恋爱明天"药水没有改变她的醒来地！

是的，小圆听从了李岩的建议。在昨夜睡前，她给自己注射了那支"恋爱明天"药水。她本来还有些犹豫，担心醒来地会改变，怕再次和李岩、大饼分开。但是，这既然是李岩想要的……而且，她的生活确实需要一点新鲜感了，于是，她便使用了"恋爱明天"。

"恋爱明天"，顾名思义，注射了这支药水的人，就是奔着谈恋爱去的。恋爱啊……光是想到这个词，小圆就禁不住有点脸热。她心说：李岩还真是对的，生活需要新鲜的尝试，她不过是加了点想要恋爱的尝试，她就感觉自己的生活马上变得不一样了，变得充满了……期待。

这时，外头突然传来了一阵响动，是李岩喊她吃早饭了。

李岩不喜欢外人来家里，因此，哪怕他们现在这么有钱了，两人的一日三餐还是由李岩亲手来做。小圆有时候觉得他真是个矛盾体，那么有钱，又那么爱做饭。所以，这是一个立志要做厨子的富豪？

富豪先生今天准备的早饭是榨蔬菜汁、培根煎蛋和小米粥。

小圆都快把盘里的食物吃完了，还不见这人有任何表示。她心想：不是你让我注射"恋爱明天"的吗？怎么你现在一点反应都没有？难不成是尿了？

仿佛是接收到了小圆质疑的视线，李岩放下手里的餐巾，朝她道："吃完了？出去走走？"

来了来了！终于来了！

但小圆面上仍做矜持状，她淡定地点头："那好吧。"

李岩每天有出门散步的习惯，他总是夹着一本《城市漫游指南》，来来回回地在城市里踩点。小圆知道，他仍没有放弃寻找自己的记忆。

小圆也曾问他："你的生活好像都没有什么改变哎，每天重复这样的找寻，你不会觉得无聊吗？"

谁知，李岩却笑了笑，对她说："和你在一起，我的生活已经有了足够多的变化。"

完了，小圆又觉得他意有所指了。

小圆没事干的时候，就会和李岩一道出门遛弯。

两人在别墅附近搭了车，不多时便到了市中心。

这天是周六，市中心人群熙攘，各色店铺竞相叫卖，好不热闹。小圆正盯着一个做糖人的老公公看得有趣呢，冷不丁听李岩说了一句："我今天想去城东转转，走过去比较远，你在附近等我？"

小圆愣了好一会儿才反应过来他在说什么，她难以置信地看着他："你要把我一个人扔……留在这儿？"

李岩：？

"有什么问题？"秋日的暖阳阳光懒洋洋地罩在他身上，就好似给他镀上了一层光。今日，他穿着小圆特意给他买的卫衣，整个人的气质都显得温和了许多。特别是他的后脖子处还背了个兜帽，看起来特别可爱。但是，撩而不娶是为渣，你懂吗？！

"没！有！"小圆咬牙切齿道。他喜欢走路，喜欢以脚丈量城里的每一寸土地。跟他出来的时候，小圆有时候懒得走，就会赖在路边的咖啡馆里等他。没想到她这一偷懒举动，今天却搬起石头砸了自己的脚！

小圆越想越生气，狠狠瞪了他一眼，招呼也不打一个，她转身就走。

小圆走得雄赳赳的，嘴里却不住地默念：叫我！快叫我！快叫我啊！

眼看就要走到拐角了，小圆咬唇，不争气地回了个头。身后的大街上，行人走了一批又换一批，哪里还有李岩的身影？

小圆气死了！她的心里一阵失落，一阵难过。李岩你这个大猪头！既然……既然对我没意思，干吗要我用"恋爱明天"药水啊，害我还以为……她越想越不甘心，飞起一脚踢走路边的小石头。你到底是怎么想的啊？！

"哎哟！"前方乍然响起一声男人的闷哼，"谁拿石头踢我？！"

小圆：……

"对……对不起！"她赶紧跑上前道歉。男人穿着银白色的西装裤，便衬得小腿那里一块黄泥巴越发显眼。她说："我不是故意的！我……我赔你……"

"真是飞来横祸啊……"男人几乎与她同时开口。

小圆下意识抬头,就看见了一张斯文干净的脸。男人戴着一副金边眼镜,上半身是同色系的西装外套,整个人看起来儒雅又有礼。

"衣服……衣服我会赔你的!"她赶忙道。

男人抬手看了看表:"赔就不用了。不过,你得负责给我清理干净。"

"……没问题!"

小圆以为这人是想让她付个干洗费什么的,却没想还是她太天真了。

路边的咖啡厅。

"好……好了。"小圆坐在一张小板凳上,脚边一堆的餐巾纸。她面前是一双修长的男人腿,顺着腿往上,便是西装男那张极具欺骗性的脸。

西装男低头,抖了抖自己的裤腿,发表评论:"嗯,清理得还算干净,辛苦了。"是的,他的"清理干净",指的就是让小圆现场给他把裤子擦干净。

"不……不辛苦。"小圆一边弯腰收拾餐巾纸,一边道。虽然这人让她亲手擦裤子有点……不过,毕竟是她弄脏了人家的裤子,而且他都没要她赔钱,应该是个厚道人吧。

"我们也算是不打不相识了。"男人优雅地端起面前的咖啡杯,似乎一点也不赶时间,"你好,我叫沈诺唯,目前在一家研究机构任职。"

"你好,我叫夏小圆。"她礼貌地回道。

"夏小姐看起来挺小的啊,毕业了吗?"

小圆笑:"我都工作好几年啦。"

"是吗?看不出来。"沈诺唯接着道,"夏小姐从事的是哪方面的工作?"

"我……"

周末的咖啡厅里总是客满的,男人女人、老人小孩,大家各自成桌,或谈笑,或沉默,或玩着飞行棋……鲜少有人会注意到靠窗坐着的夏小圆和沈诺唯,他们看起来只是一对再寻常不过的男女。

面对陌生人,小圆一开始有点拘谨,但沈诺唯谈吐风趣、语气温和,小圆不知不觉被他带起了气氛,居然也愉快地和他交谈起来。

"这么说,得找个机会让我的猫和你的猫见个面,比一比到底谁的脸更像饼。"

小圆被他逗得笑起来:"你太残忍了,猫咪不要面子的啊!"

"嗯,这个嘛……"

沈诺唯第三次抬手看了看手表，再望向小圆时，他的神色有了一丝变化："我得走了，要赶回研究所一趟。"

"嗯嗯，那你快去吧。"

沈诺唯却并不起身，而是转动着腕表，看着小圆道："其实遇到夏小姐的时候，我是在赴一场同事介绍的相亲约会。"

小圆：？

沈诺唯笑起来，眼下居然现出了两个小小的卧蚕："但是，很显然，和夏小圆聊天让我觉得更有意思。"

小圆：……

说话间，沈诺唯伸手进西装口袋里掏出了什么："对了，有机会再联络。"他的长手伸到了面前，小圆一低头就看见了一张镶金的名片。

X大学附属研究所，首席研究员沈诺唯。

"夏小姐？"

眼见对方催促，出于礼貌，小圆只好抬手去接名片。她的指尖眼看就要触到名片了，忽然有一只骨节分明的大手自斜里插进来，飞快地拿走了名片。

小圆疑惑地抬头，看清来人后，她的眼睛一下子就亮了："李岩！"

落在对面座位上的视线一触即回，李岩抬手把一杯奶茶放到小圆面前："你喜欢的'一大把'奶茶。"

奶茶热乎乎的，小圆两只小手焐上去，幸福得眯起了眼。她一下子就忘记了早先与他的不愉快，歪头问他："你怎么这么快就回来了？"她还以为她要枯坐到天黑呢。

李岩："放心不下你。我离开前，你好像有点不开心。"

小圆：……

她感觉心中一动，有一种很特别的感觉泛了上来：有一点点甜，又有一些些酸。"吱溜——"她用力吸了一大口奶茶，这下子，她感觉到的就全是甜了。

小圆坐着，李岩立着，两人视线相交，仿佛自成一个圈圈，自动屏蔽了一切妄图插进来的闲杂人等，却偏偏有人不信这个邪。

"夏小姐，这位是……"

李岩："你又是谁？"

隔着一张咖啡桌，两个男人的视线第二次在半空中交锋。李岩皱眉，沈诺唯眯眼，两人明明什么都没有做，小圆却莫名感觉……周遭的气温好像突然低了好几度。

"他就是我刚刚在街上认识的一个人。"小圆扯扯李岩的袖子,"那个,我不当心……弄脏了他的裤子。"

李岩低头看她:"裤子?"

"就是踢了一脚石头,小石头不小心蹦到他……裤子上了。"她的声音越来越低,很有些不好意思了。

李岩眼中这才现出了笑意:"下次记得看路。"

"哦。"

"回去吧,时候不早了。"说着,李岩自然而然拎起了小圆搁在椅背上的外套。

"嗯。"

两人要转身一起走的时候,小圆才意识到,他们好像把对面的人给忘了。她有些腼腆地挥挥手:"那么,沈先生,拜拜啦。"

"再见。"沈诺唯笑着朝她点头。

然后,他就看着他们并肩往出口的方向走。夏小圆一边走一边笑嘻嘻地说着什么,她身边的男人没有说话,却一直微侧着头,视线时不时落到她身上,那是一种倾听的姿态。两人态度举止自然,又透着一股子说不清道不明的亲昵。

即将走出咖啡馆的时候,沈诺唯看见那个男人趁夏小圆不注意,随手就把手里的名片扔进了门边的垃圾桶里。

一个星期时间一晃而过。

"最近,你和那个叫沈诺唯的男人还有联系?"李岩是在别墅的早餐桌上问出的这句话。

"嗯啊。"小圆嘴里含着粥,发声便有些含糊。提起沈诺唯,她就不禁感慨,她和他还真是有缘分啊。

按理说,名片被李岩"不慎弄掉了"(李岩的原话),小圆跟沈诺唯就该断了联系才对。可两人相识的第二天,小圆却在家里接到了对方的电话。

"你怎么知道我的手机号码?我不记得我给过你啊!"记得当时小圆瞪圆了眼睛,觉得自己仿佛遇到了诈骗集团。

沈诺唯在电话那头很愉悦地笑了:"说起来你可能不信,我昨天去一所大学做课题报告,负责接待我的老师姓方。我们相谈甚欢,方老师就请我到他的办公室小坐，结果，我在他办公室的墙上，看见了你的照片。"

小圆：……

"很巧不是吗？方老师居然是你大学时候的班主任。他那里留着全部毕业生的通讯方式，我就偷偷记下了你的号码。"

小圆：……

电话那头的沈诺唯突然话锋一转："怎么，觉得我在骗你？"

"怎……怎么会呢？呵呵。"话是这么说，小圆还是拐弯抹角地问了许多方老师和她大学学校里的事，沈诺唯一一答了上来，她便渐渐放下了戒心，"是很巧呢。"

从那以后，沈诺唯就会时不时给她发消息，发的十有八九……是他家的猫。沈诺唯的猫叫小花，是只公猫，却异常爱美，最喜欢把自己凸成各种妖艳的造型。小圆看得哈哈大笑，忍不住就抱着大饼在沙发上滚成一团。

次数多了，李岩难免就觉得奇怪，问她在笑什么。

"沈诺唯的猫啊！"

李岩：……

小圆和沈诺唯发消息聊天的时候，并没有避着李岩。两人聊到有趣的事时，她还会当玩笑说给李岩听。李岩当时没说什么，小圆还以为他完全不在意呢，却没想他会在这天的餐桌上问出这样一句话。

"他这人讲话挺有意思的。"小圆看着李岩道，"特别会讲冷笑话。"

李岩颊侧的咬肌动了动，没说话。

小圆端起牛奶喝了一口，状似不经意地说了一句："他还约我今天出去玩呢。"

李岩倏地抬头，手边的叉子不当心被他碰到地上，发出清脆的一声"叮"。

小圆："你反应这么大做什么？"

李岩：……

他弯腰，淡定地把叉子捡起来，又淡定道："我没有反应大，只是手滑。"

"哦……"小圆嗷着嘴点点头，一副若有所思的模样。

"喵！"大饼蹭到脚边讨食，小圆就喂给它一点自己碗里的鱼片粥，又摸摸它的头。

一时间，饭桌上无人说话，只有大饼享受地"喵喵喵"。

"你答应了？"李岩突然开口。

小圆："什么？"

李岩绷着脸:"约会。"

小圆这才放下大饼,抬头来看李岩:"你觉得我该去吗?"

"叮"的一声,李岩的叉子又掉了。

小圆紧张地看着他:"这个问题……很难答吗?"

李岩抬眸,墨蓝色的瞳孔倒映着外头的晨光,湿漉漉的。

不知怎的,小圆居然觉得那双眼睛里透着一些……懊恼。可还不等她再确认一遍,他眼里的情绪便转瞬即逝,又变成了古井无波。哦,应该是我眼花吧。她在心里对自己说。

李岩认真切着盘里的培根,头也不抬,道:"这个问题不该问我,想和谁出去,这是你的自由。"

小圆:……

显然,这并不是她想听到的答案。她气鼓鼓地盯着他,同时不情不愿地在心里得出了一个结论:他根本不在乎我和别的男人出去。

小圆越想越不甘心,本来她也没打算和沈诺唯出去的,可李岩这副淡然的死样子委实刺激到了她。她只觉得气血顿时上涌,头脑发昏,张口就说:"我要和他出去!"

李岩持叉的手一顿,随即,他说:"知道了。"

小圆没要李岩送,她自己走的。

"我要和沈诺唯吃晚饭,你不用等我了!"离开前,小圆故意这样说。

李岩愣了一下,说:"知道了,路上小心。"

沈诺唯约了小圆在游乐场见面。

小圆赶到游乐场的时候,他已经衣冠楚楚地在门口等了。

"很高兴与你再次见面,夏小姐。"沈诺唯彬彬有礼地道,"对了,我可以叫你小圆吗?"

"嗯,可以的。"

"我们进去吧,很多项目要排很长的队。"

"哦。"

小圆看得出来,沈诺唯在尽力讨好她。她又不迟钝,一个男人想方设法地讨好一个女人,还能是因为什么?

虚荣心多多少少会有一些吧,但小圆并没有十分开心的感觉。因为和沈诺唯在一起的时候，她总忍不住……想起李岩。她会想他在做什么，在家吗？出门了吗？有没有欺负大饼？她越来越心不在焉，玩游乐项目都觉得提不起劲了。

沈诺唯应该是看出了她的状态不佳，便提议道："是不是太累了？我们找个地方早点吃晚饭？"

一声答应的话却变得异常艰难，小圆是同意要和沈诺唯吃晚饭，还炫耀似的通知了李岩。可是这会儿，对李岩的气消去，她脑海里就尽是他一个人孤零零吃饭的画面了。他会吃什么？自己做还是出去吃？对着大饼吃吗？可是大饼又不喜欢他……

她越想越觉得李岩真可怜啊，离了她，他连个一起吃饭的人都没有。要不，她就不跟他计较了？

李岩和沈诺唯相比，当然是李岩重要啦！于是，小圆很厚脸皮地爽了与沈诺唯的晚餐之约，并拒绝了他想送她回家的提议，自己一个人匆匆走了。

小圆和沈诺唯分开的时候，已经将近下午四点了。她又很想快点回家见到李岩，因此便抄近路走了一条小巷，打算穿过巷子去前面的大街上搭车。

夕阳西下，小巷子里已经照不到光了，便显得阴暗。巷中安安静静的，只有小圆"嗒嗒嗒"快步走路的声音。

"要不，我还是给他打个电话吧，让他等着我一起吃晚饭？"小圆自言自语，可随即，她的小眉头又皱起来，"但是，这样会不会显得我太急切了？"

"啊！烦人——"

"我……"小圆的声音忽然一顿。此时她走到了一扇破窗外，窗内应该是个废弃的仓库，窗户上还苟延残喘地挂着半面玻璃。而透过亮堂堂的玻璃，她看见自己身后，一个人影忽闪而过。

她倏地回头，身后空空荡荡的，一个人也没有。

"难道是我看错了？"可小圆的神经难免紧绷起来，她不由得加快了脚步。

走着走着，鬼使神差地，她突然当空举起了手机。

她的手机屏幕很大，加之她举的角度刁钻，几乎是在她举起手机的瞬间，屏幕上就映出了一个人影，她看到对方迅速侧身贴上了墙。

小圆：？

乌云突然遮住了天空，巷子里越发阴暗了。小圆抬头，前方的巷子狭长，一眼根本看不见尽头。她用力咽了咽口水，知道这个时候千万不能惊动对方，不能回头！她要稳，不能让对方知道她发现他了！于是，小圆深吸一口气，装作若无其事地继续朝前走。

不知是否有心理作用，小圆听出了自己"嗒嗒嗒"的脚步声中，混着另一道声音。

"嗒嗒嗒——嗒嗒嗒——"

如影随形！

更可怕的是，那脚步声好像还离她越来越近了！

小圆越走越急，越走越快……啊——她终于受不住了，拔腿就跑。

救……救命！她想大声呼救，一张口却灌了满嘴的空气！空气钻进她的气管，引得她剧烈咳嗽。

身后的脚步声追上来了！

她都能看见对方落在地上的、离她越来越近的影子了！那影子的头上长角，仿佛拿了把大锤子！

"啊！"几乎是须臾的工夫，小圆就被对方追上了，那人自她身后一把抓住了她的胳膊。

"啊啊啊——"小圆放声尖叫。与此同时，她终于找到了通讯录里李岩的电话，狠狠地按了出去。

几乎是瞬间，她身后响起一阵手机铃声。

小圆：咦？怎么这么耳熟？

下一刻，她耳边响起了更耳熟的男声："你跑什么？"

阴暗小巷子里追她的人居然是李岩！他的影子头上长角则是因为……他戴了顶鸭舌帽。小圆觉得这个世界简直太魔性了！不过，劫后余生的喜悦还是席卷了她，她再也顾不上那么多，转身就抱了上去。

"吓死我了，呜呜呜！"男人胸膛宽阔，气息干净，是最好的避风港湾。

对于小圆突如其来的熊抱，李岩显然有些意外。他的两只手一下子僵在半空中，似乎都不知道该往哪里放。

"夏小圆？"

"呜呜呜，我以为自己遇到了变态色狼！"小圆一味沉浸在自己的世界中。

李岩叹了一口气，最终他的大手还是按上了她的后背，一下一下轻拍。

小圆毕竟不是水做的，很快，她哭够了，理智也回来了。

她有些害羞地推开李岩，问他："你怎么在这里？"你不是应该一个人在家，孤零零地和猫一起吃晚饭吗？

李岩原本和煦的脸色在一瞬间变得……很难形容。他木着脸，看天、看地、看墙壁，就是不看小圆。

他这副刻意回避的姿态叫小圆越发狐疑起来："你就算自己出来闲逛，也不可能这么巧刚好就遇到我吧？我记得出门前我有告诉你我要来这边的游乐场……等等！难不成，你是专门来找我的？"说完她就想打自己的嘴巴，这太厚脸皮了吧。

连她自己都觉得这个猜测荒谬，可她面前的李岩闻言，却猝然抬头，素来沉寂的瞳孔里刹那间荡漾开来了什么。两人离得过分近了，小圆便轻易地捕捉到了那墨蓝色瞳孔里的东西，那是一抹……心虚。

他为什么心虚？

因为被她猜中了啊！

这一刻，小圆简直是受宠若惊："你为什么来找我？你担心我？"

李岩的脸上快速闪过一抹被戳中了心事的尴尬，而这显然不是他所熟悉的情绪。其实，自从得知小圆与那个叫沈诺唯的男人过从甚密开始，李岩就觉得自己的情绪变得有些不正常了，心情会莫名低落，又无端感到烦躁。尤其知道小圆今日要去与那个沈诺唯见面，李岩觉得自己心中躁动的情绪更是达到了顶点。自己这是怎么了？为何情绪如此反复无常？思来想去，李岩最终得出了一个结论：问题应该是出在沈诺唯身上。

于是，面对小圆的疑问，李岩平静而快速地说出了自己早就想好的结论："我只是觉得，沈诺唯看起来不像好人。"

小圆：……

小圆没好气地看着他："你哪里看出来他不是好人了？"她觉得沈诺唯挺好的呀，人斯文又有礼貌，她爽约了，他也不生气。

李岩皱眉想了想，说："一种感觉。"

小圆："没了？就这样？"

李岩："就这样。"

小圆真是不知道该拿这人怎么办了："你这未免太武断了吧，你都没和他接触过！"

李岩却摇了摇头，认真地看着小圆，道："看人不能光看表面，我会找出证据。"

小圆：……

她都要被他气笑了，她根本不关心沈诺唯究竟是什么样的人好不好？！她今天会答应出来见沈诺唯，还不是被他李岩给气的！她觉得这人平时挺聪明的呀，怎么突然就变驴脑袋了？他们住在一起也一年多了，他对她到底是个什么想法啊？

李岩下意识攥紧了垂在身侧的手，他垂着眸，缓慢而迟疑道："我感谢你救了我，收留我。你也教会了我很多东西。"

小圆：？随即，她意识到自己刚刚居然不知不觉就把心里最后的那个疑问说出了口！她主动问他"他对她是个什么想法"。她的脸"腾"地一下似火烧，啊啊啊，太害羞了啊——尤其李岩还说……啊啊啊，太丢脸了，她不想活了！

李岩："？"

四目相对，两人大眼瞪小眼。

啊啊啊——小圆受不了了，转身跑走。

李岩拔腿就追了上来，却一脸的莫名其妙："你怎么了？肚子太饿了？"

"你给我闭嘴！"

李岩发现小圆最近不怎么爱理他。她不与他一道出门散步了，两人视线相交，她也总是飞快地移开眼去，更别说是主动与他说话。李岩思来想去，觉得也只能是因为沈诺唯的事了。这显然是个影响生活和谐的重大问题，因此，李岩决定要和小圆开诚布公地好好谈一谈。

这天早饭过后，见小圆无所事事地抱着大饼在沙发上消食，李岩便走过在去她身边坐下，状似不经意地问："最近，你和沈诺唯还有联系？"

小圆警惕地看了他一眼："有啊。"每天互道一声"早上好"而已。

李岩就没话说了。

沉默在空气里蔓延，隔了好一会儿，李岩方如放弃一样，道："抱歉，那天我不该跟踪你，你如今生气也是必然的。"

小圆惊得差点把手里的猫给扔了："你跟踪我？！"

李岩：……

男人困惑地皱起眉："你不知道？你不是因为这件事生我的气？"

小圆：……

她心想：怪不得那天在巷子里，他一直鬼鬼祟祟跟在她身后不出声呢，原来是玩跟踪来的！她有点不高兴了，可一想到他是出于担心她而做了这些事，心里的那股气又一下子消了个干净。可她并不想叫他这么容易就蒙混过关，于是她斜睨着他，问："你说沈诺唯不是好人，那你找到什么证据了没有？"

"暂时没有，不过……"李岩接下来的话却被骤然响起的手机铃声给打断了。

"喂，你好，我是夏小圆。"小圆接起电话，"这样啊……"她看了李岩一眼，"好吧，我马上过来。"

"什么事？"小圆一挂断电话，李岩就问她。

小圆捋了捋头发："我在银行的一笔存款好像出了点问题，银行让我现在就过去一趟。"

"我送你。"

"好。"

两人很快便赶到了银行。

小圆是个小富婆，在银行自然有 VIP 客户的待遇。

"夏小姐，会客室在这边，请跟我来。"银行职员有礼道。

小圆怕李岩一个人等着无聊，就挥挥手对他说："你去外面转转吧，我这边结束了就打电话给你。"

"嗯。"

小圆转身走了两步，却又突然想起了什么似的，回身看向李岩："对了，在家里的时候，我问你有没有找到什么关于沈诺唯的证据，你说'暂时没有，不过……'不过什么？"

"不过，他出现在你身边的次数有些多。"李岩喃喃道。

小圆：？

李岩朝她笑了笑："没什么，也可能是我想多了。去吧，我就在外面。"

银行外的小花坛前，李岩倚墙而立。他习惯性地去摸裤袋里的烟，随即他的动作就顿住了，他并没有抽烟的习惯。更确切地说，是认识夏小圆后，他没有抽烟的习惯。那么以前呢？从他无意识想要摸烟的举动来看，他过去应该是抽烟的，只是烟瘾可能不大。

他到底是谁？

正皱眉思索间,李岩听见了极轻微的一声"咔嚓",那是相机快门被快速按下的声音。他猛地抬头,就看见在前方的林荫小道上,一个灰衣男子正慌慌张张地把什么东西收进包里,然后跨上电动车,"唰"地开走了。

李岩疾步追上去。

两人相距少说也有五百米的距离,对方又有骑乘工具,小道上转眼就只剩下了一排尾气。李岩当即停步,大步往侧边穿过绿化带,横穿马路。他在与灰衣男子平行的那条街道上狂奔,隔着建筑之间的间隔,死死锁定对方的身影。终于在下一个路口,他如一头凶恶的猎豹般扑向骑行中的灰衣男子。

"哎哎哎……你不要命了?啊——"

"砰"的一声,电动车撞上路边的隔离带,李岩则压着灰衣男子,狠狠摔滚在地。

"为什么偷拍我?"

灰衣男子:"喀喀喀……喀喀喀喀……"

李岩一臂卡住男子脖颈,"咔嚓"一声,对方的脖子应声而响。

灰衣男子脸上立时露出惊惧之情:"饶……饶……饶了我……"

提着对方的衣领,李岩一臂就将他整个人拎了起来。他沉着脸,蓝眸里是彻骨的阴寒:"说!你究竟是什么人?"

灰衣男子抖如筛糠:"星……星……星……"

"你说什么?"

"我是个星……星探啊!"

李岩:……

与此同时,几公里外的银行 VIP 会客室里。

小圆第五次打开手机看时间,终于她的耐心告罄了:"你们经理到底什么时候来?再不来我要走了!"

"抱歉夏小姐,经理办公室临时来了一个重要客人。"先前接待小圆的职员不安道,"我……我再去催催经理吧,夏小姐,麻烦您再等一等。"

一分钟过去了。

两分钟过去了。

……

十分钟过去了!连小职员也消失了!

小圆真是受够了,拎起包包就出了会客室,她要回去!

小圆所在的这间会客室位于走廊的最里侧。

银行职员都在外头忙吧？小圆走出来的时候一个人也没看见，她并没有多想，掏出手机就给李岩打电话。

"嘟——嘟——嘟——"电话里只有忙音，怎么打都没有人接。

小圆无语了，连李岩也跟着闹消失？

"这个世界是怎么了？"

"世界得罪你了？"耳边忽然就响起了一道带笑的男音。

小圆倏地转头，看见自己左手边的一扇门不知何时开了，她一眼就对上了一双带着卧蚕的笑眼。

"沈诺唯！"

"喀喀……喀喀喀……"灰衣男子趴在地上，腿软得都站不起来了，"真……真的是这样！我没有骗你！"

男子身侧，李岩单膝跪地，"唰"的一声拉开了灰衣男子的包。手机、数据线、报纸、杂志……包里乌糟糟的，什么东西都有。李岩自包底翻出了一沓名片，每张名片上都写着：朝晖星探社刘大明。

李岩抬头看了灰衣男子一眼，又低下头去摆弄包里的相机："你就是刘大明？"

"是……我是。"

"为什么偷拍我？"说话间，李岩打开了相机，屏幕里现出的第一张照片就是他的脸：剑眉星目，侧脸方毅，正孤独地望着远方。

偷拍技术居然不错。

刘大明："因为……因为你长得好看。"

李岩：……

刘大明要哭了："我真的是个星探啊大哥，我……我就是觉得你好看而已！大哥，你饶了我吧大哥！"

李岩仍在拨弄刘大明的相机，相机里除了两张他的照片，其余的也是些俊男美女。

刘大明还在哭诉："生活已经那么艰难了，我就想挖掘一些小花、小鲜肉来娱乐一下大众，我真不是坏人啊大哥……"他感觉眼前倏地一黑，有什么东西当头朝他飞了过来。他条件反射地朝前一扑，就扑到了他的相机。

刘大明简直是重获新生！然而下一刻，他又痛不欲生了："大哥你怎么全删了？！好歹给我留几张啊！"

他口中的"大哥"却早已大步走了。

走了几步,这位"大哥"忽又顿住。他掏出了自己的手机,满屏的未接来电!

这下换"大哥"不能淡定了:"糟了。"

李岩匆匆赶回银行。

人来人往的银行大厅里,他却被银行工作人员告知:"夏小姐已经走了。"

李岩下意识去看手机,他赶回银行用了八分钟,而这八分钟里,小圆没再给他打过电话,她的最后一通来电是在十分钟前。

"她什么时候离开的?"李岩抬头问面前的女职员。

这个职员正是先前负责接待小圆的那一个。闻言,她下意识朝身边的男经理看了一眼。男经理朝她使了个眼色,女职员立刻道:"抱歉先生,我……我没留意。"

李岩皱眉看着他们,再次拨出了小圆的电话。

"嘟——嘟——嘟——"

依旧是没有人接。

李岩面上不由得现出一股烦躁:"她不会不告而别,我来之前她在哪里?"

"会……会客室啊。"

女职员话音刚落,李岩抬步就往她身后走,他记得会客室在哪里。

"先生您不能进去!哎……"女职员急了,"保安!保……"却被身旁的男经理一把捂住了嘴巴。

男经理压低声音:"不能叫保安!"

"对……对……"

"砰"的一声,李岩推开了会客室的门,门内空空如也。

"我就说夏小姐已经走了吧!难道我们还会关着她不成?!"

"就……就是!"

会客室内的椅子都摆放得整整齐齐,只有一张除外。

坐垫朝外,椅背对内,整张椅子转了一百八十度。曾经坐在这张椅子上的人,要么很有闲心,要么就是走得很急。

李岩缓缓在这张椅子上坐了下来,而后他突然起身,快步朝外走。

站在门口的男经理和女职员面面相觑:"哎,这位先生……"

李岩越过他们,径自离开会客室。还没在走廊上走几步,他又忽然顿住了。

"他……他在做什么?"眼见李岩突然莫名其妙蹲下去了,女职员忍不住和男经理咬耳朵。

男经理刚要说话,却陡然睁大了眼。只因他看见那个男人自门缝下拖啊拖,就拖出了……一条手链。

"是她的。"李岩喃喃道,"手链仍有余温,她离开不久,应该在……"他的声音戛然而止。修长的手指移开,手链上的断痕清晰可见。墨蓝色的瞳孔在刹那间一缩,他看见了断痕处的……血。手链是被人生生扯断的!

再抬头时,李岩的眼神全变了:"她在哪里?"

被那阴沉无比又带着狂怒的眼神一刺,女职员"呜"了一声,下意识就往男经理身后躲。

男经理没地方躲,哆哆嗦嗦地道:"这……这……我们什么都不知……啊——"

小圆感觉四肢酸软,头脑昏沉。

她的意识明明已经苏醒过来了,却怎么也睁不开眼睛。等等,苏醒?她为什么要用"苏醒"这个词?她怎么了?发生什么事了?她昏迷了吗?

"昏迷"两个字像是突然触到了她身体里的某个机关,她感觉头皮一麻,脑袋一钝,昏迷前的记忆瞬间回笼,她的身体不可抑制地颤抖起来。

她记得,她在银行会客室外的走廊上遇见了沈诺唯……

"沈诺唯!"

"小圆小姐,这么巧。"沈诺唯从一扇门内走出来,"来办事?我和这家银行有些交情,或许可以帮你。"

"不用啦。"小圆这么说着,耳边还贴着手机,"我要走了。"

沈诺唯目光一顿:"小圆小姐这是急着去约会?"

"不是啦,我在等人,等他来接我。"

沈诺唯的神情放松下来:"那进来等吧,我正好准备了咖啡。"他边说边将自己身后的门完全推开了。

越过沈诺唯的肩头,小圆看见门内是一个很小的房间:房间中央摆了一张圆桌,桌边是两把椅子,桌面上的两杯咖啡还冒着腾腾的热气。门边的沈诺唯做了一个"请"的手势,一切都好像在专门等着她一样。

不知怎么的，小圆的脑海里突然冒出了先前李岩对沈诺唯的评价："不过，他出现在你身边的次数有些多。"

是啊，这段时间以来，沈诺唯好像总能出其不意地出现在她身边，是巧合？是缘分？这一切又是从什么时候开始的？

小圆心头猛地一顿，仔细想想，她遇见沈诺唯似乎就是在她注射了"恋爱明天"药水之后啊。这个认知叫小圆心慌慌，她从未使用过"恋爱明天"药水，她以为使用了"恋爱明天"，第二天就能和自己想要的人谈恋爱。可这些天发生的事告诉她，实际情况好像并不是这样。

如果……如果她需要恋爱的人，是……是沈诺唯呢？

不不不！这太荒谬了！这不对！

想到这里，小圆再也待不住了。她跳起来就跑，她要去找李岩！可下一刻，她的手腕被人自身后猛地一握，她整个人不受控制地往后倒去。

沈诺唯接住了她，冰凉的西装外套摩挲过她的脸。

"急什么？"他居高临下地看着她，困住了她，"进来喝杯咖啡。"

那一瞬间，小圆感觉到了危险，她挣扎起来："放……放开我！"

沈诺唯却箍紧她的手腕，用力把她往房内拖。

"不……"小圆张口呼叫，眼神陡然变得惊恐起来。她看见沈诺唯一直背在身后的另一只手伸了出来，手里赫然握着一块雪白的帕子。

"你……你要做什么？唔……"帕子死死地蒙上了小圆的脸。刺鼻的药水味袭来，她瞬间就失去了意识。

沈诺唯单手细致地将帕子叠好，放进口袋里。他看了怀里的小圆一眼，"呵"了一声，而后将她打横抱起。

"啪嗒——"小圆腕上的链子在方才的挣动中扯断了，掉在了地上。可惜大步离开的沈诺唯并没有看见。

眼皮子一痛，小圆终于睁开了眼睛。

"醒了？"低而带着几分轻佻的男音在耳边响起。

小圆猛地转头，就看见沈诺唯正坐在她前方不远处的沙发上。他的西装外套脱了，白衬衫的领口随意地散着，眼睛正一眨也不眨地盯着床上的她……

等等，床上？

小圆倏地坐起来，意识到自己正置身在一间陌生的房里，一张陌生的床上！万幸，她身上的衣服还在！她裹紧了衣襟，警惕地环顾四周："这是哪里？

你……你要干什么？"

"这是我家。"沈诺唯站了起来，"而显然，我对你感到好奇。"

小圆：……

窗外突然一个闷雷打下来，天空昏暗，一下子就下起了瓢泼大雨。

房间里越发阴暗了。

突然，小圆眼前一亮，她看见床头柜上正搁着她的手机！她想也不想就扑了过去，可惜，床头柜在靠近沈诺唯的那一侧，男人的动作比她更快！

"想要通风报信？嗯？"男人把玩着她的手机，好笑地望着她。

那一瞬间，小圆也不知哪儿来的急智，操起手边的台灯就朝他的脑袋砸去。但她还是慢了一步，被沈诺唯一把握住了手腕。

"噼里啪啦——"台灯自小圆手里滑落，碎了一地。

"还是只小野猫。"沈诺唯嗤了一声，抬手就去扯小圆的外套。

小圆死命挣扎起来："放开我！你这个渣男！"

沈诺唯嘴角抽搐："你骂我什么？"

"畜生！衣冠禽兽！"

"你……"

小圆红了眼，心里又惊又怕。

女孩儿约会陌生网友被下蒙汗药，这种类似的新闻，"大厚"上天天有。小圆从来没想过，这样的命运有一天竟也会降临到自己身上！此刻，她心中只有一个念头，要逃！一定要逃出去！

她一口咬在了沈诺唯的虎口上。

沈诺唯吃痛，猛地将她的手一甩。而这时的小圆正趴在床沿上要往外翻，骤然而来的外力让她无法保持平衡，她"砰"的一声就掉了下去。

床下即是碎了一地的台灯。

沈诺唯一惊："夏小圆！"

十分钟后，浴室内。

"别动，再动，连你裤子也脱了。"

小圆：……

此刻，她仅着一件衬衣，整个人被结结实实地绑在了椅子上，只有一条左臂可以自由活动。她的身前，沈诺唯坐在一张小凳子上，一只手抓着她那条自由的手臂，另一只手拿镊子，仔细地替她挑去嵌进了肉里的碎玻璃片。

两人面前的瓷砖上,鲜红的血流了一地,血水缓慢地淌进下水道里。

"你……你到底是什么人?"小圆抖着声音问。她的手臂早疼得没了知觉,但她更怕精神上的折磨。

沈诺唯笑着看了她一眼,没说话。

"你到底要做什么啊?"

沈诺唯:"得到你,拥有你。"

"我根本不认识你!我跟你无冤无仇啊!"小圆要崩溃了!她因害怕而声音哽咽,她想把手收回来,沈诺唯却握得死紧。他的手指像蛇一样在她小臂上游走:"嘘——我对你太有兴趣了,夏小圆。"

"本来想慢慢引诱你的,但你似乎……对我不那么感兴趣,而我已经等不及了。"

小圆嘴唇颤动,整个身子都不可抑制地发起抖来。

沈诺唯开始往她手臂上一圈一圈地缠绷带,他的动作慢条斯理,就仿佛她是一件珍贵的艺术品。

小圆受不了了:"放过我……求求你放过我吧!我……我可以给你钱……"

"宝贝,你可比钱本身值钱多了。"

小圆:?

她不是很能理解沈诺唯的意思,她也没心思去理解了。因为她看见沈诺唯打开药箱,从里头取出了一根针管。

针管簇新,里头盛满了淡黄色的液体。

"是……是什么?"

"一些能令你放松的东西。"弹了弹冰冷的针尖,沈诺唯抬头看小圆,"现在,我们开始吧。"

"不!不——不要!啊……"可冰冷的液体还是被推进了她的身体里。

小圆知道这必然不是什么好东西,可她没料到,这东西的药效会来得这样快。几乎是沈诺唯把针管抽走的瞬间,她就感觉脑袋阵阵发昏,眼皮子直往下坠,身体一点力气也没有了。偏偏意识是清醒着的!

她感觉沈诺唯解了绑住她的绳索,将她打横抱起。

身体晃动,她知道他在抱着她走动。

身下一软,她被放在了……这是……床?!不!不要!不可以!谁来救救她?!

身边一阵凹陷，有人上了床。

下一刻，小圆感觉领口一阵凉意，他在脱她的衣。

不——

"让我们看看，你身体里有什么。"

"噼里啪啦——"

"什么声音？"沈诺唯猝然回头。

一团黑影扑面而来，他还没来得及看清那是什么东西，便感觉后脑勺上一阵钝痛。"咚——"那是硬物猛烈敲击在肉体上的声音。

室内突然变得一片死寂。

小圆只隐隐分辨出，"噼里啪啦"的碎响声来自浴室的方向。其他的，她就什么也不知道了。她的意识再也抵挡不住，陷入了彻底的昏沉中。

第二天早上六点，小圆艰难地睁开了眼睛。

天花板是纯净的天空蓝，其间点缀着一颗颗金光闪闪的星星……窗外那片一望无际的大海也还在。但是，她感觉浑身酸软、头脑昏沉，整个人虚弱得像是刚刚被一辆卡车碾过。一个可怕的念头突如其来地闯入了她的脑海里，她骇得立时脸色变得煞白："我……"

"你没事，什么也没有发生，我及时赶到了。"一道沉沉的男声插进来，打断了她噩梦般的猜想。

小圆倏地转头，就看见另一侧的床边，李岩正坐在那里。他双手交握，垂着头，半个身子都陷在阳光照不到的阴暗里。

"真……真的？"小圆急切地问，看着他的眼神就像是在看一根救命稻草。

李岩阴郁的眼神立刻没了，他靠过来一些，郑重地朝她点点头："我保证。"

这会儿，小圆也感觉到了，除了全身无力，她的身体并没有其他不适。她这才彻底放下心来。她想坐起来，却不慎牵扯到了左臂的伤口，人立时一软。

"小圆！"

小圆只觉得腰际一紧，整个人就被一条长臂给捞住了。她跌进李岩怀里，脸颊摩挲过他细软的羊绒毛衣。自下而上的视野里，她清楚地看见了他焦急万分的模样。

"哪里不舒服？你被注射的只是普通麻醉剂，但也不能排除……"

小圆顺势搂紧了他，再也忍不住"呜"地大哭出来："我怕死了……"

李岩反手拥紧了她，无意识地亲吻小圆耳边的鬓发："我的错……"
　　太阳渐渐升起，卧室里越来越温暖。阳光铺天盖地照进来，落到地上，洒在床上，温柔地覆盖住床上的那对男女。而他们紧紧相拥，忘记了时间。

　　"嗯，你是……是怎么找到我的？"小圆靠坐在床头，手里捧着李岩给她冲的热牛奶，全身都暖暖的。
　　李岩正往她身后塞靠垫，想让她坐得更舒服一些。闻言，他的脸色猛地一沉："你的血……"
　　时间倒退，回到李岩在银行的会客室走廊上发现了小圆的手链时。
　　李岩当即逼问经理和职员小圆在哪里，他们起先不肯说，但在他的非常手段下，他们很快就松了口。
　　"沈……沈先生是厉害人物，他认识我们的大老板，我们……我们不敢不听他的啊……"经理哆哆嗦嗦地说出了小圆被带走的大概方向，但他们具体去了哪里，他就说不出来了。
　　"沈先生只让我们关掉监控，然后把……把夏小姐引来，其他我们真的什么都不知道啊！"
　　所幸，那时小圆刚被带走不久，李岩立时追了过去。
　　"但在一处香料市场外，我失去了你的味道。"暖烘烘的卧室里，李岩眼神冰冷。
　　前面说了，李岩一直觉得小圆身上有一种很特别的气息，无论相隔多远，他都能找到她。这也是一开始他会觉得小圆熟悉，然后留在她身边的原因。但他能远距离找到小圆的前提是——必须为他留有充足的时间，必须有足够多的时间，他才能从鱼龙混杂的味道里细细分辨出那一抹独属于小圆的气息。
　　香料市场里漫出来的味道成千上万，且充满了刺激性，短时间内，李岩根本无法找到小圆在哪里。
　　李岩正心急如焚时，天上突然下起了暴雨。瓢泼的大雨溅起尘土，冲刷过绿树和草地，空气里的味道越发混杂了起来。但是，在形形色色的气味中，李岩陡然闻到了一股浓郁而血腥的气息，那是……血的味道！小圆的血的味道！
　　李岩疯了一般顺着那股味道寻找，那味道来自下水道，来自某高档小区……终于，他找到了沈诺唯的家。
　　"你流了那么多血。"抚了抚小圆缠着绷带的那只手，李岩闷闷地说。

他素来冷静、自持，何尝有过这样软弱的时刻，看起来简直像个孩子了。小圆知道，这场祸事完全不能怪李岩，都是沈诺唯那个人渣在搞鬼！她忙安慰面前的他："没关系的，你把我救出来了，我没事了。"见他依旧愁眉不展，小圆又转移话题，"对了，你一直说我身上有一股特别的味道，究竟是什么味道啊？"

李岩便拉起小圆未受伤的那只手，在她白皙而脆弱的腕动脉处轻轻一嗅。她皮肤的温度偏低，他呼出的气息灼热，不知是不是冷热交替的缘故，她感觉手腕处一阵酥麻，手臂上立时起了一串鸡皮疙瘩，她手抖得几乎要摸上他的脸。

偏偏这个罪魁祸首还一无所觉，他维持着低头轻嗅的动作，眼皮子一掀，那双墨蓝色的眼睛直直朝小圆看过来："就是这种味道，与我血脉相连。"

"腾"地一下，小圆的脸全红了，她觉得此时的自己看起来一定像一只煮熟的大虾子！

"脸怎么那么红？不舒服？"李岩的大手自动自发地伸过来，贴上了她的额头。

小圆动了动唇，没有说话。

李岩以为她有什么话想说，视线下意识落到了她的唇上。她刚刚喝了牛奶，两片唇瓣粉嫩嫩的，看起来像果冻。李岩看着看着，飞快移开了视线。

小圆发现，李岩左边的耳朵一点一点红了起来，他倏地收回了握住小圆的手。

周遭的气氛不知怎么变得暧昧起来。

"你……"

"我……喀喀……"

两人都想找话题，却总是撞话，又都想让着对方先开口。平日里口齿挺伶俐的两个人，都成了结巴。

"我的意思是……嗯……你救我的时候，没受伤吧？"最终，还是小圆抓住了一个话题。但这显然不是一个好话题，因为听完之后，李岩的脸瞬间阴沉下来了。

"是我的错，我不该让你注射什么'恋爱明天'药水。"

小圆张了张口，非常意外他会这样说。

墨蓝色的瞳孔里满是让小圆觉得陌生的东西，李岩的五指深深地掐进了床单里："你注射'恋爱明天'后，就总是遇见沈诺唯。我想，或许他就是与你恋……的那个人,所以我没将这个怀疑告诉你,直至你出事……若不是我判断错误,你根本不会出事,是我害了你……"声音忽然止住,因为小圆微凉的小手贴上了他的手背。

"别这样说。"她温柔地看着他,"这不怪你,这完全是意外。"

李岩垂眸,不与小圆对视,被她握住的那只大手依然紧绷似硬铁。

小圆想了想,便换了一个说辞:"还记得我因为给妈妈注射了'自由明天'药水而觉得是自己害了妈妈的时候吗?当时的我愧疚欲死,还记得你是怎么对我说的吗?"

"你说,'你可以以一己之私使用药水,也可以因为救人而使用药水。药水是中性的,端看使用者如何赋予它意义'。你还说,'人生本来就是一个成长学习,从错误里汲取经验的过程,没有人生来就会做对所有事'。"

感觉到被她覆在掌心下的手背动了动,她弯起了嘴角:"李岩,我知道你当初提议让我使用'恋爱明天',完全是出于一片善意,你想让我一成不变的生活有所改变,让我'明天'的生命可以有所不同,你是想让我过得更好,活得更开心!我都知道的,我一点都不会怪你。所以,请你也不要怪你自己。"

李岩长长的睫毛动了动,抬头朝小圆看过来。那双墨蓝色的眼睛里依旧汹涌一片,但这一回,小圆觉得自己看清了里头的东西:阴沉、愤怒,更有深深的自责、脆弱与……害怕。他在害怕吗?他在怕什么?他的害怕……是因为她?

那一刻,小圆只觉得胸中一热,心里瞬间涌起了一股狂烈的情潮,她冲动地一把将李岩抱进了怀里。

"我没有事,你不要难过,不要自责。"她一遍遍地对他说。而这个拥抱无关乎情欲,就像妈妈抱着一个孩子。

李岩的身体有片刻的僵硬,但随即他反手用力回抱住了小圆。

"我……觉得自己很没用,我……没有办法保护好你。"他郁闷的声音自小圆的胸口传出来。

"你已经做得很好啦。"小圆更耐心地说,"是坏人太无耻了,谁都想不到他会和银行的人勾结呀。而且,你之前有提醒过我他不是好人的,是我自己没注意。"不知是不是小圆的错觉,她感觉自己说完最后那句话,李岩的身体很不自然地僵硬了一下。

李岩的声音有些含糊、赧然:"我说他不是好人,那是因为……"究竟是因为什么,他又不说了。片刻后,他咳了一声,拉开了与小圆之间的距离。

小圆：？

不过，她马上想到了旁的事："对了，那个人渣，你没把他打死吧？"打死人要进贫民窟的！

李岩沉默了一会儿："……应该没有。"

小圆：……

李岩偷看小圆一眼，见她脸色不大好，很聪明地换了一个话题："我还说过，'谁都会做错事，关键是做错了以后，除了内疚、自责、忏悔，能想办法为这件错事做一点事，想办法去补救，这样的行为才有意义'。"他深深注视着小圆，"你想要我如何补偿你？"

被他直勾勾的眼神盯着，小圆突然一阵面红耳赤，她感觉自己心里无端端生出了一只小鹿，正四下里乱窜，搅得她什么话也说不出来了。

第六章
享乐明天

小圆匆匆自外头跑进来,"砰"的一声用力甩上了别墅的门。下一刻,她慌慌张张地跑到了正坐在沙发上看报纸的李岩面前,紧张地说:"我又看见他了!"

这个"他",指的自然就是——沈诺唯。

虽然小圆在沈诺唯身上吃了大亏,但事后她郁闷地发现,自己根本奈何不了他!

首先,他在银行作案的时候行事缜密,银行的人又和他同流合污,还帮他关掉了摄像头,他不会留下任何证据。其次,他对小圆造成的伤害,充其量也是未遂。她左臂上那道长长的伤口,也只有李岩会心疼她,日理万机干大事的执法局的人根本不会理她。

所以,就只能由着他逍遥法外了?

李岩提出可以再去教训他一下。

小圆赶紧阻止了李岩,她可不想为了沈诺唯这么个人渣,而冒上失去他的风险。而且,见识到沈诺唯的真面目后,她感觉这个人阴恻恻的,有些变态,指不定还藏着什么醒腈手段,等着对付他们呢。

对于这种人,小圆的主张是能躲多远躲多远。疯狗咬了你一口,难不成你还追着他咬回来啊?就当吃一堑,长一智了,以后对待陌生人,得再多点戒心才是。

小圆想得挺好的,却哪里知道,事情远没有她想象得那么简单。

最开始出事是在医院里……

那天,李岩带小圆去医院复查伤口。医生说伤口有点发炎,让小圆挂两瓶点滴。把小圆交给护士,李岩就去付款配药了。

小圆是坐在走廊上挂的点滴,护士一走,走廊上就没什么人了。她低着头无聊地掰指甲,突然,走廊的尽头响起了脚步声。

"嗒——嗒——嗒——"

由远及近,有人正在朝她走来。

小圆以为是李岩,很开心地转过头去。然后,她一眼就看见了沈诺唯。

那人穿一身白大褂,打了石膏的右臂吊在脖子上,眼角、脸上都是伤口。见小圆看过去,他停下了脚步,就站在距离她十步开外的地方,冲着她笑。

小圆吓得手背上的针管都脱出来了!

所幸,李岩很快就回来了。待小圆鼓起勇气再一次看过去时,走廊那一头空空如也,哪里还有沈诺唯的身影。

小圆怀疑自己眼花,又怕李岩担心,便没有将这件事告诉他。她是无论如何都不敢再去医院了。李岩不明就里,还忧心了好几天。

为了哄李岩开心,顺带庆祝自己痊愈。几天后,小圆在市中心最好的饭店定了位置,想和李岩来个烛光晚餐,却不想两人在餐厅里与沈诺唯不期而遇。

在公园,在咖啡厅,在大街上,似乎哪里都能遇见沈诺唯!他就像一个幽灵,总是阴魂不散地出现在小圆的生活中。

有一次,她几天没出门了,坐在沙发上看电视。结果,一打开电视,里面跳出来的还是他!

见了鬼了!

今天早上,小圆带着大饼在别墅外的海滩边散步。海滩的一边是海,另一侧则是公路。大饼淘气,在小圆靠近公路的时候就爬了上去,小圆只好上公路去逮它。

她正把大饼四肢着地地按在地上呢,冷不丁一抬头就看见前方道路上,有一个人正远远朝她走来。一身铁灰色的西装,名贵的金边眼镜在太阳下闪着光,是沈诺唯!他怎么又来了?小圆很想冲上去打他一顿,但是识时务者为俊杰,她还是赶紧跑回家了。

"事情的经过就是这样!"沙发边,小圆双手叉腰,气喘吁吁地说。

"他在哪里?"李岩倏地站了起来。

一看他架势不对，小圆忙拦在他身前："别别别，你别冲动！他……他应该已经走了！"

李岩垂眸看小圆，墨蓝色的瞳孔里有什么东西在汹涌。半晌后，他捏了捏眉心，说："看来，我们最不愿见到的情况发生了。"

小圆的脸也沉了下来："是啊……"

小圆注射了"恋爱明天"药水，她的生活基调就变成了"恋爱"，而根据沈诺唯总是时不时出现在她生活中的状况来看，沈诺唯很有可能就是她的"恋爱对象"。也就是说，只要小圆的生活基调不改变，沈诺唯就会一直出现在小圆的生活中，来和她"恋爱"。

这是小圆和李岩共同分析得出的结论。

"我从没使用过'恋爱明天'药水，哪里知道用了以后会这样啊。"小圆苦着脸。

"'恋爱'是一个生活主题，也就是说，在这个基调下，只要是恋爱过程中可能发生的事，都有可能出现在你身上。"李岩的声音忽然一顿，他想到了小圆的母亲。每个人对自由的定义都不尽相同，对小圆的母亲来说，卧床不起可以躲避外界的纷扰，那未尝不是一种自由。那么，小圆呢？如今发生的一切就是她对恋爱的定义？李岩隐隐觉得有什么地方不对劲，可这股感觉稍纵即逝，他并没能抓住。

小圆则喃喃着："恋爱中会发生各种各样的变故啊，甜蜜、结婚、分手、互相伤害、撕心裂肺的痛……"

"是我的错。"李岩打断了她。

小圆下意识想说什么，李岩却没让她说下去，他径自道："沈诺唯随时可能出现，我们对他防不胜防。根据这个城市的运作法则，目前有两种选择，要么是他死，要么……"

"我使用新的'明天'药水！"小圆立刻道，并紧张地盯住李岩。

李岩迟疑了好一会儿，方道："……可以。"

小圆放心了，她真怕李岩私自去找沈诺唯。

"那还等什么，快拿你的药水来！"她现在是一点不客气了。

黑色的化妆包被打开，里头静静躺着一支支"明天"药水。

不知是不是看多了的缘故，这会儿再面对这么多价值连城的药水，小圆发现自己的心情很淡定了。她抬手伸向药水……手腕突然一热，被李岩一把抓住了。小圆抬头，对上的是他犹豫又紧绷的面色，他说："可能有副作用。"

小圆心头一暖，整颗心都变得无比熨帖。她反手握住他的手："那也总比你一个人去涉险好。"她严肃地瞪了李岩一眼，"我告诉你啊，你可别背着我做危险的事！万一你出事了，你叫我怎么办！"

空气有片刻的安静。

小圆呆呆地看着李岩，觉得自己说了什么了不得的话。

"呵呵。"李岩一声轻笑，嗓音低沉悦耳。他的声音富有磁性，抚过她的耳垂，轻击着她的耳膜，又仿佛进一步钻到她的身体里，直达她的心脏。

"不会让你一个人。"他又说。

一种酥酥麻麻的感觉自心头升起，顷刻间便传遍了她的四肢百骸。没来由，却势不可挡。小圆连耳朵都烫起来了。她突然觉得使用了"恋爱明天"药水，也不是全无好处的，至少……至少这让她更明了了自己对李岩的心意。

"嗯，李岩，我……"这一刻，小圆冲动地想对他说些什么，却不防有一团暗影扑面而来，撞翻了茶几上的化妆包，叼起里头滚出来的一支"明天"药水就跑。

"大饼！"

没错，朝小圆扑过来的暗影，正是她家里那只中华田园猫！

"大饼你作死啊！"小圆气得半死，跳起来就去追猫，"给我把药水吐出来！你别吞了！别吞下去！喂——"

李岩下意识朝小圆的方向迈了一步，随即又停了下来。此刻，一人一猫在屋子里上蹿下跳，战况激烈，哪里还有他插足的空间？

李岩扶额，失笑。他静静地看着小圆，只希望那张脸上永远不要有阴霾才好。

却突然听得沙发后的小圆惊慌地"呀"了一声，整个人一下子就蹲了下去。

李岩立时走上前去："怎么了？"

事情是这样的：

大饼叼着"明天"药水左冲右突，横冲直撞，小圆当然要抓住它！终于，她在沙发后的椅子上扑到了它，一把按住了它的胖肚皮。

"喵！"大饼死咬着药水不放，小圆伸手去强取。一人一猫也不知怎么一抓一咬，药水底部的隐藏针管被开启了！小圆是整个手掌抓向大饼的，满满一管子的药水就结结实实地射进了她的手心里。

小圆：……

李岩：……

小圆:"怎……怎么办?"

李岩一把揪住大饼的后脖子,整只猫都被他提溜了起来。

大饼仿佛也知道自己闯了祸,老实地任李岩提着,四肢和尾巴没骨头似的荡来荡去。

李岩从猫咪口里取出针管。

"享乐明天。"他一字一句念出针管上印着的字。

早上六点,小圆如往常一般睁开眼睛。

"咚咚咚——"

"砰砰砰——"

"轰轰轰——"

"……就算明天死了我也要爱你——"

震耳欲聋的歌声、斑驳目眩的灯光,视野里一片模糊,还有光怪陆离,小圆怀疑自己根本还没睡醒。

下一刻,她的眼睛适应了光亮,她就看见一个又一个的男女从地上、沙发上、桌子上、椅子上各种地方爬起来。他们皆衣着暴露,一个个看起来都醉醺醺的,并不清醒。他们的身体随着重金属的乐声扭动,逮谁搂谁,看见谁都能亲上去……所有人都又跳又叫,狂欢不已。

简直是群魔乱舞!

缩在某处角落沙发后的小圆狠狠给了自己一嘴巴。这是哪里?我怎么会在这里?李岩呢?哦,对了,昨天她不当心注射了"明天"药水,而那药水的主题是"享乐"。

"'享乐'明天……应该就是和'幸运''开心'差不多的东西吧?"当时的小圆迟疑道。

李岩垂眸不语,他紧紧捏着已然空了的针管,眉头越拧越紧。

"喵!"

"都是你啦!"小圆狠狠地打了大饼的尾巴一下。

"这样也好,至少不用再担心沈诺唯。"李岩突然又放松下来,他认真地看着小圆,"别担心,无论你在何处醒来,我都会找到你,你只需要在原地,等着我来。"

"嗯!"

一只蒲扇似的大手忽然伸到小圆面前,轻佻地在她脸上捏了一把:"小妹妹，一个人在这儿干吗呢？来和哥哥玩儿啊！"

小圆：……

这种地方怎么可能还待在原地不动？！

躲过醉醺醺的大汉，小圆磕磕碰碰地爬起来，拔腿就跑。

绕过东倒西歪的桌椅，避过牛鬼蛇神似的人群，小圆一路跟跄着往前找路。她已经看出来了，这个地方根本就是个夜总会啊！

夜总会＝享乐？

原来"享乐明天"是这个意思！可这种乐子，她一点也不愿意享用好不好！

这夜总会大得出奇，灯光和人群又晃眼得厉害，小圆左转右转转不出去，几乎以为自己迷路了！正焦急间，她眼前忽然一亮，前头灯光照不见的墙上有一扇门！

"安全出口"四个字在门楣上闪着莹莹的绿光。

小圆想也不想就冲了过去。

她太开心了，便没有留意到在她靠近门边的时候，灯光照不见的墙边悄然伸出了一只大手，一把将她拖进了旁边的黑暗里。

"唔……唔……"小圆的嘴巴被一只粗厚的大手死死捂住了。鼻尖尽是浓重的酒味，男人身上的汗臭味，寻欢作乐后的浑浊气息……

"砰"的一声，小圆被粗鲁地推到了墙上，头晕目眩。下一刻，她的身体被人严丝合缝地压住，根本动弹不能。在狭小的空间里，她看见了男人的眼睛，一双被欲望烧红了的眼睛。

"安全出口"就在十几米开外的地方，她却被人堵在暗无天日的角落里……一墙之隔的外头都是人！

"刺啦——"男人一把撕扯开了她身上的衣服。

嘴巴被捂着，无法发声，身子被压得无法动弹，小圆绝望地瞪大了眼睛。

"噼里啪啦——"四下里突然响起一阵玻璃碎裂的响声。

压在小圆身上的大汉闷哼一声，身子一软，骤然倒了下去。下一刻，就着四周迷离的灯光，小圆看见前方的走道上站了一个女郎。她衣衫凌乱，满头长发随意地散着，手里还抓着半个啤酒瓶。

小圆张了张嘴，下意识叫了一声："姚茜茜？"

女郎浑身一震，居然转身就跑！

一时间，脑海里尘封的记忆翻搅。小圆再顾不上自己的身子，跌跌撞撞地就追了上去:"你是姚茜茜吧?姚茜茜!姚——"追到"安全出口"的时候,震耳欲聋的音乐直冲而来,到处都是疯狂舞动的人群,哪里还有姚茜茜的踪迹?

小圆再也支撑不住,膝盖一软,整个人直直往地上跌去……却突然有一双大手自身后伸过来,一把捞住了她的腰。下一瞬,她就被带进了一方宽阔的胸膛里。

男人的怀抱很熟悉,她一下子就闻到了他身上清爽干净的男性味道。那一刻,她激动得几乎要落泪,两只小手自动自发缠上去,紧紧揪住他的衣襟:"李岩啊……"除了叫他的名字,她什么话也说不出来。

李岩飞快地脱下自己的外套裹紧了她:"我们走。"

夜总会后巷静静地停着一辆半新不旧的小轿车。

李岩小心翼翼地将小圆放进车后座上,绕到前头发动了车。

"怎么样,有没有哪里不舒服?"李岩边开车边从后视镜里看小圆。

小圆拉紧了身上属于李岩的外套,她的身子其实还在抖:"我……"但她想了想,终究还是没有把发生在夜总会阴暗角落里的事告诉李岩,"……没事。"

"真的没事?"李岩自后视镜里看了她一眼,"我赶到的时候,你似乎在找什么人……"

"没有!"小圆立刻很大声地否认,"我没有找人!"她咬着指尖,声音又弱下去,"是你看错了……是我看错了……"

李岩回头,担忧地望了她一眼,便没有再多说什么了:"再睡一会儿。"

"嗯……"

小圆蜷在车后座上,缩进李岩的外套里,仿佛这样就能带给她安全感。行进的车子左摇右晃,小圆渐渐闭上了眼睛……她回到了学生时代,无须多忧虑的生活、真心相待的朋友,少女有着明媚的脸庞,开心地诉说着天真的梦想……可美好的画面陡然破碎了,变成了某处的阴暗角落:

"唔……唔……"嘴巴被死死捂住,鼻尖尽是浓重的酒味,男人身上的汗臭味,寻欢作乐后的浑浊气息……

小圆猛地惊醒过来,发现身上出了一层薄汗。

"醒了?"前头的李岩适时问了一句。他还在开车,而小圆也仍旧躺在小轿车的后座上。

"嗯。"小圆拥着李岩的衣服坐起来，抬手就去开车窗，她想呼吸一下新鲜空气。

"别动。"李岩却突然出声制止她，"先别开窗。"

小圆：？

外面的日头已经很高了，而他们还行驶在闹哄哄的大街上。小圆终于发觉哪里不对了："怎么还没有到家？"她少说也睡了大半个小时，怎么还没开出这个街区？而且……"这条不是回家的路啊，李岩你怎么绕远……"

李岩忽然急打方向盘。

小圆整个人"咚"的一声撞回了椅背上，没说的话生生给憋了回去。

李岩："坐稳。"

小圆：？

"轰"的一声，李岩猛踩油门，小小轿车被他开得七弯八拐，左冲右突，像在开飞车。

"你到底……"小圆的声音戛然而止，因为从车后镜里，她看见有车在追他们。墨黑色的车，车顶上还有个黑色的灯，是执法局的车！

"怎么回事？！"小圆顿时忘了自己的那点不快，身上的汗毛全都竖起来了，"执法局的人为什么要来追我们？啊——"

李岩骤然一个急刹车，车子"吱"的一声，几乎是紧擦着墙，拐进了一条巷子里。

眼见执法局的大车被堵在了巷外，李岩方抽空回了小圆一句："说来话长。"

小圆：……

"先生，下回再来啊！"

最终，李岩将小轿车开进了老城区的街角某家破破烂烂的修车店里。因为给钱足且痛快，他俨然被老板列为 VIP。

小圆在老城区生活了这么久，从来不知道还有这么个修车店。而且，李岩在里头租辆车，居然登记都不用基本信息。

"你从哪儿知道的这家店啊？"小圆好奇。

李岩："散步的时候。"

"……好吧。"她知道他有在城市里四处踩点的习惯，却不知他竟然踩得这么彻底，连老城区的腌臜角落里有家修车店，他都知道。不过，这个不是重点,眼下的重点是……

"刚才到底怎么回事?"小圆上前,一把拉住李岩的胳膊,压低声音问。

李岩被她抓住的右臂突然就有点不自然的僵硬。

小圆:?

下一刻,他反牵起小圆的手,牢牢握在手心里:"放心,他们没看见我的脸。回去再说。"

小圆的小脸一红,顿时一个屁都放不出来了。

李岩很谨慎,离开修车店后,他又带着小圆倒了两趟公交车,换了三辆出租车,最后才终于回到了他们位于海边的家。

"到底怎么回事啊?"出租车一开远,小圆就迫不及待地开问了,"你怎么会惹上执法局的人?"

李岩沉吟了一下,方缓缓道:"早上五点三十分,我出门寻你,结果……"

"什么?!你说你在街头碰上了执法局的人?"小圆惊得差点跳起来,"可所有人不都是早上六点才醒……"她突然说不下去了,在她一贯的认知里,所有人确实是早上六点准时醒来,可眼下站在她跟前的李岩不就是个活生生的例外嘛。而所谓的例外,有一就不能排除有二。

小圆突然怀疑地看着他:"我倒是从没听说过执法局的人会比普通人早醒,你是我唯一见过的早醒的人,所以……难不成,你也是执法局的人?"

李岩眉头一动,下意识抿紧了唇,而后陷入了深思。

他居然陷入了深思!

小圆不能淡定了,"啪"的一巴掌打在了他的右臂上:"你倒是说话呀!"

李岩一声闷哼,一把捂住自己的右臂,额头上的冷汗"唰"地一下冒了出来。

小圆:?

她呆呆地看着自己抬起的手,又去看他悬空了、好像没了骨头的右臂……突然,她的瞳孔猛地张大了:"你受伤了?!"

有殷红的血顺着他黑色的袖口滴滴答答淌了出来,衬着他白皙的手背,显得触目惊心。

"没事。子弹被我避开了,擦伤而已。"李岩动作极快地将袖口一扎,他轻描淡写地说着,仿佛对他来说,这样的伤不过是家常便饭。

"怎么可能没事?到底是怎么回事啊?你担心死我了哎……"在小圆的

再三逼问下，李岩只得三两句还原了自己受伤的经过：他急着找小圆，不慎被巡逻的执法局的人发现。执法者们不由分说就要逮捕他，他就反抗。而眼见他要逃脱了，执法者们朝他亮起了枪……

"枪……"小圆的嘴巴张张合合，震惊得都卡壳了。

李岩面上现出一丝懊恼："不该跟你说这些……"

"不不不！"小圆忙调整自己的心情，"你告诉我这些我很高兴，真的，我不喜欢你有事瞒着我。我……我想跟你一起承担！"说到这里，她低头似是想去抚摸他受伤的手臂，又怕弄疼了他，"都是因为我……"如果不是为了找我，你也不会……下一刻，她又强打起精神来，"快快快！快回家，我给你处理伤口！"

别墅大门是指纹感应式的，感应器里录着小圆和李岩的指纹。

小圆先李岩一步走到门前，刚要抬手按指纹，却突然听到身后的李岩喊了一声："别动！"

小圆："嗯？"下一刻，她感觉肩头一重，整个人极快地被李岩拉去了身后。

"嘀"的一声，李岩打开了大门。

越过他宽厚的肩头，小圆看见屋子里黑乎乎的，海风吹得窗前的帘子随风乱舞。难道李岩走之前忘记了关窗？

门前的李岩突然蹲了下去。

小圆："？"

只见他伸手往门前的地上一抹，捻了捻指尖，又看了几处门边的位置，面色倏地沉下来："门被人打开过。"

小圆：……

"你先别进去，我……"李岩的话还没说完，就听得小圆一声惊叫："大饼！"她不管不顾就冲进了门。

沙发边，大饼奄奄一息地倒在地上。它四肢抽搐，肚皮朝上，整个小肚子不自然地瘪下去。

"大饼！大饼你怎么了？！大饼——"小圆无措地跪倒在地上，眼泪"啪嗒啪嗒"地往下掉。

仿佛听见了主人的召唤，猫咪的眼皮子动了动，动了动……却终究没能再睁开眼睛。

"是谁？是谁干的？！到底是……"小圆怨恨的声音戛然而止，顺着大饼的身子往前,她看见了……

"家里各处都有被翻动过的痕迹,但对方手法老道,我没看出是什么人干的。"李岩快步从楼上下来,"人已经走了很久。"说到这里,他忽然意识到哪里不对劲,"小圆?"

小圆一动不动地瘫坐在地上,她跟前是已然没了声息的猫咪。

李岩的嘴唇动了动,他头一回发现自己的词汇是如此匮乏。他让自己半跪下来,犹豫了一会儿,抬手握上了女孩儿的肩:"小圆……"

小圆的身子颤了颤。片刻后,只听她木木地说:"李岩,你看。"

李岩不明所以地顺着她的目光看过去,就看见……他瞳孔骤然一缩,只见茶几后,黑色的化妆包落在地上。包口敞开,里头的"明天"药水碎了一地。

小圆呜咽一声,眼泪这个时候才像断了线的珠子,一齐"啪嗒啪嗒"掉了出来:"李岩,我要怎么办啊?"

李岩一把将她拥进怀里:"会有办法的。"他一下一下抚摸着她脑后的发,"小圆你别怕,别怕……"

当天下午。

小圆走进"明天"贩卖局的时候,意外发现局里的保安比平常多了一倍不止。贩卖局的工作人员也在大厅里来来去去,从没见这些人这么忙碌过。

"听说是贩卖局快换届了,这一届的首席正忙着清算业绩,清查有没有人贪污腐败的。"排在小圆前头的一个大妈转过头来小声和她八卦。

小圆:"哦。"

"明天"贩卖局的权力结构有点类似大型公司的存在:有管理委员会,委员会上设首席,下设各部门总监。总监直接向首席汇报,首席可直接行使各项经营决策,委员会则负责对首席进行监督。能进委员会的,全是城市里的富人阶层,而且,听说委员的位子都是家族任制的。"明天"贩卖局这一届的首席似乎姓沈,小圆所知道的,也仅限于这些了。

正走神间,小圆看见前头的大妈骂骂咧咧走了,轮到她买了!

今天的效率这么高?

"你好,我想要……"

"抱歉小姐,这段时间市民对'明天'药水的需求量增加,导致'明天'药水供不应求。贩卖局临时决定,购买药水者需遵守'先登记后购买'的原则排队购买,留下你的联系方式,等有你的药水份额了,自会有工作人员通知你。"在"明天"贩卖局的贩卖窗口后,营业员公式化地说。

小圆心中一急,怎么就要排队买了?以前都不用的啊!

"那……那我前面还有多少人?"

"排在你前面的还有一百二十八位市民。"

小圆:……

小圆是哭丧着脸走出"明天"贩卖局的。

见她出来,倚在车身前的李岩便直起了身。瞧着她的脸色,他没多说什么,只打开车门,让她进去。

"安全带。"坐进车后,李岩朝副驾驶座上的小圆道。

"嗯?"她显然还沉浸在自己的思绪中,没有听懂。

李岩只好倾身过去,"啪嗒"一声替她扣上了安全带。

男人的身体一瞬间与她贴得极近,鼻尖尽是他身上干净、好闻的男性气息。她也不知怎么,突然一把就抓住了他的胳膊,就像在抓一根救命稻草:"他们……他们说现在买药水要排队,我前面还排了一百二十八个人!我说我可以多出钱,他们也不理我,怎么办?短时间内没有药水了……"

"那又如何?"

"嗯?"小圆不懂他的意思,呆呆地仰头看他。

李岩叹了口气,替她揩去了脸上不知何时又流出来的泪:"我说过,不论你去到多远的地方,我都能找到你。"

如此近的距离,小圆轻易就从他眼睛里看见两个小小的自己:那么可怜,那么无助。却又因为他的一句话,她奇迹般地镇定了下来。是啊,怕什么呢?有什么好怕的?自己并不是一个人啊。想到这里,小圆一时间情动,克制不住地抬起脸,在李岩肉嘟嘟的唇上亲了一口。

李岩几乎是瞬间自小圆身上起来,"砰"的一声把自己砸回了驾驶座。

整辆车里安静得落针可闻。

小圆一动不动,在副驾驶座上挺尸。

啊啊啊,羞死人了,我在干什么啊?!冲动是魔鬼,啊啊啊!要不跟他说我是嘴滑?

李岩突然一手握住方向盘,"轰"的一声踩下了油门。

"回家。"他淡淡地说。而后视镜照不到的下方,他的另一只手悄悄伸过去,握住了小圆的手。

她猛地转头,就看见男人的嘴角勾起,在笑。她动了动手指头,他反而握得更紧。

"嗯,回家。"她低低应道,突然又觉得好像也没那么害羞了。

第二天早上六点,小圆如往常一般睁开眼睛。

"咚咚咚——"

"砰砰砰——"

"轰轰轰——"

"……就算明天死了我也要爱你——"

好吧,她又在这个群魔乱舞的夜总会里醒来了。

不过,比起第一次,小圆显然镇定了许多。她"噌噌噌"地往前爬,先让自己从沙发旁转移到了附近的一根大柱子后。几乎是在她藏好身的瞬间,一只蒲扇似的大手忽然伸到了她刚才所在的位置,在空气里一通乱摸:"宝贝儿,宝贝儿,你在哪儿呢?来和哥哥玩儿啊!"

是昨天非礼了她的那个大汉!

这大汉倒也不执着,见摸不到人,很快就转身,跌跌撞撞地朝着一个辣妹去了:"妹妹,妹妹来哥哥这里哇……"

小圆松了一口气。

然而下一刻,她耳边就吹来了一口热气,跟着便有轻佻的男音响起来:"小美女,一个人吗?要不要……"

妈呀!

小圆转身就跑。这个地方太可怕了!

绕过回廊,贴着墙角,又转过一个拐角……小圆并不是乱跑,这是昨天研究完这家夜总会的平面图后,李岩和她一起规划出来的最佳逃跑路线。虽说李岩一定会来找她,但这家夜总会黑暗又混乱,置身其间,她感觉什么事都可能发生。所以,还是留一手准备,防患于未然为好。

家里的"明天"药水被毁,贩卖局里又暂时买不到药水,小圆也只能这样苟延残喘地活着了。憋屈的是,她和李岩查不到是谁闯入了他们家,这事儿又不能向执法局求助。毕竟,李岩才吃过他们的枪子儿啊!幸好李岩的伤不碍事。

思绪翻腾间,小圆眼前忽然一亮,找到出口了!

这是夜总会的后门,就位于厕所旁,与小圆昨天想走的那道标着"安全出口"的侧门离得其实不远。

这一回，小圆警惕地左看右看，上看下看，确定四周没人后，她才迈步往前走。

眼看就要走到门边了，忽然有一只大手自她身后伸过来，一把搭上了她的肩头。

不是吧，又来！

她一个手肘就往后顶过去了，却被身后人趁势一把拖住手肘，握住小臂，猛地拉了过去。小圆反手抓住那人的上臂，身不由己地转身的同时，另一只手揽上了那人的脖颈。

对方一愣，随即墨蓝色的眼睛里绽放出浓浓的笑意："什么时候认出我的？"

小圆整个人都贴了上去，眼前是他宽厚的胸膛，鼻尖尽是他身上干爽、好闻的味道。她把脸埋进他的毛衣里蹭了蹭，含含糊糊地说："不想告诉你……"

嗯，其实，他的大手搭上来的瞬间，她就知道是他了。他身上有一种很特别的、能叫她安心的味道，这种味道随着两人一道生活，一点一滴，一日日印进了她的身体里，就仿佛她的身体早已经记住了他。这个她当然不能告诉他，怪羞人的。

"回家？"李岩笑看着她。

小圆刚要答应，就听旁边卫生间里传来"砰"的一声大响。接着，紧闭的卫生间的门陡然被人从里头拉开，一个衣衫不整的女人跑了出来。可下一刻，卫生间里猛地伸出一只粗壮大手，那手抓着女人的头发，狠狠将她拽了回去。

"啊——"

小圆猝然间变了脸色："姚茜茜！"

五分钟后，夜总会外的小巷中。

"你……没事吧？"眼见背对着自己的女人终于结束了干呕，小圆犹犹豫豫着开口了。她身后的巷子口，李岩则双手抱臂倚在墙上。

女人缓缓地转过了身来。

清晨的阳光落在女人瘦长的身影上，小圆闭了闭眼，不禁开始怀疑，这还是自己记忆中的那个女孩儿吗？

她明明和小圆一般大，此刻皮肤蜡黄、头发干枯，一双眼睛好似干涸了万年的枯井，麻木、了无生气。这些年里，她都经历了些什么？

"你想让我说什么？"女人粗哑的声音打断了小圆的思绪。

小圆愣了一下，方道："昨天……谢谢你救了我。"

"手里正好有个啤酒瓶而已。"说话间，女人给自己点了根细长的女士烟，居然就当着小圆的面吞云吐雾起来。

小圆有些无措，不知道该说些什么，因为眼前的姚茜茜让她觉得十分陌生。

"刚刚……"小圆无意识地起了一个话题。

姚茜茜阴沉的目光立刻射了过来："别以为我会感激你。"

小圆：？

不知是嫌烟的味道不好还是怎么，姚茜茜突然扔了手里的烟，抬脚就上去一通狠踩："省省吧，如果不是你多管闲事，老娘这会儿已经爽到了！"

小圆：……

姚茜茜似乎很不耐烦，说完这样一句，撞开小圆就走。

"等一下！"小圆忍不住叫住她，踟蹰了一会儿，终于说出了多年来心里一直想对她说的话，"姚茜茜，这些年，你过得好吗？"

姚茜茜猛地转身，眼里这才有了点人色，可那抹颜色却是赤红的："和你有什么关系？"她愤怒地说，"你当年不是和我绝交了吗？！"

"我……"

这一回，不再给小圆任何说话的机会，姚茜茜裹紧衣衫大步离开了。

回去的路上，依旧是李岩开车。

车子里很沉闷，完全没了方才夜总会里，李岩和小圆相遇时的轻松氛围。

"你不问问我发生了什么事？"车子开出去老长一段路了，小圆方声音沙哑地开口。

李岩猛地一转方向盘，车子换了条道，随即又恢复了平缓行驶的速度。

"你想告诉我了，自然会说。"

"嗯。"

结果就是，直到车子停在家门口，小圆都没再说出一个字。

自车里看出去，太阳被云层遮住了，整个天空都阴沉下来。海边的风很大，层层浪花击打岩石，响起阵阵的拍击声。

握了握小圆的手,李岩抬手去拉车门,却在这时——

"她是我最好的朋友,曾经的……"小圆低低开口了。

小圆很小的时候就认识姚茜茜了。从牙牙学语的孩童到亭亭玉立的十八岁,两个女孩子几乎形影不离。姚茜茜的父亲很早就去世了,她一直与母亲相依为命。小圆家里也不富裕,可但凡她有什么东西,总会想着要分姚茜茜一半。高中那会儿,小圆的父亲因为用了次级"明天"药水而……导致家里巨变,而在那段时间,也是姚茜茜一直陪伴着她。

"茜茜是我最好的朋友!"那个时候,小圆总是这样说,她们比亲姐妹还要亲。

可两人在十八岁生日以后,一切都变了。

"我不知道发生了什么,可茜茜她突然就决定不上大学了。"狭小的车厢里,小圆的声音闷得化不开,"大家都在传有关她的风言风语,说她……成天出入声色场所,每晚都和不同的男人出去;说她……和她妈妈一样……"为了维持生计,姚茜茜的母亲不得不和不同的男人……但小圆可以肯定,姚茜茜绝对不是那样的人!

"家里给我准备了买'大学明天'药水的钱,但是茜茜家里没这个钱。我们都很急,我……我就把存了很多年的零花钱全给了她。我记得那天,茜茜很开心,她说我帮了她的大忙,我的这些钱和她存的钱加起来,买一个最便宜的'大学明天'应该是够了。但是……"

"但是她没有拿那些钱去买'大学明天'?"李岩接话道。

小圆艰难地点了点头:"当时我是不信那些与她有关的传言的,可自从我给她了钱,她就一直对我避而不见。我有点担心她,又禁不住有些怀疑……我……我就跑去她家里找她了。结果,我看见……"

破败的小巷,低矮的楼房。

天空中淅淅沥沥下着雨,一脚踩在地上,溅起满水坑的水。

姚茜茜家的大门没有关。

小圆刚要敲门,却突然听见里头传出怪异的声音,"嘎吱——嘎吱——"像是重物撞击门板的声响。

她好奇地推门进去……

声音是从后屋姚茜茜的房间里传出来的。

男人粗喘声、女人低哑的呻吟声,粗壮的男人压着纤细的女人,女人细白的胳膊缠上男人的脖颈……突然,床上的女人抬起头来,满脸的情欲,正是姚茜茜!

站在房门边的小圆一声怪叫,夺路就逃。

逃到姚家大门口的时候,她还一头撞上了一个要进门的男人。

"小姐,你多少钱?"男人轻佻地扶住她,"和里面那个一样价?"

小圆大惊失色,只知道拔腿跑,跑出这个像地狱一样的地方。

"在那之后不久,我就上大学了。我没再主动联系过她,她也没来找过我。"小圆耷拉着脑袋,无意识地拨弄自己的手指头,"之后的某一天,我突然听说姚妈妈去世了,姚茜茜也搬离了原来的家,我和她彻底失去了联系。"

一晃七八年过去了,没想到再见时,居然是在这样的情况下。

"茜茜说我和她绝交,我有吗?"小圆抬头,脸上带着困惑,又有点木,有点呆,"大概是有的吧。我当时……确实觉得她做的……是很不好的事。"

车子里很安静,海边的浪声更大了。

面前突然罩下来了一团暗影,下一刻,小圆感觉自己被拥进了一方宽阔的臂弯里。

"你只是太害怕了,当时的你还小啊。"她听见男人这样说。

第二天清晨,夜总会外的后巷中。

"你……没事吧?"小圆十根手指都绞在了一起,万分迟疑地问。

姚茜茜裹紧了身上的披肩:"别以为我会因此感激你,没有你的那些年,我照样活得很好!"是的,就在刚才,李岩又从厕所大汉的手里救下了姚茜茜。

"不不不!我没有这个意思,你别误会!"小圆连连摆手道,"我只是……"

姚茜茜冷漠地看着她:"有屁快放!"

小圆"没放",反倒是回头去看李岩。李岩交叠着双腿,靠在一辆越野车的车门边,见她看过去,他曲起手指点在额际,给了她一个"放松"的眼神。

于是,小圆深吸一口气,朝姚茜茜鞠了一个躬:"茜茜,当年的事,对不起!"

姚茜茜都有点被搞蒙了:"你有什么对不起我的?"

小圆咬了咬唇,虽然觉得很难,但还是开口了:"我……作为你最好的朋友,在你的人生发生变故的时候,我没有试着去了解你,没有尝试去弄清楚你到底发生了什么事,只是武断地去评断你、批判你,这和那些说你坏话的人有什么两样?我那时候说不信那些风言风语,但……多少也被影响了。

茜茜，我……我感觉自己好对不起你……"

一个人不大可能无缘无故地性情大变，必然有一个改变的契机，或者，她有什么不得已的理由。这是昨天回家后，李岩对小圆说的话。

"你觉得你的朋友是哪种人？"那会儿，李岩又问她。

"不是会做那种事的女人！"小圆坚定道。她和姚茜茜相处那么久，不可能不清楚对方的人品。除非是姚茜茜刻意掩藏……可随即，小圆又推翻了这种猜测，一个人不可能藏得这么天衣无缝吧。

"正是一直以来都觉得她不是那种人，所以看见她……的时候，我才会那么震惊，那么生气！我觉得自己被骗了，感觉自己像个傻瓜一样……我辛苦攒下来的那些钱，她是挥霍掉了吧。"

"那就去说出你的疑惑。"李岩说，"去表达出你的心情，把你心里的疑问抛给她。"

小圆又开始抠手指："可是……万一……她真的……"她觉得自己无法承受那个事实。

李岩抓住了她的手："哪怕最后的结果是你最不愿见到的，那又如何？"

"啊？"小圆呆呆地看着他。

李岩的声音变得出奇温柔："你说出了想说的话，至少日后不会后悔，你在为你与她的这份友谊做一些事。纵使你最后发现，她并不是一个值得交往的人，你也算是为这份友谊画上了一个句号。人生在世，最怕留有遗憾。"

人生在世，最怕留有遗憾。

确实是这样的呢。

于是，今天一大早，小圆就找上了姚茜茜。她想为自己过去的遗憾做一点事。

"茜茜，当年到底发生了什么事？"小圆真诚地说，"你可以告诉我吗？我知道你必然有你的不容易，我真的很想要了解你。因为，我好在乎你。这么多年过去了，那天看见你的那一刻，我感觉脑子一片空白，什么想法都没有了。我只是感觉，我还是好在乎你。茜茜，我……还能帮你吗？"

"啪"的一声，姚茜茜手里那支尚未点着的烟落在了地上。她立时弯下腰去捡，却捡了几次都没能捡起来。

"我帮你。"小圆忙蹲下去和她一起捡。

两个人争着捡一支烟，后果自然就是手心贴手背，两只手抓在了一起。

小圆下意识抬头，发现姚茜茜也正好朝她看过来。姚茜茜的眼睛依旧是红的,可里头湿漉漉的,闪着水光。

"茜茜……"小圆忍不住喊她的小名。

姚茜茜整个人一颤,继而眼神狠狠一凛。小圆便清楚地看见,她的眼睛里有什么东西在松动,在破碎……

"我……"可才说了一个字,姚茜茜就猛地站了起来。

小圆还蹲在地上:"茜茜?"

"你……你没什么对不起我的。"匆忙说完这样一句,姚茜茜转身就慌慌张张地跑了。

地上投下来一大团暗影,小圆不用抬头也知道是谁。

"我是不是没发挥好?"她拿手指在地上画圈圈。

"你已经做得很好了。"李岩把她拉起来,很轻松地问她,"早餐想吃什么?"

小圆歪头想了想,说:"前面巷子里那家的小笼包和豆腐脑。"

李岩便摸摸她的头:"我去买,在车里等我。"

"哦。"

李岩的身影很快在转角消失不见了。小圆抬脚往车子的方向走,有些闷闷不乐,东想西想。转眼她就走到车边,抬手正要拉开车门,身后却突然响起了急乱的脚步声。

小圆下意识往后视镜里瞄了一眼,看见姚茜茜正急急地朝她跑来。

小圆:……

"有两个男人在前面路口打听你,刚好被我听见!"人还没到,姚茜茜就急不可待地开口了,"我看他们来者不善,你快……"她倏然消了音,只因小圆右手边的巷子口有两个男人走了出来。

他们身形一般高大,穿着一模一样的灰色长风衣,皆神色漠然。

姚茜茜下意识一步上前,把小圆拦在了身后。

小圆感动地叫:"茜茜!"

姚茜茜:"闭嘴!"

与此同时,两个灰风衣男人快步朝她们走来:"你是夏小圆?跟我们走一趟。"

既然都认出她了,小圆也就不藏着掖着了:"哎?你们是谁?我都不认识……"她话还没说完,两个灰风衣男人就同时行动,一左一右朝她抓来!

"啊——"一声惨叫,出自小圆左手边那个灰风衣男人。

小圆是眼睁睁看着天外飞来一块小石头,精准地砸中灰风衣男人的手背的。越过灰风衣男人痛得跳脚的身体,她一眼看见李岩正大步走来。

李岩一出,灰风衣们就只有挨打的份了。把两个男人揍趴下的时候,李岩手里甚至还四平八稳地端着一碗豆腐脑。

"什么人?"李岩一脚踩住一个灰风衣男人的上半身。

灰风衣男人死死闭嘴。

李岩脚上的力道加重。

灰风衣男人突然双目一突,身体一阵抽搐,脑袋一歪,闭上了眼睛。他旁边那个和他一样的反应,两人几乎是同时闭上了眼睛。

小圆一急:"死了?"

李岩正一手按在灰风衣男人的脖颈处:"休克了。"

小圆:……

她和谁都无冤无仇的,有谁会想来抓她?

这时,巷子口有人来了,三人只得先匆匆离开。

第二天早上六点,小圆准时睁开了眼睛。

"咚咚咚——"

"砰砰砰——"

"噼里啪啦——"

"啊——"

声音好像有哪里不对?

顶着目眩的灯光和震耳欲聋的歌声,小圆疑惑地看过去,一片群魔乱舞中,李岩正和四五个陌生男人缠斗在一起!李岩一个没留神,被人一拳打在了胸口!

"李岩——"

这是怎么回事?!

突然,小圆瞪圆了眼睛,只因她认出,此刻扑向李岩的,正是昨天被李岩踢起的小石头砸中的那个灰风衣男人!

李岩一脚踹开灰风衣男人,转身就冲向小圆。

而这一边,小圆避过身旁的咸猪手大汉,爬起来就朝李岩伸出手。

"啪"的一声,两人的手极有默契地交缠在了一起。

"跟我走！"

李岩对地形熟悉，两人七拐八拐，很快就来到了夜总会的后门处。
"哐当——"厕所里一阵乱响。
小圆急忙一抓李岩的胳膊："姚……姚……"
于是，李岩又顺带把姚茜茜给救了。
姚茜茜的头发乱糟糟的，即使被救了，脸色也说不上有多好。不过，眼下也顾不上那么多了。三人正要打开后门出去，却听得"砰"的一声巨响，后门被人自外头一脚踹开，一大波穿灰色风衣的男人闯了进来！
"抓住夏小圆，她有'明天'药水！"
"明天"药水？还不待小圆思考，一行人已迅速围拢了过来。
"自己藏好。"低声在小圆耳边说了一句，李岩就要上前。
"小心啊！"小圆急得不行，那伙人少说也有二十个，且有些人腕间银光闪动，是刀！但她也知道，眼下她唯一能做的，就是不拖李岩的后腿！她正要跑，却突然想到了什么，猛地推了一把身旁的姚茜茜："他们不是冲你来的，你快走！"
姚茜茜死寂了多年的眼神颤了颤，好似有什么东西呼之欲出。她忽然反手将小圆的胳膊一拉："跟我来！"
后门的左手边是厕所，厕所再往左，便是深不见底的黑暗。姚茜茜带着小圆和李岩，毫不犹豫地冲进了黑暗里。
待眼睛适应了黑暗，便能发现这方天地左转右突的，与外头地形复杂的夜总会舞池相比，也是不遑多让了。
身后的脚步声穷追不舍，听起来越来越近了！
小圆的心怦怦跳着，就快要跳出来了！但她的身侧，李岩始终紧紧抓着她的手。
"我晚上在这里上班。"跑在前头的姚茜茜突然开口了，她喘息得厉害，"这里是我的换衣间。"她猛地停下来，抬手往墙上一推，"吱呀"一声，墙上就开出了一道门。
"快进去！"
让小圆和李岩进去，姚茜茜自己却没有要进来的意思。
小圆："茜茜？"
"你们待在这里别出去，我引开他们。"说完也不待里头的人反应，姚茜茜"砰"的一声关上了门。几乎是同时,外头成串的脚步声碾了过来。

这个换衣间极小,李岩在前,小圆在后,她的脚后跟已经贴着墙了!小圆紧紧贴着李岩的后背,大气也不敢出。

外头的脚步声越来越远,并没有听见姚茜茜的声音。小圆这才敢松一口气:"她应该没事的吧?"她以气音说。

"嗯。"下一刻,李岩转身,猛地将她抱进了怀里。

这时,门外又响起了脚步声,小圆便动也不敢动。

密闭的空间里,一呼一吸一动,所有的一切都被放大了无数倍。小圆渐渐觉出别扭,眼见外头的声音又听不见了,她便小声开口:"这到底是怎么回事啊?那些到底是什么人?"

黑暗里,李岩的眉头动了动:"今天我赶到这里时,六点还差五分钟。我看见几个人从大门进了夜总会……"正是小圆醒来时,看见与李岩缠斗的那几个人!

小圆闻言,倒抽一口凉气:"六点还差五分钟?那大家都应该还在睡,没醒啊!等等,上次你就说在路上看见……"是的,第一次来夜总会找小圆时,李岩就在路上遇见了巡逻的执法者,还因此受了伤。但这件事并没有引起小圆的重视,她的关注点全落在李岩受了伤这件事上了。毕竟,执法者什么的,离她的生活太远。可如今……

"那几个灰风衣男人也是六点不到就醒来,难道说……他们也是执法者?!"

李岩的呼吸落在小圆的鬓角:"不清楚。"

两个人的身体紧密相贴,因为身高差,李岩的嘴唇轻易就能擦过小圆的额角,真真是耳鬓厮磨。

小圆禁不住有点脸热,就被转移了一些注意力。不过,她很快又想到了旁的事:"你有没有哪里受伤?胸口要不要紧?"她记得他的胸口刚刚被人打了一下。

小圆很明显地感觉到,此话一出,李岩的呼吸轻了许多,与她贴在一起的男性躯体也放松了下来。

"我有没有事……"李岩的声音沉而哑。接着,小圆感觉自己的手被一只有力的大手握住了。

小圆:?

那大手牵着她的小手,缓缓贴上了一堵厚实的胸口,他说:"你可以自己摸摸看。"

男人的呼吸粗重，周遭的空气也变得越来越热，小圆忽然有一种错觉，仿佛下一刻两人的嘴唇就要碰上。

下一刻，须臾间便到了，等待着小圆的却是……

换衣间的门猛然被人从外头打开，姚茜茜焦急的脸现了出来："快！快出来！等等，你们这是在……"

"他的脸上被人揍了一拳，我给他看看伤口而已！"安全到了夜总会外的时候，小圆欲盖弥彰地说。

"呵呵。"这一声轻笑，出自李岩。这人脸孔英俊、皮肤白皙，倒是完全看不出脸上被人揍过一拳呢。

小圆狠狠地瞪了他一眼。

姚茜茜意味深长道："哦……"

小圆：啊啊啊，好想原地爆炸！

"啪嗒"一声，李岩替小圆拉开了车门。

小圆并没有马上上车，而是回头看着姚茜茜："你家住哪里？要不然我和李岩捎你一段？"

姚茜茜摇了摇头。

眼见她要走，小圆赶紧问："茜茜，为什么你每天早上都会在厕所里……"小圆知道自己不该问的，可她又不能不问。现在是她每天早上醒来都在夜总会，李岩会来找她，他们可以顺带救一把姚茜茜。可她不可能永远过这个"享乐明天"啊，万一哪天她不在了，姚茜茜要怎么办？

姚茜茜的脸一瞬间变得难看了起来："顾好你自己吧。"拉紧了身上的披肩，她转过身，头也不回地走了。

"她还是不信我。"小圆两只小手抓着车门，闷闷地说。

"谁都需要时间。"

车子没开出一会儿，小圆又想到了旁的事："刚才那些来抓我的人，提到了'明天'药水……"

"嗯。"

"他们到底什么意思？他们又究竟是什么人？会不会真的是执法者？"随即，她又推翻了自己的这个猜测，"应该不是执法局的人，如果是的话，他们昨天白天为什么不来找我？昨天一下午我们都在家，家里并没有人来啊，我也没接到执法局的任何通知。而且,执法者行事完全不需要这么鬼鬼祟祟的!"小圆越说越急,整个后背都弓起来了。

下一刻,背上一暖,是李岩的大手抚了上来。他一下一下轻拍着她的背,就像在安抚小动物。他的掌心厚实而宽大,落在她背上的时候,她感觉一股热意一下子顺着尾椎蹿了上来……

小圆耳根子一红,整个人都软下来了。

接着,她就听见李岩说:"稍后我去一趟'明天'贩卖局,催催药水的事。"

是啊,一切都是"享乐明天"惹的祸,只要改变这个"明天",她就没事了……吧。

"我和你一起去。"

李岩看了一眼后视镜:"现在情形不明,你不方便露面。你在家等我消息,记得锁好门,除了我,谁来也别开门。"

"嗯!"

当天午后,"明天"贩卖局。

"夏小圆?还没轮到她买药水。"贩卖窗口后,一名男营业员面无表情地说。

李岩也没甚表情:"还要等多久?"

"排在夏小圆前面的市民还有一百二十六位。"

李岩:……

见那冷冰冰的男人终于掉头走了,男服务员这才大大打了个呵欠……身后却突然响起了一道清冷的女音:"近段时间有没有接到市民投诉?"

男营业员打了一半的呵欠立时收了回去,并无缝衔接地切换出了一张谄媚脸:"没有没有!经理请放心,市民们都说我们的服务态度越来越好了!您看,那位市民就是咨询到了自己想要的结果,满意而归的!"

女人的身高有一米七以上,短发,气质冷硬。她应该并不怎么相信男营业员的话,目光中尽是怀疑。不过,她还是顺着营业员所指的方向,看了出去。女人原本只是漫不经心的一瞥,却在视线触及那个即将消失在大门外的身影时,陡然变了脸色。

刘芸佳踩着细长的高跟鞋,不顾身后一众"经理您怎么了""经理发生什么事了"的呼声,一口气冲出了"明天"贩卖局的大门。

贩卖局位于繁华的市中心，出门便是鳞次栉比的商业街与熙熙攘攘的人群。错过了最初的那一刻，哪儿还有那个高大的身影？

正懊恼间，刘芸佳突然眼前一亮。或许真的是老天垂怜，她又在人群中瞥见了他！她拔腿就追了上去。

人流中的他忽然离她很近，忽而又变得遥远，下一刻又会消失不见。刘芸佳不禁开始怀疑，难道是她看错了？但她从没想过要放弃！避开车辆，穿过人流，她一路追到了"明天"贩卖局的后街上。

整条后街空空荡荡的，根本看不见一个人。

"真的是我看错了？"

忽然，她听见身后有轻微的响动。她猛地回头，就看见一处墙后，一个男人缓缓走了出来。

李岩着一身黑衣，面无表情："你找我？"

刘芸佳禁不住上前一步，叫他："李岩！"

李岩眉头一动："你是谁？"

刹那间，刘芸佳睁大了眼："你不记得我了？怎么可能？你这是……"

李岩："嗯。"

刘芸佳：……

"你是谁？"李岩又问了一次。

"我……"刘芸佳咬唇，欲言又止。

半分钟后，李岩不再有耐心，转身就走。

刘芸佳急了："等等！等一下！"

李岩大步往外，充耳不闻。

刘芸佳再也克制不住，不管不顾地喊了出来："我是你的未婚妻！"

李岩猝然回头。

李岩回到家的时候，小圆正窝在沙发上想心事。见他开门进来，她把鞋一趿就迎了上去。

"怎么样？有药水卖了吗？"

李岩顿了一下，说："没有。"

小圆早预料到了这个结果，也没有很失落。她很快就换了个话题，把下午自己一个人在家时思考的结果告诉了他。

"……还有，那些人张口就管我要'明天'药水，可我并没有药水啊。

我只是个再平凡不过的普通人,他们要找我的话,早二十五年就该找来了。我用的药水都是从你这儿来的,所以我想,会不会他们想找的,其实是你那包'明天'药水?"这是最合理的解释了。

李岩脱外套的动作一停,片刻后,他说:"有可能。"

小圆:?

就这样?没了?李岩你不是"分析帝"吗?

小圆终于觉出了李岩的反常,整个人趴到他跟前去看他:"怎么了?你好像有点不开心啊,路上遇到什么事了?"

李岩面上的犹豫一闪而过。

相处这么久,小圆已经很擅长捕捉他的表情了。

李岩有心事!肯定的!

李岩一只手扶额,另一只手里随意抓着脱下来的外套:"是发生了……一些事,但我还没能确定,等我理清头绪就告诉你。"说完,发现小圆正呆呆地看着他。

"怎么了?"这下子,换他这么问了。

小圆一怔,目光从李岩的手里落回到他脸上。

"小圆?"李岩作势要去碰她。

小圆却猛地往后退开了一大步:"我我我……我困了!我要去睡了!晚安!"说完,小圆也不待李岩反应,跳起来就往楼上跑,就跟后头有什么洪水猛兽在撵着她似的。

李岩:……

"明天早上……我来接你……"依稀听见李岩在楼下这样喊。

小圆动了动嘴唇,终是"砰"的一声合上了门。

她飞快逃回床上,拿被子紧紧裹住自己。一闭上眼睛,她脑海里就自动自发浮现出起了刚刚看见的画面:

李岩一只手扶额,另一只手里随意抓着脱下来的外套。黑外套的白衣领处,一个鲜红的唇印印在上头。

小圆猛地睁开眼睛,整个人都克制不住地在发抖。

今天下午,李岩他做了什么?他去见了谁?那个唇印又是谁的?

可她终究什么也没问出来。她胆怯,她懦弱,毕竟,她对他来说,又算什么呢?

第二天早上六点，小圆猛地睁开眼睛。

她发现自己躺在了更隐蔽的沙发后，身上还盖着一件……她揪起衣料闻一闻，是李岩的外套！

小圆倏地坐了起来。

夜总会里仍旧充斥着震耳欲聋的乐声与目眩的灯光，但是目之所及，一片狼藉，好几个穿灰风衣的男人东倒西歪躺在地上，小圆看了一圈都没看见李岩。

"噼里啪啦——"有打斗声自小圆身后方的空间传过来。

她急忙爬起来，循声找过去。

眼前是一条长而窄的走廊，左右两边都是包厢。小圆走几步就能看见一个倒地呻吟的灰风衣男人，他们这是来了多少人？！

"哐当——"

小圆一惊，响声是从前面那个包厢里传出来的！

她不确定里头有没有李岩，不敢贸然进去。但是，朝包厢靠近的时候，她突然听见半合的门内传出一声闷哼，是李岩！

还不待她走近，包厢里又传出了"砰"的一声巨响，那是……枪声。

等她冲进门内的时候，包厢里的一切都已止歇下来。

李岩背对着她，直挺挺地立在门前。离他仅几步之遥的正前方，站着一个穿着灰风衣的男人，对方黑洞洞的枪口正对着李岩。

小圆惊恐出声："李岩——"

男人转身，朝小圆勾了勾嘴角："我没事。"与此同时，李岩对面那人轰然倒地。是的，倒下去的人是灰风衣男人！"啪"的一声，灰风衣男人的手枪摔出去老远，小圆看见，一汩汩的鲜血自对方的前额上冒了出来。而李岩垂在身侧的手里正握着一只染血的烟灰缸，他的脚下，一个黑色的洞口正冒着烟。

时间一分一秒过去，小圆仿佛静止了，不会动了。

李岩身形一僵，突然觉得手里的烟灰缸有点烫手："你……怕了？"

终于，小圆动了，她扑过去一把抱住了李岩的腰："你吓死我了！"

"啪——"李岩把烟灰缸一扔，重重地回抱住小圆，如释重负地叹了口气，大手自小圆的肩头落到她的背部，又一路往下，抓住了她的手，十指紧紧相扣："快走！"

"嗯！"

李岩说，他今早比昨天还要早五分钟赶到夜总会，但是灰风衣们已经在那里了！如果不是夜总会里的人太多太杂，他们一时间找不到小圆，后果将不堪设想！

"他们只会越来越早。"说这话的时候，李岩牙关紧咬，一拳捶在了休息室的墙上。他的力道太大了，引得门边的姚茜茜都看了过来。这里是姚茜茜在夜总会的休息室，他们今天救了她后，她就暂时带他们来这里避风头。

小圆"呀"了一声，只因李岩腰部刚缠上的绷带处，又有鲜红的血渗了出来："不行，得重新包扎一下！"她紧张地抚过他的腰，"茜茜，还有绷带吗？"

姚茜茜看了他们一眼，说了一句："我去拿。"就离开了休息室。

李岩死死地捏着拳头，手背上的伤口又崩裂开了。

小圆心疼得不行，连忙去抓他的手："你已经尽力了，真的！"

"还不够！"李岩猝然抬起眼来，眼里尽是血丝，"要怎么做才可以……"他的语气变得暴躁，"如果明天一早……"他突然闭了闭眼，再开口时，语气居然有几分决绝，"我会想到办法。"

小圆心头一跳，一阵心慌的感觉倏然席卷了她："你要做什么？！"

李岩任由她抓着自己的胳膊，他目光深深地看着她，却不说话。

"答应我，别做危险的事，好不好？好不好？"说完，小圆突觉后脖子一紧。下一刻，她已被李岩捏着后颈，一把按进了怀里。

"我不会让你有事！"他宣誓般地道。

"嗯……我相信你。"小圆的脸颊贴着他的胸膛，鼻尖尽是他身上的味道，她忽然感觉整个人安心下来，"不过，你也别太担心了。"她小声道，"或许，被他们抓住，也不会有什么的……"

"不行！"李岩骤然打断她，"我不能冒这个险！"

"哦。"

看见他这样紧张自己，小圆还是有些开心的，但很快她又想到了旁的事："可是，这些灰风衣男人怎么知道我会在夜总会醒来？"

李岩颊侧的咬肌一动，他刚想说些什么，姚茜茜推门进来了，两人只得结束了短暂的交谈。

小圆重新替李岩包好崩裂的伤口，两人就告别了姚茜茜，往休息室外走。

小圆跟在李岩身后，两人经过姚茜茜身边的时候，小圆突然被她一把拉住了。

小圆：？

姚茜茜忽然凑近小圆,用只有她们俩能听见的声音对小圆说:"那个李岩,你小心点他。"

小圆:……

"你知道什么?"小圆警惕地看着她。

"我什么也不知道。"姚茜茜却又恢复了冷漠。

回去的路上,两个人都心事重重。

"我……"

"你……"

漫长的沉默过后,车内同时响起了两人的声音。

两人对视一眼。

"你先说。"

"你先。"

说话间,李岩一打方向盘,车子下了公路,已经可以看见他们位于海边的家了。

海面上平静,有海鸟盘旋在上空。从小圆这个角度看过去,整个世界都好似闪着粼粼的光,就像画儿一样。

这个地方是他们的家呢。

小圆的心情奇异般变得宁静,她放松地向后靠倒在椅背上:"我没什么要说的,你说吧。"

李岩握在方向盘上的两只手下意识收紧了,似是思索了好一会儿,他方道:"一会儿我出去一趟,你一个人好好在家。"

"你不陪我吗?"小圆猛地坐直了。

这时,李岩已将车子开到了他们的家门口。"吱"的一声停好车,他方转头看小圆:"有点事。"

"什么事?"小圆问。

李岩就目视前方不说话了。

小圆瞬间就想起了昨天晚上,残留在他衣领上的那个口红印,她就好似被人当头浇了一瓢冷水,刹那间什么心思都没了。

李岩异样专注地盯着她:"等我……回来。"

"哦。"她木木地应了,整个人都颓唐下来,便没能接收到此刻李岩眼里别样的深沉情绪。

将小圆送回家后,李岩没待一会儿就驱车走了。

眼见车子的尾气在视野里消失不见,窗边的小圆叹了口气,也拾掇拾掇走出了家门。

她要去执法局。

那些灰风衣男人的目的很明显——他们为"明天"药水而来。

在小圆的认知里,虽然执法局不怎么管事儿,但也是个秉公执法的地方,且一旦涉及大事,他们还是会介入的。家暴他们不管,那么一整包高级"明天"药水,总算得上是大事了吧。

小圆觉得,她去把问题交代清楚就好了。那包"明天"药水,就说是自己捡来的吧。因为上次的枪击事件,李岩在执法局那里有"案底",所以这件事一定得先把他摘出来。药水确实是她捡来的啊,只是因为她的贪心,迟迟没有向执法局汇报。

人人都有贪念,一个人的小贪心还能被怎么处罚呢?教育一下就好了吧,再罚点款,顶多把她扣下来关几天。执法局真正要抓的该是那个擅闯她的家破坏了所有"明天"药水的人!一旦执法局介入,她就算是个"污点证人"了吧?届时,那些灰风衣男人就奈何不了她了!

简直完美!

之所以没在昨天就去执法局报案,是因为她还没有意识到问题的严重性。如今,她真的不想再看见李岩为她受伤了。如果能因为自己被小小地惩戒一下,就让李岩不再冒险,她甘之如饴!

他都可能背着她搞"外遇"了,她心里却还只想着他。夏小圆,我觉得你也是没救了。小圆苦中作乐地想。

小圆拦了一辆车,直奔执法局。

车子一路开往市中心,穿过熙熙攘攘的人群,驶过"明天"贩卖局,终于"吱"的一声停在了执法局门前。

"小姐,有何贵干?"两名立在大门口的执法者拦住了小圆。

"我……我要报案。"小圆略带着几分紧张,道。

"跟我来。"执法者一副公事公办的模样。

执法局内戒备森严,到处都是来去匆匆的黑衣执法者。小圆有注意到,他们的腰际都配着枪。

"走这边。"

"好的。"

小圆一路被引到了一条走廊上。大白天的，走廊上也需要开灯才能照亮。走廊狭长，两边都是一间间豆腐块似的小房间。小圆眼角余光扫见门上写着的字，不是"问询室"，就是"审讯室"。

最终，小圆被带到了一间门上写着"登记处"三个字的房间里。

咦？和她上次来执法局报案的程序不一样吗？她上次因为夏母的事来执法局，是被带到了一个闹哄哄的办事大厅里。

"吱呀"一声，身后的执法者替她推开了门。

整个房间内只有一张小书桌，就位于对门的墙边。一名年老的书记员伏案而坐，听到动静，他抬头朝门边看了一眼，目光一顿，又重新低下了头。

"进去吧。"身后的人道。

上次来也是八九年前的事了，大概是程序不一样了吧。这么想着，小圆一脚踏进了门内。

"小姐，你什么情况？"门内，书记员一板一眼地问。

"我……"

"嘎吱——"门外的执法者带上了门。而后，他低下头来，嘴角露出了一抹奇异的微笑。

与此同时，"明天"贩卖局两条街外……的后巷中。

"抱歉抱歉，局里临时开会，我脱不开身。"女人踩着细长的高跟鞋，一路快步走到了一辆越野车边。女人的额上都是热汗，头发散了，精致的套装也乱了，全然没了平日里的冷然气场。正是"明天"贩卖局的客户服务经理，刘芸佳。

越野车的车窗缓缓降下，徐徐出现李岩那张白皙冷峻的脸。他并不看刘芸佳，只道了一句："上车。"

越野车的玻璃窗单向可视，车窗一合上，外头的人就完全看不见里面的人在干什么了。

车内，刘芸佳痴痴地看着李岩："你终于肯见我了。"

"药水呢？"

刘芸佳的表情一顿。

李岩双手搭在方向盘上，目视前方："我需要一支没有危险性的'明天'药水，最好不用改变醒来地，我可以出比市价多几倍的钱。"

"这个……目前有点困难。"

李岩皱眉，这才看向了刘芸佳。

她舔了舔干涩的嘴唇，苦涩地笑了："我可以给你透个底，最近药水供应量骤减，一方面是贩卖局内部换届选举在即，另一方面，也是上头有人直接下达的决定。我不知道那个人是谁，只知道他的位置高到我无法触及。以我在贩卖局里的权限，根本没有能力私自卖药水给你。"

那么，两人就没什么可谈的了。

"下车。"李岩冷冷道。

"李岩，我说了我是你的未婚妻！"刘芸佳激动地喊。

墨蓝色的瞳孔一缩，李岩的下颚刹那间绷得死紧："口说无凭，你并没有拿出令我信服的证据。"

刘芸佳动了动唇，她似乎有些冲动，想要说些什么，却最终全压了下去。深吸一口气，她抬手抚上李岩的胳膊，压低声音道："这里不是说话的地方，你跟我回去，有些事情……我们要慢慢谈。"

李岩低头，视线落在女人与他皮肤相触的手臂上："你说你是我的未婚妻，你碰我，我没有任何感觉。但是，她碰就不一样……"他低声道。

刘芸佳没听清："你说什么？"

"没什么。"李岩重新坐正身体，顺带把她的手拂落了。

"李岩，你听我……"

这时，外头一辆黑色面包车紧贴着他们的越野车呼啸而过，成功盖过了刘芸佳的声音。

刘芸佳也不泄气，等车开过去了，她继续说："我想我们……"

李岩却骤然踩下油门，悍然发动了车子。

刘芸佳没坐稳，"砰"的一声向后摔倒在椅背上："你做什么？！"

李岩的额头上青筋直跳，脚下的油门被他踩得更凶。面包车的车窗没有关死，方才一闪而过时，他看见小圆正被人反绑着按在身下！她的嘴巴被胶带死死地贴着，她正惊恐而绝望地望向车外。

李岩狠狠一拳砸在车前座上，他要疯了！小圆出了什么事？！

小圆也想知道发生了什么事。

她只记得自己进了执法局的那间"登记处"，在书记员面前坐了下来，还没回答对方几个问题，她就闻到了一股极其刺鼻的味道。接着，她就什么也不知道了……醒来就发现自己被捆绑在了眼下这辆急行的车里，嘴巴也被封住了。

"唔！"小圆突然惊恐出声。因为前方座位上的男人发现她醒来，缓缓转过身来。是带她进"登记处"的那个执法者！

这时，车子猛然一个急转弯，小圆"咚"的一声从位置上掉下来。在晃动的视野里，她瞥见驾驶座上开着车的男人似乎有点眼熟……是某个来夜总会抓她的灰风衣男人！

怎么会这样？执法者怎么会和灰风衣男人在一起？灰风衣男人就是执法者？还是说，执法者男人和灰风衣勾结在了一起？

小圆的思绪被打断了，因为面前那个执法者突然拎小鸡似的一把将她拎起，又重重往座位上一掼。

"砰——"

小圆头晕目眩，觉得自己的五脏六腑都要给摔出来了！她惊恐而绝望地望着前头那扇留了一道空隙的车窗……可惜，外头没有人能接收到她的求救信号。

"时候差不多了吧。"执法者突然朝开车的灰风衣男人道。

灰风衣男人："再往前开点儿，马上就要到贫民窟的地界了。那个地方好处理，不然到时候被人发现了她，不好收拾。"

"也是。"

他们在说什么？贫民窟？什么贫民窟？他们要带她去贫民窟？为什么？

"轰隆"一声，不知道面包车撞到了什么，忽然停下了。

灰风衣男人："我……车抛锚了，什么破车！"

执法者探身看了一眼外头："差不多就在这儿了吧，我看这儿挺偏僻的。"

灰风衣男人沉吟了一瞬，说："行。"

然后，他们齐齐朝小圆看了过来。

小圆："唔！"

她看见执法者从车座底下拖出了一个黑色的、方方正正的手提箱。"啪嗒"一声，手提箱被打开，里头却只装了个巴掌大小的木盒子。盒子再打开，里头是一支……"明天"药水！

执法者小心翼翼地捻起"明天"药水，走向了小圆。

小圆：……

"姑娘，你也别怨我，我只是听命行事。"说了这样一句，那执法者就熟练地撕开了药水底部的小凸起，露出了一个简易的注射装置。

他们这是要给自己注射"明天"药水？为什么啊？小圆百思不得其解。

这时，那个执法者已经来到她跟前了，抬手就来撸她的袖子。借着外头透进来的光，小圆清清楚楚地看见那针管上写着的是：意外死亡明天。

"死亡明天"药水比较特殊，购买者还能根据自身不同的需要选择不一样的死亡方式，如意外死亡、人为死亡。他们居然要给她注射"意外死亡明天"的药水！什么人想要她死？！

她手臂上一阵刺痛，冰冷的针尖扎了下来。

不——

小圆剧烈挣扎起来。坚硬的针管划破她的皮肤，刺穿她的血管，飙出来的血溅了执法者满脸。

"给我按住她！"

"唔！唔！唔！"小圆声嘶力竭地叫，像毛毛虫一样在座椅上拱动。命都要没有了，小圆什么都顾不上了，她只想活！她只要活！

"砰！"

也不知道小圆哪儿来的狠劲，眼看要被对方按住了，她狠狠一头撞破了车窗玻璃。

"噼里啪啦——"

乍然而起的声响引得两个"暴徒"都愣怔了。下一刻，他们用更凶恶的手段压制住了小圆。

"上！给她注射！"

然而这时已经晚了，车窗玻璃破碎的瞬间，下了车、正徘徊在外头的李岩猝然回过头来。

"小圆——"

之后发生的一切，对小圆来说都有些记忆模糊了。因为她被人拽着头发狠狠地拖回来，一把掼到座位下，脑袋着地，发出"咚"的一声响。

一阵脑袋发麻的头晕目眩中，她感觉好似有人上了车，大声喝止着什么。

狭窄的车厢，晃动的人影，到处都是肉体搏击的暴力声音，呼喊求饶的卑微声响。

身体被缚住，她连逃跑都做不到。好怕，她好害怕，谁来救救她？！

下一刻，臂膀一重，有人把蜷缩在座椅下的她挖了出来。

小圆立刻跟杀猪似的叫起来："唔！唔！唔——"放开！放开我！放过我吧……

身体一紧,她被死死箍进了一方胸膛里,那人还不住地在她耳边说:"是我!是我!小圆是我!你没事了!你看看我!小圆——"

手脚的束缚突然没有了,被封住的嘴巴也松了。熟悉的话语和气息终于击穿坚固的自我防卫壁垒,进入了她的身体。她渐渐安静下来,颤巍巍地抬手去摸眼前的这一方胸膛。摸过来摸过去,摸过来摸过去,她突然揪住了男人的一方胸肌,感觉到了熟悉。

"李岩啊——"

"是我。"男人再也抑制不住似的,一吻落上她的额头,"你吓死我了。"

紧绷后的乍然放松,她觉得身子万分沉重:"嗯……"下一刻,身子一轻,她感觉整个人被温柔地抱起。

"我们走。"

"好。"

下了车,阳光扑面而来,小圆不适地眯了眯眼,然后她就看见,车门边,一身黑衣的男人脸着地倒在地上,脑袋旁满地的血。他的身侧,灰风衣男人也是奄奄一息,倒在血泊中。

小圆顿时一个激灵,完全清醒了:"他……他们……"

李岩却跟压根儿看不见他们似的,大步往路边越野车的方向走。

小圆张口刚想说些什么,却扫见越野车后头的墙角站了一个一脸阴郁的女人。可待她擦擦眼睛再看过去时,墙角的女人又没有了。

"啪"的一声,李岩拉开车门,轻柔地将她抱上了车后座。

眼见他要关门离开,小圆下意识抓住了他的胳膊。

李岩:"怎么了?"

小圆眼里有担忧,有急切,可她动了动唇,最终还是把想说的话都压了下去。她闭了闭眼,开口时,对他说:"开车小心。"

"嗯。"

罢了,走一步看一步吧。

不想,小圆那句"开车小心"却一语成谶。

他们返程,车行到主干道上的时候,后头就传来了"呜——"的警报声。

小圆:"是执法者的车!"

李岩瞥了一眼后视镜:"来得这么快。"

小圆比他紧张多了:"听说执法者之间都有一套特殊的联络系统,一旦某个执法者呼救,各地的其他执法者都能接收到!"

"坐稳了。"言毕,李岩一个急转弯,越野车悍然改变了车道。

车声呼啸,到处都是马达声、刹车声与警报声。李岩甩掉了一辆执法车,转过一个路口,却有更多执法者的车子追上来。

"我们要被包围了!"小圆撑着车壁,脸色苍白的她大喊,"当心,你右边有车!"

前、后、右都有执法车夹击而来!

李岩沉着面色,猛打方向盘,越野车几乎是凌空漂移了一百八十度,"轰"的一声冲入了两栋楼间的窄巷。

"吱吱吱——"

"砰砰砰——"

"咚咚咚——"

车子一路擦着小巷两侧的墙壁过去,火花四溅!小圆的五脏六腑都要给颠出来了。

"怎么样?"李岩抽空问了她一句。

小圆:"还……还能挺住!不用管我,你专心开……啊!"

越野车骤然加速,轰然冲出了巷子。

外头天光大亮,出了巷子,居然是一条人群熙攘的商业街!

"人太多了!我们要被堵住了!"小圆从窗外收回视线。

李岩却突然停车,开门,拉小圆,一系列动作一气呵成。

小圆:"哎?"

他拉着她,大步走向一辆车门打开着的小轿车边。

"哎哎哎,你们干什……"

李岩拿走车主手里的钥匙,又把自己的车钥匙往对方手里一塞,说:"换一辆。"

车主:……

不待李岩提醒,小圆就"吱溜"一下上了车,她还不忘喊李岩:"快快快!"

李岩眼里现出淡淡笑意,他弯身正要上车,却突然听得"吱吱——"几声电流干扰音。街边几栋商业楼上的巨型屏幕里同时换了播放内容——

"所有市民请注意!所有市民请注意!下面播报一则紧急新闻!下面播报一则紧急新闻!"

所有人都停了下来。

"今天上午九时许,一个歹徒袭击了一名巡逻中的执法者。该名执法者重伤不愈已遇害，歹徒目前正在逃亡……"

在播报这些内容的时候，屏幕上也同步出现了歹徒逃跑的画面：一辆越野车在众执法车的夹击间悍然漂移一百八十度，冲入窄巷。这正是李岩驱车带着小圆逃跑的场景！

李岩：……

小圆：……

还没来得及爬上越野车的车主：……

"执法局现发布全城通缉令，全力缉拿该歹徒。鉴于该歹徒非常危险，执法者可将其当场击毙，以最大限度保障市民安全……"

接下来说了些什么，小圆已经听不见了。她只觉得脑子里一片"嗡嗡"声，耳边只剩八个字在回荡："全城通缉""当场击毙"。

"砰"的一声震响令小圆回神，是李岩上了车，大力关上了车门。

李岩一脚踩下油门，沉声说："我们走。"

走？他们又能走到哪里去呢？

海边的家肯定是不能回了，执法局轻易就能查到她的住址。说不定，这会儿已经有大批人马包围他们的海边别墅了。

一直在路上逃亡游荡吗？可午夜十二点一过，小圆就会回到自己的原点。灰风衣男人既然和执法局的人搅和在了一起，执法局很容易就能知道她的醒来地在何处。届时，他们提前等在夜总会里，等她早上六点醒来，简直是自投罗网。

也就是说，如今小圆只剩下不到一天的时间逃跑，又或者是，她想办法找到一支"明天"药水，帮她脱离每天早上在夜总会醒来的命运。可别说现在他们根本没办法搞到药水，哪怕有了药水，这样的办法也只是暂时的，执法局的人必然不日就能查出她新的醒来地！

所以，要怎么办？

她手背上一热，手被李岩紧紧握住了。小圆下意识转头看他，她都能想到的这些，他不可能想不到。

下颚曲线绷紧似刀削，李岩眼内涌动着小圆从未见过的深层情绪："我不会让你有事。"他猛地踩下刹车，骤然掉转了行驶方向。

眼见周围越来越偏僻，眼前越来越没有路，小圆禁不住倒抽一口冷气，他这是要……出城？！

"你疯啦？"

在小圆的所知里,从来没有人走出过这座城市,从来没有!

"以前没有,不代表以后不会有。抓稳了。"他话音一落,便听得"轰"的一声大响,车子冲出了公路。

小圆一出生就是在这座城市里,大家也全都安安稳稳地生活在城市里,连城市的边界都很少有人去。如今,李岩居然要带她出城?!

小圆以前只知道李岩疯,却没想到他竟然这样疯!

"不……不可能的!出……出不去的!"车子在石子路上颠簸,小圆死死地揪着身前的安全带,被颠得连声音都抖起来。

此时已过晚上八点,天色已经完全黑下来了。

"不试一下,我们就永远不知道有没有可能。"李岩抓紧方向盘,车子冲进了一片密林中。

小圆慌张地动了动唇。其实她明白李岩的意思,一名执法者死在了他们手中,执法局甚至下达了对他们"就地正法"的指令,她和李岩留在城里也是死路一条,倒不如豁出去搏一搏,或许能置之死地而后生。

置之死地而后生,这是李岩会做出来的事,绝对不是小圆能做的。但是,不得不承认,眼下也没有更好的办法了。想到这里,小圆深吸了一口气,强迫自己镇定下来。

夜晚的森林寂静,除了一束明晃晃的打在前头的车灯,什么也没有。车子顺着灯光的指引,一路缓缓前行,仿佛永远也行不到尽头。

这片密林覆盖在城市的边界,小圆是知道的。她从教科书上了解过这片林子的广大,却从没想到,自己有一天能真的置身其间。有害怕,有惊慌,也有……对未知世界的好奇。小圆禁不住开始想,城市的外面会有什么呢?

"砰——"

陡然响起的枪声打破了整片林子的静谧。

"有伏击!"李岩大声提醒,"趴下!"

"你……"小圆想帮他,却又不知道该怎么帮,只能咬着牙抱头蹲下,尽量减少他的负担。

"砰砰砰砰砰——"一溜子弹射到车上,激起一串串火光。

小圆紧紧捂住耳朵,身子随着车身的晃动重重撞上座椅底部:"怎么……会有伏击啊?"

李岩头一低,双目暗沉不见底:"这个地方有人把守。"

"砰砰砰砰砰——"

一路躲避子弹,车子在林子里左冲右突,落在车身上的枪弹却越来越多。
"轰——"
"啪——"
"吱——"
"啊——"车子骤然打转,小圆一个没蹲稳,眼看脑袋就要磕上车门!眼前忽然暗影一闪,只听"咚"的一声闷响,小圆的脑袋就着李岩的大手磕上了车门。
"李岩……"小圆心疼地抱住他的手。
李岩反手将她一捞又一抱:"车胎爆了。下车!"
"砰砰砰砰砰——"
"啪啪啪啪啪——"
枪声似密集的雨点,疯狂地在两人身后扫射。
李岩拉着小圆的手,带着她在黑暗的灌木丛间狂奔。
"吱啦——"小圆的裙子刮破了,尖锐的木刺划破了她小腿上细嫩的皮肤,她咬牙忍着,不让自己发出一点声音。枪子儿几乎贴着她的脚后跟擦过,这样的逃亡是她二十五年的生命里从未经历过的,恐慌、失措席卷了她!但是,因为有李岩在,这一切似乎变得没那么难以忍受了,仿佛只要他在她身边,她就可以什么都不害怕!

眼前突然一亮,拨开灌木丛,居然就直接出了密林。
前方的世界黑暗一片,借着天上落下来的些微星光,勉强可以看清:一条弯弯曲曲的泥路直通远方,路边堆满了嶙峋的怪石。
"走。"与小圆十指相扣,李岩迈开步子就往前走。
小圆一个"嗯"字还没说出来,四周就响起了警笛声。
"呜——"
"吱——"
"你们已经被包围了!"
"你们已经被包围了!"
"放下武器!"
"束手就擒!"
小圆仓皇四顾,虽然还没有直接看见人,但她能感觉到,铺天盖地都是执法者!
怎么办?!他们出不去了!

小圆手腕一紧,是李岩拉着她迅速退到了一大片灌木丛后。他拉着她蹲下身,在她不明所以的目光中,将她紧紧抱在怀里,又快速放开:"听着,我引开他们,你藏在这里……"

"不行!"小圆果断拒绝,紧紧抓着他的手,"我得和你待在一起!"黑夜里,她倔强地盯着他,眼睛亮得像天上的星星。

仿佛克制不住,李岩捧起小圆的脸,在她的眼睛上重重地亲了一口。

小圆:!

"果然跟你比较有感觉……"与她额头相抵,他低声自语。

小圆:?

李岩却已放开她起身,径自脱下身上的外套往她怀里一扔:"等我回来。"

四周尽是警笛声与枪响。

杂乱的脚步声、混乱的喝骂声……

"人在那里!快追!"

"别让他跑了!"

李岩被那么多人追堵,她却什么也做不了。小圆死死地揪着怀里的外套,这一刻,她恨透了没用的自己,如果……如果她变得再强大一点,是不是就可以帮上李岩一点点……

身后的林子里忽然响起了一阵"哗——",那是……泥石滑坡的声音!

"滚下去了。应该活不成了。收队!"

小圆死死地咬住自己的手背,强忍到最后一波脚步声消失不见,才手脚并用地爬起来,跌跌撞撞地往林子里奔去。

李岩,李岩,你在哪里啊李岩?

"李岩——"

只有被惊起的鸟雀与虫鸣回应她。

突然,小圆眼前一亮,看见前方的灌木丛上挂着一块布料。看料子的颜色……是李岩身上的衣服!她踉跄着扑过去,一把拨开灌木,却险些一脚踏空!

"啊!"小圆一声惊叫,险险地抓着身旁的一大撮灌木,才没让自己摔下去。

灌木后居然是一处陡峭的山坡!

掌心被灌木上的倒刺刺得血肉模糊,小圆却全顾不上了。因为,她看见坡边有血,且她的脚边有什么滚落留下的痕迹。

"滚下去了。应该活不成了……"她耳边不期然响起了那些恶人离开前说的话。

所以，李岩在下面？

夜越来越深了，小圆跟跟跄跄地在林子里奔走，四处找着下坡的路。那一处山坡深而不见底，一眼望下去，就像看进了深渊里……不不不，李岩一定会没事的！他一定会好好活着的！他说了要我等他回来的！

眼泪干了又流，流了又干。小圆的衣服破了，头发乱了，脸上被弹起的树枝刮出了好几道伤口。她的脚也磨破了，膝盖上一片模糊的伤口……但她不能停下，也不可以停下。李岩，你等等我！

突然，小圆的脚后跟一滑，只听"哗"的一声，她整个人都不受控制地摔滑下去。

小圆惊慌地抬手乱抓，试图抓住两旁的灌木树枝来稳住自己的身体。可是，这条下坡的路长而陡峭，她这么直挺挺地往下摔，根本停不下来。

"啊——"

她头晕目眩，无法呼吸，整个世界都开始颠倒错乱……这样的折磨好似只持续了几秒钟，又仿佛被拉得无限长。

"砰"的一声，小圆感觉后脑勺上一阵钝痛，她失去了意识。

小圆以为自己昏了很久，事实上，她很快就醒了过来。然后，她就看见自己身体上方，悬了一张脏兮兮的俊脸。

"李岩！"小圆高兴疯了，身体的疼痛好似在一瞬间远去，她几乎是弹起来扑进了对方怀里，"你没事，太好了！担心死我了，呜呜呜——"

李岩呼出一口气，脸上挤出了一抹笑容。他靠坐在一棵大树背后，就在小圆滑下来的陡坡边。他没有说话，长臂一揽就将小圆搂进了怀里。

闻着彼此身上熟悉的温暖气息，两人都有些大难重逢后的感觉。

小圆感觉李岩的下巴搁在她的肩头，灼热的呼吸就喷在她的耳侧。突然，他侧过脸来，在小圆耳郭上亲了一下。

小圆整个人都烧起来了！她赶紧从他怀里起来，欲盖弥彰道："快，咱……咱们快走！"

李岩仍旧靠坐在地上，一只手搭在曲起的膝盖处，另一只手落在小腹上，笑看着她。

小圆不由得去抱他的胳膊："那些执法者说不定还会回来……"声音戛

然而止,因为她听见李岩突然一声闷哼。

"怎么了?"此刻,乌云被风吹开,柔和的月光洒落在两人的身侧。小圆这才后知后觉地发现李岩面色苍白,嘴唇颤动,额头上更是布满了细密的汗珠!

她的心一下子揪起来,急忙蹲回他身边:"你到底怎么了?"

小圆脸上一热,是李岩粗厚的大手摸上了她的脸:"小圆,你别怕,你……听我说。"李岩吃力地开口,脸上的笑容有些飘忽,"我恐怕……无法陪你了,你一个人……要小心。"

"你说什么呢?!"小圆大声打断他,一双小手在他身上乱摸,"你不陪我谁陪我?李岩,我只要你!"

墨蓝色的瞳孔里出现痛苦之色:"小圆,我……坚持不住了。"

"你说什么?"小圆下意识抬头看他,就见他的眼一闭,整个身子直直往下滑倒,"李岩——"小圆连忙用一只手接住他。与此同时,她的另一只手在他身下摸到了一片温热的濡湿。那是……血。

"你中弹了!"

子弹射穿了李岩的腹部,他的黑衣已被血水染透。小圆今日穿的又是一身大红色,下摆处沾满了血她都不知道。她怕得直咬手背,另一只手则小心翼翼地去拉他按在小腹处的大手。他的小腹上,鲜红的血仍在汩汩地往外冒。

小圆整个人都抑制不住地抖起来:"怎么办?要怎么样救你?李岩,我该怎么办?我……"她的声音忽然止住,因为李岩抬手,按住了她的嘴巴。

"小圆,我很开心,和你生活在一起的这些日子,我真的很开心。"他整个人都没力似的倒在她的怀里,头一次这样自下而上地注视着她,"虽然我没有以前的记忆,但我想,如果可以和你在一起,如果可以每天都这么开心,那么,以前的记忆我宁可不要。喀喀喀……"说着说着,他突然剧烈咳嗽起来,嘴里喷出了一口口血!

李岩——小圆张口想叫他,却吻到了他冰凉的掌心,他仍不让她说话。

"小圆,你听我说。我怕这些话不说,就再没有机会了。"

小圆紧紧抱住他的肩膀,眼泪扑簌簌地往下掉。

"你说你平凡普通,只是城里一个卑微渺小的人类,但在我看来,喀喀……你用心生活,坚持想要改变命运,你在尽你最大的努力去爱你的家人,为你的家人付出。爱与付出,这是人类最美好的品质了。看,你还救了我。"

我救你是为了你的"明天"药水啊傻瓜!她闭了闭眼,满眼的泪水都被赶了出来。她抓下李岩的手,放在唇边亲吻。她再开口时,用无比笃定的语气说："你成为我的家人，我也会全心全力为你付出的！"

李岩愣了一下，继而低低地笑了："那……就这么说定了。"他想去触摸她的脸，手抬到一半就重重地垂了下去。

那一刻，小圆简直心如刀割。

她颤抖着手，一下一下替他擦干净嘴边的血。

李岩脸上仍旧带着笑，目光却越来越涣散了。

"李岩，你不要睡！不要睡啊！呜呜呜……"

李岩的眼睛突然亮了一下，他抓住小圆不断给她擦血的手，轻轻地说："小圆，我可以……亲你一下吗？"

小圆不住地点头，眼泪像断了线的珠子，"啪嗒啪嗒"往下掉。

"太……好了。"他满足似的喟叹，双眼却越来越没有焦距。

小圆竭力忍住哭音，颤抖着手捧起他的脸："李岩，我喜欢你，我好喜欢……好喜欢你。你知道吗？"

李岩的呼吸一顿，继而他的双目好似又有了些许神采。

"我知道。"他笑着说。

两人离得越来越近，呼吸可闻。望着李岩苍白而肉嘟嘟的唇，小圆闭上眼睛，用力吻了上去。却在这时——

"铛——铛——铛——"

远处传来钟声，午夜十二点了！

小圆几乎是惶急地睁眼，她看见李岩眼里相同的情绪。但是，除此之外，李岩眼中也有遗憾："最后亲一下都不行啊。"

小圆呜咽一声，捧着李岩的脸，不管不顾就要亲上去。两人的嘴唇眼看就要触到了，所有的动作却倏然止住。

午夜十二点一到，无论你身处城市的哪个角落，城市里的居民都会瞬间陷入沉睡……

第七章
"死亡"明天

第二天早上六点,小圆猛地睁开眼睛。

"李岩——"

没有李岩,只有群魔乱舞的人群与目眩迷离的灯光。

"咚咚咚——"

"砰砰砰——"

"轰轰轰——"

"……就算明天死了我也要爱你——"

小圆咬牙爬起来。

"噼里啪啦——"

满脸横肉的男人只觉得后脑勺一阵剧痛,他还来不及哼一声,整个人就重重倒下去。男人小山似的身躯没有了,就现出他身后高举着半个啤酒瓶的小圆来。

倒在角落里衣衫凌乱的姚茜茜:……

小圆一把拉起她:"快走!"

两个女孩儿一同冲出厕所,迎面就遇上了一群身穿黑色制服的执法者!

小圆:!

他们果然不会放过她。

一直沉默的姚茜茜一把抓住她的胳膊:"跟我走!"

两人转身就没入了厕所左手边的黑暗里。

"砰"的一声,姚茜茜又把小圆推进了墙上那间窄小的换衣间。

"你待在里面,别出去!"紧贴着门板,小圆听见姚茜茜在外头低声喊。下一刻,她又听见姚茜茜转身跑走的声音,而紧接着,一连串的脚步声跟了过来。

一片黑暗里,渐渐只有小圆一个人的呼吸声音。

她抱紧了自己,熟悉的环境、熟悉的场景,她不可避免地想到了李岩。几天前的清晨,他们也是这样,为了躲避坏人的追击,藏身在这窄小的换衣间里。只不过,那时候的他们身子紧挨着身子,呼吸紧贴着呼吸。他抓着她的手,按上了他的胸膛……

她猛地捂住脸,无法再想下去。

李岩李岩,你在哪里?你还好吗?你……要等我去找你啊!

小圆滑坐在地,克制不住呜咽出声。

不知过了多久,换衣间的门终于"吱呀"一声开了。

不想让人看见自己的狼狈,小圆急忙擦了擦眼泪,抬起头来。然而,她第一眼看见的并不是姚茜茜,而是一个男人。那是……她刹那间惊惧瞪眼:"沈诺唯!"

穿银色西装的男人托了托鼻梁上的金边眼镜,居高临下地朝地上的女孩儿一笑:"好久不见,夏小圆。"

"啊!"小圆爬起来就要跑,沈诺唯却骤然出手。小圆只觉得胳膊上一阵针扎似的疼,下一刻,她就失去了意识。

醒来的时候,小圆发现自己置身在了一辆密闭的轿车里。她仰躺在座椅上,浑身无力,连一根手指都抬不起来。

"看,我们的公主醒了。"

这个声音……沈诺唯!小圆吃力地转动眼珠子,就看见对面的座位上,坐着沈诺唯和姚茜茜。

姚茜茜?!

小圆竭力调动颊边与嘴巴里的肌肉,终于磕磕碰碰说出了话:"他……把你……也抓来了……吗,茜茜?"

姚茜茜的脸色有一瞬间的狼狈,但她很快镇定下来,垂着眼不说话,也不看小圆。

"呵呵。"沈诺唯一声轻笑，抬手按下了自己座位把手上的某个按钮。

只听"啪"的一声，他身侧的车壁上就弹出了一个银白金属的小盒子。他打开盒子，里头静静躺着一支"明天"药水。沈诺唯拿起药水，极自然地递给了身旁的姚茜茜，并说："你应得的酬劳。"

小圆：？

姚茜茜咬了咬唇，看着近在咫尺的"明天"药水，她起先有些犹豫，继而飞快接过药水，死死地抓在了手里。

小圆绝望而又茫然地张了张嘴："茜茜，你……你怎么……怎么可以……"

"怎么可以背叛你？"姚茜茜极快地打断她，面上现出了一股阴狠之色，"夏小圆，你又知道什么？！"

姚茜茜本是个单纯又烂漫的女生，和夏小圆一样，虽然家庭条件比别的同学艰难，但人只要有希望，就还是有权利快乐的。那个时候的姚茜茜，还是个对未来充满了期望的女生。

然而，她所有的希望都在她十八岁生日的那一天毁了。

十八岁，那是少男少女该上大学的年纪了。可是，并不是每一个孩子都能上大学的，你得有钱买"大学明天"药水。

姚茜茜很早就开始攒钱了，无疑她是渴望上大学的。十八岁生日前夕，小圆又给了她一小笔钱，她攒的钱终于足够买一个"大学明天"了！

然而，不知是老天故意要作弄她还是怎么，她的妈妈突然病倒了，卧床不起。光是母亲的医疗费就是一大笔钱，还有母女俩的一日三餐……养家的担子一下子都落到了少女姚茜茜身上。经过深思熟虑，姚茜茜还是放弃了上大学的机会。

"麻烦给我一支可以马上有工作的'明天'药水，我……我只有这么些钱。"姚茜茜清楚地记得，那日走入"明天"贩卖局，懵懵懂懂的她是这样对窗口后的营业员说的。那日正是她十八岁生日的前一天。

营业员冷漠而轻蔑地看了她一眼，说："这么点钱还想买'工作'明天？呵。"

"我……我很急！拜托叔叔了！"

男营业员面色古怪地看了她一眼，脸上突然露出了一抹很微妙的笑容："倒真是有这么一种'工作明天'药水……不过，那是最低等级的药水，使用以后会有什么后果,你又能找到什么工作,我们贩卖局并不能保证啊。"

"没关系,只要能让我有工作!"

"行吧,去那边交钱,再写一份药水使用免责书给我。"

"好的好的,谢谢叔叔!真的太感谢了!您真是我的大恩人!"

就这样,姚茜茜欢欢喜喜地买走了一支最低级的"明天"药水,高高兴兴地给自己注射下去。当天晚上,她充满希望地睡着了。

那时候,单纯如她,是无论如何也想象不到即将迎接她的是怎样的炼狱。

第二天早上六点,姚茜茜在一间陌生的卫生间角落里醒来。然后,还不待她搞清楚自己身在何处,就被一个粗鲁而蛮横的男人拖进了最里面的隔间去了……

隔天早上,她又是在这间卫生间的角落里醒来……

第三天早上也是……

第四天早上还是……

每一天早上都是!

她每一天早上醒来,都要忍受被……的命运!

偏偏她无法报警,因为这样的事,执法局的人不会管。她也没有人可以诉说:告诉妈妈吗?妈妈身体那么差,都自身难保了,告诉妈妈只会加重妈妈的病情!能告诉小圆吗?更不能!小圆是多么单纯善良的一个人啊,她姚茜茜怎么可以拿如此污秽、如此不堪的自己去污染小圆纯洁无瑕的人生?

没有人可以救她!没有人!

再买一支"明天"药水吗?她哪里来的钱?

自此,姚茜茜终于明白,并不是所有的"明天"都是天堂,它也有可能是地狱啊!

日复一日,一天又一天,姚茜茜始终重复着那一个"明天"。

渐渐地,她麻木了,也想开了,她开始和不同的男人出去。因为,这可以让她赚到钱。说她自甘堕落也好,说她麻木不仁也好,至少这样一来,妈妈的医药费有着落了,她们母女俩的生活问题也解决了,她甚至可以因此而攒钱买新的"明天"!所以,何乐而不为呢?

只是,当那一个雨天,小圆莽莽撞撞地闯进她家里,并目睹了她如此污秽不堪的一面时,她才真正知道,什么叫无地自容……

这样的伤痛,她无人可以诉说,只能一个人躲在角落里默默地舔舐伤口。如此这般,一日又一日,一年又一年……母亲的医药费是个无底洞,她根本攒不了任何钱。再后来，她的母亲去世了。那段时间，她伤心过度，成日里借酒消愁，不小心染上了毒瘾……

吸毒的人又怎么可能存得下来钱呢？

苦了这么多年，她始终没有办法买到新的"明天"。于是，当沈诺唯找上她的时候，她心动了。

车子里很安静，小圆呆呆地看着姚茜茜，仿佛她已无法做出任何的反应。

"啪——啪——啪——"却有人鼓起掌来，是沈诺唯，"真是一个精彩至极的故事。"他这样说。

小圆愤怒地盯着他："你闭嘴！"

沈诺唯："还挺凶。"他突然前倾身子，凑到小圆面前，用一种小圆无法理解的、古怪至极的眼神看着她，"我对你越来越有兴趣了呢，夏小圆。"

"你想做什么？"姚茜茜皱眉看着他。

沈诺唯整了整西装，坐回了原位："你可以下车了，姚小姐。"

两人对视了一瞬，姚茜茜很快便垂下了眸子。接着，她抬手，拉车门，下车。

小圆一侧头，就能隔着玻璃窗看见车边的姚茜茜。是的，她虽然下车了，但并没有离开，而是直挺挺地立在那里，紧紧盯着小圆的方向。可车玻璃是单向可视的，她并不能看见小圆。

忽然，姚茜茜一步上前，嘴巴动了动，似乎是想说什么，小轿车却在这时呼啸着开走了。

"你要做什么？"车子里，小圆虚张声势地瞪着沈诺唯。

男人嘴角勾起一抹意味不明的笑容："到了，你就知道了。"

小圆：……

车子行驶了大概半小时，最终在一栋偏僻的豪宅前停下了。

"啪"的一声，沈诺唯解了身上的安全带，倾身就来抱小圆。

联想到过往沈诺唯做过的种种，小圆的指甲深深地掐进掌心。那一刻，她想到了死。可她不能死，她还没找到李岩，她怎么能死？于是，她麻木地闭上了眼睛。

沈诺唯轻笑一声，抱着她进入了豪宅。穿过厅堂，两人一路往屋子的更深处去……最终，他们在院子里的一扇铁门外停了下来。

沈诺唯抬手在感应区按下指纹，铁门便"嘀"的一声，缓缓开了。

门后原本黑暗一片，但随着人走动的声音，感应灯依次亮起。

小圆被勾起了一点好奇心，不禁转着眼睛四处看。她看见了一条长长的走廊，走廊左右两面及天花板都以银白色的金属铺就。沈诺唯走了大概两分钟，前方出现了一道同样是银白色的……电梯门。

这里居然有电梯？！

仿佛被怀里人的反应逗到了，沈诺唯低头笑看了小圆一眼，按下了电梯的开门键。

电梯徐徐往下，小圆看着那代表楼层的数字一路从"1"往下，直跳到了"-8"。

这里居然有这么深的地下室？！

"叮"的一声，电梯门打开，展现在小圆面前的是一间巨大的……实验室。之所以称它为实验室，是因为放眼望去，整个空间里都陈列满了试管、导管、药剂、显微镜……以及各式各样小圆叫不出名字的仪器。

沈诺唯没有在实验室里停留，抱着小圆继续往前走。

小圆不禁狐疑起来："你到底要带我到什么地方去？"因为药效还没过，她的声音依旧软绵绵的，像某种软乎乎的小动物。

沈诺唯眼里现出一抹得意："很快。"

大概又走了两分钟，沈诺唯终于穿过大半个实验室，来到了一扇金属门前。

这一回，他整个人都凑到了感应区……这门居然是视网膜识别的！

"嘀嘀嗒——"金属门缓缓开启，小圆第一眼就看见中央放着一张手术床。

当沈诺唯大步走进室内，不由分说就把她往手术床上一放时，小圆整个人都不好了！

"你……你到底要干什么？！"

"嘘——"沈诺唯突然将食指点在唇上，"安静一下，休息。"

小圆：……

然后，他脱下外套，径自去桌前给自己倒了一杯红酒。接着，他放松地往墙边的沙发上一坐，呷了口酒，惬意地看向小圆。

小圆感觉他看自己的眼神，就像是在看什么有趣的猎物。

她的牙齿被咬得咯咯作响，怎么办？要怎么办才能让他放过自己？冷静冷静，小圆你必须冷静，冷静下来才能想到办法！小圆吸气吸气再吸气，强迫自己镇定下来。然后，她就发现了这房间里的异样之处。

"那些都是……'明天'药水？！"望着前方墙边一排排的大柜子，小圆瞪圆了眼睛。柜子总共有一二三四……七八个那么多，造型有点像图书馆里的书柜。重点是，柜子的每一格上都分门别类地放满了药水。单是小圆这么看过去，就看见了"开心"明天，"悲伤"明天，"愤怒"明天……各种各样的"明天"药水！

"怎么有这么多？！"

"因为……"沈诺唯舒服地往沙发背上一靠，"我就是研究'明天'药水的人啊。"

她困惑地看着他："你不是沈诺唯吗？"

"我是。"

他是沈诺唯，却不是小圆所知的那个沈诺唯。

"你到底是什么人？"一股寒意顺着小圆的脊椎爬了上来，"你为什么会出现在我的生活里？"

"自然是想来调查你身上的'明天'药水了。"

小圆张大了嘴巴，震惊于他的坦率。

沈诺唯起身走到手术台边，拿起了台边柜子上的一块手表把玩。

小圆莫名觉得这只表有点眼熟。

"这表是我自己改的，里面装了可以检测高级'明天'药水使用痕迹的仪器。而仪器告诉我，你身上有大量高级'明天药水'使用过的痕迹。"

"明天"药水是分很多等级的，同样的"恋爱明天"有次级、三级、二级等级别之分。小圆的"恋爱"明天，显然就是最高级的。

小圆：……

她隐约记起，两人见面的第一天，在咖啡馆里，他确实看了好几次手表。

"你……"小圆哆嗦着嘴唇，"这么说，你遇见我……是早有预谋的？"

沈诺唯两只手背在身后，点头道："可以这么说。"

"你怎么可以这样？！我和你无冤无仇，你……"小圆的声音戛然而止，因为沈诺唯突然凑到她的脸前，"因为你身上有大量高级'明天药水'使用的痕迹！"这么近的距离下，他注视着小圆，面上隐隐有癫狂之色，"你知道'高级明天'药水有多珍贵吗？"

"不……不知道……"

"整个贩卖局拢共也没多少'高级明天'，你一个人却能使用这么多，偏偏翻遍贩卖局也找不出你购买药水的记录。你说，我怎么能不找上你？"

"那你又是怎么……找到我的？"

沈诺唯终于放过了小圆，他直起身来，用一种轻佻的语气说："因为，你用了'恋爱明天'啊。"

小圆愣了一下，很快反应过来："所以，你真的是那个注定要和我……谈恋爱的人？"小圆曾和李岩一起分析过，她注射了"恋爱明天"药水，她的生活基调就变成了"恋爱"。而根据沈诺唯总是时不时出现在她生活中的状况来看，沈诺唯很有可能就是她的"恋爱对象"。

想到李岩，小圆的心不禁又痛起来。她绝对不能被困在这里，她得出去找他！

这时，沈诺唯突然说了一句："不，你的恋爱对象不是我。"

被打断了思绪的小圆："嗯？"

沈诺唯的脸上忽然露出了一抹意味深长的笑容："你确实有权利知道真相，而且，你也该知晓我为此做出了多大的牺牲。"

沈诺唯走到墙边，抬手按下了上头的一个绿色按钮。

只听"咔"的一声，小圆右手边的墙壁忽然动了。墙体缓缓向后平移，出现了后头的一大块空间来。整面墙居然就是一扇门！而门一打开，小圆就看见一个年轻男人被捆绑在一把金属椅子上。因为嘴里堵着白布，男人只能发出"唔唔"的求救声。

"这是……"这发展，小圆越来越看不懂了。

沈诺唯两手一抱臂："他才是你的恋爱对象。"

小圆一惊。

按照沈诺唯的说法，小圆注射"恋爱明天"后，该与她邂逅且相恋的就是眼前这个被五花大绑的、叫张炳的男人。只可惜，张炳还没遇见小圆，他的恋情就被沈诺唯"捷足先登"了。连他自己也被沈诺唯掳了来，一直囚禁到现在。

小圆十指紧紧抠着身下的手术台，只觉得匪夷所思："所以，你是冒充张炳来和我……"

"是的。"沈某人大方承认。

"可是……可是你又是怎么知道和我恋爱的人一定就是张炳？"

沈诺唯笑了："去'明天'贩卖局一查便知。你们何时相识，在何地约会，什么时候开始第几次约会……什么信息都有。当然，你得有这个查阅的权限。这么跟你说吧，我其实早就注意到你了，在你还没使用'恋爱明天'的时候。

我就让贩卖局里我的人盯住了你。我正愁不知该如何接近你呢，你却使用了'恋爱明天'。要不是你身边的那个男人碍事，我都已经成事了。"

"你……"小圆感觉毛骨悚然，"你怎么这么卑鄙！"

沈诺唯不为所动，只用一种探寻的语气说："说起来我很好奇，那个男人是谁？为什么到处都查不到他……"

小圆怕他要对李岩不利，赶紧打断他道："你……你到底为什么要这么处心积虑地对付我？"

"为了研究'明天'药水啊。"

小圆不懂。

"我说了，'高级明天'药水极其罕见，整个规划局也没几支。而你身上却有大量'高级明天'使用的痕迹。"他目光灼灼地看着小圆，"这些药水，你是从哪儿得来的？"

"我……"她感觉自己不能把李岩说出来，便道，"我捡来的！"

沈诺唯不怀好意地笑了："我不管你是从哪里得来的这些药水，药水总归是在你身上发现的。你既然有办法得到这些药水，那么，我是不是有理由怀疑，你可以接触到某些特权阶级？"

小圆心头一跳："特权阶级？"

沈诺唯双手抱臂，往手术台上一靠，就像一个循循善诱的老师："有些药水是只有特权阶级有权限接触到的，而通常来说，特权阶级总能接触到一些常人所不知的真相。那么，通过你，说不定我就能顺藤摸瓜，找到'特级明天'药水。"

"'特级明天'……药水？"

沈诺唯低头，他的目光突然变得深不可测："相传，拥有'特级明天'药水的人，就可以打破城市里如死循环一样的日子。他可以离开这座城市，拥有彻底的自由。"见小圆神情呆呆地看着他，他一笑，"怎么，身为特权阶级的你，居然没听说过这个传言？"

"没……没有。"小圆结结巴巴地说，"还有，我不是什么拥有'特权阶级'药水的人。从小到大，我都只是一个再平凡不过的人。"

"这正是让我觉得好奇的地方。"沈诺唯道，"所以，对我来说，你才更有研究价值。可惜的是，你家中那个黑色的包里也没有'特级明天'。"

"你怎么知道我家的'明天'药水装在……"忽然她瞪大了眼，"难道说，那天闯入我家破坏药水的人是你？！"

"是我。"沈诺唯大方承认。

"是你杀了大饼!"小圆尖厉地叫起来。

"大饼?那只猫?"沈诺唯面上的愧色一闪而过,"抱歉,那确实是我的失误……"

"我杀了你!"小圆烧红了眼,可她的身体软绵绵,连翻个身都不能够。

沈诺唯与小圆对视,仿佛受不了她眼中的熊熊怒火,他没一会儿就移开眼去,并连咳了好几声。

"你这个浑蛋!人渣!"

沈诺唯的嘴角抽动了两下:"当时那只猫太烦人,咬我,还抓……"

"杀人凶手!"小圆却全然不听他的解释,她的眼眶里含满了泪,一副咬牙切齿的样子,只恨不得撕碎了眼前这个道貌岸然的伪君子。

突然,一滴泪自小圆的眼眶里滚落。这仿佛是某个信号,接下来,一滴接一滴的泪水自她眼里滑落,真真是断了线的珠子。

沈诺唯一时看呆了,喃喃着说:"至于吗?一只猫而已,况且我也并非故意……"

"你……"

眼见小圆把牙关都要咬碎了,沈诺唯受不了似的抬手掩面:"好吧,我的错。"

"本来就是你的错!你这个人渣!连小动物都不放过!你怎么不去死!"

任谁被这么骂,都不会有好心情。沈诺唯也有些被惹恼,但他竭力控制住自己的脾气,语气平地道:"你现在不冷静,我们看会儿电视放松一下。"说完他快速按下了手术台上的某个按钮。

"浑蛋……"小圆还要再骂,却一下子被电视主持人的慷慨陈词给盖过了声音。

"……今天清晨,本台接到执法局最新消息,城市边界发现一具中枪男尸。初步判断,该名男子的死亡时间是在昨天深夜十一至十二点之间。执法局发言人表示,那是一名他们正在追捕的嫌犯,被他们当场击毙……"

主持人说话的时候,屏幕上也同步放出了画面:昏暗的林子、崎岖的山道、虬曲的老树……还有树下那背对着屏幕、无力瘫倒在地的男人,一切的一切,都与小圆记忆中的场景重合……她再也克制不住,发出声嘶力竭的哭喊:"李岩——"

都说人的情感具有人类所无法想象的冲力。那一刻，不知是太悲伤还是怎么，小圆居然硬生生冲脱开了药物的束缚，整个人翻下了手术台。她脑袋着地，发出"咚"的一声闷响。

沈诺唯刹那间变色："夏小圆——"

"你杀了我吧。"

沈诺唯面色复杂地看了她一眼，轻轻将她放到了手术台旁那张松软的沙发上。然后，他说："我怎么舍得。"

小圆的瞳孔瞬间一张，一支"明天"药水已被缓缓推进了她的身体里。

沈诺唯执着她的手，黑眸一眨也不眨地锁住她："如此，你就再离不开我了。"

"沈博士来了，好几天不见您了！"为首的守卫迎上来，殷勤道。守卫身后是一道银色小门，看起来似乎是某个机构的后门。十几个守卫一左一右地守在小门两边，离得近了，便能看见小门旁写了几个大字："明天"贩卖局，员工通道。

小圆：……

"这是我新招的助手。"沈诺唯朝为首的守卫介绍身边人。

守卫打量的目光立刻跟了过来。看着对方平平无奇的脸，守卫的目光一触即开："沈博士的人，我们自然是放心的。放行！"

"嘀"的一声，小门徐徐开启。

"你到底是什么人？"往门内走的时候，趁着守卫不注意，小圆压低声音问。此刻，她穿着一身黑色职业装，一张圆脸又扁又平，真真是爹妈看了都认不出来。而这张"整容"后的脸，自然是拜身边的男人所赐。

沈诺唯目不斜视："研究'明天'药水的人。"

这是大实话。两人一番行走加搭乘电梯，不久就来到了一间写有"药水研发处"的实验室外。这实验室有半个足球场那么大，里头密密麻麻的、尽是正在捣鼓各类试管和药剂的"白大褂"。沈诺唯一走进去，所有"白大褂"都停下了手上的动作，纷纷朝他打招呼：

"沈老师，早上好。"

"沈老师，您来啦。"

"沈老师，我昨天的课题进度……"

沈诺唯大手一挥，一句"我有事，你们先忙"就打发了所有人。他径直将小圆带去了里间的一间办公室里。小圆留意到办公室门上写着"研发总监"四个字。

"你在想什么？又想着怎么离开我？""啪嗒"一声将门合上，沈诺唯转身看小圆，"别白费力气了，你我已捆绑在一起。"

提到这个小圆就来气，眼里瞬间喷出火光。那会儿，看见新闻里播的关于李岩的……消息，她心如死灰，恨不得立刻就跟着李岩去了！可脑袋着地，"咚"的一声之后，她清醒过来，心想：活要见人，死要见尸！她忍不住抱着一丝希望，只要是没亲眼看见李岩的……她就……她就不能放弃！于是，她准备逃。反正只要十二点一到，她就会回到她的醒来地。

她从未像那一刻那样觉得庆幸，庆幸自己每天早上可以在夜总会里醒来！

可沈诺唯这个卑鄙小人却给她注射了什么"捆绑明天"药水！

"这药水是我私人研制，还没面世。注射了它以后，每天醒来，我在哪里，你就在哪里，你永远别想摆脱我。"她仍记得当时，沈诺唯是这样朝她示威的。

"你……无耻！"

沈诺唯一点不在乎自己被骂："乖乖配合我做实验吧。"

于是，这一个多月来，小圆便只能被迫待在沈诺唯的那个地下实验室里，与世隔绝。而他所说的实验，便是试图从小圆身上寻找到"特级明天"药水的蛛丝马迹。他觉得拥有那么多"高级明天"药水的小圆该是某个特权阶级的人物，说不定就能从她身上寻找到什么线索。

小圆不想让他知道那些药水全是李岩的，便没有反驳他这个"特权阶级"说法，只是挖空心思地骂他："你家里的'明天'药水多得都快满出来了，你还要药水，你的心是黑的吗？"

"我要的是特级明天。"沈诺唯一字一句地说。

"我只知道你贪得无厌！"

"每天都是晚上十二点睡，早上六点醒，哪怕注射了药水可以拥有'明天'，可这种'明天'都是我带人研发出来的，有什么意思？还不是受制于人？"他的声音忽然低下去，轻得似呢喃，"我想拥有的，是真正的自由。"

"嘀"的一声电子音打断了小圆的思绪，她一抬头，正好看见沈诺唯的手指从感应区上拿开，他打开了办公室墙上隐藏着的一道门。

门外一片白惨惨的光，看着叫人心里发慌，小圆不禁想到了某些地下非法实验室……

这时,沈诺唯开口了:"你好好配合我,我满意了,说不定就放你走……"

"少废话了。"小圆却不领情地打断他,"说得再好听,也改变不了你绑架我、强迫我的事实。"

沈诺唯:……

"嗒——嗒——嗒——"

两人并排在惨白的走廊上行走。

是的,门后即是一条长长的走廊,可同时供三四个人并列着走。

"贩卖局里的那些'明天'药水,全是你们研制出来的?"小圆忍不住开口。

"一部分而已。"

"那另一部分呢?"

沈诺唯的眉心微微地皱了一下:"事实上,我和我的研究人员只是在对现有的药水进行复制、改良和分化。最原始的'明天'药水,贩卖局里早就存在。"

"那又是谁制造了最原始的'明天'药水?"

沈诺唯突然停下了脚步:"你问得太多了,夏小圆。"说话间,只听"嘟嘟"两声,他打开了身后墙上的一道门。

其实门后的房间有七八十平方米,却只有门边的一小块地方可以落脚,只因房间里陈列着一台巨大的、高至天花板的仪器。

小圆:"这是……什么?"

"微观探测仪,可测出组成你身体的最微小粒子的成分。仅此一台,只有贩卖局有。"说话间,沈诺唯按下了仪器上的某个按钮,只听"嗡"的一声,一张金属床缓缓地从机身底部吐了出来。

沈诺唯:"躺上去,快!趁还没被人发现。"

小圆:……

仪器有点像医用的那种核磁共振仪。躺上金属床后,小圆整个人被慢慢地传送进了机器内部……沈诺唯藏在屏幕后的身影渐渐变得远了,小圆的视野里越来越昏暗,越来越狭窄,直至"啪"的一声,金属床重新嵌入机器内部,她就只能看见头顶那一排闪烁不停的小灯泡了。

"检测即将开始!检测即将开始!"

"把眼睛闭上。"沈诺唯的声音透过扩音器传输,在小圆耳边响起,有些失真。

小圆偏不闭眼,她还说:"'特级明天'药水只是一个传言。你有没有想过,它可能是假的?"

沈诺唯:……

能把他恶心到,小圆可开心了:"万一最后发现是竹篮打水一场空,根本没有什么'特级明天'药水,你怎么办?"

沈诺唯咬咬牙:"你给我闭嘴。"说完,他就按下了机器启动键。

"轰"的一声,小圆感觉整个世界都晃动起来了,她害怕地闭上了眼睛。然后,就没有然后了。她很快发现只是身下的床在震动,躺在床上的她甚至能伸伸胳膊,动动腿。

"老实点。"沈诺唯的声音又来了。

小圆:"别烦!"

沈诺唯:……

他刚要张口,房门却毫无征兆地自动打开了。

沈诺唯条件反射般关了机器,他还来不及从机器屏幕前离开,房门口就传来了一阵皮鞋踏地的声音。

那是一个穿黑色西装、国字脸、眼里透着强势的中年男人。

"沈诺唯,你在这儿干什么?"

沈诺唯就说:"舅舅……"

黑乎乎的机器里的小圆:……

方才情急之下,沈诺唯关了机器的部分操作,没来得及关掉传声装置。因而此刻,仪器外面两人的对话就一字不落地全传进了小圆耳中。

"沈诺唯,回答我的问题!"

沈诺唯:"发现了一只小白鼠,来带它做个试验。"

夏·小白鼠·圆:……

所幸,来人并未在这个问题上多与沈诺唯较真,只听他转而用一种强硬的口吻说:"换届选举大会马上就要开始了,你还在这里磨蹭什么?"

"舅舅,你知道我素来不喜欢掺和你们委员会的那一套。"

舅舅忽而大怒起来:"你忘了家族使命?当初让你进贩卖局,你是怎么答应我的?别忘了,有我在位,才有你沈诺唯清高的权利!"

沈诺唯叹气:"舅舅,我当初确实答应帮你赢得贩卖局首席之位,我也兑现了我的承诺。但我并未答应帮你连任……"

"所以，你就站到孙家阵营里去了！孙老头子老奸巨猾，他是我最大的竞争对手！"

沈诺唯面上浮现一丝厌恶之色，但他很快就将这股情绪压了下去："我只是在做我觉得对的事……"

"收起你的那些歪脑筋！"舅舅却粗鲁地打断了他，"别忘了，你我都姓沈。如今，我们是一荣俱荣，一损俱损！委员会成员马上就到了，你现在马上跟我去选举现场！"

两人都走了之后，小圆就从仪器里爬出来了。

现在，她是不是可以跑了？

答案显然是否定的，因为小圆很快就在迷宫似的"明天"贩卖局里迷路了！

从外面看，"明天"贩卖局是一座城堡和塔楼形状的建筑。它对市民开放的仅仅是底部的城堡部分，往上的塔楼部分，谁也不知道里头有什么。

至少有一个内部员工活动的区域，还有药水研发区。小圆在心里嘀咕。她记得沈诺唯带她上来的时候，电梯是停在七楼。所以，她现在是在塔楼的第七层？

回应小圆的是一阵整齐划一的脚步声。

她抬头就看见一队保安从前方的通道口走出来了。

完了完了！此刻，她正站在一个空空荡荡的大厅里，真是躲都没地方躲。

为首的保安一眼就看见了她，当即皱眉："你是什么人？"

"我……我是沈博士的助手！"小圆急中生智，"就是那个沈诺唯博士！"

保安便松了一口气："原来是沈博士的人，请走这边。"

然后，保安就带着她七拐八拐，来到了一处电梯前。电梯门外，一群穿着职业套装的男男女女焦急地站在那里。

"和他们一起上去吧，沈博士在等着你。"

啊？

不少穿职业装的人都看了过来，小圆只得硬着头皮上了。

电梯里载着七八个"职业装"，徐徐往上。

小圆注意到这些人手里都拿着一摞文件，有些人还在默默背诵文件里的内容，有几个人则把白纸紧紧地捂在胸口，生怕被别人看了去似的。

谁都没工夫来理小圆。

很好。

"叮咚"一声,电梯停在了二十二楼。

电梯门一开,一片嘈杂声扑面而来。

"怎么样,怎么样?轮到我们家族讲话了吗?"

"还没呢,沈首席还在台上。"

"他怎么回事啊?巴着那位子不放……"

"咱们的竞选演说充分吗?要不要再修饰一下……"

"前面那个谁……"

一大群穿职业装的男男女女从走廊那头一直堵到电梯口,小圆恍惚以为自己进了菜市场。

不过,人越多越方便她浑水摸鱼。

上来的电梯是不能用了,因为这些人都只上不下,单单她一个人坐电梯下去,就太引人注目了。她想了想,决定往人多的地方挤,想到走廊的另一头看看有没有出路。

"贩卖局的未来就是我们的未来,就是整个城市的未来!我们务必要……"

一阵道洪亮的男声自走廊前方传过来,好似有人在激烈地辩论着什么。

"贩卖局是我们大家的贩卖局,是整个城市的贩卖局,就该为所有的市民服务!你们却哄抬价格……"

再走过去一些,小圆便看见前头有一间大型会议室。会议室的后门开着,工作人员不断地进进出出。

"那么,我想请问沈首席,自上任以来,你给自己的经营决策打几分?"

透过墙上的小窗,小圆看见会议室里黑压压的全是人。台上,两个中年男人正在打唇舌战。

但这些都不关她的事。

见后门边有一个小的通道口,小圆拢拢衣领,打算走到那边去。

在经过后门口的时候,她听见会议室里骤然爆发出一阵咆哮:"推行药水免费制?简直是无稽之谈!"是那个沈舅舅的声音。

小圆没忍住,下意识往里头瞄了一眼,果然见那沈首席站在台上,整张脸都绿了。小圆心头没什么波动,正要收回视线,却不经意瞥见,会议室前几排靠墙的位置上,某个男人转过头来。

瘦削的脸孔、白皙的皮肤,一双墨蓝色的眼睛里熠熠生辉。

李……李岩啊……

小圆呆呆地立在原处，眼泪刹那间夺眶而出。

这时，外头突然有一拨穿着职业装的男女争先恐后地往会议室里挤，小圆刚好站在后门口，人又在发呆，一不留神就被挤了进去。

"不好，对方出了新的经营方针，咱们事先没有准备！"

"赶快联系智囊团，准备紧急应对方案！"

"好好好！"

周围的职业装们一哄而散，很快，又剩下了小圆一个人。

所幸，这会儿的会议室里闹哄哄的，多数人的注意力都集中在台上，不会有人注意到相貌平平的她。

小圆深吸一口气，迈步往前走去。

会议室里突然响起一阵热烈的掌声，台上的人下来了。

小圆稳了稳心神，继续往前走。她这样实在有些冒险，可她已经顾不得那么多了。她心心念念的李岩就在前面！李岩真的没事，太好了！她的嘴角止不住地上扬，打心眼里觉得，只要李岩没事，那她受再大的苦都是值得的！

小圆目不斜视地朝前走，很快就来到了她锁定的位置：第三排12座。

"李……"

感觉到身旁有人，座位上的人便抬起了头来。也是个相貌英俊的年轻男人，却不是李岩。

小圆急了："先生，请问你看见刚才坐在这个位子上的人了吗？"

男人一脸莫名其妙："我一直坐在这里。"

小圆："不可能！我刚刚明明看见……"

"人太多，你看花眼了吧。"嘀咕了这样一句，男人就不再理睬小圆了。

是她看花眼了吗？也有可能，毕竟当时会议室里那么多人，又是在最前面的几排。可是……小圆猛地闭上了眼睛，那双令她魂牵梦萦的墨蓝色的眼睛，她绝对不会看错！

仿佛感应到了她的召唤，再睁眼时，她又看见了那双蓝眼睛，就在会议室另一头的过道上。

"李岩！"她想也不想就追了上去。

过道那边是后台，李岩转瞬就没入了幕布后的黑暗里。

"李岩！你在哪里啊李岩？"

小圆掀开幕布，冲进后台。她一路跌跌撞撞地在后台的走道上奔走，却哪里都没有李岩。她终于忍不住开始自我怀疑，真的……是自己看错了吗？

小圆整个人顺着冰冷的墙壁滑坐下来："李岩啊……"她的手不知触发了墙上的哪个开关，一块长而黑的幕布直直地垂下来，彻底隔绝了她所在的这一方空间。

到底还是她在奢望啊。

小圆陷在黑暗里，只希望这黑暗能将自己永远带走。

不知过了多久，外头响起了一阵脚步声，那些人将将停在了幕布外。

小圆一愣，还没来得及做出反应，外头的人已经开始说话了。

"首席，和咱们估计的差不离。目前，委员会的势力大概分两派，一派和咱们站在一起，另一派希望有变革。"

"两派人数比例？"

"据属下了解，现在是一半一半。不过，诺唯少爷……似乎加入了变革派的阵营。"

"这个逆子！"首席咆哮出声，"我绝不允许他毁了我们家族……什么声音？"

幕布后，小圆一把捂住了嘴巴。方才那个首席突然那么大声说话，吓得她倒抽一口冷气，就发出了些微的声音。这么小的声音，应该不会被发现……

眼前的幕布陡然被人拉开，一张阴鸷的国字脸现了出来。

小圆：……

她想狡辩一下，说"我我我……我什么都没有听见"，可对方根本不给她辩驳的机会，拎小鸡似的一把将她拎出来，狠狠地掼到了墙上。

那首席力大得出奇，小圆感觉自己的五脏六腑都要给摔出来了。

"解决她。"首席冷冰冰地说。

他的属下却有些为难："可是，这……这似乎是诺唯少爷带进来的人。"

首席沉默了一瞬，而后冷笑一声："那又怎么样？动手！"

小圆只觉得眼前一黑，就被人捂着嘴巴提起来，拖往后台的更深处。

"唔！唔！唔！"小圆瞪着眼睛，死命地挣扎起来。哪怕今天在进贩卖局前，死亡对她来说都不是一件多可怕的事。李岩死了，她的心几乎跟着他去了。可现在不一样了！她刚刚看见"李岩"了！他还活着！她不能死！不可以！

可小圆的挣扎对身后的人来说，无疑是蚂蚁对大树，她根本撼动不了对方分毫！

拖行的动作一停,小圆听见了开门与关门声,接着,"砰"的一声,她被人像扔破布一样扔在了地上。

地上湿湿的。

"滴滴答答——"小圆听见了水声。

下一刻,她只觉得头皮一阵剧痛,有人拽着她的头发,狠狠地将她按进了水池里。

"唔……咕咕咕……唔……"

水压扑面而来,她的口鼻不能呼吸,脑子里越来越混沌,挣扎也越来越无力……

就在这时,只听"嗡"的一声喇叭的鸣音响起,空气里倏然响起了一道苍老但洪亮的男声:"亲爱的朋友们,欢迎你们来到'明天'贩卖局。我是 Jose,这个城市的创建者,很高兴还能在这个时候与你们对话。我的孩子们……"

按着小圆的大汉惊呼一声:"天哪!这是什么?创建者?这是在对我说话?"他一瞬间忘了自己的任务,扔下小圆就冲了出去。

紧闭的门一开,隆隆的说话声就自外头传了进来:

"……我建造这座城市是为了保护,我设立'明天'贩卖局是为了服务。"

"请大家谨记我们的初心,我们希望所有人都过上安全、幸福而快乐的日子。"

一时间,整个后台,整个会议室,整个二十二楼,二十二楼往上往下……男性的声音须臾间响彻了整个"明天"贩卖局!

所有人都停下了手里的工作,下意识屏息聆听。

"分歧必然存在,因为每一个个体都不相同。但我相信,共识必然达成……"

"无须害怕冲突,那会使你们更加了解彼此。"

"我的孩子们,你们的所作所为让我感到骄傲……"

但听着听着,有人不禁起了狐疑:"创建者不是去世很久了吗?怎么还能对我们说话?"

"可能是……事先准备好的录音吧?"

"或者是电脑合成的!"

"天哪,为了选举,大佬们还真的是……"

这些纷纷扰扰全与小圆无关。

"稀里哗啦——"她勉力把自己的脸从水池里拔出来。扶着洗手台,在面前的镜子里,她看见了一排排马桶与面孔惨白似女鬼的自己。她再也支撑不住,整个人直直倒下去。

与此同时,洗手间的门"砰"的一声被人踹开,沈诺唯心急如焚地冲进来:"夏小圆?夏……夏小圆!"

"夏小圆!夏小圆!小圆……"

小圆迷迷糊糊被人拍醒,见不是李岩,她又失望地闭上了眼。

拍她的沈诺唯则是大松了一口气:"你这个女人,真是……"他叹了口气,见小圆脸上的易容妆已被洗去了大半,他赶紧脱下身上的西装外套包住她的脸,并将她打横抱起。

走到外间的时候,沈诺唯迎面就遇上了沈首席。

沈首席一脸研判地盯着自己从小看到大的侄子:"倒是从没见你这么紧张过一个女人……"

沈诺唯:"方才创建者的声音……"

一听到这话,沈首席就变了脸:"想不到他们这么卑鄙,居然想到利用创造者来拉票!"

沈诺唯:"已经确定是孙家人搞的鬼?"

沈首席咬牙:"八九不离十!"

看了一眼怀里只见身子不见脸的女人,沈诺唯面无表情:"这件事,我会帮你查清楚。"

首席看看他,又看了看他怀里的女人,目光变得意味深长起来:"如此甚好……"

与此同时,"明天"贩卖局外的后巷中。

借着夜色,身量颀长的男人从墙角一跃而出,弓起又快速拉长的身形矫健如猎豹。他悄无声息地上了一辆早就候在那里的车。

"你终于出来了!担心死我了!"女人后怕道。

男人抹了抹嘴角,不发一言。

"怎么样?有没有发现什么?"

"发现了一些有意思的东西。"

"太好了!我还怕你又像上次一样……"女人忽然话锋一转,"你的脸色看起来不大好,是不是伤又……"

"不碍事。"男人打断了她,"我只是觉得,好像闻到了……"

"闻到了什么?"

"没什么,大概是我多想了。走吧。"

说话间,女人踩下油门,车子很快就消失在了黑夜里。

沈诺唯打开家门,一眼看见姚茜茜站在门外,他斯文的脸上出现一丝疑惑:"你来做什么?"

早晨的天气越来越冷了,姚茜茜一身红衣,脸色苍白似雪:"小圆在你这里吗?我……我想见见她。"

沈诺唯不为所动。

姚茜茜似受到了屈辱,身子颤了颤。她咬着唇,难以启齿一般,道:"我是来……跟她道别的,我的情况……想必……你也……了解。"

沈诺唯挑了挑眉,面上不见动容,也不见轻蔑。

"噼里啪啦——"屋子里突然传出一阵砸东西的声音。

姚茜茜看见沈诺唯的眉头一皱,眼里闪过一丝不易为人所察觉的忧心。片刻后,只听他低声道:"进来吧。"

沈诺唯的别墅精致又幽深,姚茜茜跟着他一路往里走,最终在一楼临湖的一间房外停了下来。

沈诺唯还没开门,门却自动从里头打开了,走出来一个四五十岁的中年女人。女人手里拿着一整托盘的饭菜,冲沈诺唯摇了摇头:"先生,小姐还是不吃。"

"行了,下去吧。"

门虽然开着,沈诺唯还是敲了三下房门。而透过半开的房门,姚茜茜看见宽敞而明亮的房内,小圆正坐在一把靠窗的轮椅上。

"你的腿……"她冲动地下意识脱口而出。

门内的小圆转过头来,看见门口的姚茜茜时,她的眼里闪过一丝意外,但她很快就别过头去,装作什么也没看见。

"她……她怎么了?"似乎受了很大的打击,姚茜茜的身子抖得更厉害了。

沈诺唯眼里出现一丝懊恼:"腿没事,她只是喜欢坐轮椅。你……算了,你陪陪她。"说罢,看了一眼小圆,沈诺唯离开了。

姚茜茜的右手克制不住地哆嗦起来,她拿左手死死地按住自己的右手,深吸一口气,走进去了。

"小圆,我来了。"姚茜茜轻轻地说。

小圆仍旧面朝着窗外,动也不动。

姚茜茜垂下眼,径自道:"你出现在夜总会不久,沈诺唯就找到了我。"

小圆搭在轮椅扶手上的手指动了一下。

"他说他可以给我一支摆脱悲惨命运的'明天'药水,条件是……帮他一个小忙。"

"所以你就……"小圆抓紧了轮椅扶手。她知道这对姚茜茜来说,是个再明智不过的选择。只要跟沈诺唯合作,姚茜茜就能改变命运。而和她夏小圆的情谊,又值几个钱?易地而处,如果她是姚茜茜,她也无法想象自己会做什么样的选择。

闭了闭眼,小圆说:"你走吧,别来找我了。你自己……好好过日子吧。"

"他说他是你的前男友,想和你复合。他说你身边那个叫李岩的男人喜怒不定,不可靠。"姚茜茜却仿佛没听见小圆的话,只是说自己的,"他让我离间你和那个男人,然后找个机会让你和他独处。我……没能抵住诱惑,答应了。"

小圆愣了一会儿才反应过来,姚茜茜口中的"他"是指谁:"他胡扯!"她愤怒道,"他自己才是个人渣!卑鄙小人!"

沈·卑鄙小人突然在客厅里打了个大大的喷嚏。

房内。

"对不起,我……被骗了。不过,若不是我自己起了贪念,也不会让人有可乘之机。"姚茜茜的声音越来越虚弱。

小圆哭笑不得地转过头来:"所以,你那个时候才会对我说,要'小心李岩'……"剩下的话被由远及近突然响起的警笛声给盖过了。

警笛声?

"是啊。"姚茜茜朝小圆露出了一个苍白的笑容,她把手机贴在了耳边,"求你们……快一点,我……坚持不住了。"

小圆:?

姚茜茜并未说谎,说完最后一个字,手机就自她掌心滑落下来,她整个人也软软地倒下去了。

"茜茜!"

小圆不知道姚茜茜出了什么事,赶紧过去扶起她,右手无意识地抓了一把她的大衣。

姚茜茜穿着一身红衣,看不出来什么,小圆却沾了满手的血!

她怔了一下,猛地扯开了姚茜茜的大衣。只见女人平坦的小腹上,一把匕首深深没入,只剩一个刀柄在外头。

啊——小圆的叫喊声却被姚茜茜生生给堵住了,用她的手。于是,小圆的嘴巴上也沾了血。

"快……走!"姚茜茜竭力喊出这两个字。

小圆红了眼眶:"怎么回事?谁干的?!我去找人……"

"别……"姚茜茜死死拉住小圆的袖子,突然又笑了,"谁干的?我自己啊……"

小圆,你知道吗?我早就想死了,却一直没有勇气。所以,我只能借助"明天"药水啊。这便是姚茜茜会被沈诺唯蛊惑的原因,她太想拥有一支"明天"药水来结束自己的生命了。而沈诺唯给她的,就是"死亡明天"药水。

死亡有许多种方式,姚茜茜本可以选择最轻松、最没有痛苦的方式死去。但是,当意识到因为自己的无知而害了小圆后,她对沈诺唯说:"我想要'他杀死亡明天'药水。"

"'他杀死亡'?你确定?"仍记得当时,沈诺唯挑眉,一脸玩味地看着她。

"因为这样,我就不用承担任何责任了,是别人要杀死我呢。"

"……有道理。"

就这样,沈诺唯满足了她的请求。

在那之后,姚茜茜并没有急着使用那支"死亡"药水。她开始打探沈诺唯的消息,她打了先前他留给她的电话,以关心小圆的名义……她在等待最合适的时机。终于,她认为的合适时机来临了。

她是昨天睡前注射的"死亡明天"。今天早上,她直接在一条阴暗的窄街上醒来。顾不上思索自己身在何处,顾不得去想今天等待自己的会是什么样的命运,姚茜茜爬起来就往外跑。

她要去找沈诺唯!

因为早先与沈诺唯合作过,姚茜茜是知道沈诺唯的家是哪里的。如果她今天注定要被人杀死,那么,就请让她死在沈诺唯家里吧!

姚茜茜读书不多,她的脑子也不够聪明,这是她所能想到的,唯一可以救小圆的机会。

"你……你太傻了！你……你这是做什么？你……"姚茜茜的血越来越多，血水很快在地板上积成了一摊。小圆想碰她又不敢碰，手足无措！

"我来的路上给执法局报了案，说……说有人要杀我。他们……喀喀喀……他们到了，我说是沈……沈……喀喀……干的。你……你趁机……趁机……"

"别说了！求求你别说了！"泪水模糊了视线，小圆要崩溃了！"对了！打救护电话！救护电话！"小圆哆哆嗦嗦地爬过去捡手机。

其实姚茜茜瞳孔里的光已经开始涣散了，可她的眼神还是禁不住跟着小圆转："我……我其实很怕，很怕我还没来得及见到你，就死在了路上……"这是有很大概率会发生的事。注射了"他杀死亡明天"，姚茜茜很有可能走在半路上就被人杀了。

这无疑是一场豪赌，可她已经没有别的选择了。

然后，她最害怕的事情真的发生了。

狭窄的街道、神经质的咒骂、凶神恶煞的男人脸……她还没走到沈诺唯家里，就遭到了袭击。

其实，对于当时发生的一切，姚茜茜的记忆已经开始模糊了，唯一刻在她心里的，是腹部骤然传来的尖锐疼痛……痛，真的很痛！寒意刹那间顺着那个口子侵入她的身体。她感觉自己身体里的热量在一点一点地流失……但她告诉自己，她不能倒下！她得活下去！活下去！

所幸，那人抢了她身上的首饰就跑了。

所幸，她已经离沈诺唯的住处不远了。

于是，她死死地捂住伤口，撑起残破的身躯继续朝前……走。

人的意志力真的可以战胜死亡吗？

姚茜茜不知道，她更没有工夫去思考这个问题。她的心中只有一个信念：她得见到小圆，她要救小圆，她要弥补自己犯下的过错！

这是一场豪赌。

而显然，她赌赢了。

"喀喀喀……"姚茜茜又剧烈地咳嗽起来。

这时，别墅外突然传来一阵急促的敲门响，继而便是用人开门的声音："你们……哎，怎么硬闯？先生，是执法局的人……"

姚茜茜一把抓住小圆的手："我会拖住他们！你趁机走！"

小圆反手死死地握住姚茜茜的手："不！我……我怎么能丢下你？你别

怕，救护车马上就来……"

姚茜茜扯了扯嘴角，她大概是想笑："我是……喀喀……自私的，其实我是为了我自己，救你只是顺便……喀喀喀……"她一张口，就有更多的血顺着她的嘴角流下来。

"茜茜，你别说，求求你别说了好不好？咱们留着力气等医生……"

"不！"姚茜茜却猛地掐住了小圆的掌心，"我怕再不说，就……就再没机会了……喀喀喀……我在十八岁生日那天，其实就……喀……就已经死了。苟活了这么多年，不过是我不敢……不敢亲手结束自己的生命。现在，我……我终于……可以……可以解脱，太好了。所以……小圆，你不要自责。这是我能为你做的……最……最后的事……"

门外响起杂乱的脚步声，越来越近了！

姚茜茜死死地抓着小圆，手背上青筋根根分明："快！快藏起来……快！别……别让执法者看见你……"

房门"砰"的一声被人撞开了。

"救……救命！他……他要杀……"声音戛然而止，姚茜茜那指认凶手的手重重地砸到地上，她闭上了眼睛。

小圆躲在窗外，眼泪夺眶而出。

接下来发生的一切，混乱非常。

执法者怀疑沈诺唯杀人，要逮捕他，沈诺唯则冷静地为自己开脱。与此同时，一名执法者上前去查看姚茜茜。片刻后，他抬头道："没气儿了。"

小圆要死死捂住嘴巴才能不让自己呜咽出声。茜茜，茜茜，我还什么都没有为你做，你怎么就走了？

执法者很快将姚茜茜的尸首抬走，而不论沈诺唯如何争辩，他家里死了人，是事实。

"带回局里。"执法者铁面无私地说。

沈诺唯面无表情地任由一名执法者在他手腕上戴上手铐。离开前，他朝窗边看了一眼。而后，他说了一句："那么，明天见。"

小圆明明已经把头缩回去了，却仿佛仍能感觉到对方阴郁的视线。那视线在说：你已经和我捆绑在了一起，你还能往哪儿躲？

可不就是明天见了？

小圆死死咬住自己的手背，趁着混乱逃了出来。

她跌跌撞撞地往前跑，往前跑……好像只要一直跑一直跑，那些痛苦就没有办法追上她了。

可人的力气毕竟是有限的,小圆又一天没有吃饭。最终,她还是难逃跑不动的命运,停了下来。

天色已经暗下来了,小圆站在了一条清冷的老街上,偶尔看见几个行人稀稀拉拉地走过。顾不上去想这是哪里,小圆顺着街边的一根柱子滑坐下来,终于忍不住放声大哭。

她好恨,恨命运为什么待她如此不公,为什么要一次又一次地捉弄她!她不过是想改变自己平凡普通的命运而已。可为什么到头来,她在乎的人都一个一个地离她远去了?妈妈是这样,李岩是这样,现在又轮到了姚茜茜……

"是不是……是不是要把我这条命也带走,老天爷才会高兴啊?"

回应小圆的是男人的一声闷哼。

她愣了一下,泪眼模糊,循声望过去,就看见前头不远处的街道拐角卧着一个乞丐。

那个乞丐应该是看见她了,却神情麻木,眼神也不动一下。片刻后,乞丐哆哆嗦嗦地从身下的铺盖里掏出一把生了锈的小刀,抓着小刀就朝自己的小腹刺!

小圆:……

"住手!"

刚经历了失去姚茜茜的伤痛,她这会儿对腹部捅刀子特别敏感。因此,她爬起来就朝那乞丐去了。

"你别!你……你干什么?是不是有谁逼你?"

乞丐看了她一眼,垂下了眼:"没人逼我,我自己不想活了。"

"为……为什么?"她颤声道。其实,问出口的时候,她心里已经隐隐有了答案。

"因为我不想再过这样的日子了啊!"乞丐像终于找到了一个宣泄的出口,倏然爆发了,"反正……反正我怎么样也不会有'明天'了,与其每天像废物一样活着,还不如……还不如死了好!"

小圆没来由地想起了小强,那个圆圆胖胖的老好人同事。小强也是因为没有"明天"……自杀了。

不知是接连受了重大打击还是怎么,那一刻,小圆突然感觉脑袋猛地被一把大锤砸到,寒意顺着她的脊椎爬上来,顷刻间传遍了她的四肢百骸。

她一直想通过"明天"药水来改变自己的命运,可一路走来,她的命运却越来越糟糕。她被执法局通缉,被沈诺唯害,失去了生命中最重要的那些人……难道说,真的只有死亡才是解脱吗?

那乞丐有没有做到最后一步,小圆不得而知,因为她提前离开了。

她在街上游荡,时而哭,时而笑,意志消沉……她全然沉浸在自己的世界里,完全不顾周围人的指指点点。

脑海里有个声音不住地在提醒她:小圆,你不能这样,你这样会出事的,你得振作起来!

可是,要振作起来,真的……好难啊。她努力了那么久,抗争了那么久,她很累了。她太累了,她好想休息啊!而且,振作起来又有什么用呢?明天一早,她还是会回到沈诺唯身边……

天色越来越黑,周遭的人也越来越多。

"是她!就是她!那个夏小圆!快抓住她!"人群里有人在喊。

小圆愣了一下,继而恍然大悟,这就是出事吗?

是啊,如今她成了全城的通缉犯,大家会认出她来,也是自然的。

朝后退了几步,小圆转身就跑。她不是怕了,只是……不想面对行人或惊慌或愤怒的眼神。

身后传来一串整齐的脚步声,不用想也知道追上来的是谁。

"呼叫总部!呼叫总部!发现犯人夏小圆!发现犯人夏小圆!"

小圆还是不乐意被他们抓住的,她左冲右突,七拐八拐,弯进了一条巷道里。

巷道里幽暗、长而没有尽头。

小圆只是埋头继续跑。

突然,她停了下来。借着天上洒下来的零星月光,她发现前头没路了,这是一条死巷!

刺目光亮倏然打过来,是手电筒的光。

"嗒——嗒——嗒——"身后的脚步声越来越近了,有人在她背后立定。

"犯人夏小圆,犯杀人、逃逸等多项罪行。罪大恶极,可就地正法!"

小圆猛地转过身来。在晃动的手电筒光影下,她面前一左一右立着两个执法者。他们一身黑衣,脸孔在光下泛着鬼魅似的光。而在他们身后十多米远处,七八个执法者严严堵住了巷口。

小圆深吸一口气,惨淡地笑了。反正明天也还是要落到沈诺唯手里,不如眼下给她一个痛快。

"你们……""动手吧"三个字还未出口,小圆的瞳孔剧烈一缩。她在前面那群执法者里看见了……李岩的脸!

怎么可能?!她又眼花了吗?可是,她刚刚明明看见了!

"李……"她一步上前就要冲过去,却被身边的执法者猛地攫住了。

"……岩……唔!唔……"另一名执法者一把捂住了她的嘴。

小圆仍不放弃,她剧烈挣扎起来,死死盯着前方。

李岩!李岩!李岩!李……

小圆的双目刹那间大睁,她看见那群执法者中有人悄悄往后,站在了其他人的背后。他抬起头,瘦削的脸孔、白皙的皮肤,一双墨蓝色的眼睛幽幽地望过来。

是李岩!真是李岩!他真的没有死!

这时,箍住小圆的一名执法者快速从口袋里掏出了……一支"明天"药水。小圆眼尖地看见,那药水上写着"意外死亡明天"。

她惶急地去看李岩,她朝他望过去的眼神里有怜悯,有疼惜,有不舍。他一步一步地朝后退去,离小圆越来越远……

小圆凄惨地笑了。所以,这是回光返照吗?老天也算是待她不薄了,让她在临死前看见李岩。

手腕上一疼又一冷,药水被缓缓注射进了小圆的身体里。

"总算完成任务了,就把她扔这儿?"

"还是带远一点吧。"

于是,小圆被这两个执法者拖拽着走。

她恍恍惚惚的,也不知时间过去了多久。

她好似再次看见了李岩,又模模糊糊地听见了钟声。

"铛——铛——铛——"午夜十二点的钟声敲响了。

小圆闭上了眼睛。

第二天早上六点,小圆睁开眼睛的时候,看见了蓝蓝的天花板。

这是一间宽敞又明亮的房间,窗户开着,阳光自外头懒洋洋地照进来,风温柔地吹进来。

窗帘飘飘荡荡着,小圆被那股柔风吹得恍惚间都要以为她回到了她和李岩位于海边的家。

"吱呀"一声,房门被人推开了。

小圆一惊，猛地看过去，然后，就落进了一双温柔的墨蓝色眼睛里。她一把捂住嘴巴，眼泪夺眶而出。

"李岩……"

"小圆……"

两人几乎是同时有了动作。小圆跳下床就朝门口跑，李岩抬脚就往床的方向冲……两人紧紧地抱在了一起！

"李岩……"

"小圆……"

小圆滚烫的泪水落进了李岩的脖颈里，李岩的眼睛也红了。他们的胳膊在对方背后收紧再收紧，都恨不得把怀中人嵌进自己的身体里。

"李岩啊……"

"小圆……"

除了不停地呼喊着彼此的名字，他们什么话也说不出来。

时间不知过去了多久。

小圆突觉身子一轻，她被李岩抱起来了！

两个人一下子平视了。小圆的视线默默地从他肉嘟嘟的嘴唇上移到了那双漂亮的蓝眼睛里。在极近的距离里，她看见了两个小小的自己：头发乱蓬蓬，衣服乱糟糟，脸上指不定还有口水！"腾"地一下，她的脸红了，张口就胡言乱语："我……我……我没准备好！"

"什么？"

小圆还来不及解释，便感觉身体一斜又一轻。下一刻，她已被李岩轻柔地放在了床上。她下意识抬手去搂他的脖子，他没料到她来这一手，一个没站稳，整个人一下子跌在了她的身上。

李岩张口想说"抱歉"，可四目相对，他发现彼此眼中再也容不下旁的东西。

分不清究竟是谁主动的，总之，待小圆清醒过来的时候，她已经被李岩按在床上，两人亲得难舍难分了。

李岩单手撑在她的脸侧，撑起自己的身体生怕压到她。可他的嘴与舌却是与他的手截然不同，是粗暴与狂放。他在她的口里肆虐，风卷残云一般。起初，她还能给予他一点回应，可很快，她就跟不上他的节奏，只能张着嘴，软软地瘫着身子，任由他施为了。

他真的亲了她好久好久，久到她都感觉到了痛意，可她又舍不得推开他……最后,还是她轻颤的羽睫与无意识发出的哼痛出卖了她。

天知道李岩花了多大的力气,才克制着自己,从她的身上抽离……

"抱歉。"他贴着她的唇,轻声说话,"我没控制好自己。"

小圆的舌头麻了,嘴唇也肿了。她心慌得不敢看他,只大着舌头道:"不……不用抱歉的。"

李岩愣了一下,继而低低笑了。他拿额头抵着她的,鼻尖亲昵地蹭她的鼻尖,喟叹似的说:"担心死我了,一直找不到你。"

小圆下意识地去抠他领口的扣子:"你不是说可以闻到我的气味……"

李岩拉过她不安分的手,放在唇边亲了亲:"我受了点伤,功能有点退化。而且,不知道为什么,我总感觉你身上的味道变淡……"

他还没说完,就见小圆刹那间睁大了眼:"对了,你的伤!"

昏暗的林子、虬曲的老树,子弹射穿了李岩的腹部,鲜红的血汩汩地往外冒……一想到这个场景,小圆就不寒而栗。一双小手惶急地在他身上摸来摸去:"怎么样?现在还痛不痛?啊,你别趴着了,赶快躺下来!"

于是,李岩就听话地躺下了。下一刻,他手上一个用力,乱动的小圆便被他拖抱着趴在了自己身上。

"哎!你……压到伤口了怎么办?!"嘴上这么说,小圆却一动不敢动,生怕碰到了他的伤口。

灼热的大掌按在她的背部,另一只手则在身侧摸索着,捉住了她的小手。

"已经没事了。"她的大手揉捏着她的小手,"不信你摸摸看。"

"好啊!"说完她就对上了他带笑的眼,"你笑什……"她的声音越来越小,脸也跟着红起来。因为她意识到,小腹往下,他的伤在那么尴尬的位置呢。

"怎么样?摸不摸?"

小圆面红耳赤:"你……你……"她发现这次见面,李岩这个家伙变坏了!以前他都不这样的!

将她气呼呼的小脸往胸口一按,李岩好笑道:"好了好了,不逗你了,陪我躺一会儿。"

小圆这才注意到他声音里露出的疲惫:"最近都没休息好吗?我们分开的这些日子……"说着说着,小圆突然想起了一件极其重要的事,"昨晚那些执法者不是给我注射了'死亡明天'药水吗?怎么我还没……"那个"死"字被李岩按回了嘴巴里,小圆神情呆呆地看着他。

"我知道他们要杀你灭口,事先把药水换掉了。"
"你换成了什么药水?"
"把你和我'捆绑'在一起的药水。"
小圆:……

只要使用了一个新的"明天",你的日子就会重复这个新"明天"的基调往复下去。李岩给她注射的"捆绑明天"药水,正好抵消了之前沈诺唯的。
"你哪儿来的'捆绑'药水?"小圆狐疑。
"现场配的,只需混进去一点我的DNA。"李岩含糊道。
见他不愿意多说,小圆也不强迫他。
"原来如此。这么说,昨晚在巷子里,我看见的那个人真的是你咯!我还以为是……"她不想说出"回光返照"这么不吉利的话,便换了个话题道,"可是,你又怎么会和执法者在一起呢?"执法者不是要抓他吗?
"这件事说来话长。"李岩边说边拉过被子裹住自己和小圆,在被子底下,他一下一下地轻拍小圆的背,"再睡一会儿,这些事,我以后慢慢告诉你。"
"……好吧。"其实小圆有满肚子的疑问,可对上李岩疲惫的面孔,她心中一软,登时消了追根究底的想法。反正,李岩总不会害她就是了。不过,有件事她还是要事先声明一下的。
"我们再也不分开了!"亲亲他冒出了青色胡楂的下巴,小圆甜蜜蜜地说。是啊,她找着了李岩,李岩没事了。生死都不能将他们分开,她实在想不出还有什么比"死亡"更大的考验了。所以,他们就应该一直、一直在一起的!
她太开心了,以至于没有注意到,听完她的话后,李岩眼中一闪而过的复杂情绪。他张了张口,终究是什么也没说出来。
"睡吧。"最后,他只是轻轻亲吻了一下她的鬓角。

小圆再次醒来的时候,窗外阳光大盛,身边的李岩已经不见了。
她这才有工夫细细打量起这栋房子。
这是一栋花园小楼房,总共有两层。房子四周幽静,从窗子看出去,满目是大片大片的绿林。远远望过去,在绿林的尽头才勉强看见一条林荫小道。在城市里生活了这么久,小圆倒是从来不知道有这么个地方。
她想李岩了,就出门去找他。
门外即是二楼走廊,走廊挺长的,小圆走了好一会儿才看见楼梯口。而这时，楼下的客厅里响起了说话的人声。

"你来做什么？"是李岩。

小圆心中一喜，正要噔噔噔地过去，却听见……

"我很担心你，所以来看看。"是一道女人的声音，"昨晚你去哪儿了？到处都找不到你！"

李岩并未回答女人的问题，而是转了个话题，道："他们又研制出了许多新的'明天'药水，我试验了一种……"

"什么？你给自己注射药水了？你明知道自己的身体不适合……"

"没事，不是我用。"

"那是谁用？"

李岩却再次无视了她，无缝衔接地换了个话题："那天在'明天'贩卖局，我发现在一个系统里面似乎能查到'明天'药水使用者的信息，有点像是一个监控装置。"

"还有这种东西？我在局里这么久都没发现！"女人果然被转移了注意力，"每一个药水使用人的信息都能查到？"

"我没细看，当时有人来了。"

女人的脸色变得凝重："看来他比我们想象得要复杂，我们的任务……什么人在上面？！"

偷偷摸摸蹭到楼梯边的小圆：……

对上小圆左转右转心虚的眼，李岩笑了。他咳了一声，对刘芸佳道："你回去吧。"

刘芸佳：……

突然她脸色一变，压低声音道："她就是……那个她？"

"嗯。"

楼上的小圆：？

"她是什么人啊？"眼见人走了，小圆就磨磨蹭蹭地从楼上下来了。

李岩把她拉到自己身边坐下："一个故人。"

小圆：……

小圆："你恢复记忆了？！"

李岩迟疑了一会儿，道："算是吧。"

小圆总觉得他吞吞吐吐，话中有话："那你是怎么跟她遇上的啊？听她的口气,这些日子你们好像一直在一起……难不成是她救了你?!"

"嗯。"

可为什么电视新闻说你死了?那天,李岩倒在树下的电视画面,在好长一段时间里,小圆闭上眼睛就能看见!还有,你的这个"故人"又是怎么找到的你,怎么救出的你?小圆有满脑袋的问题,可李岩却不愿意多谈,她只好看着他英俊的侧脸,酸溜溜地说:"那可真要谢谢她了。"

李岩这个直男却没听出她话中的"酸",只是搂了搂她的肩。

"这么说,你的真实身份是……执法局的人?"小圆侧头看他。

李岩盯着前头白花花的墙:"可以……这么说。"

"可为什么他们之前没认出你?"她可是记得执法局的人拿枪子儿扫过他的。

"我又不出名,不可能谁都记得住我的脸。"李岩快速地说,"我没穿执法服,他们就认不出我了。"

"是吗?"小圆怀疑地看着他,"说起来,我们第一次相遇的时候,你又是怎么受的伤?"

李岩的眼神闪了闪,没有说话。

编,怎么不接着往下编了?小圆很想这么脱口而出。可她好不容易和李岩重逢,实在不愿意打破眼下这安宁美好的气氛。李岩不告诉她,总有不告诉她的理由。想到这里,小圆撇了撇嘴,依偎进了他的怀里。

李岩一怔,双臂随即紧紧拥住她。他的眸中瞬间闪过诸多复杂的情绪,似藏着千言万语。他低头来看小圆,亲吻她的鼻尖,动了动唇,他凝声道:"小圆,相信我。"

这一刻,小圆心里说不出是开心还是失落,可看着他这么纠结的样子,她又忍不住心疼起来,只好笨拙地捧起他的脸,几乎是贴着他的唇,说:"嗯,我相信你的。"

小圆一直觉得,情侣间如果没有信任,那这份感情必然走不了多远。只要彼此相信,他们就可以排除万难!

可小圆没谈过恋爱,她不了解的是,在一段关系里,有时候光凭信任是远远不够的。因为,很多东西会一而再再而三地消磨掉这份信任。

叫小圆起了疑心的,还是那个叫刘芸佳的女人。

李岩担心小圆的安危,平日里都不让她出门。这点小圆当然理解了,表示自己一定会乖乖待在家里。她本来就宅,以前他们还没分开的时候,就时常一起待在家里玩儿,很有几分居家过日子的感觉了。小圆便觉得,这一次的"待在家",也不会有什么不同。

可她没想到的是,李岩总是出门,家里成日里都只有她一个人。她刚遭逢变故,心绪不稳,一来二去的,就忍不住会胡思乱想。而且她也发现了,李岩和那个叫刘芸佳的女人来往密切。

他们经常神神秘秘地凑在一起,嘀嘀咕咕些有的没的。而且,他们一旦发现小圆来了,就立刻止住话头,防她跟防贼一样。

如果单单是刘芸佳这样,小圆还不会觉得有什么,她跟对方又不熟。可问题是,居然连李岩也……她问他在外面都干了些什么,他要么含糊其辞,要么避而不答。

有一次,小圆意外听见他对刘芸佳说:"我希望尽快解决这边的事……时间拖得越久,对我们越不利……而且,小圆已经起疑心了……"

"你就那么在乎她?"

"……与你无关。"

事后,小圆鼓起勇气问他和刘芸佳有什么事,他们俩是不是在密谋什么。不是说"明天"贩卖局换届选举在即吗?小圆怕李岩也会掺和进去。她已经知道刘芸佳是"明天"贩卖局的员工了。

李岩很错愕地看着她,紧张地问她:"你知道什么了?"

"我什么也不知道。"小圆面无表情地说。

李岩一副大松了一口气的样子:"没事,你别多想。"把她搂进怀里的时候,他这样对她说。

除了苦笑,小圆还能说什么?人家不愿意告诉她,她总不能拿把菜刀去把人家嘴巴给劈开吧。她只好一遍遍地告诉自己:"我要相信他,我得相信他,他总不会害我就是了。"好像真的把自己说服了。

接下去的日子里,李岩越发早出晚归,行事也变得越来越神秘。有时候一连好几天,小圆都没办法跟他说上一句话。

他变得越来越深沉,好像总存着满腹的心事。偶尔看着他兀自出神的侧脸,小圆会觉得陌生,这还是她捡回来的那个又认真又单纯、凡事以她为重的李岩吗?

小圆其实不怕李岩改变,她怕的是,这些改变里没有自己的参与。这样会让他们变得越来越陌生的。

"总感觉……被排除在了你的世界之外。"有一回,李岩晚归,累得直接在沙发上睡着了。小圆听到动静就下楼,拿脸颊贴着他的掌心,不安地、悄悄地说了这样一句。却也只是如此而已了,他那么忙,她不想成了他的负担。

就这样,不可避免地,两人间渐渐有了隔阂。

小圆和李岩聚少离多,却偏偏有人成日和他出双入对。小圆已经不止一次看见晚上刘芸佳送他回来,第二天又早早来接他。李岩说刘芸佳是故友,是同事,可有时候小圆对上刘芸佳的眼睛……那绝对不是看同事故友该有的眼神!

小圆并没有拿这件事去烦李岩,成天疑神疑鬼的女人会叫人讨厌。她确定李岩有事情瞒着她,但那事里应该不涉及私人感情。既然如此,她又何必老在他面前提别的女人的名字呢?

小圆只是告诉自己要相信他。

可惜,这份相信在不久之后的那个雨夜里尽数瓦解了……

那天,天空阴沉沉的,一整天都在淅淅沥沥下着小雨。到了晚间,雨势陡然变大了,豆大的雨点"噼里啪啦"地砸在地上、房顶上、窗玻璃上,听得小圆心慌慌。

今早出门前,李岩没带伞。

时间一分一秒过去,很快就到晚上八点了。

"嘀嘀嘀——"外头终于传来了车声,李岩回来了!

他们的房子外,有一段路尽是弯弯曲曲的小道,车子开不进来,小圆二话不说就抱了伞出去迎李岩。

叫她意外的是,今天送李岩回来的是一辆很大的吉普车,车上黑压压地坐满了人。她怕见人,赶紧闪身躲到了一棵大树后。

"啪"的一声,车门打开,一身黑衣的李岩走了出来。他也不打伞,径自就往雨里走。小圆正看得心疼,突然又瞧见他身后自动自发"长"出了一把伞……哦,原来是有人紧随着他下了车,是刘芸佳。

"什么时候可以喝上你俩的喜酒啊?"一名执法者探出车窗来,调侃了一句。

树后的小圆猛地抬头,怀疑自己听岔了。

刘芸佳就笑着说:"快了,我们打算就这几个月办。"

车上的男人们就哄笑起来。

自始至终,李岩都垂着眼,没有说话。没有说话就是没有否认,没有否认就等于是……默认?

小圆只觉得一阵天旋地转，几乎都要拿不住手里的伞。她不明白事情怎么一下子就变成这样了，明明……明明昨天李岩还和她一起舒舒服服地窝在沙发上，说要永远照顾她的，怎么……怎么突然就变了？

吉普车"轰"的一声开走了，一晃而过的灯光照亮了树后小圆痛苦的脸。

李岩的步子猛地一顿，他显然看见了她，紧拧的眉头一下子松了："小圆！"

小圆却直往后退："你们……要结婚？"

李岩刹那间止步，他动了动唇："我……"但他终究没说出什么来，可他脸上的表情已经说明了一切。

小圆一把捂住嘴巴，眼泪扑簌簌地往下掉。

她的眼泪分明是落到了雨里，可李岩觉得，她的泪水是落进了他的心里。一瞬间，他的心疼到了极点，几步上前，就想拉小圆："我们回家！"

身旁一直给他撑着伞的刘芸佳却只皱眉："她都听见什么了？夏小圆，你……"

"闭嘴！"李岩朝刘芸佳吼，再也顾不上其他，冒雨跑向小圆。

小圆感觉天都要塌下来了，李岩在朝她靠近，她却觉得他离她越来越远。她感觉一颗心被人无情地攥在手里，又掐又揉又捣，很快就千疮百孔、血水横流。

手中的伞早落到了地上，冰冷的雨水打面，脸上一阵阵的刺痛，可小圆居然是笑着的："你骗我，原来你都是骗我的。"是啊，他看起来就是个顶级富豪，身份又神秘。他长到二十几岁，身边怎么可能没有女人？他与她在一起的那些居家时光，说到底，不过是她捡来的。捡来的东西毕竟不是她的，总有一天要还的。

"小圆，我没有骗你！"李岩急道，"你听我说……"

"那你为什么不告诉我你要结婚了？！你这个大骗子！"

李岩的脸上出现了极度复杂的神色，有内疚，有心疼，有痛苦，有压抑，还有诸多小圆看不懂的情绪："小圆，我……还不能说，请再给我一点时间！我保证，我一定会把一切原原本本告诉你！"

小圆只觉得失望，一次又一次，他总是这样说。她问："时机成熟，时机成熟，到底什么时候才是你所谓的时机成熟？"

"我怕你有危险……"李岩放弃似的说。

可雨太大了，小圆又正好在气头上，脱口而出的话完全盖过了他的声音。

"还是说，你只是在拖时间？！"

墨蓝色的瞳孔乍然一缩，男人眼中出现一抹受伤之色："不是这样的，小圆……"

小圆再也不想自取其辱了："你们俩一起过吧！"吼完这样一句，她转身就跑。

"小圆！"小圆头也不回地离去的身影给了李岩极大的刺激。一时间，他眼中的压抑与痛苦达到了顶点，心底有个模模糊糊的声音告诉他：如果任由她离去，他将会永远失去她。

"小圆——"李岩骤然爆发了，眼底写满了不顾一切的疯狂之色，"好，我告诉你！我都告诉你！"

刘芸佳："你疯了！"

李岩像是根本听不见刘芸佳的声音，拔腿就去追小圆。

"李岩！李岩！你停下！你等一等！"可他还没追出几步，胳膊就被刘芸佳一把拉住了。

"滚！"李岩狠狠甩开了她的手。

刘芸佳脸上闪过受伤之色，但很快就被她压抑下来。眼见李岩又要走，她赶紧道："他们回来了！"

她的话音刚落，只听路边响起了一阵汽车轰鸣，那辆开走的吉普车又回来了！

李岩：……

司机朝他们狂按喇叭，一名执法者探出窗来："兄弟，有个任务忘记交代你了！"

刘芸佳趁机再次拉住李岩的手，用只有他俩能听见的音量低声道："现在是关键时刻，你我千万不能出乱子！"

此时，小圆的身影只剩一个模糊小点了。李岩的拳头捏得死紧，仍想去追她："你应付他们，我去……"

"我去帮你找她！"刘芸佳快速道，她把李岩往外一推，"见不到你，他们会起疑心，快！"说完也不待李岩回应，她头也不回地朝林子里奔去。

而此时，两名执法者已下了车，大步朝李岩走来。

"兄弟，怎么站在那儿不动啊？"

李岩只得深吸一口气。转过身去时，他已然换了一副面孔。

"没什么。"

刘芸佳冒雨跑着，以她的体能，追上夏小圆是轻而易举的事。果然，没过多久，前头夏小圆的身影就越来越清晰了。

夏小圆跑出林子，拐上了一条林荫小道。她是真的想要离开这里。

刘芸佳猛地停了下来。

林子尽头一个人都没有，除了雨声，就只有她自己的呼吸声。跑到现在，她连呼吸都没有乱。

"滚！"刘芸佳闭上眼睛，脑海里尽是方才李岩狠狠甩开她的画面，他居然……让她滚！

十指狠狠地抠进身后的树皮里，这一刻，刘芸佳深切体会到了……什么叫恨。

她就靠在那里，没有再前进过一步。

小圆一直在奔跑。

冷冷的雨水浸湿了她的头发，打痛了她的脸，又顺着毛衣的领子灌进她的脖颈里……从头湿到脚，她却全没有感觉似的，脸上一片麻木。

这些日子以来，一切都是假的吗？李岩对她的好，全是假的吗？

心脏倏然一阵抽搐、紧缩，痛得她差点不能呼吸。这股尖锐的疼痛仿佛打开了某个闸口，身体里的痛感这时才一股脑儿地泛上来，头痛、脸痛、脖子痛、手痛……从头痛到脚！

好痛，她真的好痛啊！痛得快要无法呼吸了！

小圆再也支撑不住似的，在雨地里缓缓蹲下身，号啕大哭。

无疑，李岩的背叛是压倒她的最后一根稻草。

"啊——"为什么？为什么要这样对我？我到底做错了什么啊？

雨越下越大，噼里啪啦的雨声掩盖了小圆的哭声，掩去了往来的车辆声，也遮盖住了行人走路的声音……

时间不知过去了多久。

小圆埋首在膝间，隔着重重的雨幕，她看见一双大长腿在朝她走来。修长的双腿离她越来越近，越来越近……她迷迷蒙蒙地抬头，下意识张口："李……"却突然消了音。

大长腿的主人撑一把黑色大伞，那伞被一只骨节分明的男人的手微微抬起，小圆终于看清了伞下人的脸。

不是李岩，是……沈诺唯！

一瞬间的错愕过后，小圆拔腿就要跑。可她实在蹲得太久了，才起了一半的身子就踉踉跄跄着往雨地里跌去……

小圆的腰上骤然搂上来一只男人的大手，那手一个用力，死死地将小圆往后一箍。

"怦怦怦怦——"小圆听见了自己剧烈的心跳声。

下一刻，后背与男人的胸膛相撞，小圆骇得刹那间屏住了呼吸。

男人一只手持伞，一只手紧紧搂抱着小圆。他凑过来，灼热的呼吸喷在小圆白皙的后颈："到底让我找到你了，夏小圆。"

小圆狠狠一个哆嗦，条件反射般就要挣扎。

她腰上的大手却箍得更紧："别动！好好让我抱一会儿。不然，我真不知道自己会做出什么事来。"

他的语气太过认真，太过阴森，太过叫人毛骨悚然，小圆就真的……不敢动了。

雨仍旧噼里啪啦地下着，毫不留情地砸在伞面上。而伞下，男人用尽全力地自她身后拥住她，好似只要他一放手，就会永远失去她一样。

隔着蒙蒙的雨帘望过去，两人之间仿佛真的有了几分缠绵悱恻的旖旎味道。

两分钟后，小圆被迫上了沈诺唯停在路边的车。

没有司机，车里只有她和沈诺唯两个人。

"你……你怎么会在……这里？"她哆嗦着问，但不知怎么心里又异常平静，并没有多么害怕的感觉。是糟糕的事经历多了，她便没什么所谓了吗？

沈诺唯突然动手解起了衣扣，将自己的外套披上了小圆颤抖着的身上。

"我在你身上装了追踪装置……"

"什么追踪装置？！"小圆一口打断他。

沈诺唯比了比小圆的领口位置。

那里挂着一条项链，是小圆妈妈在小圆很小的时候送给她的。

"你……"小圆握紧了项链，愤怒地瞪着他。

车里很暗，看不清楚此刻沈诺唯脸上的表情："你的信号在这条路口就断了，再往前就是执法局内部员工的地盘……我都要放弃了，没想到今晚突然又收到了你的信号，我简直是……"说到这里，他忽然发现小圆在看他，呼吸便是一滞，不自在地咳了两声，像为了掩饰什么，他陡然拔高了音量，"不过我很好奇，前面那个地方住着什么人？"

"什么人也没有!"小圆脱口而出,同时一把扯下了项链。是因为太冷了吗?她的身体一直在颤抖。

"你要带我走就走!快走!"

沈诺唯的面色出现一丝意外,他动了动唇,似乎是想说什么。但片刻后,他只是发动了车子,说了一个字:"走。"

车子一路破开雨幕,在黑暗的道上前行。

路太滑了,沈诺唯两手紧紧抓着方向盘,开得异常谨慎。

突然,车子经过一个减速带,猛地一个颠簸。

"没事吧。"他侧头看了小圆一眼。

小圆别过脸看向窗外的雨,不说话。

沈诺唯也不生气,隔了一会儿,他问她:"这些日子你在哪儿?过得怎么样?"

小圆充耳不闻似的,只将嘴唇抿得死紧。

沈诺唯忽而自嘲一笑:"不管你去了哪里……回来了就好。"他声音低低的,似感慨,似后怕,恍惚间,让小圆都要以为他是真的在……担心她。

车里依旧很暗,只偶尔有零星的灯光一闪而过,映着他的脸。他目视前方,面上没什么表情,只在嘴角扯出一抹若有若无的苦笑。看到这里,小圆就转回了视线。他怎么样,都不关她的事,她也不想知道有关他的任何事。左右这个人不过是想拿她做实验罢了。

"姚茜茜……"沈诺唯却突然主动提起了话头。

小圆倏地看过来:"你把她怎么了?"声音在抖。

沈诺唯又看了她一眼,叹了一口气:"安葬了。她可给我扯出了不少麻烦。"

"你自找的。"小圆恶毒地说。心里却像是一块大石终于落下,砸得她鲜血淋漓的同时,她也着实松了一口气。其实,这些日子以来,她一直在托李岩打听姚茜茜的消息。姚茜茜确实是……死了,但她一个小人物,她的死执法局不会有太多记录,李岩只查到有人将她的尸首领走了。不知是李岩刻意不想让小圆了解沈诺唯的消息还是怎么,李岩只轻描淡写地说沈诺唯无罪释放了,至于其他,李岩一个字都不愿意多说了。

被小圆诅咒了,沈诺唯反而低低地笑了。这时,车子刚好遇到红灯,他便伸了个大大的懒腰,整个人都放松下来。

"夏小圆,你可真有意思。"说话间,他舒展的长臂越过小圆的肩头,从后面看,像是要搂住她。

小圆:"……神经病。"

沈诺唯正要接茬说话,却脸色一变。

有人隔着雨幕朝他们急速走来,下一刻,车窗就被"砰砰砰"敲响了。

"执法局检查,下车!"

顿时,小圆心头一个激灵。

沈诺唯给了她一个安抚的眼神,缓缓摇下了车窗:"几位好,请问有什么事?"

"没什么事,就是例行检查。"

沈诺唯的手指在方向盘上轻扣:"各位,我姓沈,沈诺唯。"

雨夜里,执法者们个个穿雨衣戴面罩,只露着一双炯炯有神的眼睛在外头。与沈诺唯交谈的那名执法者更是大手一挥:"就是执法局局长来了也要接受检查,下车!"

沈诺唯无法,只得开了车门。

"车里还有什么人?"

沈诺唯打着一把黑色大伞,朝车内的小圆瞧了一眼:"我的未婚妻。"

小圆:……

她狠狠地瞪了对方一眼。

就是这个眼神被执法者捕捉到了,执法者若有所思地盯着小圆:"你有点眼熟,叫什么名字?证件拿出来。"

小圆缩在座椅里,下意识掐紧了手心。

沈诺唯急忙打圆场:"我的未婚妻是我在研究所的助理,一个项目临时出了点问题,我们正要赶往实验室。一时情急,证件都落在家里了。"

那执法者就拖长了声音:"那……她就得跟我们走一趟了。"

沈诺唯的脸沉了下来:"就不能通融一下?"

"不能。"

沈诺唯:"我要和你们局长通话。"

执法者铁面无私:"请便。你打你的电话,人我们还是要带走的。"言毕,他朝身后的执法者一挥手,"带走。"

沈诺唯:"慢着!"

他动起怒来,气势还是很足的。一时间,没一个执法者有动作。

沈诺唯趁机探进车内看小圆，他皱眉思索了一会儿："你先跟他们走。"

小圆眼中有慌张，下意识求助般望向沈诺唯。

沈诺唯强迫自己暂时忽略掉她眼里的无助："别担心，我马上给他们局长打电话。"知道她害怕，他拍拍她的手背安抚她，"我的车就跟在后面。你跟他们去局里，就是走个过场而已，马上就能回来的，我保证！"

小圆张了张嘴，又垂下了头，到底是什么也没说出来。算了，他根本什么都不知道。

"动作快点！磨蹭什么呢！"执法者在身后催了。

沈诺唯犹豫了一瞬，顾不上整个后背被雨淋湿，他飞快上前，抱了小圆一下。

这个拥抱一触即开，看上去就像他两手扶了小圆的座椅一下。小圆还没反应过来呢，他已从车里出去了。

"我的未婚妻胆小，麻烦各位路上照顾一下她。"

"放心吧。"

就这样，沈诺唯让行，小圆上了执法者的车。

执法者的车比普通车辆要高上许多，小圆自车窗里看出去，将将与沈诺唯平视。

雨中的沈诺唯以为小圆有什么话要说，无意识地往前跨了一步。

小圆却移开了视线。

"轰"的一声，执法者的车子发动，如一头怒吼的巨兽般冲进了雨夜里。

回到自己车上的时候，沈诺唯总感觉有些心神不宁。他握紧了方向盘，脑海里挥之不去的都是小圆隔着车窗望过来的那个眼神。他记得那时，小圆的嘴唇动了动。

"夏小圆，你想对我说什么？"

突然，沈诺唯的余光一闪，看见副驾驶座下有什么亮晶晶的东西。那是……小圆的项链！她不小心丢下了？

将项链捡起攥进手心的时候，沈诺唯没来由感到一阵心慌。

他一踩油门，发动了车子。

沈诺唯的车子性能良好，不多久就看见了前头那辆执法局的车。那股萦绕着他的焦躁感终于消减下来，就像他说的："我的车就跟在后面。你跟他们去局里，就是走个过场而已。马上就能回来的，我保证！"

直至这一刻，沈诺唯还是无比确信这一点的。

"吱——"却突然有一辆面包车自左边路口冲出来，直直朝沈诺唯的车子撞过来！

沈诺唯：……

他往右急转方向盘。

"轰——"又有一辆卡车自右边路口疾驰过来！

沈诺唯：！

往哪边打方向盘都不对！

"吱——"车轮在雨里打滑，发出刺耳的刹车声。

车灯强烈的光照过来，沈诺唯双目刺痛，眼前模糊一片。

"砰"的一声，他的车狠狠撞上了路边的隔离带。

安全气囊弹出来，车里的警报声响成了一片。

温热的鲜血自额头上淌下来，沈诺唯勉力睁开眼睛。面包车与卡车横在路口，前头那辆执法局的车，在他视野里越来越远……

"放开我！"

执法局的黑色大车内，小圆狠狠甩开了肩背上压下来的大手。起先，车里的几个人还算规矩，可车子一驶离主干道，他们就原形毕露了。

"敬酒不吃吃罚酒！"一名胖胖的执法者龇了一句，一把将小圆推倒在车座上。另两名执法者顺势欺上来，死死压住小圆，同时拿布巾堵住了她的口。

"唔！唔！唔——"

眼前的遭遇似曾相识，小圆恍惚间又回到了那可怕的一天。下一刻，她的瞳孔剧烈一缩，只见那个胖胖的执法者从口袋里掏出了一支"明天"药水。

他们根本就没想要放过她！

车子在雨夜里一路疾驰，两旁的建筑都成了晃动的虚影。

眼见沿途的环境越来越陌生，小圆的心还是止不住地焦躁起来："唔！唔唔！"你们要带我去哪里？

持药水的那名执法者看了她一眼，做了个手势。下一瞬，她的眼睛也被蒙上了。

一片漆黑。

小圆怕吗？怕的，她怕死了！可那又能怎样呢？这一回，不会有人来救她了，她也逃不掉了。与其畏畏缩缩，不如坦然面对。想到这里，小圆突然觉得，好像死亡也没那么可怕了。或许，死亡真的是一种解脱？

她在这世上，真的已经没什么好牵挂的了。唯一叫她不放心的就是妈妈了。不过，以她目前被通缉的状态，她还是离妈妈远一点为好。她早就为妈妈准备了一笔治疗基金。在执法局看护的照顾下，妈妈应该可以安稳地度过余生。万一哪一天，妈妈真的醒过来了……小圆忽然用力咬住嘴唇，不敢再想下去。

我没什么好牵挂的了，我没什么好牵挂的了……她一遍遍地告诉自己。可是，脑海里还是会不争气地浮现起李岩的脸，他笑的样子、他生气的样子、他逗她开心的样子、他鲜血淋漓倒在地上的样子……她死死闭上眼睛，仿佛这样就能将脑海里的男人赶出去似的。

突然，小圆眉头一动，她听见车内有人在说："长官，真要把她弄到那个地方？有必要吗？"

"这是上头特意吩咐的，说是要好好给这丫头一个教训……这次咱们可千万不能再出纰漏！"

"明白！"

小圆暂时被转移了注意力，他们到底要把她带去哪里？给她一个教训？谁要教训她？

其他感官被束缚，听力就变得尤为灵敏。小圆听见车轮与地面的激烈摩擦声、车子的震动颠簸声、汽车马达的轰隆声……雨渐渐停了，她就听见了更远的声音。

那是许多许多的声音，仿佛一直被束缚在某个狭隘的地方，一有机会，它们就要怒吼咆哮着往外挣脱！

车子越开越远，离那些声音却越来越近了。嘈杂、喧嚣，像是有人在集会，又像是什么人在拼命地打砸，在歇斯底里地咒骂。

一群疯子！小圆脑海里没来由地冒出了这个词。

这时，只听"吱"的一声，车子停了下来。

小圆抖了一下，心底陡然生出了一个可怖的猜测。

"行了，动手吧。"

"是，长官。"

下一刻，小圆感觉左边的胳膊上一凉。有人把她的袖子撸起来了！还不待她跳起来，胳膊上就一阵刺痛，冰凉的液体被快速注入了她的身体。

"呵呵，'死亡明天'，明天她就要死了。"说到这里，"长官"的声音忽然低了下去，"听说这支药水的'醒来地'是在……那个地方。"

两个手下面面相觑。

而此刻,那个"被死亡"的当事人却被两名执法者下死力按着,连动一下都不能。

"长官,接下来要做什么?"按着小圆的一名执法者问。

那长官停了一瞬,而后道:"把她扔进去,给那帮家伙找点乐子。"

方才的挣扎中,小圆被人按着头,狠狠地撞上了车底盘。如今,她整个人浑浑噩噩的,就像一个提线木偶,一步一顿,被人牵着走。

眼前骤然一亮,他们抽走了蒙住她眼睛的布巾。

一刹那后,小圆的眼睛就恢复了功能。然后,她就看见了高高的围墙、墙下荷枪实弹的执法者,以及……墙上疯狂叫嚣的头颅和手臂。

像是突然打开了某个开关,墙内的嘈杂声瞬间如潮水般朝小圆涌来,她只觉得脑子里"嗡"的一声响,好似有人拿着一把大锤子猛地砸中了她的脑袋。她一下子清醒过来,认出这个地方是……是……

是贫民窟啊!

以高墙为栏,这是整个城市里的禁区、隔离地带,墙内充斥着暴力、杀戮、贫穷、肮脏的一切。贫民窟里住着的都是一些因犯了罪而被执法局放逐的人。

小圆也只在一闪而过的电视画面里见过那些头颅跟手臂,它们都属于那些不甘心地想要爬过高墙顶、想要重获自由的罪犯!

看见有人来了,墙顶上的头颅叫嚣得更欢了。他们龇牙咧嘴,面露贪婪,凶恶的眼神像是要把人撕碎了,生吞下肚!

"把她弄进去。"恶魔般的声音在小圆身后响起。

小圆的腿一下子就软了。下一刻,她就如一只落入虎口的幼鹿般蹦起来,夺路而逃。许是没料到她会突然有所动作,她身后的两名执法者还真让她给撞开了。

可吃人的老虎又怎会让到口的猎物轻易逃脱?还没跑出几步远,小圆就被人自后头一把揪住马尾,狠狠拖了回去。

"跑?我让你再跑啊!"黑暗中,执法者扭曲的脸比恶鬼更可怕。

小圆忽然发癫似的叫起来:"求求你们!求求你们放过我!求求你们啊——"

可那扇通往墙内的铁门还是轰然开启了。门内,无数只罪犯的手就像鬼手一般,它们在朝她招手,想要把她拖进地狱!

被拽着往里走的时候,小圆怕极了:"不要!不要!我不要——李岩!

李岩！李岩啊——"

　　李岩猛地睁开了眼睛。
　　眼前昏暗一片，他在行进的车后座上。
　　"老大，马上就到孙家了。"前头的副驾驶座上，一个年轻男人转过头来，兴奋地说。
　　李岩"嗯"了一声。他捏了捏眉心，不知怎么，他感觉有些心神不宁。
　　前头年轻的小伙儿显然很不会看人脸色，兀自沉浸在自己激动的心情中。
　　"孙老爷子已经被我们说服，孙家会是我们行事大大的助力！如果孙家人能在这次贩卖局的选举上顺利上位，那就更好了！听说沈家人内部也有革新派，我们打探到有个叫沈诺唯的……"
　　李岩突然打了个手势，示意他噤声。
　　小伙儿立马脖子一缩，不说话了。
　　李岩拨出了一个电话。
　　电话一接通，还不待对方说话，他就开口了："怎么样？有没有找到她？"他口中的"她"，指的自然就是小圆了。
　　今夜让小圆撞破他和刘芸佳的事，实属意外。在他看来，这本是无关紧要的事，没必要说出来叫小圆分神。所以，他瞒住了她。可如今，事情显然已经脱离了他的掌控，这让他感觉到相当焦躁。
　　偏偏他还无法向小圆解释，不是不能解释，而是一旦解释了这件事，就会有更多的事等着他去解释，牵一发而动全身。他实在不知道小圆在知道了所有的真相后会有什么反应。不，不行，现在还不是时候，这一切对小圆的冲击太大了。他得等到她准备好。
　　所以，能拖一天是一天吧。这就是这些天里，李岩面对小圆时的心态。
　　李岩，你也有这样拖泥带水的时候。
　　他厌恶这样的自己，却又没有更好的办法，只能眼睁睁看着小圆猜疑，看着他们心生隔阂……他心疼着她的委屈，却什么也做不了。最后，他将所有不可说的情绪通通转化成了"工作"的动力，没日没夜地奔走，以期事情能早日解决。
　　"我没找到她。"隔着手机，刘芸佳的声音有些失真。
　　"什么？！"李岩猛地坐直了，"找不到她，你为什么不给我打电话？"他抬手看表，距离小圆出走已近一个小时，他居然到现在才知道她没有回家！

这一刻，自我厌弃的感觉席卷了他。他一拳捶在车座上，几乎要咬碎了牙，才没对司机说出"掉头"两个字。

"说什么混话呢？！"电话那一头，刘芸佳急切地道，"你在和执法局的人一道出任务，我怎么打你电话？上赶着叫他们怀疑你吗？"是的，之前执法局的人去而复返，就是来告知李岩临时有任务，叫上他一块儿去的。完成了任务后，他安插在执法局内部的人又给他传了一个消息，说孙家人要见他。

"不过，你也别太担心了。"刘芸佳换了种口气，"她应该跑不远，可能就躲在附近的哪个林子里……"

结束了与刘芸佳的通话，李岩心头那股焦躁之感不减反增。

"老大？"副驾驶座上的小伙儿一脸担忧地望着他。

李岩却已垂眸，拨出了另一个电话："老五，帮我找一个人，现在，马上！"

见电话那头是自己熟悉的人，小伙儿就放心了一些，正要转回身去，却隐约听见老五在电话里提了"刘芸佳"的名字。下一刻，小伙儿就听他家老大说："我信不过她。"

无数的黑影朝自己逼近，小圆只能在巷道里一直跑，一直跑。

"你们别过来！救命啊——"

时间退回到十五分钟前。

一片喧闹声中，墙下执勤的执法者突然按下了墙上的某个红色按钮，只听"吱吱"两声，暗色高墙外陡然就生出了一层蓝光。墙内瞬间哀鸿遍野。那是……电！整片墙都是通电的！开关一开，妄图爬出高墙的人就通通被电倒了！怪不得里面的人永远都逃不出来！

小圆还没从这一变故中回过神来，就被身后人用力一推，一个跟跄跌进那道铁门，进了贫民窟。

"放我出去！"小圆回身就要拍门，铁门却已轰然合上。

"不要！别走！喂——"

却哪里会有人来听她说话。

窸窸窣窣，四周渐渐起了响动。

小圆心底一寒，缓缓转头，就见原先被电倒了一大片的人都醒了过来。他们有男有女，有老人有小孩，个个衣衫褴褛，脸上脏得根本看不清楚容貌。

那一双双死死盯着小圆的眼睛都会发光,就像是暗夜里的狼。

小圆一时间僵在那里,抖如筛糠。她想:怎么办?我该怎么办?我要怎么办?!

第一个人按捺不住朝她扑过来的时候,她也不知哪儿爆发出来的力气,转头就跑。

跑跑跑……就好像只要一直跑,一直跑,就不会被追上了一样。

贫民窟,这是小圆从未踏足过的地界。

天已经很黑了,没有路灯,更没有家家户户透出来的灯火,只有零星的月光自云层间漏出来,照亮了一点点前路。

九曲十八弯,这是小圆最强烈的感觉。贫民窟里到处都是弯弯曲曲的羊肠小巷,她从这条巷子里穿进去,又从那条巷子里钻出来,却冷不丁看见左边的巷口有人跑出来!她赶紧往右跑,跑着跑着,前头的小巷突然一分为二有了岔道,左手边的岔道里,一群人来势汹汹。

小圆没了章法,除了跟没头苍蝇似的到处乱跑,没有任何办法。不能被抓住!千万千万不能被抓住……脑海里的念头陡然止住,小圆惊恐地望着前头突然冒出来的一群人,他们堵死了她的路!

"嗒嗒嗒——"身后的脚步声越来越近了。

小圆惊惧地转身。

一大群黑影一拥而上。

"啊——"

接下来发生了什么,小圆都有些记不清了,又或者说,她实在太害怕了,潜意识里她知道自己无法承受,便启动了自我保护机制,刻意地……搅乱了这段回忆。

她被围住了……被无数双手抓住了!

那些手推搡着她,撕扯着……她身上的衣。

"不!不要!放过我!求你们放过我啊——"她被推倒了,踉跄着脸着了地。还不待她爬起来,背上就骤然一重,有人自后背压了上来!

"呜……"一个两个三个四个……他们压了上来,他们都压了上来,小圆感觉自己快要不能呼吸了!

"唔!"挣扎间,有人一把捂住了她的嘴巴。

你们……要干……什么?

"刺啦——"

"哈哈哈——"

"压住她！快压住她！"

"我要这只手！我要这双脚！"

"哈哈哈——哈哈哈——"

小圆绝望地闭上了眼睛。陡然间，她身上的重量一下一下地变轻了，束缚着她手脚的力道也没有了，耳边"嗡嗡嗡"的一片，是很多人在说话。他们在说什么？小圆努力地想要支起耳朵，可那些声音太杂了，太乱了，她没有力气了，她分辨不清了⋯⋯

忽然，在一片"嗡嗡嗡"中，有清晰、干脆的"嗒嗒嗒"声音由远及近，是脚步声吗？随着那声音的靠近，四周奇迹般地静了下来。

恍恍惚惚间，小圆感觉有人在她面前停下了。

是⋯⋯是谁？

她动了动脖子，勉力支棱起眼皮，然后她的视野中就出现了一双蓝色的绣花鞋。

迷迷糊糊地抬眼，她看见了一双消瘦的腿、细瘦的上半身，以及⋯⋯一张苍老的妇人的脸。意外地，这张沟壑遍布的脸并不怎么可怖。

"你⋯⋯是谁？"小圆听见自己的声音在问。

下巴上一凉，一只枯瘦的手突然托住了小圆的下巴。老妇人蹲下身，小圆就看见了她枯瘦的面庞与脸上那一块块老年人才会有的斑。

小圆又止不住地害怕起来，老妇人却跟没看见她的反应似的，瞅了会儿她的脸，又掰开她两边的眼皮细细地看。末了，老妇人长长一声叹息，整张脸都皱成了一团。

"这是⋯⋯给注射了什么不好的药水呀？"

是的，她是被注射了很不好的药水："死亡明天"。她明天就要死了吧。想到这里，小圆再也支撑不住，彻底失去了意识。

第八章
特级明天

第二天早上六点,小圆和往常一样,准时睁开了眼睛。

她感觉到了冷,身下湿湿的、硬硬的,像是躺在了泥地里。没有屋顶,头顶即是灰蒙蒙的一线天空。她转了转眼珠,发现两旁竖着高高的黑墙,她躺在一条窄小的弄堂里!等等,弄堂!一瞬间,所有的记忆悉数回笼,昨夜她被推进了……

小圆骇得忙要跳起来,下一刻,她却惊恐地发现,她的身体动不了了!

怎么会这样?明明手还是手,脚还是脚,她的身体就直挺挺地躺在地上,可为什么她连一根手指都弯曲不了?谁对她做了什么?!还是说……小圆的瞳孔陡然间一阵收缩,还是说,她身体里的"死亡明天"药水已经起作用了?这么快就来了吗?她完全没有一点准备!可是,再一想,就算给了她时间准备,又能怎么样呢?她就不会死了吗?她还是会死的啊。

想到这里,小圆绝望地闭上了眼睛。

时间一分一秒过去,周围渐渐有了人走动的声音、打呵欠的声音、嬉闹调笑的声音,小圆也还是躺在地上,一动不能动。然后……就没有然后了,什么事也没有发生。

小圆实在忍不住,睁开了眼睛。

她的身边和巷子口都不时地有人走过,这些人大多衣衫褴褛,身上脏兮兮的,看上去就是昨晚她遇上的那些人。可是,没有人驻足!这些人就好像新鲜劲过了似的,都没人来好奇一下她为什么躺着一动不动。明明昨天晚上,他们一个个都两眼放光，恨不得要吃了她！

小圆正百思不得其解，头顶忽然罩下来了一团阴影。

有人注意到她了！

小圆急忙转动眼珠子去看，映入眼帘的是……一张衰老的妇人的脸。她穿着一身粗布衣衫，瘦瘦的身子、细细的腿，脚上则是一双蓝色的绣花鞋。

脑海里自动自发浮现某些模模糊糊的画面，小圆的眼睛一下子睁得和铜铃一般大："是你！"

"还记得我啊。"老妇人眯眼笑起来，居然还有点和蔼，"很好，那咱们走吧。"

小圆：……

"哟，你动不了哇。那找个人帮忙吧。哎，那个谁，来帮着扛一下她。"

小圆：……

那个络腮胡大汉太脏了吧？算了……反正她也没得挑。

就这样，"废人"小圆被扛着去了……她也不知道这老太太要把她带去哪里，只能眼也不眨地盯着沿路的建筑。其实，沿路也没什么建筑，都是一条条纵横交错的小巷，就好像……整片区域都是由小巷构成的一般。

走了大概有半小时吧，小圆眼前一亮，终于出了小巷！接下来，呈现在小圆面前的就是一条坑坑洼洼的肮脏街道，街道两边则是一些低矮的破烂老平房。和这些房子比起来，外头老城区的拆迁房都是天堂。

起先只是一个两个，可不知是听见有人走过还是怎的，越来越多的男人、女人从房子里走出来。他们……缺胳膊少腿，或脸上文着刺青，凶神恶煞，皆朝小圆投来直愣愣的目光。

小圆只觉得头皮发麻。

反观那绣花鞋老太太，一马当先地走在前头，脸上笑眯眯的，还抬手朝一个刀疤脸的男人打招呼。那男人往地上吐了口痰，转身回屋子了。

老太太也不介意，心情很好地继续往前走。

走着走着，街道两边的房子就变了。

老平房还是老平房，只不过门被封死，窗户上装着铁栏杆，一眼望过去，这些房子就跟监牢一样。

"放我出去！啊——"

小圆正被扛着经过一扇窗，冷不丁就听到窗内传来一阵嘶吼声。下一刻，一个黑影猛地冲到窗边，脏黑的十指抓住栏杆使劲摇晃："放我出去！我要出去！啊——"

小圆给吓了一大跳，脱口道："这是怎么了？！"

"又犯病了呀。"老太太背对着小圆，忧心忡忡地说。

小圆很快就发现，"犯病"的不止这一个人。

一路过去，每一栋"监牢"里都住着"病人"。他们有男有女，有老人有小孩，个个披头散发，举止癫狂。

"放我出去！放我出去呀！"

"我要吃肉！妈妈，我要吃肉！"

"哈哈哈——"

"救命！有老虎咬我屁股！"

"哈哈哈——哈哈哈哈哈——"

这些人就跟……就跟昨夜那些……

"昨儿晚上你刚来的时候，遇上的就是他们。"像是知道小圆心里在想什么，老太太忽然说道，"成年累月在这么个地方生活，人啊，容易生病。怕他们到处乱跑，白天就给关着，晚上就让他们出去放放风。不巧，正好赶上你进来。"

小圆骇然地睁大了眼："这么说，这里真的是……真的是……"

"贫民窟啊。"老太太转过身来，眼里透着悲悯。她看小圆的眼神，就跟看房子里那些疯子一样。

小圆的身体还是不能动，可这并不妨碍她舌头打结："这……这……我……"说不出完整的话。虽然早就有了这个猜测，但真的从别人口里得到证实，她还是禁不住遍体生寒。

贫民窟，是整个城市里最肮脏、最混乱的地方，所有穷凶极恶的罪犯的聚集处。眼前这个瞧着手无缚鸡之力的小脚老太太，可能就是十恶不赦的杀人凶手！想到这里，小圆再也不能淡定了，她和那些疯子一样叫起来："你们要把我带到哪里去？！放开我！"

"别急，马上就到了。"

老太太说了"马上"就真的是马上。

小圆又被人扛着走了五分钟左右，疯子们住的老平房就看不见了，而是出现了一片空地。空地中央，一栋带院子的老房子孤零零地立在那里。

叫小圆意外的是，这栋房子的安保系统相当好，经由一系列老太太的亲自验证后，大门方缓缓开启。

"你回去吧,谢谢了。"让大汉把小圆放到一楼的一间小房间里,老太太就送走了做"苦力"的大汉。

临走前,那大汉点了点头,脸上没什么表情。但看得出来,他似乎……对老太太很尊敬。这老太太到底是什么人?

小圆没留神,送完了人的老太太突然又走进房来,一老一少的视线就那么直直地对上了。

没有丝毫犹豫,老太太张口就道:"我也不知道能不能救你,只好死马当活马医了。"

小圆:?

按照老太太的说法,昨晚她看出小圆被注射了很不好的"明天"药水,当时马上就要过十二点了,眼见情况紧急,老太太就给她注射了另一种"明天"药水。而每注射一种新的"明天"药水,人就会按照新药水带给他的明天来过生活。也就是说,后注射的药水是可以覆盖掉先前注射的药水的。

"可我见过的人里,大家都是一天只注射一支药水的。我不知道你在一天连续注射了两支,两支药水注射的时间又相隔那么近,会不会有什么不好的影响。"老太太叹息道,"这会儿看来,还是有副作用的。"

副作用指的就是小圆瘫着,不能动了。

小圆心里七上八下,一时间也分不清是个什么滋味。她舔了舔干涩的嘴唇,说:"那……我什么时候会好?"

老太太看着她,摇了摇头:"这个……我也不知道呀。"

小圆却读懂了老人眼里的潜台词,她有可能下一刻就行动自如了,也有可能……一直都是这样了。那她还不如死了呢!

"不过,咱们也不能掉以轻心啊。"老太太替小圆掖了掖被子,"到底能不能把你救回来,还得看看今天一整天过去以后是个什么情况。所以,你哪儿都不要去,就安心待在这里吧。"

小圆感觉到一阵郁闷。该说老太太好心办坏事吗?可人家到底是救了她。深吸一口气,她按下了起伏的心情,转而问起老太太别的事:"你又是怎么看出……我被注射了不好的药水的?"

老太太的脸色就变了。其实也不是很大的变化,只是……她的眼皮子耷拉下来,整个人似陷入了某种久远的缅怀里:"看你的眼睛就知道了,刚注射完药水,你的眼珠子会有一些变化。"

是吗?她倒是完全不知道。

小圆还想再问些什么，老太太却借口灶上炖着汤，起身离开了。

一个生活在贫民窟里的、有故事的、看上去又有些慈祥的老太太。

和这样的老太太待在一起，会发生什么？等待着小圆的又会是怎样的明天？对此，小圆一概不知。

"明天"贩卖局，高层会议室。

长条形的会议桌两边，泾渭分明地坐着两拨人。

"说吧，你们有什么条件？"率先开口的中年男人有着国字脸，衬衣领口被他烦躁地解开了两颗扣子，正是"明天"贩卖局的现任首席，沈中。

坐在他对首的老爷子立时哧了一声："选举结果这都还没出来呢，沈首席是不是太心急了？"老爷子人称"孙老"，也是此次选举的热门人选。

沈中冷笑道："有些人我怕他输得太难看，提前给他个台阶下，这叫尊老爱幼。"

"光会耍嘴皮子有什么意思？咱们啊，得按规矩来，一切以票数说话。"孙老一张嘴，满口的烟圈尽数朝着沈中去了。

"你……咳咳咳……"

"首席，您没事吧首席？"两旁的助理忙围过去。

沈中正咳得惊天动地，会议室的门冷不丁被人从外头推开了。

见到来人，沈中眼前一亮："诺唯来了！快……咳咳咳……快来舅舅这边坐！"

前段时间沈诺唯出了车祸，此时额头上还贴着纱布，脸色看上去还有些不好。相较于舅舅的热情，他显得要冷淡许多，略一颔首，就在沈中下首的位置坐了。不过，沈诺唯倒是抬眸朝对面的孙老爷子打了个招呼："孙老……"尾音还未完全落下，他的脸色就是猝然一变。

"怎么了？身体还有哪里不好？"沈中注意到了外甥的反常。

"没什么。"沈诺唯顿了一下，继而，他的目光变得意味深长起来，"孙老身边真是人才辈出啊，您身边这位……之前似乎没怎么见过？"

从进门起，就一直沉默地坐在孙老爷子左手边的年轻男人，便抬起了脸来。

那是个极为英俊的男人，穿着一袭黑色长风衣，留着一头利落的短发，皮肤白皙。他抬起头来的时候，对面阵营的人多多少少都有些意外。因为，他的眼睛是澄澈的墨蓝色。

"沈先生。"男人开口,不卑不亢。

"呵呵呵,这是家里的小辈,叫李岩。"孙老爷子道,"最近刚放他出来管事儿。"

"原来如此。"沈诺唯皮笑肉不笑。

两人的目光在半空中相交,明明谁都没有说话,却好似瞬息间就打了无数个回合,互不相让。

"那咱们接着聊……"

一场谈判磨了一个下午,还是什么都没谈出来。

"孙老请。"

"沈首席客气了。"

在会议室门前,两位大佬虚与委蛇一番,同时跨出了门。

两人身后,李岩与沈诺唯也几乎一齐走出了大门。可谁知,李岩突然侧首,朝沈诺唯动了动唇。

沈诺唯:……

十五分钟后,"明天"贩卖局后巷。

天色已经完全黑下来了,这条后巷本就鲜少有人走动,此刻更是一个人也没有。沈诺唯暗自咒骂了一声:"那小子耍我!"抬脚就要往回走。可哪里想到,他一转身,一个麻袋兜头兜脑就朝他罩了下来。

"你们是谁?哐……"沈诺唯这人吧,用"斯文败类"四个字很难形容他了:在思想上的败类,身手上他却是真斯文,就是个文弱书生,压根儿不经打。套麻袋的人还没怎么着他,他就已经连声"娇喘"得不行了。

"这人怎么娘儿们兮兮的!"

沈诺唯只听套他的人这样骂了一句。一时间,他怒从心头起,正要奋起反击,背上却骤然一股大力袭来,他整个人一个趔趄就跌进了……有皮质的味道,也有汽油味,他应该是被推进了一辆车里。果然,身后"哗啦"一声大响,是车门被用力关上的声音。

"老大。"有人叫了一声。

下一刻,沈诺唯突觉眼前一亮,困住他的麻袋被解开了!然后,他就看见了高高在上的李岩。

沈诺唯:……

"是你……"他怒而要起身,却被李岩的两个手下轻松地按在地上,只能维持着上半身暴露在空气中,下半身还困在麻袋里的尴尬姿势。

李岩坐在车后座上，双手交叠在膝间，开口便道："小圆在哪里？"

沈诺唯：……

沈诺唯脸上的懊丧情绪一闪而过，李岩当然不会错过。李岩倏然倾身，一把揪起沈诺唯的衣领："说，她在哪儿？"

这会儿，沈诺唯才看清，李岩额头上的青筋直暴，眼神混乱、焦躁，显然已处在爆发的边缘。

"她……"他当然可以借此刺激对方，但是，"夏小圆"这个名字实在令他……如鲠在喉。他猛地别过脸去："我……不知道。"

"砰"的一声，李岩狠狠将沈诺唯掼倒在地："你是最后一个见到她的人，你说你不知道？！"

沈诺唯给砸得头晕目眩，却并不服软，冷笑一声，道："你呢，你不是也没保护好她！"

李岩的两名手下面面相觑，下一瞬，两人逃也似的下了车。

车门一合上，里头就传来一连串的"砰砰砰砰"。

"老大不会把他打死吧？"

"这……不好说呢。"

五分钟后，车内。

李岩仍旧面无表情地坐在车后座上，而他的对面，鼻青脸肿的沈诺唯对他讲了那晚事情的经过。

"……那几个执法者执意要带走她。我在执法局里有些关系，便想着哪怕她进去了，我也能原样把她弄出来，那时就没有坚持留下她。可我没想到……"沈诺唯没想到自己会遭遇蓄意车祸！他再醒来就是在医院了。而自那之后，他就再没有小圆的消息了。

李岩猛地闭了闭眼，他按在车座上的拳头在发抖。沈诺唯只知道执法者在通缉小圆，却不知他们私下里曾要给她注射……

如今，小圆落入他们手中，那后果……牙齿被咬得咯咯作响，李岩头一次发现自己居然懦弱至斯，那后果他连想象一下都不敢。

"这件事我有责任，我会找到她！"沈诺唯咬牙道。

李岩没有说话，但那快速起伏的胸膛泄露了他的情绪。

"你拿她做实验了？"李岩突然道。

沈诺唯呼吸一滞，一阵憋闷的感觉瞬间席卷了他，他烦躁地扯开领口："我没对她做什么，只给她注射了一些抗过敏药剂。"

"抗过敏药剂？会对她身体造成什么影响？"李岩皱眉。

"没什么大影响，最多改变一点她体内各项激素的成分。"

改变她体内激素的成分……李岩骤然捏紧了拳头，所以，他才很难闻到她的味道了吗？

车内一阵沉默。

见李岩不再有话说，沈诺唯便起了身，抬手要去拉车门，他并不觉得李岩真的会把他怎么样。不过，想了想，他又道："我的人一有她的消息，也会通知你。"言毕，他就要走。

"慢着。"李岩抬眼看过来，墨蓝色的瞳孔在暗夜里亮得吓人，"我们来谈谈合作的事。"

沈诺唯一愣："什么合作？"

李岩："选举。"

沈诺唯都要被对方气笑了："你哪儿来的自信，觉得在你对我这样那样一顿暴打之后……"他一边说一边比画着自己快肿成猪头的脸，"我还会跟你合作？"

李岩笃定地看着他："你需要。"

沈诺唯：……

小圆从来没有想过，自己居然会在贫民窟里……生活下来。

如今，她每天早上的醒来地都变成了那条湿冷冷的小巷，婆婆则会每日早早地过来，把她领回家。她就在婆婆家里住下来，日复一日，皆是如此。

婆婆便是那个救了小圆的老太太。

起初的一段时间，小圆的身体还是不能动，婆婆就继续喊人把她搬回去。她喊的都是些路过的、看起来凶神恶煞的男人。叫人意外的是，无论外表看起来多么凶的男人，到了婆婆面前就都成了小绵羊，只有乖乖听话的份。

小圆却很害怕，她怕那些罪犯会对她做些什么……但时间久了，小圆就发现，他们……似乎也没有她想象得那么坏，至少他们从来没有在背她回婆婆家的时候对她做过什么。

当然，这也可能是碍于婆婆的"淫威"。提起这个，小圆就对这老太太更加好奇了。除了身子骨比一般的老太太硬朗，小圆丝毫没看出婆婆有什么特别之处。可为什么贫民窟里的人，看起来都很敬重她呢？

过了大概大半个月吧，小圆的身体渐渐有了起色，她的手能动了，脚也能走了。小圆高兴坏了，她没有变成废人！她这才开始真心实意地感谢婆婆。

"谢谢您救了我！"

那会儿，婆婆含笑看着她，说了一句："你跟他们不同，你是个好孩子。能救一个是一个吧。"

小圆猜测，"他们"指的或许就是贫民窟里生活着的那些人。

小圆没有在这个问题上深究，因为她有更想知道的事："对了，我来的那晚，您说给我注射了一支药水，您给我注射的到底是哪种'明天'药水啊？"

婆婆却笑而不语。

小圆不甘心继续问，婆婆就干脆说自己忘记了。

小圆：……

她现在每天早上的醒来地都变成了贫民窟，那么，婆婆给她注射的应该是一支"醒来地"在贫民窟的药水吧？可是，也不一定。她是短时间内被连续注射了两支"明天"药水，两种药水相和，会有副作用，她废了大半个月的身体就是最好的证明。那么，她就不确定这种副作用会不会延伸到别的方面了……

见小圆能一瘸一拐地自己走了，婆婆早上就不急着把小圆领回家了，她会带着小圆在贫民窟里转悠。

穿过一条又一条纵横交错的小巷，一老一少经常会在巷子里遇上……死去的人。

尤记得头一回，小圆呆滞在原地，婆婆却很可惜地叹了一句："没熬过去呀。"

"哎，去叫人把他葬了吧。"

见小圆还是没反应，婆婆就推推她："去叫人呀。"

"啊？哦！"

比起和死人待在一块儿，小圆当然更愿意去叫人。

她一步三回头地走了……可走着走着她就傻了，去哪里叫人？她要叫谁？

大概是她的表情太迷茫了，都引得一个路过的、浑身长满刺青的、胳膊上挎着菜篮的男人停下来，死死盯着她。

小圆被看得一阵腿软，张口就叫："死……死……"

刺青男的脸色一变，放下菜篮就往小圆来的方向跑，一边跑一边冲路人喊："快来人，出事了！"

路人就跟着他一起跑。

小圆：……

最后，在众人齐力下，那死在巷子里的男人被葬在了居住区后方的一片空地上。

一眼望过去，空地上已经有很多个坟包包了。

小圆心里很不是滋味，死亡总不是一件多令人高兴的事就对了。心情正沉重时，她冷不丁听见身边挨着她站的男人女人们小声道：

"我大哥也是她安葬的。"

"我小孩是她救的。"

"咱们这日子，多亏了有她呀。"

顺着他们的视线，小圆看见了站在新坟前、正默默地往坟包上插一束花的婆婆。接着，她又听见身边人说了一句："婆婆在咱们这个地方，已经生活了很多很多年了……"

"哼，你们以为她是真的好心帮你们？她那是给她自己赎罪！"毫无征兆地，一道怨毒的男声插了进来。

小圆诧异间抬头，就看见人群中不知何时站了个年过半百的老头。他披头散发，脸上脏得都看不清长相了，只那双眼睛像是淬了毒，正恶狠狠地瞪着婆婆的方向。

下一刻，小圆眼前一黑，几个成年男人往那儿一站，就彻底隔绝了老头的视线。

"不是把他关起来了吗，这马老头怎么又自己跑出来了？"

"别理他，他精神不正常！"

"要不是看在他是咱们这里的老人，我早把他……"

两个男人作势要去抓老头，那老头突然冲着人群哈哈大笑，然后转身，疯疯癫癫地跑走了。

这个小插曲并没有引起多大的骚动，现场的气氛很快又和缓过来，大家重新开始议论纷纷。

小圆也没有将这事放在心上，接着听壁角。

大家说，除了会帮忙安葬，婆婆还会给老人们看病，给女人接生，做安抚人的心理医生……婆婆家的小院子里种满了蔬菜，还养了许多小鸭子，婆婆一个人吃不了多少，就会把自己的口粮分给那些吃不上饭的人。

外头鲜少会有食物投递进贫民窟里，里头的人便只能自给自足。他们种菜、养鸡，多余的食物则会拿出来和邻居以物易物。与外界贴给他们的标签不同，这里更像是一个落后但有序的小社会。

而婆婆就是这小社会里的灵魂人物。小圆总算知道，为什么这些人都这么爱戴婆婆了。

婆婆还会定期把自己后院的小房子腾出来，给孩子们上课。小圆一来，上课的任务就落到了她身上。

"你们年轻人肯定比我这老婆子脑子活。快去吧，他们都等着你呢。"

小圆只好当起了小老师。

她有点窘迫。不过，这样也算是有了点事情做。不然，她怕自己一闲下来，就会克制不住地去想一些事。想妈妈，想以前的生活，想……李岩。

是的，她还是会不由自主地想起李岩。这让她很痛苦，她就告诉自己不要想！所以，这个时候，有活儿干就显得很重要了，可以暂时转移一下注意力。

小圆承认，之所以可以没什么抱怨地待在这个地方，是有很大的逃避成分在里面。待在贫民窟里，与外界的一切都断了联系，她就可以不用再去想那些过不去的伤心事了。

"人太痛苦的时候，就把视线移开，去看看周围的风景，见见旁边的人，就会好过一些。"有一次，小圆一个人坐在院子里，难过得垂泪的时候，婆婆这样告诉她。

看看周围的风景吗？

如今，她周围都是生活在贫民窟里的人，他们长期没有自由，每天还在为温饱发愁，一个不当心还会发疯，和他们对比起来，小圆确实觉得……自己的"悲惨"不算什么了。

不知是婆婆看出了什么还是怎么，在那次之后，婆婆外出帮助别人的时候，总是会带上小圆一起。

小圆强迫自己跟着婆婆去。

她并没有多少慈悲心，跟着婆婆出门，不过是不想自己整天待在家里胡思乱想。可看着婆婆满头大汗地给一个老人做推拿，殚精竭虑地替一个受伤的男人截肢，火急火燎地给小孩子看病……一桩桩，一幕幕看在小圆眼里，她因受伤而封冻起来的心，一点一点地化开了。

终于有一次，当婆婆手忙脚乱地医治一个上吐下泻的女人时，小圆忍不住上前，给婆婆端了盆水。

自那以后，她就时不时会给婆婆帮一把手。

一切并没有她想象得那么难。在帮助这些人的时候,她发现自己很平静,会觉得自己很有用。有时候,她的心中还会有一股暖暖的喜悦升起来。

小圆鲜少会有这样的感觉。

帮助别人的时候,你也能得到快乐。对于这样的说法,小圆以前是嗤之以鼻的。人与人之间,不是付出,就是索取。付出的人,他的东西会越来越少;索取的人呢,他会得到越来越多。小圆不是傻子,她当然要做"越来越多"的人。

可在这个穷、脏、乱得一塌糊涂的地方,每当小圆和婆婆一起救了一个人,事后被人用无比真诚的、感激的、景仰的眼神看着的时候,小圆就会有一种发自内心的感动。当一个人的生命因你而有所不同,这种巨大的满足感是多少金钱都买不回来的。小圆也做过有钱人,她很明白钱能买回来什么,又无法真正买到什么。

他们看婆婆的眼神,是一种对生命的敬畏,一种对生的渴求和希望。

每每这个时候,小圆就忍不住去看婆婆。婆婆总是笑眯眯的,跟他们说"没事,很快就会好的,明天我还来"。婆婆好似并不觉得自己做了什么了不得的大事。

婆婆的脾气总是很好的样子,她随遇而安,像是从来都不会有什么烦恼。可在小圆看来,她无法离开贫民窟,她每天在自己的房子里醒来,一天天能过的,也是差不多的日子。虽然说助人能令自己快乐,但那顶多也就是生活的调剂,不能成为生活的全部吧。雷同的日子一过再过,她有什么可开心的啊?

最后,小圆也只能将其归结为……境界不同吧。

在贫民窟的日子,因为有了婆婆的陪伴,小圆便觉得没那么难熬了。就在她以为这样没什么盼头却平静的生活会一直继续下去的时候,发生了一件她如何也想不到的事……

那天,天空阴沉沉的,小圆在小巷子里醒来后没多久,天上就下起了淅淅沥沥的小雨。小圆裹紧衣衫,继续往婆婆家的方向走。自从身体彻底恢复,婆婆表示小圆需要自力更生,就不来接她了。

从巷子到婆婆家,大概要走半小时。

以往,小圆每每走到婆婆家,婆婆都已经准备好热乎乎的早餐等着她了,只要看见婆婆笑呵呵的脸,她就会觉得温暖。她也曾问婆婆为什么对她这么好,她还记得,那会儿婆婆脸上就出现了一抹难言的惆怅。望着远方灰蒙蒙的天空,婆婆说:"会来到这里的,都是苦命的孩子,我能帮一个是一个吧。"

婆婆似乎只是单纯地将她当作一个孩子在照顾，从来也没打探过她为什么来。她却没这样的境界，她会好奇这么好的婆婆是怎么来到贫民窟的。婆婆说她和其他人不同，她也同样觉得，婆婆和这里的每一个人都不一样。

婆婆到底是谁？

思忖间，小圆已来到了婆婆家的门外。

和以前一样，大门开了一条小缝，小圆一推就进去了。

"婆婆！婆婆！"小圆叫了两声却没有人应。

难道婆婆出去了？

小圆在屋子里前前后后转了一圈，都没看见人。就在她快要放弃的时候，只听"吱"的一声，客厅里那扇通往地下室的门从里头开了。

此刻的小圆正立在玄关与客厅的相交处，那是一个她看得到客厅，客厅里的人却很难发现她的位置。

那扇连着地下室的门，之前一直上着厚厚的锁，小圆从没见婆婆打开过。有一次，她好奇地问起地下室里有什么，婆婆就神色如常地说："地下室封了，什么也没有。"

不是封了吗？怎么婆婆还会从……下一刻，小圆就愕然瞪大了眼，只因婆婆步履踉跄地冲出来，脸上满满都是泪痕。婆婆身后的门还没来得及关上，门后的黑暗处便传出了阵阵嘶吼声："放我出去！放我出去！我要出去！啊——"

声音空旷，嘶哑、惨烈如鬼魅，就像是从深渊里传上来的。

"砰"的一声，地下室的门被狠狠合上了，便彻底隔绝了里头的惨叫声。

婆婆以额头抵着门，低声啜泣，久久不歇。

原来，婆婆也不是永远快乐的吗？

当然了，谁都会有秘密。

小圆悄悄地从客厅里退了出去，当作什么也没有看见。

自那之后，小圆难免对这地下室生出几分好奇心。她暗地里观察过婆婆，她在的时候，婆婆丝毫没对着那地下室流露出什么异样的情绪。联想到那天早上婆婆泪流满面的样子，她越发好奇了，地下室里有谁？

不过，人人都有隐私，这里既然是婆婆家，而她只是个借宿的，有地方住就不错了，她实在没有立场去追根究底。小圆如此说服了自己，她与婆婆也继续相安无事。直到那一夜的来……

那是个电闪雷鸣的雨夜。

贫民窟里没什么消遣，小圆一般早早就上了床，可她没有如往常一般很快就陷入深眠。这一夜，她翻来覆去，怎么也睡不着。

时钟指向十一点的时候，楼上突然传来了一声闷响。

接着，楼梯上就响起了"嗒——嗒——"的走路声。婆婆从楼上下来了？是的，自她住进这栋房子开始，就是她住一楼的客房，婆婆睡在楼上。

小圆怕屋子里黑灯瞎火的，婆婆下楼不方便，就一直凝神倾听。

"嗒——嗒——嗒——"脚步声越来越近，婆婆下了楼，经过厨房，一路到了客厅里。

"吱呀——"是厚重的门开合的声音。

客厅里不是没门……等等！那扇通往客厅地下室的门！

婆婆又到地下室去了？

接下来，在好长的一段时间里，客厅里都没传来任何响动。就在小圆迷迷糊糊快睡着的时候，天上陡然响起一道惊雷声，随之而起的是"啊"的一声惊叫。

是婆婆的声音！

"噼里啪啦——"有什么东西轰然倒塌，与那声"啊"一起从很深远的地方传上来。

那个地下室！

婆婆出事了？

小圆再也躺不住了，急急地冲到客厅里。

地上银光一闪，搁了把陈旧的大锁。

轻轻一推，那扇尘封的通往地下室的门就开了。

门后黑洞洞的，什么也看不清。

"婆婆？"小圆试探着喊了一声。

没有任何回应。

"婆婆，您在下面吗？您怎么样……"声音戛然而止，只因发声的间隙里，小圆听见底下传来了……细碎的呻吟声。

"婆婆，您受伤了？！"小圆回身找来个手电筒，急急地就下到了地下室里。

那扇门后安了弹簧，小圆一进去，门就在她身后"吱呀"一声合上了。

眼前是呈螺旋状往下的石阶，石阶两面的墙上挂着一幅幅……应该是有些年头了，墙上贴着的东西泛黄泛黑，但勉强能辨出是一张张卡通画。

手电筒的光打下去，石阶长得看不见尽头。而此刻细听之下，那呻吟声又没了。

小圆担心婆婆昏过去，赶紧加快脚步往下走。

"嗒嗒嗒——嗒嗒嗒——"

小圆大概走了三四分钟，下方终于出现了平地。

一脚踏上平地，小圆好不容易松了一口气。可下一刻，她那只落在台阶上还没来得及跨下的脚就一崴，整个人骇得"咚"的一声就坐在了地上。

四周依旧黑乎乎的，只那抹直直射出去的手电筒的光照亮了前路。而此刻，灯光所落之处，赫然停有两副棺材。

"怦怦怦——"这是小圆心脏剧烈跳动的声音。她死死地捂住嘴巴，才没让自己惊叫出声。

两副黑黝黝的棺材皆被架高了，放在一张大床上，在亮白的手电筒光晕下更显阴森。这里看起来像是一间卧室，可是，谁家会在卧室里摆棺材？！

小圆真的是脑子一片空白，吓蒙了。待反应过来后，她很想拔腿就跑。可还不待她有所动作，就只听棺材的方向传来了"咔嚓"一声。

棺材盖动了？！

一时间，各种丧尸片在小圆脑海里翻搅。

下一瞬，她的呼吸猝然一滞，只因她又听见了那微弱的呻吟声！声音是从棺材后传过来的！她下意识转动手电筒，就……看见了一个黑乎乎的门洞。棺材后还有个隔间。

"咔嚓——咔嚓——"

声音正是从隔间里发出来的！

小圆看看棺材，看看隔间，低下头，看见自己抓着手电筒的手在颤抖。她深吸一口气，到底是哆哆嗦嗦地站了起来。

"婆婆？"小圆贴着墙角，尽量远离那两副棺材，朝隔间走去。

"婆……婆婆，你在吗？"小圆小心翼翼地跨进门洞。

呻吟声陡然变大了！

小圆的手一抖，手里的电筒无意识转了个向，就照见了……

"啪嗒——"手电筒结结实实地砸到了地上，小圆却顾不上去捡，只因方才一晃而过的视野里，她对上了一双黑而亮的眼睛。

"救……我！"眼睛的主人就这样对她说。

"你是谁？"

那是个眉清目秀的男孩子,看起来比小圆还要小一些。他整个人蜷缩在墙角的沙发上,手脚都被铁链锁住了。

小圆:……

见有人来了,男孩儿越发激动了:"救救我!我被老巫婆抓住了!求你救救我!"

"老巫婆是谁?"她下意识脱口而出。

男孩儿倏地站起来:"老巫婆在那里!"

顺着他的视线,小圆看见婆婆无声无息地倒在自己左后方的墙角。

"婆婆!"小圆赶紧冲过去扶起婆婆。

小圆探了探婆婆的鼻息,确定婆婆只是昏倒,这才放下心来。婆婆的额角上有擦伤,身旁倒了一个书架,碎了一个花瓶。

"她自己撞到书架,昏过去了。"黑暗中,男孩儿怯怯的声音响了起来,他又缩回了沙发角落,颤声说,"她……要杀我!"

小圆:……

她心说:怎么可能,你骗鬼呢?婆婆这么慈爱的人!可下一刻,她就陡然瞪大了眼,因为她看见婆婆右手紧紧抓着一把水果刀。锃亮的刀锋上,一抹殷红的血正缓缓往下淌。

小圆猛地抬头,对上的是男孩儿惊慌失措的模样:"她……她真的要杀我……你看!"说话间,男孩儿把自己靠墙那边的胳膊转了过来。他穿着干净的白衬衫,便衬得上臂那道正在流血的伤口越发触目惊心。

"你……"她只觉得不可思议,"她为什么要杀你?"话音刚落,她怀里的婆婆忽然一声低吟,似在幽幽转醒。

男孩儿突然痛哭流涕起来:"求你救救我!救救我吧!我是被她抓来关在这里的!她已经杀了好多人!她是个恶魔!魔鬼!她把他们的骨灰都放在棺材里!"

小圆:!

"我不要变成骨灰!我不要变成骨灰!放我出去!放我出去!啊——"

一瞬间,男孩儿的叫喊与那日小圆在客厅里偷听到的嘶吼声重叠在了一起。

"放我出去!放我出去!我要出去!啊——"

小圆突然感觉到不寒而栗。难道说,这个男孩一直被关在地下室里?

这时,地上的婆婆猝然睁眼。

不知是否是小圆的错觉,她只觉得婆婆睁眼的那一刻,眼里含着陌生的精光。

小圆下意识撤离婆婆的视线范围,往后缩去。

"咚"的一声,小圆的后背撞到了墙。她无意识一个侧头,在昏暗光亮下,她居然……一眼扫见了李岩的脸。

小圆:!

与此同时,"铛——铛——铛——"午夜的钟声敲响,今天的一切都结束了。

第二天早上六点,小圆猛地睁开了眼睛。

巷子里阴冷,来来往往看不见几个行人。

小圆深吸一口气,起身就往婆婆家赶。昨夜的经历给了她太大的刺激,尤其她最后转头的那一眼,她竟然看见了李岩!李岩怎么会在地下室里?这根本不可能!而且,当时还黑灯瞎火的,她很有可能是日有所思,夜有所念,看岔了。可是,她都能在贫民窟里了,为什么李岩不会呢?他会不会是……遇到了什么危险?

小圆一瞬间联想到昨夜地下室里那个男孩的话。

"求你救救我!救救我吧!我是被她抓来关在这里的!她已经杀了……"

莫不是……李岩也被关起来了?

小圆嘴上一直告诉自己不要想他,不要想他,可一发现他可能有危险,小圆的整颗心都揪起来了。口是心非,说的就是她。

随便自己是什么了,小圆此刻只是迫切地想要知道,婆婆家的那个地下室到底是怎么一回事。

为了尽快赶到婆婆家,小圆抄近路,走了一条小弄堂。

弄堂窄而深,小圆好不容易快走到尽头了,前方出口处却忽然一黑,跌跌撞撞闪进来一个人。

"哼,你们以为她是真的好心帮你们?她那是给她自己赎罪!"毫无征兆地,一道怨毒的男声响了起来。

小圆一惊,见那人衣衫破烂,脸上脏得都看不清长相了,那双眼睛却像是淬了毒一样,里头满满都是恨意。是那天在葬礼上说婆婆坏话的老头!

"哼,你们以为她是真的好心帮你们?她那是给她自己赎罪!"

"哼，你们以为她是真的好心帮你们？她那是给她自己赎罪！"

"哼，你们以为她是真的好心帮你们？她那是给她自己赎罪！"

这老头神神叨叨的，翻来覆去，只会说这样一句话。

老头跌跌撞撞地走过来的时候，小圆有一瞬间感到紧张，生怕老头会对她做些什么。所幸，那老头一味地沉浸在自己的世界里，旁若无人地自小圆身边走过。

"哼，你们以为她是真的好心帮你们？她那是给她自己赎罪！"

"为什么说她是在给自己赎罪？"眼见老头走出去一段距离了，小圆鬼使神差地问了一句。

老头猝然回过头来："死了！都死了！她把大家都害死了！都是因为她！"

小圆一步上前："她是谁？"

"她……她……"老头的瞳孔刹那间睁大了，好似见到了什么可怕的场景，他转身就跑。

小圆："哎——"

"站住！"身后传来一声厉喝。

小圆一惊。下一刻，她便看见一个壮年男人一阵风似的自她身边跑过，追着老头而去。

"马老头，你给我站住！"

小圆听婆婆说过，贫民窟里不时有人发疯，为了防止他们影响到正常人的生活，白天这些发疯的人就会被关起来。

弄堂深处，老头的身影早看不见了，也不知道被抓去了没有。

小圆下意识咬手指，她隐隐有一种预感，这个贫民窟似乎远不止表面上呈现的这么简单。

出了弄堂，再往前走五分钟左右，就是婆婆家了。

破天荒地，小圆进门的时候，婆婆还没准备好早饭，只是兀自坐在沙发上发呆。

小圆下意识看向沙发旁那扇通往地下室的门，银色的大锁挂在了门上。门又锁上了，仿佛也隔绝了一切的黑暗与罪恶。

小圆吸气吸气再吸气，告诉自己要淡定，这个时候千万不能着急露馅！

"小圆来啦，瞧我这记性，我去做饭。"说话间，婆婆便站了起来。

阳光透过婆婆身后的窗户照进来，小圆一眼就看见婆婆了额头上的那块擦伤："婆婆，您的头……"

婆婆下意识按住了自己的额头："早上起来的时候不当心撞到了头，不碍事的。"

"哦……"小圆的目光自婆婆若无其事的脸上收回，心想，如果没有昨天晚上的那一出，她必然会信了婆婆的话。

早饭是白粥配咸菜。

"婆婆，您是什么时候来到贫民窟的啊？"自住进来到现在，小圆从来不会打探婆婆的隐私，但是今天，她要问了。

婆婆连眼皮子也没抬一下，就答："很多年了。"

小圆嚼了一口咸菜，继续问："婆婆，这房子这么大，一直以来都是您一个人住吗？您的家人呢？"

"家人"两个字一出，小圆看见婆婆喝粥的动作一顿，手里的调羹更是"叮"的一声敲在了碗沿上。

半晌没得到回应。

小圆一脸不明所以地望过去："婆婆？"

像是凝滞的时空终于被打破，婆婆动了，只见她拿帕子按了按嘴角，道："已经……不在了。"

接下来的日子，小圆一直想找机会再进一次那个地下室。那晚不管是不是她眼花，她总得再确认一下里头到底有没有李岩，她才放心。

可是，她要怎么进去呢？

经过一段时间的暗中观察，小圆发现每晚自己"睡熟"了，大概是在十一点和十二点之间，婆婆会进一次地下室。之前小圆都是在晚上九点前就睡了，要不是那个雨夜的电闪雷鸣，她完全意识不到婆婆晚上做了什么。

小圆还留心到，每天白天，婆婆趁她不在的时候，也会进地下室。但白天的次数不定，视具体情况而定。

婆婆那么频繁地进入地下室，是去看那个男孩儿吗？婆婆和男孩到底是什么关系？

小圆还注意到，婆婆每次从地下室上来心情都不好，总要恍恍惚惚好一阵子才能恢复。

婆婆到底在地下室里做了什么？

小圆越来越着急，李岩是不是还一直在地下室里？这么多天过去了，他都在地下室里经历了些什么？但她又下不去地下室！地下室的钥匙，婆婆向来是随身带的,她根本无法接触到!就在她急得快跳脚的时候,事情意外地出现了转机……

那是一个寻常的傍晚,小圆和婆婆正一起在家吃晚饭呢,突然就有个女人跑来,说路上有个男人昏倒了,请婆婆过去看看。婆婆不敢耽搁,急急忙忙换衣服准备出门的时候,口袋里的什么东西滑了出来。

"婆婆,我肚子痛,就不陪你去了!"小圆一步上前,大声说话,将将掩盖掉钥匙落地的声音。

婆婆没多想,只嘱咐了她几句"好好休息",便匆匆走了。

小圆缓缓把脚移开,脚下赫然是一把钥匙。

"李岩?李岩我来了!李……"小圆的声音戛然而止,她目瞪口呆地瞪着墙上的那幅……油画。

一确定婆婆走了,小圆就急急地拿钥匙开门。她飞奔到了地下室,顾不上害怕那两口棺材,凭着记忆,她几步就冲进了那个隔间。却哪里想到,她的李岩会在画里。

这是一幅明星海报大小的油画,端端正正地挂在墙上。画里的背景很暗,画中人正侧着脸,向画外人投来若有若无的目光。画得很逼真,快赶上真人照片了。

看画挂的位置,结合小圆那晚撞上墙的地方,那的确是一转头就能对上画里人的脸啊。当时黑灯瞎火的,又恰好到了十二点,情急之下难免看错。她不禁失笑,自己还真是……关心则乱啊,居然连是人是画都分不清了。

思忖间,她已走到了墙边,不自觉抬手,想拿手指描摹画中人的脸。墨蓝色的眼睛、刀削般的侧脸、浅薄的嘴唇……她有多久没看见这张脸了啊!她告诉自己不要想他,不要想他,可只是看见了他的画,她就方寸大乱了。也不知这"不要想他",惩罚的是谁。

小圆自嘲一笑,手指将将停在了这画中人的薄唇处。突然,她眉头一拧,感觉到了不对。她明明记得,李岩的嘴唇是肉嘟嘟的呀。

一发现有细节不对,小圆就注意到了更多不对劲的地方。画里的男人看上去有三十几岁了,眼角也有着细细的纹路。他的嘴唇紧紧抿着,朝小圆看过来的侧脸上有一颗小小的痣。

这不是李岩!

这个认知叫小圆一惊,陡然往后退开了一大步。

"你不要紧吧？"身后随之响起了一道男声。

虽然声音怯怯的，但突然冒出来，也很吓人的好不好！

小圆猛地转身，就看见男孩儿坐在墙边的床上，正睁着一双乌黑的大眼睛，一眨也不眨地看着她。

"我……我吓到你了？"他那两只被铁链铐住的手紧紧地揪着床单，显得很不安。

小圆双手摸着胸口，安抚着自己狂跳的心："没……没有，是我没注意。"是她看"李岩"看得太专注了，忘记房间里还住着人。

"你是来救我的吗？！"男孩儿激动得一只脚跨下了床，带动脚上的铁链"哐当"响。

呃……

对上男孩儿湿漉漉的眼睛，小圆顿感一阵心虚："这个……嗯……你知道他是谁吗？"她一只手指着墙，强行换了一个话题。

男孩的目光便移到了小圆身后。

"他……"男孩张口，却只吐出了一个字。他看得如此专注，以至于小圆都屏住了呼吸。

半晌后，男孩说："不知道。"

小圆：……

"她很喜欢他，老是对着他发呆。"男孩儿又道。

小圆呼吸一紧："你说哪个'他'？"

"老巫婆啊。"男孩儿理所当然地说。

小圆：……

她看看画，又看看男孩，咽了咽口水。她正要说话，那边的男孩却突然抱头大叫起来："放了我！放了我！放了我啊——"

小圆下意识看向出口的方向，怕男孩的大喊大叫声会泄露出去。

"求求你，救救我吧！"男孩儿突然跳下床，拔腿就往小圆的方向跑。可他一跑，全身上下的铁链就骤然收紧，"咔，咔，咔！"铁条掐进他瘦骨嶙峋的皮肉，他整个人就如一只牵线木偶被吊在半空中。

"救我！救我！"男孩儿的身体明明已经无法再移动分毫，却仍竭力地往前伸着双手，仿佛这样就能抓住些什么，"求求你，救救我啊——"

小圆看得不忍。

要救他吗？她犹豫了。虽然婆婆有秘密，在地下室里锁着一个成年大男孩确实不合常理，但这毕竟是婆婆的事，婆婆又对她有恩……如果此刻被锁在这里的是李岩，她当然是二话不说，豁出命来也要救他的！但换作如今的这个男孩……

"可……可我还不知道你是谁……"小圆结结巴巴地说。是啊，这就是症结所在了。她都不知道这个人是谁，又为什么被关在这里，不好贸贸然就把人给放了吧？

男孩眼里蓄满了泪水，喃喃着，反复地说："你不相信我，你不相信我，你不相信我……"

小圆："我……"

突然，男孩脸色一变，捂着肚子痛苦地蹲下来。

"哎？你怎么……"

豆大的冷汗自男孩的面上渗出来，他抽气、呻吟，痛得满地翻滚。

小圆赶忙过去扶他："你怎么了？生病了？你……啊！"

"哐当——"

小圆惊愕地瞪圆了眼睛，这下子换成她"唰"地一下冒冷汗了。只因前一刻还痛得满地打滚的男孩忽然暴起，拿铁链圈住她脖颈的同时，猛地一把把她拽了过去。

"砰"的一声，她被压在了墙上，锁住她脖子的铁链越收越紧。

"去死！去死！都去死！你们通通去死！啊啊啊——"

"呃……喀……喀……"小圆的双手胡乱拍打，眼白上翻。窒息的感觉越来越严重，她脑子还是蒙的。她不明白，前一刻还是干净可怜的男孩子，怎么突然就面孔扭曲，双目赤红如野兽了呢？

"别……别杀我！去死！你们通通去死！啊——"他像是把小圆当成了假想敌，猛然将她提离地面，要把所有的恨与怨都发泄在她身上。

小圆拍打的动作越来越无力，她的双腿颓然地在半空中蹬着，眼皮子渐渐耷拉下来……正在这时，只听耳边响起两声"吱吱"。

小圆的瞳孔猝然间睁大，她感觉一阵电击的麻痛感从脖子那里往上蹿。

"啊——"

她彻底失去了意识。

小圆睁开眼睛的时候，发现自己躺在沙发上。

这不是她所熟悉的任何一套沙发……失去意识前的记忆瞬间回笼，她猛地坐了起来。她还在地下室里！而老旧的沙发经不起她这么折腾，发出一声沉重的"吱呀"声，同时，她也一把捂住了自己的脖子，好痛！

听到动静，她左侧方的人便转过了身来："醒啦。"

是婆婆！

婆婆又说："你的脖颈部位刚才遭到电击，会有些刺痛是自然的。这点电量没什么事的，休息一阵子就好了。"

小圆艰难地侧头，就看见婆婆侧坐在一张单人床边，她还是出门前的那个样子，连外套都没脱下。而床上躺着的，正是那个要吃人的少年！

"电……电击？"

"是啊，铁链上通了电，被铁链缠住的你们就遭了电击。"婆婆垂眸看着床上的男孩儿，一边说一边拉过床上的毯子给他盖上。

这个说法叫小圆惊诧。不过，她只接触到了一小段铁链，男孩儿当时可是全身上下都缠着铁链啊，想也知道他伤得比她严重！

"他……没事吧？"小圆试探着问了一句。

婆婆轻轻拨了拨男孩额前的发："没事，他已经习惯了。"

小圆郁闷了，这话要她怎么接？她其实有满肚子的疑问，想来想去，最后只挑了一句相对安全的来说："他这是……怎么了？"

婆婆没有说话。

小圆心中一紧，心想：婆婆该不会生气了吧？婆婆确实是有理由生气的啊！毕竟，她是昧下了婆婆的钥匙，偷偷摸摸下来的。而这个地下室，显然是婆婆不想让外人知道的秘密。

这时，婆婆突然转头看过来，说："对不住啊，害你受惊了，我替他向你赔罪了。"

小圆忙说没关系。

婆婆就垂下眼来，不说话了。

小圆心中越来越急，越来越怕。她暗自打量出口的位置，估摸着从沙发上跳起来冲出门逃走的可能性。婆婆年纪毕竟大了，而自己这会儿只是手脚还有些酸软……小圆揪紧了手下的沙发垫。

却在这时，婆婆幽幽道："他受惊了，所以，精神不大好。"

小圆将将挪下沙发的一只脚只得暂停了动作，她应和着问道："怎么会受惊的？"

婆婆的眼皮子垂得更厉害了，小圆注意到婆婆搁在膝上的手在发抖。

"那个时候,这一带还不是贫民窟呢,我们一家人都生活在这里。有一天晚上,一帮蒙面人冲进了家里……"

　　小圆骇然抬头。

　　很多很多年前,婆婆是和家人一起生活在这栋房子里的。那时候他们家还很有钱,衣食无忧。那帮突然闯入的蒙面人抢走了家里所有的钱,还杀死了婆婆的儿子、儿媳妇。婆婆那晚刚好去邻居家串门,才逃过了一劫。婆婆三岁的小孙子则被爸爸、妈妈冒死藏在柜子里,虽然捡回一条小命,却目睹了父母被残忍杀害的全过程。

　　那么小的小孩子啊,怎么受得了这个?孩子被救起来的时候,精神已经出问题了。

　　"之后就……就没有想办法医治吗?"小圆完全料不到,婆婆讲起的是这么个骇人听闻的故事。

　　婆婆摇了摇头,又替床上的小孙子掖了掖被角:"孩子受的刺激太大了,好不了。而且,我们……也没有钱。"是啊,蒙面人们为财而来,他们一分钱也没有给这对可怜的婆孙留下。婆婆没钱替小孙子看病,更没有办法买来合适的"明天"药水,带孙子离开这个伤心地。孩子便只能日复一日地住在噩梦一样的房子里,重复着那个噩梦,直到……无法挽回。

　　"无法挽回是……什么意思?"

　　婆婆拿自己颤抖的左手抓住了哆嗦的右手:"他开始……"小孩子的精神不正常,而随着年龄的增长,他变得越来越阴鸷,再后来,他也开始害人了……

　　小圆一瞬间联想到了先前小孙子扭曲而狰狞的脸,他是真的想要杀了她!

　　"遭罪的都是我们的邻居……我们对不起老马家的小孙女……"婆婆受不住似的捂住了眼,"不久之后,这一带被划作贫民窟,我也把他锁起来。以前的旧人走的走,死的死,这个秘密……就不再有人知道了。"婆婆放下手,她的眼睛红了,眼角湿湿的,"幸好,这孩子的醒来地就是在咱们家的地下室里,不然,我也看不住他了。"婆婆轻轻地说。

　　原来一切都是误会,并没有什么囚禁人的可怕戏码。

　　"那……外面的两口棺材是……"

　　"用来葬我的儿子和儿媳妇的。"婆婆的声音低下来,"早些年的时候,贫民窟这一带还很不太平,我不放心把他们葬在外头,就把他们的骨灰放到了家里。时间久了，贫民窟的人渐渐多起来，我又不方便带他们出去了，就一直耽搁到了现在。吓到你了吧？放心，里头是空的，他们的骨灰我放在别处呢。这棺材本来也是在上头的房子里，怕不当心被你撞见了，我才挪到地下室来的。"

"原来是……这样。"不知道为什么，小圆丝毫没有怀疑婆婆说的话。她的感觉告诉她，婆婆说的都是真的。可她倒是宁可婆婆说谎了，因为那真相……太过叫人心碎。

"您为什么……要告诉我这些？"半晌后，小圆又轻声问。

婆婆笑了一下，脸上的表情还是伤心难过，却是坦荡的："有些秘密啊，埋在心里久了，会压得人喘不过来气儿，特别是像我这种老婆子，就想有人能听我说一说。而且，你都看见了，我也瞒不住你了呀。"

话是这么说没错，可是……小圆纠结又怯怯地看着婆婆："您会把我也关起来吗？用那带电的链条锁住？"

婆婆愣了一下，继而好笑道："我还指着你给我干活儿呢，关你干什么呀？"

直到走出地下室，小圆仍然觉得整个人晕晕乎乎的，像在梦里。

"以后可别一个人下去了，他控制不住自己的。那天，我想给他削个水果，他看见刀整个人就不行了，连我也推呢。"婆婆道。

"嗯！"小圆用力点头。

婆婆说，其实她并没有刻意瞒着小孙子这个事儿，关在地下室里不过是不想他出去伤害别人。外头的人呢，流动性大，时间久了，贫民窟里就鲜少有人知道婆婆还有个小孙子了。

小圆只觉得唏嘘。婆婆看起来那么坚强、慈爱、乐观，打死小圆，她也不会想到婆婆竟经历过这样的事。没有"明天"药水，婆婆只能被困在这栋房子里、被困在贫民窟里，无法离开。触景伤情，等于是婆婆每天都要再体验一次那种锥心的痛。想必小孙子的病情恶化，对婆婆更是双重打击！换成是小圆，她觉得自己肯定早就疯掉了！

"婆婆，这些年，您……是怎么坚持下来的呢？"她忍不住问出了口。她越发觉得，婆婆是个很坚强、很有智慧的人了。

婆婆笑了笑，眼里有沧桑，有缅怀，也有某些如今的小圆还看不懂的、却会叫一个人闪闪发光的东西："伤痛也会让一个人成长的,把苦难变成养分,你会发现,生活其实也没有那么难。打垮我们的,有时候只是我们的想法。"

"年轻的时候,我们总是把生活想象得很难,觉得人生就像难以逾越的高山。但其实,接受生活带给我的一切后,就会发现,我也没有那么容易被外界打垮。"

婆婆一边说,一边慢慢地往沙发的方向走:"况且,如果我垮了,那些需要我的人怎么办呢?"

小圆一瞬间就想到了还躺在病床上的妈妈,她何尝不是为了妈妈而变得勇敢起来的呢?一时间,她觉得心有戚戚焉,也不知道什么时候才能再见到妈妈。

"那些蒙面人都找到了吧?婆婆,你报案了吗?他们这样害人,执法局肯定不会放过他们的!"

婆婆的步子一顿,喃喃着重复了一句:"执法局?"不知想到了什么,老人家的拳头倏然握紧了,她死死咬着唇,眸色几经变幻。可最终,她也只是"唔"了一声。

因为是背对着小圆的,婆婆的这一番变化,小圆完全没有看见。此刻的小圆光顾着自责,看婆婆的反应,她觉得自己是不是有些哪壶不开提哪壶了?

"来吧,今晚咱们俩还有得忙呢。"婆婆重新迈开步子,走向了客厅后的小接待室。

忙什么?小圆的脑海里这么个念头一闪而过。不过,这会儿的她还沉浸在先前的思绪里拔不出来,便没有多去深究婆婆说了什么。而且,她感觉心里空落落的,总觉得自己忘记了什么重要的事……可能是今晚受的刺激太大了?

今晚经历的事,确实又一次刷新了小圆的认知。

她好像一直在经历许多许多的事,这些经历又不断地在扩展她的认知。这样的感觉很玄妙,就好像她已经完全不是当初那个只知道坐在办公室里混日子、天天盼着彩票中大奖的夏小圆了,她变得……很不一样了。而这一切的变化,都是从认识李岩之后开始的。

怎么又想起他了?快别想!

小圆赶紧加快脚步跟着婆婆走。

走着走着,她突然倒吸一口冷气:"对了,李岩!"

已经走到接待室门边的婆婆闻言,不明所以地转过头来:"什么李岩?"

就说感觉自己忘记了什么重要的事呢,原来是把李岩给忘了!"就是……"小圆连说带比画,"地下室的墙上挂着一幅很像李岩的……"

与此同时,接待室的门"咔嗒"一声,从里头开了。

家里就只有小圆和婆婆两个人,她们俩都还在外头呢,谁开的门?

门缓缓地开了,小圆第一眼就看见了一方坚毅的下巴,再往上是肉嘟嘟的嘴唇、瘦削而俊逸的脸庞……当那双如星空一般的墨蓝色眼睛出现的时候,小圆再次倒抽一口冷气。

"你醒了。"婆婆一脸慈爱地看着他,眼里有点点水光。婆婆的情绪很激动,她的胸口剧烈起伏,她看着门内那个年轻男人的眼神,就好似看见了久别重逢的亲人。

可惜,这一切,兀自沉浸在自己思绪中的小圆再次错过了。她一把捂住颤动的唇,转身就跑。

"小圆!"门内的男人瞬间追了出去。

小圆也是脑子昏了,她不往开阔的地方跑,却偏偏跑回了自己的房间,还自以为很聪明地在关门后,"啪嗒"一声落了锁。

可薄薄一扇门板,又怎么可能抵挡住双目几欲赤红、豁出一切去的男人呢?

"小圆!真的是你吗小圆?我是不是在做梦?"他一边说,一边"砰砰砰砰"地用力敲门,"小圆你开门,你把门打开,让我见见你,让我看一眼你,小圆——"

小圆把自己缩在墙角,双手死死地捂住了耳朵。

"我知道你恨我,讨厌我。我是浑蛋!但是,你听我解释好不好?小圆——"

"小圆,我有很多话要对你说,你把门开开好不好?"

"你走啊!我不想看见你——"小圆终于开口了,可在那么久的分别后,她对他说的第一句,居然是这样的话。

李岩忽而自嘲一笑,他的头抵在门板上,声音不自觉低了下去:"我这么久才找到你,你生我的气,也是应该的。"

"少往自己脸上贴金了,我根本不认识你!"

"小圆,我……很想念你。"

明明是那么轻飘飘的一句话,但它隔着门板飘进来的时候,却令小圆的心头骤然一紧。只因他说出了她心里的声音,她又何尝不是……好想他?

"我不求别的，只想看一看你。小圆，小圆，小圆……"

小圆死死咬住手背，才没让自己呜咽出声。李岩啊，你都有未婚妻了，你都有属于你自己的生活了，你现在再跑来跟我说这些，还有什么意义呢？因此，哪怕心里翻江倒海地叫嚣着想要扑向他，哪怕他在外头呼唤她的名字，唤得嗓子都哑了，她也没让自己再发出一点声音，直到——

门外"咚"的一声闷响，是重物倒在地上的声音。

小圆的呼吸一滞。

周围突然变得一片死寂，李岩不再唤她的名字了。

门边的地上映着一大片阴影，像是……小圆忽然有很不好的感觉。她扛不住了，跌跌撞撞地跑向门边。

"李岩？"她贴着门板唤了一声。

没有人回应她。

小圆心中更急，她再也按捺不住，一把拉开了房门。

门边的地上，李岩闭着眼，无声无息地倒在那里。

"李岩——"

"他应该是服用了某些药剂，才导致身体特别虚弱的。"客厅里，望着沙发上跟睡着了似的李岩，婆婆轻声道，"我听你叫他李岩，是吗？"婆婆摸了摸他露在毯子外的衣角，声音又有些抖。

小圆低低"嗯"了一声，把他另一片露出来的衣角塞回毯子里。他的穿着乱得跟霉干菜似的衣服，裤子上还破了好几个洞，也不知道这人遭遇了什么，怎么就进到了贫民窟里。

"有人发现他在路边昏倒了，才把我叫去的。"婆婆在李岩身边坐下来，适时解了小圆的疑惑，"那会儿，我见他一时半刻醒不过来，就请人帮忙，把他带了回来。"只是没想到，一回来就发现小圆出事了，婆婆只得匆匆下到地下室去料理。

"你们是在贫民窟外头认识的？"婆婆又问。方才他们两人碰面时情绪都那么激动，婆婆就暂时把空间留给了他们。哪里想到，婆婆就一眼没见，这一个就出事了。

小圆还是一声"嗯"。想了想，她又说："婆婆认识他？我在地下室里看见一张长得很像他的人的画像。"她终于有机会问出画像的事了。说到底，她之所以会去地下室，也是受了那张画像的吸引。

婆婆的眼神狠狠一颤："这个啊……是的呢。画像里……是我家里的……一个长辈。"

小圆一愣，她不由得挨着婆婆坐下来："这么说，婆婆您和李岩……还是亲戚？"小圆已经确定了，画像上的人不是李岩，可他和李岩长得那么像，很有可能就是李岩的长辈了。画像上的人又是婆婆的长辈，由此推之，婆婆和李岩应该也是存在着某种关系的。

"应该……是吧。"婆婆拿帕子按了按眼睛，"已经过去很多年了……我有些记不清了。"婆婆眼角红红的，小圆觉得婆婆下一秒就要哭出来。

"婆婆，您要不要先去休息一下？"她忍不住道。

婆婆看了一眼仍旧闭着眼睛的李岩，眼里满满都是缅怀。就在小圆以为婆婆要拒绝自己的时候，婆婆突然起身了，她闭了闭眼，吃力道："人老了，不中用了，那我就去睡了。"婆婆一边说一边蹒跚着往楼梯的方向走。

看着婆婆佝偻着的背影，小圆突然觉得婆婆一下子老了好几岁。

"小圆。"走到楼梯边的时候，婆婆忽然又停了下来，"你过来一下。"

"哦。"

小圆便看见婆婆拉开了衣领，解下了颈间的一条银色项链。项链底部连着一条更精致的小链子，小链子上又垂着一把小小的银色钥匙，亮晶晶的，煞是好看，是一条漂亮的小手链。婆婆把手链解下来，拉过小圆的左手，不由分说地给她戴上去："我们家孩子害你受伤了，我也没什么好给你赔罪的，这条链子你就收下吧。"说完，婆婆也不等小圆回应，抬脚就上了楼。

小圆全程：？

这时，沙发上的李岩突然闷哼一声，小圆也就顾不得婆婆那边，匆忙跑回去看李岩。

"李……"她刚挨到沙发，一只大手就自斜里伸出来，猛地将她的手腕一拉，"哎——"她只来得及惊叫一声，就被身下人抱了个满怀。

小圆仓促抬眼，一下子就对上了男人看过来的眼。那双墨蓝色的瞳孔里闪着光，像宽广的天空，又好似一望无际的深海。

趁她愣怔的当儿，男人微微探起身，肉嘟嘟的嘴唇在她冰凉的唇上碰了碰。

"小圆……"

"啪"的一声，小圆毫不客气地把他的脸打开："浑蛋！"她要起来，男人却锁住她的腰不放。扑腾间,她的身子一个不稳,又重重跌回了男人身上。而且,她刚刚动得太厉害了,便导致……此刻,两人身体的某个尴尬部位相贴在了一起……

"别动!"李岩粗声道。

"腾"地一下,小圆的脸一下子涨得通红。她……她就真的不敢动了,可心里却越发气恼,只能恶狠狠地骂他:"你装昏的!骗我!"

"没有骗你。"李岩吃力道,"昏是真昏,这会儿也是真没力气了,所有的力气都拿来抱你了。"言毕,他圈在小圆腰上的手还不忘紧了紧。

谁逼你抱我了?小圆很想给他这么吼回去,可见他两片嘴唇白得可怕,到底是抵不过心里翻腾涌动的心疼感觉,她趴着不动了。

耳朵贴着对方厚实的胸膛,小圆听见了他怦怦怦的心跳声。他的心跳得好快啊,而且跟能自动调速似的,她拿脸蹭一下他的胸,那颗心就跳得更快一些。蹭一下,快一点,蹭一下,快一点……

"真要命。"李岩低低道,同时,一把按住了她的后脑勺。

"别动手动脚的!"小圆把他的手顶开,警告他,心里却觉得,眼下发生的一切太不真实,他真的来找她了?

"嗯,听你的。"下一瞬,只听他喟叹似的道。大手又落回了她的背上,他的声音里全是心满意足。

小圆心说:你有什么好满足的?可临到头来,她出口的话却变成了:"你跑贫民窟来做什么?"

在小圆看不见的角度,李岩的眸色黯了黯:"来找……一个人。"

小圆心中一喜,但仍然嘴硬道:"我是不会跟你走的!"

李岩一愣,继而便知道她是误会了。他垂眸,见她安安静静地趴在自己胸口,如此乖顺的模样。他的小圆,向来是很乖的。虽然生活不易,但她也一直在努力地活着,想要让自己和家人变得更好。但是,她本可以拥有一个更美好、平顺的人生,却被……生生截断。

想到这里,李岩骤然握紧了拳。他扶着小圆起来,两手用力抓着她的臂膀:"跟我走,我带你走!我是用了药之后想办法混进来的,等药效一过,我们就走!"

这会儿的小圆已经冷静下来了,她看着他,眸子里有水光:"走了以后呢?"

小圆的眼神让李岩感到不安,他立时道:"小圆,我知道你在想什么,出去之后，我会保护好你的！我发誓！而且，请你给我一点时间，马上一切都会结束……"

小圆凄楚地看着她："可是，我连你是谁都不知道啊。"

李岩愣怔般看着她。

此时的小圆仍旧是被李岩圈在怀里的姿势，她拂开他的手，从他怀里起身。她朝后退，远离他，又一字一句地问他："你是谁？"

"你怎么就成了执法者？"

"你和刘芸佳又是怎么回事？"

"你怎么就能混进贫民窟来？"

李岩心中一急，下意识上前想去牵她："小圆……"

小圆却避开了他的手："这些问题，你现在能回答我吗？"

墨蓝色的眼里一片挣扎之色："小圆，我……"

小圆自嘲般笑了笑："这些事情没有解决，我们之间的问题就还是会重复发生的。"仿佛不敢看他，她深深低下了头，"李岩，我喜欢你……"

李岩的眼里刹那间迸发出夺目的光彩。

然而下一刻，他又听小圆道："但是，我也不想因为你而失去了我自己。如果和你在一起会让我觉得窒息，那么我会选择……远离。我不想我们之间的爱……我们之间是有爱的吧？就姑且先让我这么以为吧……"

"小圆！"李岩几乎是急切地打断她，"我当然爱你！"

小圆猛地抬头看他，他的嘴唇抿成了一条线，颊侧咬肌颤动，一双墨蓝色的眸子更是死死锁住她，仿佛只要他一错眼，她就会消失不见。

他如此慌乱的样子，只因为她。

小圆不是不动容，可是……她的声音低下去："我不想我们之间的爱，消磨在彼此的猜疑中啊。"

爱需要坦诚，爱是经不起猜忌和消磨的，多少对夫妻和情侣是因为这样才分道扬镳的啊。她不想她和李岩最后也是那样的结局。说她胆怯也好，说她懦弱也罢，她就是害怕受伤害，所以干脆就不让它开始。没有开始就没有结束，没有结束，也就不会受伤……吧。

身侧的拳头捏得死紧，李岩的眼睛一眨也不眨地看着小圆，眸色几经变化。

"你想听我的回答吗？"他突然道。

小圆深吸一口气："当然。"

下一刻，他用力将她拉进了怀里。

鼻尖尽是熟悉的男性气息，她被霸道地锁在男人胸前，不能动弹。

小圆愕然瞪大眼："你……"

"我不会放你走！死也不会！"李岩死死箍着她，咬牙切齿地说，"我能遇到你本就是个奇迹，我才不会傻到对你放手！"

"李岩……"

他贪婪地埋首在她颈间："虽然你会怪我，但是，我管不了那么多了。"

"李岩，你到底……"她突觉左肩一阵刺痛，下一刻，她的脑袋一蒙，整个人软倒下来。

不过，就算是倒，也是倒在李岩怀里的。

"别怕，只是让你暂时睡着的药。"他亲了亲她的唇，"等出去就好了。"言毕，他将她打横抱起。

可还没来得及迈步，李岩就突生警觉。他倏地抬头，一下子就对上了二楼扶手栏杆前婆婆幽暗的脸。

小圆并没有完全失去意识，她的身体发软不能动，耳朵还是间或能捕捉到外面的一些声音的。只是模模糊糊的，听不分明。

她听见婆婆说："你来了……我没有想到……你会来。"

然后李岩就说："我是特地来找您的…………没想到您会在这里……您和我们一起走吧。"

婆婆却话锋一转："你们有把握战胜他了吗？"

"这就是我来这里的目的……我们都在努力，所以，还请您不要放弃。"

"我老了。"半晌后，婆婆幽幽道，"现在，外面都是你们年轻人的世界了。"

"请别这么说，一切都还来得及。"

婆婆顿了一下，方道："你这么一直抱着她不累？要不要先把丫头放下来？"

李岩似乎是笑了一下："不累。我只希望可以……一直这么抱着她。"

有病！小圆腹诽。

她耳边开始响起了嗡嗡声，脑袋越发沉重，外面的声音就越来越听不清了："所以，您的决定？"

"能说的我都说了……能给的我也都给你们了……"

可是，婆婆怎么会和李岩说这些话呢？还一说就说这么久！小圆迷迷糊糊地想。所以，必然是自己产生幻觉了吧？想到这里，小圆再也支撑不住，彻底陷入了昏睡。

小圆醒来的时候，外头已经天光大亮了。

她发现自己躺在暖暖的大床上，整个人都缩进了男人厚实的怀抱里。她一惊，猛地抬头，却不想嘴唇将将擦过男人冒着青青胡楂的下巴。两人离得太近了，这个角度，就跟她主动贴上去亲吻似的。

男人一下子就被她"亲"醒了。他穿着亚麻质地的休闲衣裤，显然是起来后又上床睡的。他眼里带着笑意，展臂将她圈得更紧："醒了，再睡会儿。"声音里满是睡醒后的慵懒、性感。

小圆一巴掌拍开他的脸，挣扎着起身，还好身上的衣服是完整的："睡你个头！"她有心情骂了，"这是哪里？还有，现在为什么会是下午两点？！你对我做了什么？！"是的，越过男人宽厚的肩头，她一眼就看见床头柜上摆着的时钟显示的时间，下午两点！

"只是昨晚注射的一些麻醉剂。"李岩忙安抚她，"药效有些长，你就……一直在睡。"

他不说，她都要忘记了，他给她注射了麻醉剂！

"李岩，你……很好！"小圆气得手抖，她已经认出来了，这里分明就是他的卧室，他们正在他当初把她藏起来的那栋花园小楼房里！

"我怎么会从贫民窟来到这里？还是……你又给我注射了什么'明天'药水？！"小圆的眼珠子都瞪出来了。

李岩点了点头，不禁有些理亏："是和我捆绑在一起的'明天'药水。抱歉，我没办法把你一个人留在那里。"他一边说一边要去拉她的手，却被她一把挥开。

她怒气冲冲地跳下床："你有问过我的意见吗？我有说过要跟你走吗？"她明明都已经做好要在贫民窟里孤独终老的准备了，他却又毫无征兆地闯进来……越想越生气，她开始口不择言，"你凭什么一而再再而三地打乱我的生活？"

李岩被她连珠炮似的一串话说得有些蒙，他也下了床，大手不由分说握住她的双肩："小圆，你听我说，我是……"

这时，李岩搁在床头柜上的手机突然响了。

他面上闪过一瞬间的犹豫，到底是咬了咬牙，对小圆说："等我一分钟。"

电话一接通，李岩还来不及"喂"一声，对方的声音就跟机关枪似的扫了过来："老大，您没事吧？昨晚太危险了啊！在贫民窟外头接应的兄弟们看见您抱着……都吓死……"

李岩的脸色却是猝然一变："小圆！"

此刻，在他的视野里，小圆两手扶着窗框站在窗边，左脚踮着，右脚抬起，压低了身子就要往下跳！

"你就这么厌恶和我待在一起？"电话被李岩扔到地上，他一阵风似的冲到小圆身边，狠狠将她拉进怀里，用上了像是要把她箍死在自己怀里的力道。

小圆：？

她只是不当心滑了一跤。

时间倒回到三十秒前。

犹豫再三，李岩还是去接电话了，但他一只手还抓着小圆的手不放，跟牵着幼儿园小朋友似的。

小圆当然不会让他如愿，用力把自己的手给抽了出来，可因为惯性，她整个人"噔噔噔"几步后退到了窗边。好巧不巧地，窗边的帘子垂到地上，她一脚踩了上去。

"哎——"光滑的帘子带着小圆的脚在地板上一滑，她整个人不受控制地倒向开着的窗。为防摔倒，那她当然要压低身子，抬起一只脚保持平衡啊！哪里想到这个人突然发疯……

"你就这么想要离开我？！"他在她耳边嘶吼，都把她抱得提离了地面。但是，他的身体在发抖。

是因为他抖得太厉害了吗？小圆感觉自己的心也跟着颤抖起来。他是泰山崩于前而面色不改的人啊，她禁不住想，此刻却因为她，他害怕得像个孩子。他是真的很在乎她吧。她突然确信了这一点。昨天，他把她从贫民窟里带出来，很不容易吧？她又想。也不知道他的身体有没有哪里受伤……

"好，我把一切都告诉你！"李岩忽然恨声道，语气里带着孤注一掷的疯狂。

小圆："哎？"

她只觉得面前一闪，整个人已被李岩拉着冲出了房间。

"你要带我去哪里啊？"她跟跄着跟着他下楼，只觉得下一刻就要一脚踏空摔断脖子。

大概是嫌她走得慢，李岩干脆将她打横抱起。

"哎——"小圆怕摔下去，两只小手下意识圈住了他的脖子。然后，她便看见他的下颚绷得死紧，眼里有什么狂烈涌动的东西呼之欲出。他到底要告诉她什么？

两人转瞬就到了一楼的客厅里。

客厅中，目之所及的一切，与小圆记忆中并没有什么不同。

李岩片刻也不停留，抱着小圆径直穿过客厅，越过餐厅，经过厨房，一路往房子的后头去。最终，两人在后门边的一间小储藏室外停了下来。

真的是很小的一间储藏室，李岩横抱着小圆都没法正面走进去。他这才不情不愿地放她下来，却不忘牢牢地拉住她的一只手，嘴里道："跟牢我。"

储藏室里黑漆漆的，什么也看不清。

"吱呀"一声，门被李岩从里头合上了。

小圆心头一跳，下意识去看他的脸。看不清，只能听见他急促的呼吸。李岩突然朝她挨过来。他要做什么？！

"啪"的一声，小圆的脚后跟抵住了墙。没办法，储藏室太小了，她往后一退就靠上了墙。

黑暗中，李岩的眼睛亮得惊人！他长臂一抬，就向着她而来。

小圆本能地闭上了眼睛。她感觉……他灼热的呼吸喷上了她的脸。下一刻，她的耳边却传来一声清脆的"嘀"。

小圆疑惑间睁眼，发现李岩的脸忽然亮起来了，蓝眼睛里也是一片光，像盛载着漫天星辰！

咦？

她蒙了一会儿，才后知后觉到，这亮光是出自……自己身后。她无意识地转身，就看见了……满世界的人。

她惊得嘴巴都要合不拢了："这是……"

李岩拉起她的一只小手，低头亲吻她的手背："跟我来。"他一步向前，大手包着她的小手把她往里带，像是要把她带进他的世界。

第九章
他的世界

"嘀"的一声,李岩将自己的脸凑近墙上的感应器,感应器立时扫描过他的眼。

原本空空如也的墙上便缓缓开出了一扇门。

光亮刹那间涌进来,瞬间就裹满了小圆的周身,她却不知自己已经浸在了光里,眼睫颤颤抖动,就像一只受惊的小松鼠。

突地,"小松鼠"似有所觉,一点一点睁开了眼。

"这是……"

"跟我来。"他牵住她的手,一步一步带她走进门内。

"这到底是……"小圆的眼珠子都要掉出来了。

门后是一方篮球场那么大的空间,一个巨大的屏幕被安在了对门的墙上,屏幕上都是密密麻麻的人头!

"他们是……"被李岩带着走近了一些,小圆便看清,这些人头下方还是连着脖子和身子的。每个人面前都有一台电脑,所有人都在对着各自的电脑屏幕疯狂打字。这……有点像程序员啊。这些程序员所占的屋子,看上去也有小圆他们此刻所在的空间这么大。最后一排程序员的身后是一面巨大的落地窗。窗外有蓝天白云,大片大片的绿草地一直往前延伸,更远的地方则是广袤到看不见边际的群山。她怎么从没见过?而且……

"他们在做什么?"她忍不住小声问李岩。

她话音刚落,最前排的某个程序员突然抬起头来:"又找到了一个漏洞,不过能不能派上用场还不可知,你们的动作得快……哇,李岩,你把什么人带过来了?"

这个"什么人"指的自然就是小圆了。不过,叫小圆吃惊的是,屏幕内外的人居然能对话吗!

李岩紧了紧握着小圆的手,还把她拉过来和自己挨着,淡定地朝着屏幕道:"我女朋友。"

小圆:……

程序员:……

程序员面色复杂地看了他一眼:"……你高兴就好。"

小圆都要被他们搞疯了!

"这到底是……"她的话还没说完,就听见两人身后忽然传来了一声"嘀"。她下意识回头,就看见他们方才进来的墙上又开出了一扇门,一身黑色劲装的刘芸佳走了进来。

小圆:!

刘芸佳:!

"你把她带进来做什么?!"刘芸佳质问李岩,比屏幕里的程序员还要激动。

此情此景有点尴尬,小圆下意识就想把自己的手抽回来,李岩却不让。他还拉着她,径直向那面巨型屏幕走去。

"你要干什么呀?"小圆别扭而心慌地问。她的眼睛忍不住四处乱看,就见左右两面的墙边还陈列着不少她从未见过的仪器,前头那块大屏幕的下方还有一个到她腰那么高的操作台。

"吱"的一声,李岩拉开操作台前的一把金属座椅,不由分说把小圆往椅子上一按。

"坐好。"

小圆:?

"你不能这么做?!"刘芸佳疾步上前,高跟鞋在地上踩得"啪啪啪"作响,"她是……你怎么能……她不是我们……你这是泄露行动计划!"

李岩却只是俯身替小圆扣好椅子上的安全带,波澜不惊地说:"我是这次行动的总指挥,我当然有权力这么做。"

"我……"刘芸佳呼吸急促,说不出话来了。

"另外,我们的敌人是'他',不是小圆。"李岩直起身,一字一句地说,

"小圆只是受害者,是我们要保护的对象,我们有义务让当事人知道真相。"

小圆:?

"还有……"李岩直视刘芸佳,蓝眸里映射出的尽是冰冷和无情,"你只是我的下属,我不需要你告诉我应该怎么做。"

小圆:?

不是未婚妻吗?怎么又变成下属了?

刘芸佳的面色涨得通红:"我……明白。"

从刚才起屏幕里的程序员们,就个个竖着耳朵在听壁角。此时,他们赶紧打圆场:"没事的啦佳姐,岩哥心里有数的。别紧张,这个小姐姐都是岩哥的女朋友了……"

这下子,脸红的就换成小圆了:"我才不是他的……"

李岩垂眸朝她看过来。

小圆突然就怂了:"你……"她觉得自己该说些什么,可一对上他的眼睛,她酝酿好的言辞就像是凭空蒸发了一样,突然就……什么也说不出来了。那双眼睛里藏了太多太多复杂的东西,那些东西深深影响着她的情绪,让她害怕得想要远离,却又好奇得想要一探究竟。

李岩,你到底是什么人?

下一刻,她只觉眼前一黑,一顶金属头盔套上了她的头。

"闭上眼睛,一会儿就好。"双手撑在座椅两边的扶手上,李岩隔着头盔,温柔地对她说,他顿了一下,又说道,"你会看见一个……不一样的世界。"

或许是他的表情太过真挚,又或许是他的眼神……充满爱意,总之,如受了蛊惑般,小圆真的闭上了眼睛。

"咔嗒"一声,李岩按下了头盔上的挡风玻璃。

此时的小圆尚不清楚等待自己的会是什么……她突然感觉脑子里一声"嗡",还没待她弄清楚声音来源,她的脑袋一蒙,觉得脑海里刹那间炸开了漫天的烟花……她倏然睁开眼睛,却看见了一个……无边无际的世界!

她悬在了高高的天上!

还来不及惊恐,她就感觉有无数场景如走马灯般快速自她面前闪过。

她看见了黑皮肤的人、白皮肤的人、黄皮肤的人,她见到了沙漠、绿洲和海洋,她见识到了延绵万里长的城墙、古怪排列的巨型石柱、高可入天的巍峨雪山……一切的一切,都那么让人惊奇,她被震得心都要跳出来!她只觉得眼睛都要不够看,脑子已然无法承载眼前的所见。

忽然，她感觉身子被猛地一弹……只一瞬的工夫，她又发现自己在头盔里了。眼前一片黑暗，没有各种肤色的人，没有沙漠和海洋，更没有无边际的城墙和巍峨的雪山……她被困在一寸的天地里，耳边只有自己大口喘息的声音。

"小圆，小圆，是我，我在这里，小圆……"焦急的声音由远及近地传进她的耳朵里。下一刻，她眼前骤然一亮，头盔被人摘去了。

小圆的眼睛直突突地瞪着前方，仿佛已然不会转了。

"小圆，你看看我！小圆，小圆，是我！"男人高大的身子半蹲在她身前，焦急地拍打她的脸庞。

"疼……别拍了。"她拉住他的手腕，眼珠子转了转，终于有了些人气儿。

李岩一把将她抱住，大手不停地抚摸她的头发和后背："是我太心急了！对不起……有没有吓到？"

小圆僵直着身体由着他抱，愣愣地道："我看到的……都是……什么？"

李岩的呼吸停了一瞬，而后，他将她从椅子里捞出来："出去再说。"他毫不理会屏幕内外看着他俩的无数双眼睛，打横抱起她就往外走。

"是我的幻觉吗？"小圆直勾勾地盯着李岩的下巴看，"我从来没有见过……都是些什么呀？对了！我那会儿感觉脑子里'嗡嗡嗡'的，肯定是我脑子不好使，眼花……"

"小圆，小圆你听我说。"李岩走进一楼的一间客房，小心翼翼地把小圆放到了窗边的沙发上，他自己也跟着坐上来，把小圆圈进怀里，让两人亲密无间，"你看到的……都是真的。"

不知怎么，她莫名感觉到一阵紧张："我……我不明白。"她口干舌燥。

李岩拉过她的小手，在她手指头上亲了亲："你不是一直好奇，我为什么每天早上五点半就能醒来吗？"

"对……对啊。"小圆干巴巴地说。

李岩却又另起了一个话头："记得我们刚认识的时候，你告诉我这个城市自有它的运作法则，比如每个人都有'醒来地'和'生活基调'，午夜十二点一至，所有人都会睡去，就像是被施了魔法。"说到这里，他的眼神闪了闪，看向小圆的目光中多了几分掩也掩不住的怜惜，"你说得不错，这个城市，确实被施了某种'魔法'。"

"什……什么？"小圆眼里的疑惑更甚。然后，她便觉得眼前一黑，是李岩的大手忽然蒙住了她的眼。

下一刻，她只听他在她耳边叹息似的说："我为什么能不遵从这个城市的运作法则，因为，我原本就不属于这个城市啊，我的傻小圆。"

小圆震惊于这个事实，却又不甚清楚这个事实将会带来怎样的后果。在她的记忆里，她一直生活在这个城市中。在她的认知里，从来没有人离开过这个城市，更没有人能够进来。这是一个封闭的城市，他们永远自给自足……

她一把拉下男人蒙住她眼睛的大手，对着他英俊的脸庞，她的嘴巴张了又合，合了又张。她有满肚子的问题要问，却又不知道该从哪里问起……更确切地说，她压根儿就不知道该怎么问。

"别急，我会告诉你的。"男人粗糙的指腹触上她的脸，替她揩去眼角的泪水，"我会把一切都告诉你的。"

小圆这才意识到，自己居然急哭了。

李岩调整了一下姿势，将怀里的她抱得更紧了。他的目光变得深远，仿佛在娓娓讲述着一个故事："这件事得从半年前开始说起……"

半年前，"外面世界"的人发现了"这个城市"里的人，经过一系列激烈的探讨和精密部署，"外面"的人决定要解救"城市"的人。而李岩便是这次解救行动的负责人。

"我被人抓了吗？什么时候的事？我怎么从来不知道啊？"小圆茫然地说。

"你们的……被控制了……"

"大体的情况就是这样。"李岩斟酌着言辞，"'外面'的技术部门发现，解救你们的关键东西就在'明天'贩卖局里，所以当初我才会潜进贩卖局。其实，之前就有不少弟兄潜进来做了内应，刘芸佳便是其中之一。我知道你一直介意她，都怪我没有及早向你解释清楚。我跟她只有上下属关系，所谓的未婚夫妻，不过是为了方便行动，掩人耳目的。不过，纵使当初我们部署得再周密，在潜进贩卖局后，我还是很快泄露了行踪，遭到了攻击。那时，我的头部受到重击，忘记了所有的事。我拼死逃到贩卖局后的小巷中，又幸运地被你救起。也因为我的受伤失忆，我也受了这个城市法则的部分影响。"

"我潜入'明天'贩卖局前，注射了一种标记性药物，可防止被人工智能入侵和同化。我遇见你时，药物尚未在我体内完全溶解，我想，或许是你沾到了我的血，我便觉得你是同类，觉得你身上有一种特别的味道。"

这个剧情，小圆是越来越听不懂了。

"可是，你们怎么知道我们想要被救？我们明明就生活得很好啊？"小圆快速地说，像是急切地想要证明些什么。

"听我说完，乖，听我说完。"李岩捧着她的脸，声音轻柔得像在哄小孩子，"我所在的部门被称作'意识犯罪调查局'，我们局里经手的案子与寻常案件有些不同。本来应该等到所有事情都解决了再告诉你真相，但是，我等不及了。现在让你知道……也未尝不是一件好事。"他忽然自嘲一笑，"其实是，我怕一切尘埃落定，你会忘了我。"

"我为什么……会忘了你？"小圆渐渐被他安抚，她看着他的眼神，懵懂又依恋，像极了刚出生的幼鸟。

李岩心中忽而涌起一阵怜惜，他忍不住俯身亲吻她的眼睛，呢喃似的道："小圆，你其实并不是你所以为的你自己，你眼前所见的一切，也并不一定就是真的。"

小圆：？

李岩："这个城市里的人全都被……"

"咚咚咚——"客房外却突然响起了一阵敲门声。

李岩皱眉望过去，刘芸佳的声音适时响起来："阿岩，他来了。"

李岩屈指碰碰小圆的脸，柔声说："乖，等我回来。"而后，他转身走到门边，拉开了房门。

可惜，小圆并不乖，趁着门开的当儿，她便探出头，视线很容易就越过李岩的身侧，看了出去。

客房外是一条不长的走廊，走廊连通着客厅。见这边有人开门，客厅里站着的人便抬眼看了过来。

小圆："沈诺唯！"

那人一惊，随即难以置信地睁大眼："夏小圆！"

原本好好待在客厅里的客人瞬间就发疯似的大步走来，所过之处都带起了一阵风。他死死地盯住门后的小圆，那眼神直接得像是要把她一口吞下去。

然而，还不待他走到门边，李岩就"砰"的一声带上了身后的门。

沈诺唯：……

门后的小圆：……

李岩面无表情地看着沈诺唯："沈先生，请自重。"

沈诺唯一怔，像是终于从魔障中回过了神来："你找到她了……这段时间她在哪里？"他也知道自己的反应有些不对，便竭力克制着自己的语气，"她有没有受伤？"

李岩："与你无关。"

沈诺唯捏紧了拳头，他望了紧紧闭合的门一眼，冷静下来，反问道："她为什么会在你这里？你把她带到这里，有问过她的意愿吗？"

"咔咔咔——"这回，拳头死握的人换成李岩了。还真被沈诺唯说中了，他把小圆带到这栋房子里并没有征求过她的意愿，所以，从这个角度讲，他李岩和沈诺唯，并没有什么区别。

大家都是人精，李岩那片刻的失态被沈诺唯看在眼中，哪还会不明白？沈诺唯哧了一声，掸了掸肩侧并不存在的灰尘，道："何去何从，我想，该让小圆自己来做决定。"

"夏小姐。"李岩冷冷地纠正他道，"小圆不是你叫的。"

沈诺唯并不理他，只朝着门道："小圆，你开门，不用怕，我……"

李岩："你再走近一步试试。"

小圆：这两人怎么这么幼稚？

"沈先生，阿岩？"门外，刘芸佳狐疑的声音响起来，"你们怎么还在这儿？"

沈诺唯："今天等不到小圆表态，我是不会走的。"

李岩："你找死！"

然后，刘芸佳的惊叫声就响起来了："阿岩！天，你们这是做什么？！夏小圆，又是因为你？！"

无辜躺枪的小圆：……

"喂！"她这样一喊，外头两人的动作就突然止住了。她吞了吞口水，觉得这个时候，她还是和李岩保持意见一致比较好："那个，沈诺唯，你走吧。"

……

门外好一阵没动静。

待小圆实在按捺不住，一点点把门打开的时候，门外空空如也，早没了李岩和沈诺唯的身影。

真是作孽啊！她忍不住捂了半边脸，叹出一口气。不过，沈诺唯来找李岩做什么？

此刻的二楼会客室中，李岩与沈诺唯各占据一方单人沙发，相对而坐。只不过，一个嘴角止不住地向上勾起，另一个面色铁青就是了。

"所以，沈先生今日前来，有何贵干？"作为胜利的一方，李岩很有风度地率先开口。

沈诺唯别过脸去,不愿看见某些小人得志的样子。暗自咬牙了好一会儿,他方按下心中的翻腾酸意,面无表情地道:"今晚,贩卖局会有一个最终选举仪式。我的人已经安插进去了,到时,可以给你十分钟。"

"十分钟?不够。"李岩皱眉道。

"这已经是我能争取到的极限,我也是冒了很大风险的。"说到这里,沈诺唯看了李岩一眼,"你得让我看见你的诚意。到时候,你打算怎么做?"

李岩沉默不语,他俯身到茶几旁,给自己倒了杯水。干干净净的白水里头混着柠檬的味道,这个喝法,还是他在小圆那里学来的。水是冰的,再添上柠檬的酸意,一口饮下去,浑身的每一个毛孔都被刺激得警惕起来。"啪"的一声,他放下水杯。再抬眼时,那双蓝眸里是一片深不见底的暗沉,他说:"R-原体。"

"什么?!"

与此同时,一楼客房内。

刚才那会儿,见李岩和沈诺唯都不在了,小圆就想出门。可她后脚还没来得及迈出去,一抬头就对上了走廊上刘芸佳那两道冷冷的视线。

"你会毁了他!"刘芸佳愤怒地说。

小圆只觉得好笑,事实上,她也确实笑出声来了:"这位谁,请问你现在是以什么立场对我说这样的话?他的下属吗?"有了李岩,她现在一点也不害怕这个女人了,"下属可没权利干涉上司的感情生活。"说完,对上刘芸佳难看得跟猪肝一样的脸色,小圆很帅气地"砰"的一声关上了房门。

然后,她就后悔了。她不是要出去的吗?关门做什么?!

输人不输阵!小圆最后决定,还是不出门了。反正她也逃不走。

如此安慰了自己,小圆便又嚷嚷嚷地回到沙发边,往上面一窝。今天所经历的事,信息量实在太大,现在回想起来,小圆的脑子都还是昏的,她可得好好消化一下。

沙漠、绿洲和海洋,延绵万里长的古城墙、古怪排列的巨型石柱、高可入天的巍峨雪山……李岩说,那都是外面的世界。

外面?里面?小圆觉得自己迷茫了。如果说,外面真的有一个广大无边到她根本无法想象的世界,那么,她和城市里的居民为什么要蜗居在一个小小的城市里呢?又是谁告诉他们,世界只有这一个城市这么大?

"喵！"

正想得脑壳都要不够用呢，小圆突然听见了一声甜甜的猫叫声。

这个声音是……小圆猛然抬头，一眼就看见房间外的露台上站了一只猫。

那是一只中华田园猫，长得膘肥体壮。见小圆看过去，它好奇地歪了下脖子，朝着小圆的那只耳朵赫然缺了半个。

"大饼！"小圆几乎是跳起来叫道。

那猫"欲言又止"地看了她一眼，转身就跑开了。

"大饼！"小圆毫不犹豫就追了上去。

她的大饼已经不在了，她的大饼早就被沈诺唯……可是，她的大饼刚刚又出现在了她面前！她并不觉得是自己眼花！她绝对没有看错！那就是她的大饼！

她最开始遇见大饼的时候，这猫也是如刚才那般，突然就出现在了她的视野中，然后进入了她的生命里。大饼陪伴她度过了最无望的几年时光，和她的亲人也差不离了。如今，大饼忽然又出现了，怎能叫她不激动、不疯狂？

"大饼！等一等我啊！大饼——"

小圆冲到露台上的时候，那肥壮的猫儿已几下掠到了露台边缘。听见小圆叫它，它又回过了猫头来。

"大饼——"

大饼的绿眼睛里闪着幽幽的光。最后看了小圆一眼，它一下就跃出了露台。

"饼啊——"

一楼的露台外即是小花园，没有相通的门，只有一排阻隔的栏杆，小圆想也不想就翻下栏杆，追着大饼而去。

猫儿躲进了草丛里，发出窸窸窣窣的声音。

"大饼乖乖，快出来！"

"哗啦——"大饼突然冲出草丛，直朝高高的围栏跃去。

不好！大饼要跑！

小圆赶紧冲向围栏，眼明手快地伸出手去，居然……奇迹般地抓住了大饼的尾巴。

"哈……"她张口就笑出声来，却在下一刻，笑音全卡回了喉咙里。只因围栏外陡然站起来一个黑衣人，抬手就抓着什么东西朝她刺过来。

"啊——"小圆从喉咙里发出破音，她只觉得身上一阵过电的酥麻感，眼皮子一耷，就失去了意识。

会客室中的李岩猛地站了起来。

"所以,我们现在面临的问题是,你们准备的R-原体要如何进入'他'……"沈诺唯停了下来,"怎么,你有想法了?"

李岩:"我刚才,好像听见了小圆的声音。"

第十章
创建者的秘密

小圆醒来的时候,发现自己躺在一间空无一物的房间里。

真的是空无一物!四面墙壁、天花板和地板都泛着纯金属的银白色,就仿佛……她是被装在了一个密闭的铁盒子里。

"有没有人?"

"有没有人?"

只有她自己的回声回应她。

四周安静得厉害,她好像是置身在全然真空的环境中。

诡异的寂静要逼得人发疯!

小圆强迫自己冷静下来,不要慌,不要慌,一定会有办法的,不要慌……她记得她在追大饼,追到围栏边的时候,一个黑衣人突然冒了出来。看那人的装束,应该是一名执法者,现在再回想那人手里朝她刺过来的东西,似乎是……一根电棍!

所以,她是被执法者抓了?她现在是在执法局?

小圆深吸一口气,摸索着走向墙边。她不是生来就在这个"盒子"里的,必然得有个口子把她放进来。她得找到这个口子!

"咚咚咚——"

"咚咚咚——"

"咚咚咚——"

小圆曲起的小拳头敲击在墙壁上,发出闷闷的声响。

三面墙都敲遍了,什么发现也没有。

小圆的心跳越来越快,她颤抖着手敲上了第四面墙。

没有实体,她的拳头一下子就穿过了墙面!整面墙似被强光照射到的浓雾一般,随着小圆的触碰,一下子就破碎、扩散开来!

"浓雾"在小圆前方四溢,下一刻,它们又像是被一股无形的吸力吸附,"嗖"地一下就蹿向小圆身后,顷刻间它们又重新凝结成了一堵墙!

小圆:……

她猛地转身,就见自己身后的那面墙仿佛本来就长在那里,看不见一丝新生成的痕迹。她试探着伸出一个指头碰碰墙,指尖一下子就陷了进去!

小圆赶紧把手收回来!

所以,这到底是个什么地方?

带着满腹的疑问,小圆缓缓转身,下一刻,她愕然瞪大了眼。只因在空空荡荡的房间中央,她看见一个人和一只猫背对着她,并排而立,无声无息。

这个房间和刚才那个一般大小,六面也全是银白色的金属。

看背影,那是一个穿黑衣的成年男人与一只肥硕的中华田园猫。

小圆似有所感,一颗心不受控制地跳。

她小心翼翼地朝他们靠近,然后,鼓足勇气一步跨上前。

"大饼!"那猫果然是她的大饼!而大饼旁边立着的男人,就是那个电昏她的黑衣执法者!他折在胸前的手中还握着电棍呢!

只是,这一人一猫皆僵在原地,就跟失了灵魂的雕塑似的,没有一点反应。

"这是……怎么回事?"

"他们皆进入了我的世界,在我的国度中……"隆隆的男声忽然自四面八方响起,经过回声重重叠叠,就如千百万只小虫子一般,直往小圆的耳朵、脑子、全身的每一个毛孔里钻。

"……在我的国度中,他们将得到永生。"

小圆闭着眼,死死地捂着耳朵蹲下来,被震得目眩神迷,呼吸都很困难。

那道苍老但洪亮的男声仍在继续:"你想要永远的生命吗?来吧,我的孩子,到我这儿来,我来保护你。"

小圆头昏脑涨,脑海里忽然条件反射般闪出一个念头:这个声音有点耳熟。

"亲爱的朋友们,欢迎你们来到'明天'贩卖局,我是Jose,这个城市的创建者,很高兴还能在这个时候与你们对话,我的孩子们……"

"……我建造这座城市是为了保护,我设立'明天'贩卖局是为了服务。"

"请大家谨记我们的初心,我们希望所有人都过上安全、幸福而快乐的日子。"

"分歧必然存在,因为每一个个体都不相同。但我相信,共识必然达成……"

小圆惊得脚下不稳,一个跟跄,整个人就狠狠地跪倒在了地上。这个声音是……那日她被沈诺唯带去"明天"贩卖局里"做检查",在她逃跑的途中差点被"首席"的人杀死时听到的,那个响彻整个"明天"贩卖局的声音!因为那声音太过叫人印象深刻,所以她记忆犹新。

"你到底是谁?"小圆大喊一声,她快要被这无孔不入的声音给逼疯了。

"睁开眼睛看看,你就能知道我是谁了。"

小圆下意识抬头,然后睁开了眼。

这会儿,她正跪在那一人一猫身前。一睁眼,她就对上了那四双眼睛。人和猫的眼睛里都有莹绿色的光圈在跳动,一圈又一圈,一圈又一圈……看得人头晕目眩。与此同时,四面墙壁、天花板和地板的颜色全都变了,都变成了绿色的、疯狂跳动的光圈!一圈又一圈,一圈又一圈……

"到我身边来,到我身边来,到我身边来……"

所有的光圈刹那间爆炸开来,变成了一串串小圆根本看不懂的符号与数字,海量的数据朝小圆狂涌而来!

"啊——"小圆放声尖叫。

"怎么样,查到什么了?"李岩绷紧的声音一响起,满屏幕的脑袋都看了过来。李岩不为所动,只死死捏着手机。

"老大,我们排查了全城的监控,发现那名执法者在进入执法局后,又开车从地下车库出来了。之后,他驱车拐进了一条胡同。那是一条死胡同,不过,'明天'贩卖局的后门就开在那条胡同里……"

"也就是说,他把她带进了'明天'贩卖局?"李岩咬牙,一字一句地说。

"很有可能……"

不待对方再说些什么,李岩就挂了电话。

屏幕里的脑袋们立时垂下头,"噼里啪啦",飞快打字。

李岩并没有看他们,他双手撑在屏幕下方的操作台上,埋头不语。就在几小时前,他还和小圆在这间密室里相拥,他才和她分享了他最大的秘密,他才说过要保护她的,却又把她弄丢了。

"砰"的一声，李岩一拳捶在了操作台上。

所有脑袋皆胆战心惊地看着他。

"目前你们找到的安全漏洞，能支撑多久？"他抬起头来，沉声问了一句。

为首的脑袋赶紧道："差不多可以支撑两个小时不被发现吧！不过这远远不够啊，起码得为你们争取四个小时的行动时间，不然万一你们在'里面'受伤，'外面'的你们也会受影响！"

李岩却已转身并拨出了一个电话："通知沈诺唯，行动改在今晚。"

小圆清醒过来的时候，发现自己置身在一片广大无边的黑暗空间里。

上方没有天花板，下方也没有地板，前后左右皆是虚空，她正飘在半空中！

我死了吗？！

突然，前方的黑暗中绿光一闪，一个绿色光点变得越来越大，越来越大……绿光中闪现一串串的数字代码！那团光渐渐有了人的形状，最后，它真的变成了一个人！

"欢迎来到我的国度，我的孩子。"是那道苍老但洪亮的男声！

小圆惊得连连倒退三步，她见过这个人！

刀削般的侧脸、浅薄的嘴唇，男人虽然上了年纪，但乍然看过去，脸上竟有几分李岩的轮廓！但多看几眼又能发现，他像的不是李岩，是……如果把老人的脸涂黑，身材再消瘦个两三分，再让他拄根拐杖，做遥望远方的姿势，这……这不就是……城市里随处可见的……那个人的雕像？！

"你……你是创建者？！"

"正是我。"

老人的声音一落，小圆便看见周遭的黑暗里突然出现了无数豆腐块似的小画面：男人、女人、老人、小孩，富人、乞丐、执法者与平民……他们皆生活在这座城市里，工作、生活，应付三餐，为小小一管"明天"药水而奋斗终生。

"我是创建者，我维护这个城市。"

创建者是城市设计的总工程师，他一手创建了这个城市。这是小学入学第一天，老师就会在课堂上讲的知识。所有人都尊敬这名创建者，为了纪念他，城市里到处都能看见他的雕像。可是……

"创建者不是去世很多年了吗？"小圆按捺住惊慌，警惕地看着前方的老人。

老人踩着虚空，悠闲地在原地踱步："我的肉体死亡，但我的精神不灭。"

小圆："什……什么意思？"

老人含笑看了她一眼："这就是我将要带你看的东西，跟我来。"

小圆没得选，只能被动地跟着老人走。周遭一块块豆腐块似的画面仍在，画面里的人也在继续生活，小圆感觉自己就像是置身在了一个庞大的电影数据库里。

"这里……到底是什么地方？"

老人高高举起双手："这里是一切的中心。"他"啪"地打了个响指，小圆前方的某块"豆腐块"就突然跃到她跟前来，然后，豆腐块开始变大……待到足有电影院的放映屏那么大的时候，它终于停了下来。

小圆感觉自己像坐在影厅的第一排看电影——

大屏幕里是一个正在酒吧买醉的中年男人，他一边喝酒，一边回应着老婆的查岗电话：

"嗯嗯嗯，回来了，马上就回来了，还有最后一份文件！"

"我知道了老婆，我太忙了！"

挂了电话后，他看了一眼手机上显示的时间——23：59。

"终于要结束了。"嘟囔了这样一句，男人一口喝完杯子里剩下的酒。

"铛——铛——铛——"午夜十二点的钟声敲响了，男人所有的动作悉数定住，手里的酒杯甚至还没来得及放回到桌上。

小圆有点意外，午夜十二点以后，人是这个样子的吗？定住不动，就像没了生命的木偶。

这时，老人的声音又响起来了："这个人什么时候醒来，在何处醒来，全凭我的意志。"

小圆："那不是'明天'药水决定的吗？"

而且，"明天"药水也无法确定一个人早上的醒来时间啊。每天早上大家都是六点钟醒的。当然，执法者除外。想到这里，小圆突然一愣，既然执法者是个例外，那是不是表示，也有其他例外存在呢？就比方说，李岩。但是，李岩说他来自城市之外，是不是就不能用这个标准来衡量了？

小圆越想越糊涂，心里隐隐有个感觉在告诉她，一直以来坚信的某些东西正在瓦解。她几乎是带着几分无措，看向老人："你……你到底是什么意思？"

老人笑了，他笑得志得意满，像个一切尽在掌握之中的帝王："'明天'药水不过是个幌子，这个城市里的人要过什么样的生活，想成为怎么样的人，真正的掌控权都在我手里。"

小圆莫名感觉脊背一寒，口里道："我不明白你的意思。"

老人抬手击了一下掌，半空中所有的"豆腐块"便都隐去了……不，隐去的并不是全部，还有一个画面被孤零零地剩了下来，那是……

小圆忽然吃惊地捂住了嘴，画面里的那个女孩儿，是她自己！

那还是她大学毕业，刚开始参加工作的时候。

在不甚宽敞的办公室里，其他职员聊天的聊天，嗑瓜子的嗑瓜子，唯有小圆拿着记事本，对着电脑，一本正经地在工作……然而，走得近了便能看见，她的记事本里夹着一张……彩票，她是在紧张地看着电脑……兑彩票。

边上的老人突然"呵呵"笑了，手指往"豆腐块"的方向那么一滑，小圆紧张地兑彩票的场景刹那间就分化出了无数个！

小圆：！

满世界都是自己的脸！

震惊过后，小圆很快就发现了更叫她惊骇的事。

并不是每帧画面里的小圆都在兑彩票，在这些"豆腐块"里，有的小圆在当医生，有的小圆在当公务员，有的小圆成了全职主妇，有的小圆还没结婚却做了单亲妈妈，还有的小圆出车祸，得癌症，自杀……总之，很快就死了。无数个小圆展现在她面前，而且这些画面还在不断分化，往外延伸……

"看，你想过什么样的生活都可以，你想成为怎么样的人都可以。我可以让任何一个画面成为你的生活，我就是这个城市的创建者。"

这个时候，小圆很希望自己背后有一把椅子，这样，她就可以直接瘫坐下来了。她张了张口，半晌后，方找回自己的声音："让任何一个画面成为我的生活，你……要怎么做？"

"很简单，这是我天生就有的能力。"老人得意地说。

小圆的目光闪了闪："可是，你为什么要这么做？为什么要掌控……我们的生活？"

"为了保护你们啊！"老人理所当然地说，"外面的世界太危险，你们必须在我的严密保护下才能健全地生活。"

小圆："是保护还是监控？"

老人刚要说什么，却突然听到"吱吱"两声，整个世界，包括老人的身体都跟电视屏幕卡顿一样，陡然就扭曲、停滞不动了。

两秒钟后，整个世界又恢复了正常。

老人面上一抹阴鸷之色一闪而过，但转向小圆时，他的脸上又是一片慈爱了："所以，到我这里来吧，孩子。我可以让你想过什么样的生活就过什么样的生活，我就是你们的上帝，你们的创建者。与我连接，你会成为任何你想成为的人。"

"想过什么样的生活就过什么样的生活……"小圆喃喃自语。最初，她为了买"明天"药水而辛苦工作，遇上李岩后，她又忙不迭地尝试各种各样的药水，为的不就是"想过什么样的生活就过什么样的生活"吗？而如今，却有一个"人"告诉她，她想过什么样的生活，都是由"他"决定的。

"你打算怎么做？"小圆听见自己的声音在问。

"信任我，把你的一切都交给我。"老人的声音带着蛊惑，"按我说的去做。"

"我凭什么相信你呢？就因为你是创建者？"

"是的，孩子，就因为我是创建者。"

"不，你不是创建者！"小圆抬起头来，一字一句地说，"你不过是个冒牌货！"

"你可知道你在说什么，愚蠢的人类？"老人面无表情地看着她。

小圆步步后退："创建者爱他的创造物，创建者也是人类，他又怎么会称呼他的同类为'愚蠢的人类'？你根本就不是人！"

老人面上当即现出一股暴怒之色，周遭的无数个"小圆"突然不见了，取而代之的是狂风暴雨与电闪雷鸣！

"找死！"老人抬手，眼看一道闪电就要当头朝小圆劈下来！却陡然……

"吱——"

"吱吱——"

"吱吱吱——"

整个空间又出现了卡顿的情况。这一回，"老人"连身形也无法维持，他的脸孔扭曲，脖子外斜，破碎的身体里流露出一串串绿色代码。

这个时候，小圆才彻底意识到，李岩说的都是真的。

时间倒退到李岩将小圆带进那间储藏室后的密室里时。

李岩告诉她，城市之外还有"外面的世界"，他便是来自"外面"，是来解救被困在城市里的人的。

"我被人抓了吗？什么时候的事？我怎么从来不知道啊？"当时的小圆茫然地说。

"你们的……被控制了……"

"我们的什么被控制了？你说清楚！"小圆发狠地说。

"你们的……意识……被控制了。"

"人工智能入侵了你们的意识，让你们产生了某种幻觉。"

"大体的情况就是这样。"李岩斟酌着言辞，"'外面'的技术部门发现解救你们的关键东西就在'明天'贩卖局里……"

小圆猛地回神，发现"老人"不知何时竟逼近到了她面前。他阴冷地笑着，眼里闪着怨毒的光，卡顿已经停止了！

小圆转身就跑。

"哈哈哈……愚蠢的人类，你以为你跑得掉吗？""老人"的声音忽然从四面八方传过来，震耳欲聋。

小圆死死地捂住自己的耳朵，仍旧埋头跑。

可是，前方突然出现了一只巨人的脚，往上是腿、身子和头，那是……一个巨大的"老人"！

"往哪里跑？"

小圆赶紧急刹车，拐道往左边跑。可跑着跑着，左边也出现了一个巨大的"老人"！

"往哪里跑？"

她赶忙换道朝右边逃，右边也出现了巨大的"老人"的脸。

"往哪里跑？"

"往哪里跑？"

"往哪里跑？"

无数张"老人"的脸出现在半空中，皆张口冲小圆咆哮。

小圆逃无可逃，要被逼疯。

"你可愿服从于我？"

"不——"小圆声嘶力竭地喊，仿佛如此便能证明些什么。

"呵呵，那就下地狱吧。"

小圆惊骇得瞪大眼。下一刻，小圆的脚下突然一空，她叫都来不及叫一声，整个人就掉了下去。这本来就是被"他"掌控的空间，"他"想要小圆生，小圆便生；"他"要小圆死，小圆便只能死。

小圆坠落的下方，巨大的"老人"张开了血盆大口。在那张口里，无数的数据代码疯狂涌动，卷成了一个巨型的旋涡。

掉进去的话，她会怎么样？她也会变成那些残破的、没有生命的数据吗？小圆绝望地闭上了眼睛。

却陡然地……

"吱吱吱——"

"咔咔咔——"

"啊！该死的安全漏洞！""老人"愤怒的咆哮响彻整个空间。

小圆条件反射般睁眼，就看见底下那张"恶魔"的口就如同被子弹击中的镜片般破碎开来。跟着，只听"咔咔咔"几声，周遭的空间也开始龟裂。

须臾间，只听"轰"的一声，整个世界骤然崩塌。

小圆瞬间清醒过来，发现自己仍置身在第二个"铁皮盒"空间里，执法者与猫也仍然动也不动地立在她面前。

还不待她搞清楚发生了什么，前后上下左右两面墙壁同时开始破碎。

"嗡"的一声，整个"铁皮"空间悉数崩裂。

"铁皮"崩解成了"浓雾"，小圆呆呆地站在原地，忽然分不清此刻经历的到底是虚幻还是现实。突然，她的瞳孔剧烈一张，隔着漫天"雾气"，她捕捉到了一张沉静似铁的、她再熟悉不过的脸。

"李岩！"

冲在最前头的李岩猝然抬眸，两人的视线一瞬间在半空中交会，那双古井无波的蓝眸里骤然迸发出了狂喜。然而下一刻，他眸中的喜色尽退，面上现出了一片惊骇。

"小圆！小心！"

"你说什……"小圆以为自己没听清楚他的话，还下意识往前跨出了一步。可她的脚还未落地，从她身后就倏然伸过来一只戴着皮质手套的大手，掐住了她的脖子就将她往后拖去。

"放开……喀……喀喀……"小圆死命挣扎，却撼动不了那只铁臂分毫。与此同时，周遭"浓雾"散尽，幻境消失，她发现自己是在一间圆环状的房间里。房间中央竖着一块巨大的屏幕，屏幕下方是操作台，房间里满是各种高科技的仪器，而掐着她脖子的人，正是方才那个"失了魂"的执法者。

隔着一道玻璃屏障，李岩正在外头焦急地望着她。

小圆！小圆！

玻璃墙阻隔了外面的声音,但看着他的口型,小圆知道他在唤她。她试图朝他伸出手去,却连抬起手臂的力气都没有,她便只能朝他露出一个虚弱的笑容。

这个笑容不知怎么刺激到了他,就见他突然跟发疯似的击打玻璃墙。

玻璃墙当然是打不穿的。

李岩停下来,他剧烈喘息,紧攥的双拳上滴滴答答淌下了血。

小圆心疼死了!

李岩死死地盯着玻璃墙内。忽然,小圆看见他按住右边耳朵说了一句话。

立时,就有一对男女自李岩身后的门冲进来。男人个子矮矮的,小圆没见过,女人是刘芸佳。男人把一个方方正正的小黑盒子交到了李岩手上。李岩沉着脸,二话不说就把黑盒子往玻璃上一按。

"吱——"

"吱吱吱——"

小圆所在的整个房间都出现了卡顿现象,那面玻璃墙上也开始出现了若隐若现的龟裂痕迹。

眼见李岩要把另外两个黑盒子也往墙上按,整个房间突然迸发出了一声愤怒的咆哮,

"住手!"

是的,这声音就是由整个房间发出来的!

下一刻,房间中央的大屏幕里白光一闪,紧跟着,屏幕前的地上就出现了一个真实人类的影像,是那个自称创建者的"老人"。

"老人"的模样又变了,变成了一个中年男人的样子,他的侧脸轮廓本就与李岩有几分相似,这样一变,他更像李岩了……不!小圆脑海里忽然闪过某些模糊的片段,他像的不是李岩,而是贫民窟里挂在婆婆家地下室的那幅画像上的人。

对比画像里男人的年纪,"老人"和那个男人简直长得一模一样!这是怎么回事?!

对于"老人"的厉喝,李岩不为所动,已经把第二个黑盒子按上去了,眼瞧着就要……

"老人"突然朝小圆的方向看了一眼:"我本想让你归顺于我,既然你敬酒不吃吃罚酒……"

小圆心中一紧,下一刻,掐着她咽喉的大手陡然加大力道,生生将她整

个人都提离了地面!

"呃……呃……"小圆眼白上翻,呼吸困难,她觉得自己要死了。

"我可以放你进来,但是,只能是你一个人。"在窒息和眩晕中,她听见"老人"这样说。然后,她就看见李岩抬手将两个黑盒子拂落在地……

小圆突觉眼前一黑,她太累了,支撑不住了,无意识地闭上了眼睛。

"放开她!"

"放开她——"

小圆觉得自己出现了幻听,要不然,她怎么突然就能听见李岩的声音了?而且,他的声音还离她越来越近……

"阿岩!不要去!"这道女人的声音……是刘芸佳的。

小圆猛地睁眼,就见玻璃墙在李岩身后缓缓闭合,刘芸佳和小个子男人正在外头焦急地呼喊他。

"李——"小圆想叫一叫李岩,可她才张口,整个人就被狠狠地扔在了地上。

"喀喀喀喀……"缺氧后大量空气骤然涌进身体,小圆的肺都要咳出来了。

"小圆!"

小圆抬头,就看见李岩已到了她几步开外的地方。她张口就想骂他"你这个傻瓜,进来做什么",可出口的声音却变成了:"你……小心!"

李岩背后的地上,一块地砖悄无声息地移开,一个黑衣执法者陡然跑了出来!

幸而,李岩转身就是一个横扫腿,黑衣人轰然倒地。可黑衣人就像不知痛为何物似的,立马又爬起来冲向李岩。

地砖一块块移开,一个又一个执法者跳出来。他们皆面无表情,双目无神,如牵线木偶一般只知道攻击李岩。

李岩也不是吃素的,上来一个打一个,爬起来一个打趴下一个……哪怕被黑衣人们团团围住,他也不曾落了下风。

一时间,双方僵持在了那里。

"老人"面上出现一丝不耐烦,他再次转向了小圆。

"别动,不然我杀了她。"

李岩所有的动作倏然一顿,下一刻,蓝眸里掀起了狂怒:"你敢动她一下试试!"

"老人"嗤笑一声，杵在小圆身边的执法者就摸出了一把匕首，抵上了小圆细嫩的脖颈。

"别碰她！"

李岩放弃了抵抗。

"砰"的一声，他被一个执法者揍倒在地，五六个执法者一齐扑上去，狠狠将他压制住。

"李岩！"泪水模糊了小圆的眼眶，她只恨自己没用，是她拖了他后腿！是她害了他！

"小圆，不要哭。"李岩咬牙道，"我没事……唔！"

"别打他！求求你们，别打他了啊！"可拳头还是如雨点一般落到李岩身上。他硬是扛着，没再发出一点声音。小圆的心都要碎了，她的右手忽然用力地一把握住刀尖："让他们停手！不然我就死！死人是威胁不了他的！"

血顺着小圆的手掌滴滴答答地滑下来，她却仿佛感觉不到疼。刀尖被她攥得抵住了颈动脉，稍有不慎就要刺破血管，鲜血飞溅。

"老人"这才抬手，制止了那些黑衣人。

"咳……"抹了把唇边的血，李岩缓缓从地上爬了起来，视线触及小圆后，他心上狠狠一疼。

小圆苍白着脸，忍痛朝他摇了摇头。

李岩的双拳被他握得"咔咔"作响。

"交出你们的病毒。""老人"突然道。

这话倒是叫李岩愣了一下："你知道病毒的事？"

"哈哈哈哈！""老人"突然猖狂地笑起来，"我有什么不知道的？这个城市里的一切人、一切事，都尽在我的掌控中……"

"是吗？"李岩突兀地打断他，"如果是这样，你为什么没有在一开始就找到我，并且阻止我的计划？"

"老人"皱眉盯着他，不说话。

李岩摇摇晃晃地站了起来："因为你的能力还不足以精细监视到每个人的一举一动，你只能监控一个人行为的大体走向。当初那些执法者要加害小圆，也是你授意的吧？我猜你是监控到她频繁使用'明天'药水，但你也是在她使用药水后的很长一段时间后，才找到了她。"

"那是因为沈诺唯偷偷跑来贩卖局，从我的数据库里删去了她使用那包'高级明天'药水的痕迹！""老人"愤怒道。

李岩面上闪过一丝愕然："那包'高级明天'药水？难不成，你是把小圆错当成了我？"

当初，李岩闯入"明天"贩卖局时，偷走了一包"高级明天"药水。李岩本人并没有使用它们，用了药水的人是小圆。

"每一支高级药水在我这里都是有记录的，你以为你逃得了？""老人"轻蔑道。他便是根据'高级明天'药水使用的痕迹找到了小圆，他以为小圆就是当初闯入"明天"贩卖局偷走药水的人，所以才会派出执法者去杀她。

李岩望向小圆，眼里一片愧色："我本以为是在保护你，原来却是我给你带来了灾祸。"

"不！"小圆马上道，"不怪你！我一点也不怪你！真的！那些药水为我带来的生活，是我做梦也想不到的！因为有你，我的生活才变得这么多姿多彩！我从来都没后悔过遇见你！"

这会儿，小圆的注意力全在李岩那儿，她一个没留神，身边的执法者一把抽走了攥在她手里的匕首。

利刃再次割过掌心，鲜血四溅。

"啊——"小圆疼得几乎要昏过去。

"小圆！"李岩牙关死咬，他拔腿就要冲向小圆，黑衣执法者却跟一堵墙似的拦着他。

"我没事，没事……"小圆捧着自己血肉模糊的右手，痛得整个人软倒下来。

李岩恨得双目几乎要喷出血来！

"哪怕如此，你的消息也是滞后的。"指甲深深掐进掌心里，李岩强迫自己冷静下来，他紧紧地盯着"老人"，"不然，沈诺唯不会有机会删除数据。"

"老人"阴鸷的双眼盯着李岩，没有反驳。

李岩突然扯了扯嘴角，那是一抹嘲讽："所以，你并不是无所不能，哪怕是在这个小小的城市里，你也没能实行完全掌控。"

"住口！"

李岩眼中出现一片残忍之色："你当然有能力完全掌控城市，只是，'他'还没来得及为你升级。说起来，你不过是'他'的一个实验品。你以'创建者'自居，不过是借用了他的皮相，你永远也不可能成为真正的创建者。"

"住口！住口！住口！""老人"忽然暴怒起来，而随着怒火高涨，他的身体出现了卡顿现象。

"吱——"

"吱吱——"

"吱吱吱——"

那身体忽高忽矮,忽大忽小,忽而又断裂成了两截。这哪里是一个人,分明是电脑数据程式堆砌起来的影像!

"放了她,我会给你R-原体病毒。"李岩忽然道。

影像卡顿停止了。

"放了她,我会给你想要的。"

"不——"可饶是小圆挣扎,她还是被黑衣执法者扔出了玻璃墙外。

刘芸佳和小个子男人见有机会,拔腿就要往里冲,却被里头的李岩一身喝止:"别进来!"

"李岩……"小圆的手掌压到地面上,又是一阵钻心地疼,她强忍泪水爬起来,玻璃墙却已在她面前闭合了。

李岩深情地望着她,蓝眸里闪过诸多复杂情绪:不舍、怜惜、爱意……还有,孤注一掷的决绝。他猛地背过身去:"刘芸佳、小六,你们两个带小圆走。"

刘芸佳:"不行!"

小六:"老大,我们陪你!"

李岩:"带她走!这是命令!"

小圆冲过去疯狂拍玻璃:"我要和你在一起!李岩!"

"夏小姐,我们先走!"

"不——"

小圆还是被强行带走了,在她最后的视野里,是李岩沉默挺立的背影。

"现在,可以把病毒给我了吧。"不知是否刚刚卡得太严重了,此刻,"老人"的身体一半是人,另一半则散开来变成了一片白光。

"病毒不在我身上。"李岩对着他缓缓道。

"你说什么?!"

与此同时,一墙之隔的走廊上。

"你们要带我去哪儿?李岩怎么办?"小圆挣脱开了小六的手。

刘芸佳不理小圆,只焦急地望着他们出来的方向。

小六只好解释道:"老大负责拖住人工智能,希望沈博士的动作能快点。"

小圆:"拖住?什么意思?沈博士又是谁?"

小六:"这是一开始就计划好的,由老大缠住'他',沈博士带着R-原体去找'他'的机房。只要将R插入'他'的本体,我们的病毒就能迅速感染……"

"也就是说,李岩手里根本就没有那个病毒?!"

"还不是因为你!"刘芸佳猝然爆发了,"如果不是为了找你,他根本不用冒这个险!"

"输入密码正确,您已获得准入权限。"伴随着一道冰冷的电子女音,银白色的金属门缓缓在沈诺唯面前开启。

"你在这里做什么?!"身后乍然响起男人的厉喝声。

沈诺唯僵直着回头,就见他的舅舅,"明天"贩卖局的现任首席沈中,就站在他身后。

望了一眼沈诺唯身后,沈中脸色大变:"你什么时候……"

小圆一脚踢开门,不管不顾地冲了进去。

"夏小姐,你这样我们没法儿向老大交代!"小六正要去追小圆,四周却响起了一阵凌乱的脚步声。

刘芸佳脸色一变。

"发现入侵者!抓住他们!"是"明天"贩卖局的保安!

小圆跌跌撞撞地往里跑:"李岩,你等我,我马上就……"她倏然止住了所有动作,只因眼前的场景叫她肝胆俱颤!

李岩背对着她,被一名执法者按在玻璃墙上,另一名执法者狠狠地将匕首从他胸口抽出,一连串的血溅上玻璃墙。

"李岩——"

小圆冲到玻璃墙边,"砰砰砰"死命地拍打:"住手!住手!你们不要伤害他!不要!啊——"

可玻璃墙的隔音实在太好,她的声音根本传不进去。

玻璃墙内,"老人"朝执法者示意,匕首再次刺进了李岩的身体里。

"李岩——"

执法者松手,李岩再也支撑不住,整个人沿着玻璃墙软倒下来。

小圆涕泗横流,道:"李岩!李岩!你看看我啊,李岩!呜呜呜——"

李岩侧过脸来,朝小圆笑了一下,他想对小圆说些什么,一张口却吐出了一大口血。

"别……别……你别说话啊!"她抬起未受伤的左手,露出一截精致的手链。她把自己的左手扶在玻璃墙上,仿佛这样就能捧住李岩的脸似的。

李岩吃力地抬手,把自己的掌心与小圆的掌心贴在了一起。隔着一道玻璃,两人手心贴着手心,好似真的感觉到了从对方身体里传过来的热度。

这个时候,李岩张了张口。

小圆的眼泪"唰"地一下又流出来了,她看出他在对她说:我爱你。

"爱你!我爱你!我也爱你啊!"小圆又哭又笑,一边比画自己的心一边拼命点头,恨不得把自己的心都掏出来给他看。

玻璃墙上,李岩的手往下挪开了几寸,而后,他俯身亲吻小圆的手指头。

小圆望着他的眼神充满了爱意,突然,她的眼神变得凌厉:"不要!不要伤害他!走开!你们走开啊——"

李岩的身后,两名执法者靠近了他。

李岩闷哼一声,被一名执法者拽了过去,另一名执法者持着匕首,面无表情地朝李岩的喉咙割去。

"不要——"

"嘀嘀嘀嘀——"

"嗡——"

四下里陡然起了一阵机器轰鸣,下一刻,又是长长的一声"嘀",横亘在小圆和李岩面前的玻璃墙突然自动打开了。

"怎……怎……怎……怎么回事?""老人"的身体再次出现卡顿,这次卡得比以往任何一次都要严重。他身后的大屏幕上突然出现了一只胖胖的大青虫,青虫瞬间分化出了无数只,一只只张口就咬下去……大屏幕里立时闪现了大片雪花。

"中央主控台遭到入侵!中央主控台遭到入侵!"机械女音自操作台上响起。

"哐当——"执法者手里的匕首落地,这个人眼里总算有了点点清明:"我……我在哪里?我做了什么?"

小圆则像归巢的小兽一般朝李岩扑过去。

可他伤得太厉害了，小圆想抱他又不敢抱，手足无措。

"过来。"李岩朝她伸手。

小圆就挨着他，把自己的手给他。

李岩便费力仰身，亲吻小圆的额头："我没力气了，扶我一把。"李岩把脑袋埋进她颈间的时候就这样说道。

小圆哭着搂紧了他的腰。

"不——""老人"愤怒咆哮，身体忽闪，眼看就要消失了。

"看来，沈诺唯成功了。"李岩低声道。

小圆：?

时间倒回到一分钟前。

望了一眼沈诺唯身后，沈中脸色大变："你什么时候……啊！"而后，沈中整个人直挺挺地倒了下去。

看了昏过去的沈中一眼，沈诺唯把一小截电棍收进了袖中。自从上回被李岩的人偷袭后，他就有了随身携带电棍的习惯。

警惕地看了一眼四周，沈诺唯转身。

那扇金属门上标着的明明是"杂物仓库"几个字，可此刻展现在沈诺唯面前的却是一排排森冷的黑色机器。

机器上灯光闪动，并伴有"嗡嗡"的轰鸣声。

那是……机房。

沈诺唯大步走进机房中。

"应该是……这里了。"他停在了某排机器面前。

沈诺唯抬手，手心里静静躺着一个白色的小U盘。

"这里面装着R-原体病毒，是我的人专门研制出来攻克人工智能安全漏洞的。"那个叫李岩的男人的声音仿佛还响在他的耳边。

"想办法找到他的主机，插入病毒，病毒会自动进行复制。"

如今，那个插U盘的口子就在沈诺唯面前，他只需轻轻一推……实际上，他也确实把U盘插入了，只是还没完全没入。

"人工智能吗？"低声自语着，沈诺唯面上现出了一抹犹豫，"如果我……"

"逆子！你在做什么？！"一声暴喝陡然响在沈诺唯身后，"给我住手！"

沈诺唯一惊，手一抖，U盘彻底推入主机。

"吱——"

"吱吱——"

"吱——"

老人的身体几下忽闪,终于消失不见。

"病毒是'外面'的技术部门……喀喀……根据人工智能的安全漏洞专门编写的,会极快瓦解它的主体程序。"李岩的长臂搭在小圆肩头,从后面看,就跟他把她搂在胸前似的,"我们赶紧出去。"

"嗯!"

李岩伤得太厉害了,没小圆扶着根本走不了。两人依偎在一起,颇有些相依为命的味道。就像他失忆之后,住在她家里的那段时光。

"哎,等……等等我们!"几名清醒过来的执法者也跟了上来。

"他们先前应该都是被人工智能控制了意识。"李岩在小圆耳边低语,呼出的热气全往她耳朵里钻。她的脸"腾"地一下就红了,半边身子都酥酥麻麻的,有些不自在地低下了头去。

"它也想控制我来着,我没……"话还没说完,小圆就看见了映在地上的一片影子。那影子正举着某个尖尖的东西,狠狠刺下来!

"小心!"小圆猛地将李岩撞开。几乎是同时,匕首"唰"地一下刺过来,将将擦着小圆与李岩的中间而过。

李岩反手将小圆一推,自己摇晃着迎上了持刀人。

那是一个执法者,左手持凶器,直突突望着前方的眼睛里没有一点神采。

李岩狠狠皱眉:"又被控制了?不可能……"他突然一惊,只因剩下的几名执法者也起了变化。

"呃……"

"呃呃……"

"啊……"

这几人就跟突然触了电似的,身体一阵抽搐,再抬眼时,他们的眼神全变了。

"怎……怎么回事?"小圆站到李岩身后,以自己的力量支撑着他摇摇欲坠的身体。

李岩咬牙,握紧了小圆的手。

与此同时,隆隆的男声响彻整个空间:"你以为区区病毒能奈何我?哈哈哈哈……"

四周的灯光开始齐齐闪烁,"嘀——"空气里响起了极其刺耳的低频音鸣。

"啊——"小圆受不住地叫出来。

不仅仅是小圆,事实上,此刻身在"明天"贩卖局里的所有人——外头还在和保安周旋的刘芸佳和小六、李岩带来的其他潜入者、机房里的沈诺唯、贩卖局的工作人员、来买"明天"药水的市民……都听见了这种音鸣。

"啊——"

"我的头好痛啊!什么声音啊?"

"快跑啊——"

可是,又能跑到哪里去呢?

这股音鸣很快就穿透"明天"贩卖局,入侵了四周的银行、商铺、医院……并向更远的地方蔓延。须臾间,低频音鸣席卷了整个城市。

视线再转回"明天"贩卖局,声音的来源地。

李岩的耳朵和眼睛里流出了血,但他仍死死捂住怀里女孩的耳朵,两人跌跌撞撞地摔倒在了墙边。

"系统自保重启装置已开启!系统自保重启装置已开启!"操作台上的机械女音再次响起。

"系统自保重启装置?"李岩猛地抬头。

而此时,人工智能已再次投影出了完整的人类身体。他置身在半空中,身体突然之间变化,一下子是老人,一下子又变成年轻人。

"是啊,他为我设置了系统自保重启装置。届时,植入的病毒就会被杀死,我将得到新生!"

"一旦我重启,我的内在控制人意识的部分也会跟着重启,城市里所有人的记忆都会被消除,一切将重新开始。怎么样?是不是很有趣?我是永生不灭的!"

李岩眼前一片血色,他哆嗦着唇,试图站起来。可残破的身体已然无法支撑他的愤怒,他踉跄着扑倒在地。

脸上一热,他的耳边摸过来一只小手,紧紧将他的耳朵捂住了。

小圆闭着眼睛,几乎是害怕地说:"记忆消除以后,我是不是……就不记得你了?"

李岩大恸,他紧紧回抱住小圆,试图安慰她。

这时,空气里的音鸣陡然高亢起来,李岩张嘴又吐出一大口血来。

"李岩!李岩!"

他躺在小圆怀里，两只手死死地揪住她的衣襟。

小圆按着李岩不停地流血的伤口，整个人都发起抖来："你休息一会儿……休息一会儿就好……"

李岩的嘴唇颤了颤。

小圆手足无措地抱着他的上半身："你想说什么？你想对我说什么？"

墨蓝色的瞳孔里充血，李岩一眨也不眨地锁住小圆的脸庞，仿佛这样，就能把她映刻进心里，他们便能永远不分离。

他再次动了动唇。

"李岩……"

然后，在她的轻唤声中，他闭上了眼睛，到底是什么也没说出来。

"李岩——"

"不！不！你醒醒李岩！"小圆拍打他的面庞，"你别睡！别睡！醒过来啊！李岩——"

"嘀嘀嘀嘀嘀——"

"嗡——"周遭机器的轰鸣声变得越来越大。

小圆一惊，感觉脚下的地板在震颤。

下一刻，"噼里啪啦——"玻璃崩裂，地板破碎，各种仪器相撞在一起。

"明天"贩卖局的整栋建筑都在震动，不只是"明天"贩卖局，外头的房屋、地面……一切的一切，都在颤动，到处都是尖叫着逃窜的人群。

整个世界都要颠倒翻转。

此时，小圆单手护着李岩的身体，两个人的身体随着地势的起伏，一路在环形房间内翻滚。

"砰"的一声，小圆的后背撞到硬物，两个人终于停了下来。

背上火辣辣的，而此时，小圆听见人工智能的声音自她头顶响起："让一切都结束吧，明天就是新的一天了。"她这才发现，她和李岩正好撞到了中央主控台下。小圆发现这一点的时候，半空中那人工智能的影像也发现了她。

一人一机器的视线交会，小圆没来由地一阵惊骇。

下一瞬，一只机械手陡然从操作台下生出，攫了李岩的身体就走。

小圆："不——"

她扑过去抢李岩的身体，机械手却倏然间生长了无数倍，一下子就将李岩托举到了半空中。

人工智能盯住了李岩。

"放开他！放开他！求求你放开他啊！"小圆跪在地上，向那个非人类哭求着。

人工智能不为所动，似是根本就没把她放在眼里，"他"靠近了李岩。

小圆死死地咬住嘴唇："一定会有办法，一定还有办法的！"她又望向李岩，"我会救你的！我一定会救你的！"

人工智能一抬手，更多的机械手自操作台上伸出，控住了李岩的四肢与咽喉。

小圆猛地站起来："你要对他做什么？！"

一只机械手"唰"地伸过来，将小圆重重一推。

"砰"的一声，小圆再次撞倒在了操作台下。这一回，她的左手先着地，腕上的手链重重地磕在地上。谁也没有看见的是，链子上坠着的那把用来装饰的小钥匙突然打开了。

小圆只觉得左手的腕口一阵轻微刺痛，就像是被蚂蚁咬了一口，下一瞬，她倏然睁大了眼睛……

时间只过去了一秒钟，却仿佛有一万年那么长。

小圆的眼皮子缓缓耷拉下来，脸上出现了点点悲悯。

一瞬间，她知道了所有的一切，再抬眼时，她的眼神全变了。

看了半空中的李岩一眼，她喃喃着说："我会救你的。"

她垂下眸子，突然蹲下身子来到操作台下。她很幸运，一下子就找到了那个接口。那是整个操作台的通电入口。

人工智能终于发现了小圆的反常。

"你在干什么？""他"的身体瞬间就投射到了小圆面前，此刻，"他"变成了年轻的、与李岩有七八分相像的样子，小圆却一点不会把"他"当成李岩。

小圆左手反手按住腕上的手链，轻轻一碰，那打开的钥匙吊坠里就落下了什么东西。是一把银白色的、更小的小钥匙。小圆的左手指尖捏着小钥匙就往通电入口里插。那入口里有一个很小很小的孔洞，小圆正是要把小钥匙插进那个孔洞里。

人工智能难以置信道："你怎么会有这个？不，不可能！"

一只机械手陡然伸出，狠狠锁住了小圆正朝前伸的左手。

她的左手再不能往前分毫，明明差一点就能插进去了！

更多机械手朝小圆抓过来，它们要把小圆狠狠甩出去！要把她撕得四分五裂!

她就只有这一次机会!

电光石火间,小圆伸出血肉模糊的、早疼得没了知觉的右手,按住小钥匙,狠狠往前一推。

"嗡——"整个操作台一阵震动。

"不——"人工智能愤怒地咆哮。

整个空间震颤得更加剧烈,"咔咔咔",人工智能的身体一阵闪频似的晃了晃。

小圆整个人被大力地甩出去,撞到墙上。"噗——"她吐出了满口的血。她睁眼就看见半空中的机械手突然撤退开,被高举在那里的李岩轰然坠落。

"不可以——"

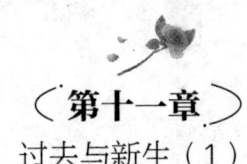

第十一章
过去与新生（1）

李岩的身体轰然坠落，小圆惶急地想要扑过去接他。然而下一刻，她脑中忽然一阵白光炸裂，身体一软，整个人就失去了意识。

小圆感觉自己的意识脱离了身体，她觉得自己一下子去了久远的过去，又瞬间来到了遥远的未来。

她在时间的长河里浮浮沉沉。

她看见自己在城市里出生、长大，看见父母一天天争吵，看见父亲对母亲动粗。她看见她与姚茜茜一道上学、放学，一起商量着要去哪里上大学，可最终，姚茜茜失约了。她看见她找到了第一份工作，一天天重复着单调又无趣的生活，看不见明天。她又看见她在"明天"贩卖局的后巷子里捡到了李岩，自那之后，她的人生才有了光彩。

在小巷子里死死拽着她的手，对她说出"救……我……"两个字的李岩。

在医院醒来后不知道自己是谁、困惑地看着她、对她说"我只认识你"的李岩。

挖空心思安慰因为夏母出车祸而自责欲死的她、将她从泥沼里拉出来的李岩。

支持她去做事业的李岩。

因为沈诺唯的出现而吃醋的李岩。

知道沈诺唯要害她，又狠狠教训了沈诺唯的李岩。

还有……

因注射了"享乐明天"后被执法局的人通缉，一路带她逃亡的李岩。

为了救她而中弹的李岩。

那时候，他躺在她怀里，对她说：

"你说你平凡普通，只是城里一个卑微渺小的人类，但在我看来……喀喀……你用心生活，坚持想要改变命运，你在尽你最大的努力去爱你的家人，为你的家人付出。爱与付出，这是人类最美好的品质了。看，你还救了我。"

……

偷偷换下执法者手里的"死亡"药水，把她带到他的房子里藏起来的李岩。

那时，他按捺不住久别重逢的激动，把她按在床上，亲得她的心都要痛起来。

……

在贫民窟里找到她后，面对她的质疑，骤然爆发，眼底写满不顾一切的疯狂之色的李岩。

"好，我告诉你！我都告诉你！"

……

为了救她，几乎要被人工智能夺走生命的李岩。

他吃力地抬手，把自己的掌心与她的贴在了一起。隔着一道玻璃，两人手心贴着手心，好似真的感觉到了从对方身体里传过来的热度。

这个时候，他张了张口。她认出了他的口型，他在对她说："我爱你。"

这个画面，小圆一辈子也忘不掉。

原来在不知不觉的情况下，她和他竟有了那么多，那么多回忆。

可是，她最后的记忆画面里，李岩被机械手高高托举到半空中……机械手陡然撤退……李岩的身体轰然坠落。

"不——"

小圆猛地清醒过来，发现自己正站在一条空旷的大街上。

时间是白天，水泥的街道坑坑洼洼的，很是脏乱。街道两边的房屋建得很整齐，有一层楼的，有两层楼的……只是，这些房子都布满灰尘，看上去是很久没人居住了。视线放远，越过更多的房屋与田地，便能看见，四周群山环绕。

这是一个位于山间的、废弃了的城市。

这是哪里？

突然，前方远远地响起了一阵喧嚣的人声，接着便是杂乱涌来的脚步声。

有很多人在说话，很多人在哭喊，也有不少人在欢天喜地。

不多时，那群人便转过街角，出现在了小圆的视野中。

黑压压的一大片，根本数不清到底有多少人。他们一个个衣衫破烂、面容憔悴，肩上挑担，背后背着包袱，像是赶了很久的路的旅人，又似乎是匆匆忙忙从哪里逃难出来的人，几乎每个人脸上都写满了惶急。

"这里看起来已经很久没人住了，大家就暂时在这里歇歇脚。"人群的最前头突然有人说话。那是个中年男人，声音既洪亮又温和。他身上的衣服也已经很旧了，却不会让人联想到"破烂"两个字，只会觉得他衣着朴素。说话间，那男人转过头来。

看清他面容的那一瞬，小圆只觉得一阵天旋地转。顷刻间，无数画面涌入她的脑海，她一下子就知道这是哪里，也知道眼前发生的这一切又是怎么回事了。

这些是她在触碰到左手手链里的机关后，在脑海里看见的画面。

"砰"的一声，小圆再次撞倒在了操作台下。这一回，她的左手先着地，腕上的手链重重地磕在地上。谁也没有看见的是，链子上坠着的那把用来装饰的小钥匙突然打开了。一根尖细的针头自开口里弹出来，一下子就刺入了小圆的皮肤。

一阵轻微刺痛，像是被蚂蚁咬了一口。下一瞬，小圆倏然睁大了眼睛，海量画面涌入她的脑海，她看见……

很多很多年前，大概有五六十年那么久吧，外面的世界很不太平，战争肆虐、瘟疫横行、兵荒马乱。有一个叫李东林的男人带着整座城市的人出来避难，四十出头的李东林是个科学家，在他所居住的那个城市里，他很有威望，大家都愿意听他的。

这一行人长途跋涉，最终在一处与世无争的山林间找到了一个废弃的城市定居了。李东林是人工智能领域的天才，为了保护大家，他利用人工智能为山林里的这座城市建立了防御网。防御网设立在城市的最外围，会对试图进入城市的人的意识造成一定的干扰和屏蔽。如此一来，外面的人就很难发现这座城市。

长久的逃难生活让很多人的心灵受到创伤，为了帮大家治愈创伤症候群，也为了让大家能有更好的生活，李东林偶尔会用人工智能干预人的意识，给大家植入正面、健康的信念。在李东林的努力下，大家生活得越来越好，这座城市也变得越来越繁华。

李东林夜以继日地研究人工智能，为改善所有人的生活操碎了心。几年后，他就得重病去世了。临终前，他把人工智能的管理权交给了三个他信任的人，希望他们能借助人工智能让大家生活得更好。待到外面的世界太平了，就可以关闭人工智能，带领大家回到原来的世界中。

这三个得到了人工智能管理权的人，一个姓孙，一个姓沈，另一个姓赵。

起初，这三个人和各自的家人一道，通力合作，要使用人工智能的时候，无论大小事都会聚在一起商量。他们把城市治理得井井有条，然而，好景不长……

"人一旦有了权力，是会膨胀的。"小圆的耳边突然响起了一道苍老、悲伤却又慈爱的女声，这个声音是……

"婆婆！"小圆叫起来。是的，这就是贫民窟里救了她的婆婆的声音，她绝对不会听错！

婆婆却没有回答小圆的话，苍老的女声只是如画外音一般娓娓地讲述着一个前半段喜悦、后半段悲伤的故事。

人人都会有贪念，孙、沈、赵三人也不例外。李东林过世没几年，他们三人就开始了权力斗争。最终，沈家人斗倒了孙、赵两家人，一家独大。

沈家人多自负，刚愎自用。他们频繁使用人工智能干扰城里人的意识为自己谋福利，他们影响城里人的意识，让大家都听命于他们。

沈家人尝到了掌控与让人臣服的滋味，为了让人工智能更好地为他们服务，相对的，沈家人也给了人工智能更大的自由。但让他们想不到的是，人工智能的发展会渐渐脱离掌控。

"在某些方面，人工智能其实和人一样，它会自行发展，自主学习。在没有良好的引导与控制的情况下，谁也不知道它会发展成什么样。"婆婆的声音透着悲悯。

李东林去世后，人工智能最常接触的便是沈家人，它自然会将沈家人当作学习对象。

"可沈家人多是些人格不健全的野心家啊！"婆婆心情沉痛地道。

"后来，人工智能觉醒。它有了人的情绪，它开始玩弄城里人，拿人做意识实验……沈家人根本控制不了它啊！"

小圆震惊得说不出话来。

"孩子，你是不是想问，我又是怎么知道这一切的？"婆婆的声音忽然低柔下来。

小圆下意识点了点头,哪怕她的动作婆婆根本看不见。

"因为,李东林是我的父亲,我最最敬爱的父亲啊!"婆婆的声音充满了缅怀,"他在我的心目中,是英雄一样的存在啊!"

随着婆婆的画外音,小圆眼前又展现出了一些陌生的画面:李岩,不,是那个长得与李岩有七八分相似的男人李东林,正在游乐场里陪一个小女孩儿玩耍。

"爸爸,爸爸,囡囡要坐海盗船!"

"爸爸,爸爸,囡囡要玩跳楼机!"

男人一脸笑意,抱起四处蹦跶的女儿:"跳楼机就算了,囡囡乖,咱们去坐摩天轮。走咯!"

在李东林的悉心照料下,小女孩儿越长越大,眉眼间依稀有了几分婆婆的轮廓。

囡囡是和父亲一道进的废城。那个时候,她已经是个十七八岁的大姑娘了。

"只是,我对人工智能并不感兴趣,父亲也就没有把它的管理权交给我。"婆婆苍老的声音再次于画面外响起。结合着画面里女孩儿年轻、鲜活的肉体,小圆突然有了一种时空错置、混乱的幻觉。

"可是我没有想到,人心竟是这样的险恶。我是个懦弱的人,哪怕他们夺走了我父亲毕生的心血,我也不想去和他们争夺什么,但是,他们不肯放过我……"

某一天夜里,沈家人派去的杀手闯入婆婆家,残忍地杀害了她的家人,而婆婆因为正好去了邻居家里躲过一劫,被父母拼死藏在柜子里的小孙子虽然保住一条命,却被吓得失了神。

"之后,若非我拿'那个东西'威胁他们,我和我的小孙子怕早就不在人世了。他们先前不知道有那个东西的存在,一旦知道后,他们就狗急跳墙了。他们无法逼我交出那个东西,就把我住的地方划定成贫民窟。自此,我的家就成了囚禁我的监牢。"

"我不会让他们如愿的。爸爸说过,人的生活是自己决定的。这些年来,我一直让自己生活得很好。只是,苦了我的小孙子。"

"你一定又震惊又好奇,为什么我会对你说这些事吧?"婆婆的影像突然出现在小圆面前,还是小圆熟悉的那副头发花白、脸上沟壑遍布的模样。

"当你听到、看到这些的时候,就表示你已经到了做选择的时候。"婆婆脸上带着笑意，仿佛穿过了时间与空间的限制看着小圆，"我是个懦弱的人，我无法下这个决定，我不能允许自己亲手毁掉爸爸的心血……但我知道，这一天终将会来到。那个叫李岩的年轻人找来的时候，我就知道时候到了。"婆婆眯起眼来，眼里都是怀念，"他长得和爸爸太像了，第一眼看见他的时候，我还以为是爸爸来找我了。没想到，我们家在外面的世界里，还有血脉留存着……或许这就是冥冥中天注定吧，所以，我愿意把这个东西交给你们。"

婆婆话音刚落，小圆身边又出现了一段影像：婆婆在自己的房间里，很小心、很小心地把一把银色的小小钥匙藏进手链的钥匙吊坠里。

原先那个婆婆的影像笑着说："虽然父亲没有把人工智能的管理权限开给我，但是他给了我彻底关掉它的钥匙，父亲把事先编写好的关机代码藏在了里头。"

"我会告诉你怎么做。来，看好……"

如此庞杂的信息涌入小圆的脑海里，也只是瞬间工夫。因此，那时在中央主控台边，她就知道自己该怎么做了。

她的眼皮子缓缓耷拉下来，脸上现出了点点悲悯。

她知道了所有的一切，再抬眼时，她的眼神全变了。

她看了半空中的李岩一眼，喃喃着说："我会救你的。"

她要把这个人工智能彻底关了！

第十二章
过去与新生（2）

　　小圆感觉自己的意识浮浮沉沉，时而在过去，时而在现在，时而又飘去了未来。
　　过去、现在、未来，所有的事情都交织在了一起，混乱得她都产生了幻觉。
　　什么样的幻觉呢？
　　她看见小时候的自己在一个全然不同的家庭里长大：父亲温和，母亲睿智。这是个与她的成长环境截然不同的家庭。不同，却不会让她感到陌生。相反，看见那对父母，她没来由会感到亲切。
　　她还看见二十多岁的自己穿着大红色的T恤、藏蓝色的牛仔裤，背上背着一个登山包，生气勃勃地翻山越岭，好奇地走进了一个山林间的废弃城市里⋯⋯
　　她有经历过这些吗？
　　"她的意识在'那个世界'里受了伤，而意识会影响身体功能，她的身体一下子无法负荷，需要休养。"迷迷糊糊间，她听见有人在她身边这样说，"放心吧，她受的都是小伤，当时和她在一起的李长官就⋯⋯"
　　"她的意识昏沉了太久⋯⋯身体也需要一段时间的适应。"
　　"因为意识被禁锢了太久，她醒来后，可能会有一段时间分不清虚幻和现实。"
　　时不时就有人在她身边走来走去。
　　她这是怎么了？她在哪里？
　　小圆觉得自己陷入了一个困局。她觉得自己的意识明明是清醒的，却怎么也睁不开眼睛，更遑论挪动身体。

沉浸在意识的世界里，她看见了更多不属于她的记忆——

与朋友们一道嬉戏，坐火车去很远的城市上大学。在大学里，她参加种种社团，借着假期去各个城市旅行。毕业后，她顺利找到一份喜欢的工作……这些经历对她来说，明明都是陌生的，可诡异的是，里面的主角通通是她。她就好像在看一部由自己主演的电视剧，感觉异样亲切。

每逢这个时候，她在原先的城市里从小到大经历的一切，就会如快闪镜头般穿插进来，如昭示主权一般告诉她，它们才是真实的。

真实与虚幻交织，虽然小圆觉得混乱，但还是能分得清。可不想，那些陌生的记忆越来越多，越来越鲜活，隐隐要盖过她的真实记忆了。

这样不行！小圆没来由觉得惶恐，她觉得自己不能再昏沉下去了，她得醒过来！她一定要快点醒过来！不然，就会有很不好的事情发生！心底有个模模糊糊的声音这样告诉她。

时间一天天过去，窗外的树叶绿了又黄，黄了又红。最终，它们衰败下来，满木萧瑟。不过没关系的，到了来年春天，一切就能重新开始了。

春去秋来，冬天过了，春天又迫不及待地赶回来。就这样，不知经了几个轮回……终于有一天，小圆睁开了眼睛。

"天哪，小圆！你醒了！你可醒了！吓死妈妈了！"床边的一个中年美妇人扑过来，抱住了小圆，激动地呜呜哭。

小圆的脑子还是木的，身体却已有了本能反应，反手将妇人抱住，她张口叫："妈——"

"哐当——"刚刚进门的中年男人手里的东西掉了地，也是喜极而泣。下一刻，他像是忽然想到了什么，转头就朝外面跑，一边跑一边喊："医生！医生！我女儿醒了！"

这对中年男女，是她的爸爸妈妈吗？

是的，小圆清楚地记得自己从小到大的一切，而在她点点滴滴的成长中，都有这对中年夫妻陪伴着。一想到自己此时是在爸爸妈妈身边，小圆就感觉到一阵放松、安全。脑子一昏，她又睡了过去。

"抱歉，打扰了，夏小姐，因调查需要，我们得问你几个问题。"

小圆醒来的第二天，就有一男一女两名年轻警察来到她所在的病房里，给她做笔录了。

小圆是由爸爸妈妈陪着，和警察进行的这场对谈。

"……我记得我去徒步登山，半路上和队友们走散了。我急着想找下山的路，却没想到越走越偏……天快黑下来的时候，我在深山里发现了一座城市，我还以为我有救了，就兴冲冲地走了进去，然后……"小圆捧住脑袋，"我怎么什么都想不起来了？"

两名警察对视一眼，末了，只听那名脸孔严肃的女警道："想不起来也是正常。夏小姐，对于人工智能的事，你还能记起多少？"

警察来之前已经和夏家父母通过气了，这对夫妻表示经不住女儿的询问，他们已把她这段时间被人工智能"困住"的事大体和女儿说了。

虽然早就从父母那里听说了事情的原委，可乍然听到"人工智能"四个字，小圆还是面露惊骇。她一下子就从病床上撑坐起来："人工智能真的能随意操纵我的意识？而我完全没有能力反抗？"

夏母急忙帮小圆调整姿势，让她放松。

"是这样的。"年轻男警察插话道，"你们最初被发现的时候，是在一个荒废城市的地下城里，地下城里生活着一些……特殊的人。他们将你们弄昏，并负责供给你们身体每日所需的营养。你们的身体一直昏睡，无论如何也唤不醒。后来，经过有关方面的专家多方会诊，这才发现你们的意识都被控制了，且被集体投射到了一个虚拟空间里。"

"虚拟空间？"小圆表示不懂。

"看过VR电影吗？"男警察显得有点兴奋，"就是利用计算机生成一种模拟环境，再将你们的意识投射进那个环境里，让你们误以为那个模拟的环境才是真实的。"

小圆："你的意思是说……我这两年……都是生活在计算机模拟出来的环境里？！"

男警察点头："就是这样。而且，警方也在地下城里找到了人工智能的本体。但是，因为人工智能对你们的意识控制得实在太深，如果强行将你们唤醒，你们的意识可能会遭到不可逆的损伤。所以，我们只能派有关部门的人积极寻找人工智能的漏洞，并潜入那个虚拟世界，从内部找到唤醒你们的方法。"

"那东西太可怕了！"夏母不禁道，"可要把它销毁了！不能让它再害人了！"

"其实，这也不能完全归咎人工智能……哎！"男警察的声音忽然一顿，只因边上的女警察掐了他一下，男警察就咳了一声，马上转移话题道，"我们警方肯定会妥善处理人工智能的,这个你们尽可以放心。"

"那……我在那个虚拟的世界里都经历了些什么?"小圆忽然道。

这一次,回应小圆的是那名女警察:"根据我们目前掌握的资料,人工智能可以任意设置虚拟环境里的各种运作法则,包括时间法则、空间法则。此外,人工智能还能给人置换记忆,让你觉得自己完全是另外一个人。"

听到这里,小圆的心突然没来由地抖了一下。

女警察:"不过,人工智能在关闭过程中启动了自毁装置,很多数据被销毁了。"

"我们的专家正在紧锣密鼓地修复数据,所以,夏小姐也不用太担心!"男警察喜滋滋道,结果又被女警察狠狠地瞪了一眼。

女警察继续道:"地下城里被人工智能操纵了意识的人太多,几乎每个人都被置换了记忆。单就记忆库这一块,就是一份非常庞杂的数据。夏小姐要想知道自己在虚拟世界里到底经历了什么,还要等专家一份份地修复数据。而且,届时涉及保密问题,有些信息我们可能没法儿完全对夏小姐开放,还请夏小姐谅解我们。"

"嗯,我会的。"小圆说。

接下来,两名警察又问了一些不痛不痒的问题,小圆也都如实答了。

"那么,今天就到这里了。谢谢夏小姐配合我们的工作。"说完这样一句,女警察就率先转身,与男警察一道往门口去了。

哪想小圆突然又问了一句:"是谁关了人工智能?"

"夏小姐是想起什么了吗?"男警察倏地回头,一脸紧张。

"我只是觉得,应该要好好谢谢他。"小圆迟钝地说。

接下来的日子,小圆都在专心养身体。在地下城里躺得太久了,她的身体十分虚弱。

警察又陆陆续续来问了她几次问题,问的都是些无关紧要的小事。她也从他们口中得知,地下城里昏睡的那些人,大部分是几十年前邻国逃难而来的人,另一些则是像小圆这样的背包客,或者是附近的村民,不当心误入城市,被截了下来。她问警察,人工智能的数据修复得怎么样了,却一直没能得到明确的答复。

不久后,小圆就出院了,安心在家休养。

日子一天天过去,她的身体渐渐恢复了。保险公司和政府都赔了她一大笔钱，哪怕不工作，未来十年内，她都不用为钱担心了。

小圆的日子过得平淡又安逸，可不知道为什么，她心里总隐隐感觉不满足。她的房间外种了一棵大枣树，是她很小很小的时候亲手栽的。在休养的日子里，她总喜欢坐在窗边，望着窗外的枣树发呆，经常一望就是一个下午。而每每这个时候，心里那种不满足感就会如蚂蚁一般一点一点噬咬她的心。一只蚂蚁不足为惧，可两只蚂蚁，三只蚂蚁……十只蚂蚁……成百上千只蚂蚁一起咬过来的时候，她就开始躁动、不安，无法当作什么都没有发生过了。

小圆总觉得，自己似乎……忘记了什么重要的事。

终于有一天，小圆快被心里那股躁动的感觉折磨疯了，她提出想去那个山里的废弃城市看看。

当然，小圆的这个想法遭到了父母强烈的反对。他们倒不是担心女儿的安全问题，那个城市早被有关部门控制起来了，他们只是怕女儿会触景伤情。

但最终，小圆还是说服了他们。她对他们说："走出伤痛最好的办法是直接面对，而不是退缩。我只有面对了，才知道自己到底在怕什么。或许那个时候，我才会发现，那个'害怕'其实是很没有必要的。"说完，她有些愣怔，这些道理是……告诉她的？

小圆抵达那个废弃城市的时候，是一个阳光明媚的上午。

父母都要工作没法儿陪着她，陪她一块儿来的，是那名第一次来医院找她做笔录的年轻男警察。几次接触下来，她已经知道男警察叫小张，且是个VR发烧友。怪不得一提到人工智能，他的话总是特别多。这次她能来废弃城市参观，也多亏了小张帮她申请。

这是一座年代颇久远的城市了，水泥的街道坑坑洼洼的，街道两边的房屋建得倒算整齐，有一层楼的，有两层楼的……只是，这些房子都布满灰尘，看上去就是很久没人居住了。视线放远，越过更多的房屋与田地，便能看见，周围群山环绕。

这是一座位于大山深处的城市。

"这一带都是自然保护区。当地原住民比较排外，所以，这一片林区一直都没开发，也就没人发现大山深处的这座城市。"两人往里走，小张给小圆介绍道。

此时，两人正走在一条空旷的大街上，偶尔会有男男女女突然从角落里冒出来。

"目前，城市里有考古队进驻，也有人工智能领域的专家在地下城做研究。不过，地下城结构较复杂，暂时没对外开放。"

小圆"哦"了一声。

"我都说不来了！来了有什么用？浪费钱！"

两人正慢悠悠地走着，却冷不丁听得前方街角传来男人的咆哮声，接着便是女人讷讷地呜咽道："咱们……咱们再看看吧，或许能发现……"女人的声音戛然而止，与之一同响起的还有清脆的巴掌声。

小张暗骂一声，跳起来就冲了过去。不过，待他赶到时，已有一名驻守在城市里的男警察将那对男女分开了。

那是一对中年男女，看起来和小圆的爸妈差不多年纪。女人衣着朴素，举止唯唯诺诺，瘦削的半边脸上泛着青紫，一看就是新伤加旧伤。那男人就是普通中年男人的长相，头发乱糟糟的，下巴上还有几天未修理的胡楂，身材瞧着颇为结实。

"他们是一对夫妻。"驻地男警察叹了口气，小声跟小张说话，"是附近的原住民，几年前莫名失踪了。他们也是这次人工智能事件的受害者。上山的时候误入城市，被人打昏后困在了地下城里……干什么呢？别动手动脚的！"见男人要把女人推搡走，男警察急忙出声喝止。

男人只得收了手，赔笑道："这婆娘的脑子不清楚，老说我们有个女儿，我这就把她领回去，呵呵。"

"行了行了，赶紧走。"

小张不乐意了："就这么让他们走了？"

"这男的有暴力倾向，女的应该常常被家暴。但是没办法，人家死活不肯报警。"驻地警察无奈道，"自从醒来了，这女人的精神就不大好，总觉得自己有个二十几岁的女儿。还说女儿就藏在这个城市里。这女人就常常偷着跑来找女儿。但我们了解后发现，她在生育方面……嗯，有点困难……"

驻地警察和小张说话的当儿，中年男人又狠狠地瞪了女人几眼，女人瑟缩了几下，抬步跟着男人走了。

女人自己不愿意报警，谁又救得了她呢？

可望着女人频频回头的、凄然欲泣的脸，小圆的心没来由地一阵揪紧。待她意识到自己做了什么的时候，已快步跑上前，趁着大步往前走的男人没注意，匆匆塞给女人一张名片："阿姨，我有个朋友做律师的，你如果有需要可以找他。"

女人不说接受，也不说拒绝，只愣愣地望着小圆，嘴里喃喃着说了一句："姑娘，咱们是不是在哪里见过呀？"

"你说人工智能给我们植入了记忆，那在那个虚拟空间里，我是不是有可能真的和刚刚那个阿姨认识？"继续在城市里徘徊的时候，小圆这样问小张。

"可能吧。"

"对了，你说把我们打昏后弄到地下城的是一些特殊的人。什么是特殊的人？"

小张的脸色有些不好："是那批逃难者里的某些人。起先，这些人通过人工智能操纵其他人的意识。后来，人工智能发展得太快，他们无法再掌控，反被人工智能控制，成了行尸走肉一样的人。"

"这样啊。"

两人继续漫无目的地瞎逛着。

突然，小张眼前一亮："看，是刘队长！"顺着小张的视线，小圆看见前方的巷子口站了个女人。

女人一身便服，身材高挑，留着一头利落的短发，气质瞧着有些冷硬。

"刘队是'意识犯罪调查局'的成员，这次能顺利地从内部关闭人工智能，多亏'意识犯罪调查局'深入险境！他们的李副局亲自上阵，也进了虚拟实境。不过听说他好像受了很严重的伤。"说话间，小张已忍不住朝那刘队长走去了。

小圆也跟了上去。

他们过去的时候，刘队长正在讲电话。面对小张一脸"见了偶像"的痴汉笑，刘队长礼貌地朝他点了点头。视线不经意掠过小张身后的小圆时，刘队长的目光一顿，继而狠狠一怔。

"是你！"她脱口道。

小张&小圆：？

刘队长一步往前，却又猛地停住了，她倏然握紧了手机："什么？他醒了！太好了！等等，你说他往我这边来了？什么时候的事？他的身体……你们怎么没拦着他？"似乎是临时接到了什么重要消息，刘队长背过身去激动地讲电话，已将小张和小圆抛到了脑后。

小张仍旧兴致勃勃，显然是想等刘队长结束通话后，再与她进行一场同行间的交流。

小圆对他们的交流不感兴趣，便朝小张打了个手势，自己一个人接着逛了。

　　这个城市不大，小圆没多久就走到了城市的中心——一个有足球场那么大的广场处。广场算是遗址了，有不少工作人员在那里挖掘和勘探。小圆不想打扰他们的工作，就转个方向，走进了广场边的一条后街里。

　　整条后街里静悄悄的，一眼望过去，一个人也没有。

　　小圆走着走着，额上出了一层薄汗，她便掏出纸巾来擦汗。这时，兜里的电话突然响了，她只得手忙脚乱地接电话。结果，是个推销电话，而她手里的纸巾没拿稳，轻飘飘落到了地上，她赶紧弯腰去捡。

　　后街上却突然刮起一阵风，一下子就把小圆手边的纸巾给吹跑了。

　　"哎，别跑啊！"小圆下意识追过去捡。

　　纸巾被风吹得"唰"地一下飞进左前方的一条小巷子里，又撞在小巷的墙上，再也飞不动了。

　　小圆步入小巷，她一步一步地朝纸巾走去。

　　狭窄的小巷里，前方角落里等着她去捡的东西……小圆闭闭眼又晃晃脑袋，莫名觉得眼前的场景有些说不出来的熟悉。

　　终于，她走到了落纸巾的地方。她蹲下身去……却在这个瞬间，她的脑海里突然闪过某些陌生的画面。

　　被风吹起的红彤彤的纸币，以及……落在纸币旁的男人的手。

　　小圆一惊，没留神又一阵风刮过来，纸巾再次给吹飞了。

　　这一回，小小的一张纸巾直接吹过前方拐角，消失不见了。

　　小圆在心里默念着"这是遗址保护区，我不能乱扔垃圾"，而后，她深吸一口气，继续追纸巾。

　　纸巾没被吹远，转过拐角，小圆就看见了前方地上的那一方白。不过，白色纸巾旁还落了一双黑色的男士军靴。

　　小圆的视线不禁上移，就看见了一个高大笔挺的男人的背影。男人穿一身军绿色的制服，背着双手，瞧着有些消瘦，但仍然是肩宽腿长的。

　　明明是挺寻常的一个背影，可不知怎么，看得小圆莫名呼吸一滞。

　　听到响动，男人转过身来。

　　那是个极为英俊的男人，留着一头利落的短发，皮肤白皙，脸孔瘦削，他的嘴唇却厚厚的，带着点肉嘟嘟的性感。男人朝小圆看过来的时候，小圆惊讶地发现，他的眼睛竟是墨蓝色的，像宽广的天空，又好似一望无际的深海。被那双眼睛凝视着的时候，小圆只觉脑子一蒙，好似整个人都被吸进了一片温暖的星空里。

男人绷着脸,面色有些病态的苍白。可视线触及小圆的那一瞬,他冷漠的脸上却忽然勾起了一抹温暖至极的笑,他说:"你来了,小圆。"

那一瞬,小圆的脑海里山风呼啸,男人的笑容好似打开了某个阀门,记忆排山倒海般朝她涌来。

小圆瞬间湿了眼眶,她捂住嘴,呜咽着叫出声:"李岩——"

番外

"吱"的一声，一辆军用吉普利落地停在了半山腰。

后车门打开，首先映入眼帘的是一双黑色男士军靴。男人很快下了车，那是一个身材颀长面容清俊的男人，一双墨蓝色的眼睛淡淡地看过来的时候，无端端会让人感到压力。

"李长官好！"早候在路旁的警卫员一抖，急忙上前行礼。

李岩单手落在额际回了一个礼，率先迈步往前，一边走一边问："他们情况如何？"

"报告李长官，少部分人清醒了，大部分还在沉睡，而清醒的人里十有八九记忆错乱，有精神问题。"

说话间，两人停在了一扇铁门前。

铁门旁的墙上写了五个字：星星疗养院。

"疗养院的设备陈旧，目前，我们正想办法从其他疗养院调物资过来，前几天已经到了一批仪器了。"警卫员说话间朝传达室打了个手势，铁门便缓缓开启了。

李岩一言不发地往前走。山里的疗养院不比城里的金贵，但胜在地多，一路走过去，满目都是绿树、野花与草地。

警卫员继续尽心尽责地向李岩汇报："这是距离废墟城市最近的一个疗养院了，地下城里的大部分受害者被人工智能控制了太久，身体极度虚弱，已经无法承受长时间、大幅度的移动，只能暂时把他们都迁来这里，先进行一些基础治疗。"

李岩"嗯"了一声,问了一个问题:"目前安置在疗养院里的,都是当初的逃难者及其后裔?"

"是的。"警卫员点头,"地下城里的受害者分两种,一种是几十年前的逃难者,另一种则是后来误入城市的原住民、游客等,后者被人工智能禁锢的时间相对来说比较短,身体也较容易恢复,已经陆续送他们回家了。至于逃难者,有些人甚至被禁锢了几十年,身体功能严重退化……"

"我知道了。"李岩看了警卫员一眼,"你刚才说,醒过来的逃难者里,十有八九记忆错乱。这些人里,有没有完全清醒、记得所有事的?"

警卫员惊讶地看了李岩一眼,诧异于对方的敏锐,见李岩再次看过来,他连忙点头:"有的!"

警卫员带着李岩七拐八拐,最终来到了疗养院的后院。后院是一大片绿草地,放眼望去,大地好似绿得没有尽头。

这天的阳光很好,这么大片绿草地上,却只有孤零零的两个人在晒太阳。

那是一老一少,老太太已近垂暮之年,她身边的年轻男人看起来三十出头的样子。

两人都坐在轮椅上。

不知说到了什么,两人侧过脸来对视,同时笑出声来。

看清那两人脸的一瞬,李岩的瞳孔一缩。

"虽然他们清醒了,但还没办法行走自如。年轻的那个身体恢复力强,多做做复健,应该还能再站起来,年纪大那个就……"警卫员不禁叹了口气,"老太太是人工智能创建者的后代,她很配合我们的工作。年轻人叫沈诺唯,是那些特殊人类的后代。那些人生下他后,也让他沉睡了。"

"特殊"人类,便是地下城里那些被人工智能控制,为人工智能服务,如行尸走肉一般的人。

"他们经常见面?"李岩盯着草地的方向,也不知在看谁。

"是的。不过每次都是年轻人来找老太太聊天,老太太几乎不开口。今天倒是稀奇,老太太居然理他了。呵呵。"

李岩双手背在身后,手指动了动:"他们在说什么?"

"呃……"警卫员偷偷瞄了李岩一眼,挠挠头,"我……我去拿听音器,长官您稍等。" 地下城里那个人工智能所展现出来的能力,已远超外面世界的人工智能,国家已将其列为重点研究对象,而那些被人工智能掌控的逃难者,因为受人工智能影响多年,也相当具有研究价值。将这批人迁进疗养院,既为了保护,也为了观察。

每个逃难者身上都装了窃听装置。

不多时,警卫员便拿了一个黑色的、半个手机大小的装置过来。

"这里面有录音功能,那两人是十分钟前开始聊的。长官您可以从头开始听。"

李岩低头,见那装置上连着一副耳机。

戴着耳机,老太太与沈诺唯的声音便清晰地传进了他的耳里。

沈诺唯:"我只想知道'特级明天'是什么?究竟有没有彻底打破死循环、让我去到外面世界的'特级明天'药水的存在?"

老太太笑了笑:"你不是已经在'外面的世界'了?'明天'药水对你来说,已经没有意义了呀。"

沈诺唯沉默片刻,道:"就当是我的执念吧。我活了三十几年,大半时间都耗在了研究'特级明天'上,可现在他们告诉我,这一切不过是一场空,我……不甘心。"

"那时候,小圆来到贫民窟,我发现她被注射了很不好的'明天'药水,我就给她注射了另一种'明天'药水,抵消掉了之前的。"老太太突然道。

沈诺唯:"难道那就是'特级明天'?'特级明天'药水果然在你手里?"

"不是呀。只是很普通的'次级明天'药水,这还是有一回我救了贫民窟外头的守卫,那人偷偷塞给我的。我一直留着没用啊。"

"我不明白。"沈诺唯说。

老太太的声音里透着沉静,那是一种历经沧桑后的淡定从容:"并没有那种跳脱死循环、彻底改变人命运的药水存在,人所能做的,不过是改变自己面对事情时的心态。外部环境改变带给你的满足只是暂时的。有时候,过好平凡、普通的每一天才是天堂。就像我在贫民窟里的日子,就像小圆在贫民窟里的日子。贫民窟是城市里环境最恶劣的地方。生活在贫民窟里,我每天安抚自己的心,陪伴我的孙儿,帮助需要帮助的人。我活在当下,我的每一天都过得充实满足。"

"真正的'特级明天',是自己的心啊。心的满足,才是真正的满足。心的自由,才是真正的自由。"

"这……"沈诺唯说不出话来。

老太太也不需要他说话,光是把自己的想法说给别人听,她就很满足:

"真好啊！现在，想要多少明天都会有，而且是免费的，无限量供应的。梦里都不见得有这么好啊……"

"李长官！李长官！"

李岩听得入了神，边上的警卫员叫了他好几声，他才回过神来。

"您的电话响了。"警卫员指了指他的口袋。

李岩若有所思。他摘下一边的耳机，心不在焉地摸出电话。待看清屏幕上闪动的名字时，敷衍的表情尽褪，他脸上的笑意止不住地往外溢。

"喂，李太太？"

边上的警卫员立时竖起耳朵，本能架起了八卦的天线。可惜，李岩摘下另一边的耳机，一边听电话一边转身走了。警卫员的耳朵都竖酸了，才隐约听见了一些从风里飘来的声音。

"李先生，晚上我想吃城南那家的海鲜牛肉火锅，你要不要来接我啊？"

"乐意至极。"

说笑间，他大步往前走。他越过草地，步上回廊，转眼便将那两个正在谈论虚拟世界的人彻底抛在了身后。